张国擎 著

影响中国的虎丘

人民文学出版社

图书在版编目（CIP）数据

影响中国的虎丘 / 张国擎著 .—北京：人民文学出版社，2021（2022.4重印）
ISBN 978-7-02-016462-2

Ⅰ. ①影… Ⅱ. ①张… Ⅲ. ①散文集—中国—当代 Ⅳ. ① I267

中国版本图书馆 CIP 数据核字（2021）第 244529 号

策划编辑　　脚　印　杨新岚
责任编辑　　王　蔚
装帧设计　　李思安
责任印制　　任　祎

出版发行　　人民文学出版社
社　　址　　北京市朝内大街 166 号
邮政编码　　100705

印　　刷　　北京盛通印刷股份有限公司
经　　销　　全国新华书店等

字　　数　　287 千字
开　　本　　880 毫米 × 1230 毫米　　1/24
印　　张　　15　插页 3
版　　次　　2021 年 12 月北京第 1 版
印　　次　　2022 年 4 月第 2 次印刷

书　　号　　978-7-02-016462-2
定　　价　　148.00 元

如有印装质量问题，请与本社图书销售中心调换。电话：010-65233595

苏州的地标——虎丘塔

摄影：马新生

目录

002

前言　领略中国的文与武

虎丘在苏州，本属温柔富贵乡，但它在江南是个异类，它在历史上横空出世，便带着虎气与剑气。它最早是因葬了春秋时期的吴国霸主——吴王阖闾而闻名，史书上说葬了三日，金精化为白虎，蹲守墓上。虎丘的剑池传说陪葬了中国最早的名剑，引来过秦始皇和孙权的觊觎，春秋的剑客铸造了中国后世的侠义和报国热血的基因。历代的文人墨客在虎丘立下了文艺的标高，深度影响了中国文化的风气和内涵。

中国有历史有文气的地方很多，但有历史有文气有武气的地方不多，有近三千年历史的文武之地更是寥寥无几，虎丘算是其中的佼佼者。

要想探知文和武的秘密，就去虎丘吧。三千年的力，三千年的美，三千年的文人，三千年的武士，三千年的文化风云，都静静地沉淀在那里，在虎丘，在苏州，等你。只要你踏入苏州城外，未见苏州城，扑入眼帘的一定是虎丘塔。所以当地有句俗语：先见虎丘塔，后见苏州城。

……

苏州的世界物质文化遗产是苏州古典园林和中国大运河苏州段。其实，这两处遗产的历史主要在隋唐以后，对中国历史和中国文化的影响远不如虎丘文化。借曹操的诗来说，虎丘才是星汉灿烂、若出其里的地方。游虎丘，就是去读姑苏历史，可以感知中国历史文化的博大精深。一部虎丘史，囊括吴中（苏州旧称）上下三千年的人文史。

虎丘，相传春秋时吴王夫差葬其父阖闾于此，葬后三日有白虎踞其上，故名虎丘。一说"丘如蹲虎，以形名"。

想睹虎丘真容，必上虎阜山（虎丘旧称虎阜，阜，高地也），但上山又得先入寺，因为虎丘山在寺里。虎丘是典型的寺裹山。这样的地方在中国不算少，各有各的特色，让你看不嫌，逛不烦，看了一遍，再来也不累！这就是寺裹山给你的感受，这就叫旅游的乐趣。

走近虎丘，塔隐青翠现。你抬眼看去，高高的虎丘塔与绿荫掩遮的山势一下子先将你镇住，让你驻足暗叹：气势不凡。要不，盐贩出身的泰州人张士诚举旗反元，一路扫千军，到了苏州就看中虎丘，《虎阜志》（乾隆壬子年版）上说："张士诚环山为城。山之东及前，旧有溪，乃复开山后及西，相接为堑。而前则跨南北为桥，以通出入。士诚败后，撤桥壅之。"《姑苏志》说："明太祖（朱元璋）兵集城下，常遇春屯虎丘。吴元年六月（元至正二十七年，即1367年）张士诚突出阊门，时冲遇春营。遇春分兵北濠截其后，乃合战。士诚遣黄哈剌八都率千人继之，自引兵于山塘为援，王弼驰铁骑鼓双刀而前。遇春乘之，士诚兵大败，人马溺死沙盆潭无数。有仓脚夫十人，号'十条龙'，亦溺死。"

可见虎丘非等闲之地。

进山门，第一眼先见的就是那高高门额。一边写着"山清"，一边写着"水秀"。这山清你占了，这水秀你也占了。你说这世界你还缺什么？人气？！也不缺。你走过桥，就会听得有人说话，循声看去，你必会看见那些业余导游或当地老者对前来的游客指着那河边照壁上"海涌流辉"四字解说来由，你可细听，原来此壁为乾隆时所建。有时，解说者还会告诉你镇江焦山的山门前的照壁上也有这样四个字："海不扬波"。据说，那也是乾隆时代的产物。太平盛世，与民同乐是多么可赞可叹的事啊，皇帝到了与百姓"称兄道弟"的地步，这世界真的美好啊！当然，景点能得帝王之青睐，可见山气之旺。别的皇帝不说，就说这清朝的康熙与乾隆，回回下江南，趟趟必到虎丘，为的是什么？据说，沾沾阖闾间的霸气。对不？只有意会，只有心领，感觉全都是自己的。

虎丘位于今苏州城西北郊，距城区中心五公里，系西山的余脉，山高34.3米，因周边地形脱离西山主体，成为独立的小山。山因寺而藏，内中古树参天，层峰峭壁，势如千仞，云气吞没，山小景多，指掌帷幄。《吴地记》载："虎丘山绝岩纵壑，茂林深篁，为江左丘壑之表。"谓"吴中第一名胜"。

虎丘正式成名，也许就是阖闾墓开始建造后，或者可以追到吴国建国始，或者是在发现铁精时（有资料表明：千人石的石内含铁元素），或许更早。我们可以想象从那时至今，有多少才子佳人，帝王将相，高僧名伎，从这里步入这座以寺裹山的胜地，在这个"历史平台"上展示了他们的文韬武略，演出了他们足以让历史可歌可泣、让后人效仿的悲壮大剧。直至今日，当你漫步在青色的夜幕之下，有没有幻听或感受到那穿越历史而来的琴声舞影，这些绝美的动态景观是不是历史那头的他们留下的珍奇画卷？

唐代孤独及的《建丑月十五日虎丘山夜宴序》这样写道：

> 方今内有夔龙皋伊，以佐百揆；外有方叔召虎，以守四方。江海之人，高枕无事。则琴壶以宴朋友，啸歌以展霞月，吾党之职也。吾是以有今兹虎丘之会。岩岩虎丘，奠吴西门，窣然为香楼金道，自下方而涌，锁丹霞白云于莲宫之内。会之日，和气满谷，阳春逼人；岩烟扫除，肃若有待。余与夫不乱行于鸥鸟者，衔流霞之杯，而群嬉乎其中。笑向碧潭，与松石道旧。兕觥既发，宾主醉止。狂歌送酒，坐者皆和。吴趋数奏，云去日没。梵天月白，万里如练。松阴依依，状若留客。于斯时也，抚云山为我辈，视竹帛如草芥，

颓然乐极，众虑皆遣。于是奋髯屡舞，而叹今夕何夕。同者八人，醉罢皆赋，以为此山故事。

中国水墨画的鼻祖顾恺之在《虎丘山序》里说："吴城西北，有虎丘山者，含真藏古，体虚穷玄。隐嶙陵堆之中，望形不出常阜。至乃岩崿，绝于华峰。"

还是范仲淹说得实在："昔见虎眈眈，今为佛子岩。云寒不出寺，剑静未离潭。幽步萝垂径，高禅雪闭庵。吴都十万户，烟瓦亘西南。"

一阕不知作者的《西江月·虎丘》道出："金虎销沉何处？半山楼阁重重。盘陀一片广场空，烟冷月明如梦。芳草真娘墓上，青松短簿祠中。讲台花雨话生公，隔耽晓钟初动。"

大历元年（766）杜甫卧病在夔州，思念自己从幼年学诗起，历叙漫游吴、齐、赵，洛阳失意，长安十年，经安、史之乱到滞留巴蜀的生活。创作《壮游》，其中道：

> 东下姑苏台，已具浮海航。到今有遗恨，不得穷扶桑。
> 王谢风流远，阖庐丘墓荒。剑池石壁仄，长洲芰荷香。
> 嵯峨阊门北，清庙映回塘。每趋吴太伯，抚事泪浪浪。
> 枕戈忆勾践，渡浙想秦皇。蒸鱼闻匕首，除道哂要章。
> 越女天下白，鉴湖五月凉。剡溪蕴秀异，欲罢不能忘。

白居易有吴中诗集，其中《吴中好风景》抒发出与杜甫不一样的情感：

> 吴中好风景，风景无朝暮。晓色万家烟，秋声八月树。
> 舟移弦管动，桥拥旌旗驻。改号齐云楼，重开武丘路。
> 况当丰熟岁，好是欢游处。州民劝使君，且莫抛官去。

还是宋人说得好：

> 入山认得本来踪，识破机关境界同。
> 水自东流山自秀，因缘只在笑谈中。

李白《苏台览古》点化了吴地风流：

> 旧苑荒台杨柳新，菱歌清唱不胜春。
> 只今惟有西江月，曾照吴王宫里人。

请你放慢步履，从一窗一门、一廊一石去聆听感受这虎丘的"味道"吧！

第一部　千秋雄风

第一章　王者之启

青铜铸造的变迁

进了虎丘山门，顺上山道上行几十米，就可以看到靠右手的道旁，有一块圆溜溜的大石头，正中有一道整齐如刀切的裂痕，是上山道上的著名景点，名曰"试剑石"。

就是试试剑刃锋利程度的，一剑砍去，留此裂痕。

试什么剑？由谁试剑？

我们可以从劈开的石头的两端去寻找答案。一端镌有"试剑石"三字，是宋代书法家吕升卿所书，另一端上镌有用篆书书写的元代顾瑛的一首诗："剑试一痕秋，崖倾水断流。如何百年后，不斩赵高头"。

天下人皆知的试剑石，指的是春秋时期，吴王阖闾令干将、莫邪铸造宝剑，剑成而试锋砍的。顾瑛诗说的是秦始皇统一六国时，来到虎丘山上，掘得宝剑，在此一试，剑痕留至今日。前一种传说可信度高，后一种经考古学家证实：秦始皇一生没有到过长江边，最后想来，却死于途中。人们将试剑的故事放在两个君王身上，用的剑只有一把，就是干将剑或者莫邪剑，这块试剑石，叙述的是吴地辉煌的冶炼文化。

唐代陆广微的《吴地记·匠门》一书里说：吴王阖闾让干将铸造宝剑，限期铸造出天下独一无二的宝剑。王命不可违抗，夫妇俩采"五山之铁精，六合之金英"，用了好几年的工夫，铁汁就是出不来。干将的妻子莫邪问如何办才好。干将说：从前我的老师铸剑时，曾经用幼小的女子献给炉神为妻，后来才得到铁汁汇入铜液里。莫邪闻言即投身炉中，铁汁出，铸成二剑。雄剑叫"干将"，雌剑叫"莫邪"。《吴越春秋·阖闾内传》里又说是莫邪断发剪爪，投于炉中。不管怎么说，那个时期能够将铁熔入青铜，使锋刃毕现，确实是吴国能够称雄的原因之一。

鲁迅先生在他的《故事新编》中带着浓烈的感情写过这个故事。

宋人周弼听了试剑的故事，写下了《吴王试剑石》。诗中写道："吴王铸剑成，自谓古难比。试之高山岭，不裂断横理。那无昔时人，相逢干将里……"

苏州古城区的干将路，旧称干将坊，传说是干将居住的地方，坊外有干将墓。《吴郡志》记载，曾在此挖出过半截干将宝剑，另外半截仍在虎丘的阖闾墓中。

干将莫邪剑后来失传了，今天存世的是同时期的越王勾践剑。两者的历史谁更古老？有人说是越王勾践剑，因为它的铸剑师是中国铸剑鼻祖欧冶子，有人说莫邪是欧冶子的女儿，有人说干将是欧冶子的徒弟，也有人说是师兄弟。其实，这两者中，干将莫邪剑更老一些，因为它是吴王阖闾的定制产品，阖闾去世在公元前496年，勾践在这一年才当上越王，之后才能定制越王剑。

越王勾践剑出土在1965年底，地点为湖北江陵，出土时完好如新，锋刃锐利，剑身满布菱形花纹，用鸟篆刻镂的铭文为"越王鸠浅（勾践）自乍（作）用剑"。经专家用质子X射线荧光非真空技术分析得知，这把剑是用相当纯粹的锡青铜铸成，黑色花纹处含有锡、铜、铁、铅、硫等成分，铸造工艺非常高超。

都知道越王勾践剑是存世的春秋第一剑，其实，中国国家博物馆还有一把吴王光剑，是1964年在山西原平峙峪赵国墓葬出土的，剑身有火焰形花纹，但铸造和修饰工艺完全一致，通长：50.7厘米，茎长：10厘米，刃宽：5厘米。圆形剑首，茎作圆柱状，上有双箍，箍面有三周凹弦纹，剑格较宽，镂刻有饕餮纹形槽，用以镶嵌绿松石一类饰物。剑脊隆有棱，剑身两侧满饰火焰纹，刻了两行八字"攻敔王光自乍(作)用剑"，均为金文。攻敔，便是"句吴"——吴国。

这两把剑都是复合铸造技术。先用红黄色的低锡青铜铸出剑脊，剑脊两侧留有接剑从的榫头，再用黄白色的高锡青铜接铸两侧剑从。这样经多次铸造出来的剑，刚柔并济，锋锐异常。铸造时，采取了锋后束腰的造型，在剑身接近剑尖处先收腰，使前端如同装上了倒钩，刺入人体再往后一拉，杀伤力极大。这种复合铸造技术，在两千多年前绝对是相当前沿的工艺。

这两把剑告诉我们，吴王阖闾与越王勾践的时代，中国的冶炼技术已经有铜合金了。更让人惊讶的是这柄剑里面已经有了铁的成分。意味着商王朝出现的青铜器冶炼技术，发展到周代，开始分岔：在中原青铜铸造主要用于分封制的鼎器，这是"权力"的需要，体现作为天人合一权力及财富的象征。这一青铜冶炼技术传到楚国后，又出现了另一种青铜器。这种鼎器不是用来封疆赐爵，更不是用于钟鸣鼎食。那么，这种鼎器派什么用的呢？这种青铜器至今还没有从我们的视野里退出去！只是我们许多人可能都没有注意到它。

它就是我们在旅游区能够看到的有双扶环的一种盆。盆底绘有鱼的图样，只要在盆里注点水，双手摩擦那两个把手，水里就会冲起水珠。摩擦的力量越大，水珠就越高，令人称奇。其实，它只是利用了电磁场的原理而已。但这只鱼盆，不是现在的人为了旅游而制造出来的，它是几千年前的楚国一次大旱的产物。当商王朝的青铜鼎作为王权的象征使用时，当泰伯仲雍在吴地将青铜铸造技术用于铸剑时，以信巫术拜神为主的楚地却利用青铜铸造技术祭天求雨！这就出现了祭天时巫师用来求雨的——那只我们今天在旅游区看到的摩擦喷水的鱼盆。

在中原作为天人合一权力象征的鼎器，在楚域作为祭天拜神器皿，到了吴越地区就发生了巨变，这不仅仅是因为在离开周王朝的政治中心后，鼎簋盅盆不能铸铭文作为权力分封与财富象征，吴越之地也不需要像中原那样有许多王孙贵族分封，也没有多少地方能够分封。更重要的是泰伯、仲雍的后人认为鼎器与祭天神器对于他们的生活都没有什么直接的关联，他们需要的是生产工具，保护生存的兵器！

青铜铸件在吴国便华丽转身，开始为现实服务！

铁精介入青铜内以后，改变了它原有的性质，人们不再将青铜制品视为神物、权力，顶礼膜拜。人们发现，原来加入铁精的青铜铸件还可以制成种地的犁、屠牲口的刀，其锋刃，杀伤力更大，战争适用性更强。铁精出现后，吴国境内兴起一股寻找铁精热。史载：吴国在当时探明铁矿（指露天矿）主要分布在今天的苏州以及现在的浙江省北部长兴及今天江苏省宜兴县东南山区。今天的湖州市下属长兴古称长城，与今天江苏省的宜兴县相连，均被探明有丰富的铁精。史载：到了吴王阖闾掌握吴国百姓命运时，他派弟弟夫概在雉城（今天长兴县城镇）东南两里处筑城，作为王邑的护卫城。

的确，在远古时代，吴地的冶炼文化曾经是虎丘山下这块鱼米之乡最为耀眼的霞光，成就了吴王作为春秋五霸之一的霸业。带有神秘色彩的干将莫邪与欧冶子及其徒子徒孙，在这长江三角洲上，在隆隆的鼓风机声和叮当的锤砧击打对话中，以炉火映红了古国的冶炼史，也锻造了吴人的秉性。传说中的"干将""莫邪"铸剑的故事，就是那个时代吴国青铜冶炼技术高度发达的象征！

凄美的传说故事有许多版本，都离不开吴王开创霸业，离不开精兵良器。

明代诗人高启在此盘桓再三，不写不快，遂写下一诗。

诗曰：

　　剑断云根杀气横，

铁话羞涩藓花生。

祖龙莫诧神锋利，

别有曾令白帝惊。

　　游客可能心下发笑：如此磐石，不是豆腐，岂能一剑砍成如此这般？奇怪，千百年来的诗人书家竟毫不置疑地吟啊书啊。是的，传说莫辨真假，但冶炼文化是真的，所以千百年来的传说仍然美丽着，传说着。

　　铁精的出现与广泛使用，使吴王阖闾如虎添翼，在伍子胥的相助下，大踏步向中原称霸挺进。

　　借助铁精，阖闾成为春秋五霸之一，在成为吴王之前，他被人称为公子光，他的爷爷是吴王寿梦，是泰伯的第十九世孙。《史记》记载了"泰伯奔吴"：泰伯看出父亲周太王想传位给三弟的儿子姬昌（周文王），便逃到吴地，断发文身，失去继承资格。因为让贤的品行得到吴地百姓的拥戴，后代成为历代吴王。

　　寿梦是姑苏有明确记载的第一个吴王。据说年少的寿梦得了一种病，经常嗜睡不醒。遍寻天下良医，没有办法。有位巫师对吴国国君句卑说，他有办法治好寿梦的病，但要把他带出宫去，向东方去寻找仙丹，否则，他将昏睡至死。这话让句卑吓坏了，传来儿子去齐交代道，这是我的长孙，是你之后的吴王，你得想法救他。说完伸个懒腰，打个哈欠，竟长眠过去了。去齐更是着急，他只好听从巫师的安排。他哪里知道巫师是楚国派来的奸细。巫师带着寿梦一直朝东，来到了一片汪洋中的孤岛上，这岛长长圆圆，伸向云海水雾之中。巫师告诉他，你就住在这里，天天喝露水，吃树上的野果，三个月后，你的病就好了。巫师丢下寿梦就走了。

　　寿梦在这里孤单单地生活了几天，因为挨饿又寒冷，很快就昏死过去了。当他再醒过来时，却躺在一户人家的床上，身边有位美若仙子的姑娘给他喂汤药，还给他喝鱼粥。在她的精心照料下，寿梦很快就康复了，以前那个嗜睡的习惯也没有了。去齐派人找到寿梦，将他接回宫。寿梦一直记着这位姑娘和她家的鱼汤，只是碍于规矩不敢擅自去打听或寻找。直到成年称王后，他仍然记得，是哪位姑娘救了他。他把姑娘生活的那个地方叫"姑苏"，即姑娘救醒他的地方。

寿梦有四个儿子：诸樊，馀祭、馀眜、季札。四人中，寿梦最喜欢的是老四季札，他懂周礼，辨音律，还当过孔子的老师，寿梦想传位给他，他闪避了，于是寿梦立下规矩：兄终弟及（王位由哥哥传给弟弟）。老大老二老三轮流当过吴王，老三病死前，嘱咐传位给季札，季札又逃了。群臣便拥戴馀眜的儿子称了王——吴王僚。

公子光觉得自己是吴国长孙，是僚的兄长，应该夺回自己的王位。

公子光的谋略

周景王二十三年（前522）某天下午，阳光正好。吴都城一所府院里，一处亭台中，公子光独坐喝着闷酒，心腹被离提了几条白鱼来，说道：太湖三白：白鱼、白虾、银鱼，白鱼排第一。公子光没好气地回道：白鱼好，好在哪？细细嫩嫩，像白豆芽儿。你看人家喜欢的是黄河鲤鱼，壮壮实实，一弹就跃了龙门……

被离听出话音，鲤鱼一词，说的是刚刚登基的吴王僚。吴王僚特别喜欢爆炙的新鲜鲤鱼。有一次，兄弟俩被馀眜请去参加百鱼宴。面对丰盛的百鱼宴，僚感叹道：堂堂的吴国，太湖有数不尽的鲜鱼，竟然无人能制出一道上席还能眨眼的鱼宴。馀眜对公子光问道：依你看，僚此话何意？公子光顺从地答道：食者精，要有本钱。侄儿从未想过如何炙鱼鲜美。馀眜问，你都想些什么？公子光回道：作为臣子，想百姓之需，将百姓的念想送达天庭，让大王有所思。馀眜一振，沉思片刻，面对大家说道：侄儿有此言，吴国何愁不兴。

正是有馀眛这话垫底儿，吴国都传说馀眛会将王位还给大哥诸樊的儿子光。

如今，馀眛将王位传给了儿子僚。公子光自然生气。僚知道光的气性，便用高官厚禄拉拢他。公子光明里不说，私下还是生气，气得久了，吃饭时常常胸口疼。

被离自然明白，他嘱下人将鱼拿到厨下，自己坐下来陪公子光喝茶。

阳光正好，斜斜地从树枝间穿过来，带着活力，振奋精神。

茶过三巡，被离告诉公子光楚国宫廷出事了。

又是弑君夺位那些破事儿。公子光嘀咕了一句。

可不能小看，他山之石，必可借鉴。被离说。

公子光抬抬手，请被离边喝茶边说。

……

被离从楚康王死说起。

康王死后，长子郏敖为楚王。没过四年，老二便暗杀了国君并自立为楚灵王。楚灵王贪婪暴虐，奸险狡诈，野心勃勃，对内大兴土木，穷奢极欲，对外穷兵黩武，发动侵略。导致楚国民疲财竭，百姓怨声载道。在他执政的第12年，灵王领兵征伐当时最强大的徐国。他的其他几个兄弟，老三（子平）、老四（子晰）、老五（弃疾）见他一时回不来，便商量发动宫廷政变。有人把这个消息十万火急地报告给正在围攻徐国的楚灵王。得到消息的楚灵王立刻撤兵回朝。这一消息传到家中，几个弟兄迅速拿出对策：按年龄长幼推老三为王，称楚初王，老四做令尹，老五做司马。身为司马的老五弃疾公子凭着自己手上握有重兵，决定利用这个机会置老三、老四于死地，把政权掌握到自己手里。

五月十七这天夜里，弃疾故意派人绕城大呼，说是灵王驾到了。满城为之骚动。

弃疾的亲信蔓成然奉弃疾之命进宫，扮作惊慌状，对老三、老四说：灵王回来了，城里的人都说篡位者要被诛杀暴尸，二位要早做打算，以免受辱！蔓成然刚说罢，又有人受弃疾指使跑进宫来说：外面大队人马就要冲进来了！子平和子晰以为穷途末路，只能选择自杀。

蔓成然这时依照弃疾的命令暗中将楚灵王的家人全都杀绝。

次日，弃疾登王位，改名居，这就是楚平王。这一年是前528年。

平王即位后，迅速在朝中清除楚灵王亲信，同时派一个叫观从的人率军奔赴乾奚谷（今安徽亳县东南），向楚灵王率领的军队宣布："你们可以回来，每人原先的禄位、居室、田里、资财一律不变，违者格杀勿论。"楚灵王想沿汉水去鄢（楚国的别都，今湖北宜城西南）。这支军队刚刚走到今河南信阳（訾梁），又得到太子禄及公子罢敌被杀的消息，楚灵王悲痛得从车上摔下来。部众顿时溃散，最后只剩得楚灵王孤身一人，多亏有个叫无宇的芊尹（楚国官名）的儿子得知楚灵王还活着，艰难地寻到了他，暗中接到家里，到他家后的楚灵王，最后还是自缢身亡了。

平王初登位时，还能保持头脑清醒，对危险的征兆颇为敏感。即位之初，除封赏功臣外，还积极抚慰民众、敦睦诸侯。他宣布让民众休养生息五年后，再考虑用兵。但到了后期，情况大变，贪污渎职渐渐成为一种痼疾。贵族们私下心照不宣：贪渎无妨，只要不冒犯平王就万事大吉。《世说新语·无为篇》说："楚平王奢侈无姿。"这话是说，楚平王奢侈得不像样子了。

平王即位后，为了培养太子建，选伍奢做了太子老师，后来又让宠臣费无忌做了太子少师。太子建特别敬重伍奢而嫌恶费无忌。费无忌暗中恨上了伍奢与太子建，一直寻机报复。

公元前527年，太子建15岁。

费无忌对平王说太子建可以成家了。平王为太子建聘了秦哀公的妹妹孟嬴为太子妃。费无忌从秦国迎回孟嬴，见她貌美无比，心生一计，力劝平王自娶。平王好色，不管儿子怎么想，竟然自娶孟嬴，从此，平王对费无忌格外宠信。太子建从此恨上了费无忌。

公元前 523 年，平王采纳费无忌的建议，派太子建去镇守城父（今河南宝丰县东），名义是派太子建管方城以外，由平王自己管方城以内。实质是费无忌阴谋的第一步。果然，到了第二年。费无忌诬告太子建与伍奢密谋借齐、晋两国外援发动叛乱。平王信以为真，召见伍奢，严加诘问。伍奢规劝平王不要亲佞臣而疏骨肉，平王执迷不悟，把伍奢关押起来，伍奢被害后，儿子伍子胥在多人的帮助下迅速出逃。

平王派城父司马奋扬去杀太子建。奋扬情知太子建无辜，暗中派人先去向太子建密报，自己不慌不忙上路。太子建逃到宋国，奋扬才赶到，自然是落了空。事后，平王问奋扬：那个命令，出自寡人嘴里，进到你的耳里，是谁泄露给太子建的？奋扬坦然地说：是臣。接着又说，大王曾经嘱咐臣要像服侍大王一样服侍太子，臣虽不才，不敢三心二意。臣按大王先前的嘱咐执行，不忍心按大王后来的命令执行。臣把太子放跑，现在后悔莫及了。平王问：那么，你怎么还敢来见寡人呢？奋扬说：臣没有完成大王的使命，如果不来，就是再次违命了，臣不敢。

平王无奈，只好说：回去吧，还像以前那样做你的官吧！

……

没了？公子光问。

被离：没了。但又有了。

公子光：有什么？

被离：伍奢的儿子伍员出逃了。此人是个人才！

公子光脸无表情地看着被离，被离一下子就明白了：现在是僚当国君，我闲操心，他再是人才投到我门下，我能收下吗？有僚在位，鸟朝树盛处飞，鱼往水急处窜。他到这里，僚是吴王，还不朝僚身边跑吗？

被离还是说道：不用考虑僚，先寻伍员。要说伍员奔的地方，除了晋国，便是我吴国，吴与越不和，越与楚交往，想借势复仇者，必奔我来。

这么说，你可先去打探。公子光这话出口，被离完全明白了。

吴门吹箫听者谁

一日，公子光得到门客报，东市有两个披发佯狂、跣足垢面的乞丐，手执斑竹箫一管，在市中吹之，四处乞食。不同的是这乞丐吹箫吹得很上档次，一般人听不懂。听懂的人陈说道：

呜，呜，呜，天大的冤屈无处诉。
宋国、郑国一路求；
孤苦伶仃谁来助？
杀父大仇不能报，
哪有颜面做大夫？
到如今吹箫乞食泪纷纷，
定要吹出有心人。

有善面相者悄声应和说，我见过乞丐很多，没有见过如此面相的，八成是他国异邦亡国之臣，负有血海深仇，谁愿意接纳他们，一定会传出一场千古佳话。

公子光心下好奇，便派门客被离前去打听。

远远的，被离就被箫声吸引了，箫声甚哀，再细听之，箫音低沉凄凉，声声震撼心灵，词句催人泪下。他快步走近窗前朝街上细看，见两人虽然蓬头垢面，但浑身透出一股士大夫与生俱来的气质，让你不可等闲视之。他明白吹箫之人非平民，赶紧尾随，一直跟到城外的破庙里。被离上前施礼，并告诉他们自己是公子光府上的人。

对方说："箫声终于引来了我们想等的人。"

被离说："为什么要等我们的公子？"并问对方何人。

吹箫人告诉他，自己就是伍奢的儿子，已改名伍子胥。早闻公子光大名，知道是吴国重臣，想通过公子光拜见吴王僚，帮助吴国迅速强大，然后请吴国讨伐楚王，给自己的父亲和兄弟报仇雪恨。

被离很快将他们请到公子光的府邸，见到了公子光。

公子光和被离便听到了伍子胥的逃难经历，从此，伍子胥过昭关，一夜急白了头的故事便在中国文化中成为经典。

历史记载是这样的：伍员在逃跑的路上获得了父亲与哥哥的死讯，看到自己的画像被张贴在各地交通要道上，悬重赏捉拿，他只好白天躲藏，晚上赶路，终于赶到了宋国，找到太子建。但这个时候的宋国正发生内乱，无人愿意去帮他们这个忙。看到这种情况，伍员只好带着太子建、公子胜连夜赶往郑国，希望在郑国找到愿意帮他们报仇的机会。但是，他们的希望落空了。郑国国君郑定公不但不愿意，还辱骂了太子建。太子建报仇心切，竟然背着伍员勾结郑国的一些大臣去夺郑定公的权。结果事情泄露，郑定公先下手为强，镇压了这次叛乱，太子建在叛乱中被杀。

伍员只好带着公子胜逃出郑国，他改名为伍子胥。一路南行，到了陈国。陈国虽然在城墙上悬贴着捉拿伍员的画像，但不盘查，伍子胥与公子胜顺利进入陈国。通过熟人打听到陈国根本不敢得罪楚国，又只好带着公子胜一路南行，准备前往吴国。当他们来到吴楚两国交界的昭关（今安徽含山县北）时，他没办法通过了。

昭关在两山对峙之间，一条汹涌澎湃的大河（现称"得胜河"）就从这里通过，关口形势险要，并有重兵把守。关上的官军盘查得很紧，人人都拿着通缉像对照。伍子胥带着公子胜几番都因官军盘查太紧而退却了。一连数天，毫无办法，一个更让伍子胥着急的消息是，楚平王已经知道他们逃走的线路，派费无忌领兵正朝昭关赶来！这消息急得伍子胥坐立不安，不思饮食。

第二天早上起来，公子胜突然对他说："你怎么沾了一头的白灰啊？"

伍子胥用手抹抹头，头发上哪里有灰啊！到水塘边对着水面一照，才明白自己过不了昭关，竟然急得头发全白了。

怎么办？

能过去吗？

就在他们发愁时，旁边有人对着城墙上的伍员图像说了几句同情的话，被后面的公子胜听到，他悄悄拉着伍子胥尾随这个人一直跟他到家。在门口，那人站住，背对着他们说："你们跟着我干什么？莫非你们是那缉拿要犯？"

伍子胥上前施礼，说："正是。先生是位好人，所以我们才随你而来，想请先生搭救我们。将来定有厚报。"

"哈哈哈！你问问这世人，有几人会想到要拿厚报的！"说着，又叹道，"谁叫我东皋公行医济世啊。人有急难，我当然要帮助！先生如果需要我帮助，可随我进屋！"

伍子胥大喜过望，拉着公子胜一起随他进了屋。

两人见面施礼。伍子胥知道他是扁鹊的高徒，高兴地说："我与你师父曾有一面之交。没想到我今天受恶人之害，父兄皆亡。这位公子胜是平王的孙子，平王不待见他，我们看好他！望先生能够相助。"

东皋公问明了他们的去向。一时也想不出什么好办法越过这个"一夫当关，万夫莫开"之关。这时，正好有个人进屋，那人站到东皋公面前说话时，东皋公两眼一亮，笑道："哈哈哈，真是踏破铁鞋无觅处，得来全不费工夫。你们看，我这位药工，怎么长得与你伍员，哦，你现在改名叫伍子胥啦，怎么这样像啊！"

东皋公的话，引起了伍子胥与公子胜的好奇，他们看了这位药工，除了头发不像，其他果然很像。伍子胥问："你是想做什么呢？"

东皋公也不说话，吩咐那个药工说："你现在就到城东门去。如果有人把你错认了，你也不要说话，等我们走过那关口后，我会叫人去接你的。"

药工走后，东皋公带着伍子胥与公子胜随后前往。果然，那位药工刚刚到了东城门口，就被守门的卫士"认"出，受到盘问。药工不说话，对方更认为他就是"伍员"了，随即把他抓了起来。前面刚刚被抓，后面过来的东皋公便迅速带着伍子胥与公子胜经过城门，一头白发的伍子胥便与公子胜顺利通过了"昭关"。

在城门外，东皋公喊住了一辆牛车，付掉牛车费用，让伍子胥与公子胜快快上路。

伍子胥与公子胜在第二天进入了河谷地带，顺着一条长长的得胜河朝前走。一路过去好几天都没有看到店铺，俩人饥困交加，忽然看到河边有位浣纱姑娘的竹筐里有饭，于是上前求乞。姑娘见两个大男人求食，顿生恻隐之心，慨然相赠。伍子胥饱餐之后，希望对方不要泄露他们的行踪。姑娘闻言，随即抱起一块石头，自沉于水中。看着汹涌的河水，不会水的伍子胥与公子胜只能眼睁睁地看着姑娘没入水中，伤感不已。伍子胥咬破手指，在河边石上血书："你浣纱，我行乞；我腹饱，尔身溺。十年之后，千金报德！"写完后，用土把石头埋了起来。

在一个叫张孙沟的地方，一群歹徒劫持了他们。这些歹徒在将伍子胥与公子胜彻底搜刮干净后，劫下牛车，便把他们放走了。

伍子胥找到歹徒的头目，请求拿走随身带的剑。头目看了看那剑，问道："这剑是你的吗？"伍子胥谎称："我们是从晋国过来的，路上，带剑的公子不幸暴病身亡了，临死前一定要我们把这剑替他带回去，告诉他家人。这是信物，如果没这剑，我们怎么向他家人交代啊！"头目点点头，说："你说得很对啊！偷有偷德，盗也有盗德。一个人死了，要向他家人报信的信物，我们留下也不吉利啊！"他看看公子胜问："你说呢？"

公子胜连忙说：“是。”

头目忽然大笑了，说：“你们过昭关就两人，你们是在什么地方丢了一位的呀？”

伍子胥听他这么说，脸唰的白了，心里明白，这歹徒不是一般的歹徒啊！

“你说啊！”头目逼伍子胥说话。

伍子胥想，说了也白说，就不说，看你能把我怎么样！

他不说，那歹徒头目说了，“我们已经看到了昭关的告示，告示上说得很清楚，东皋公因为放走你们，已经被斩了。”

伍子胥一听，顿时双手蒙脸，大喊一声，泪流满脸。

伍子胥哭了一阵子后，歹徒头目告诉他，你还是快走。剑可以带走。我不想因为我们遇到了你，受到牵连！

伍子胥与公子胜朝歹徒跪拜后，起身快走。一路上，伍子胥怕再有追兵，连夜奔走，好不容易来到一条大江（长江）边。望着浩瀚的大江，伍子胥对天长叹：“老天啊，你真不给条出路了吗？”

也许苍天听到了！就在这时，江上有个老渔夫划着小船过来。

伍子胥赶紧喊他，那老渔夫听到了喊声，把船摇了过来，让他俩上了船。在江上漂摇了整整一天，终于到了江的对岸。上岸后，伍子胥感激万分，摘下身边的剑，双手交给老渔夫说：“这把宝剑是楚王赐给我祖父的,值一百两金子。送给你，聊表我的心意。”

老渔夫一笑，说：“楚王为了追捕你，出了五万石粮食作为赏金，还答应封赐大夫爵位。你说，我不图赏金、爵位，把你放过大江，是为了图你这剑吗？”

伍子胥连忙向老渔夫致歉。

老渔夫说：“你是好人的后代，应该有人救你。你也应该多给天下苍生做些好事啊！快快去吧。”说完，篙一点岸石，船飞离岸边……

过江后的伍子胥，虽然离开了楚国，但在这江边山沟的路上，常常走几天都不见有人烟，他们只能刨野草根与拾野果充饥。不久，伍子胥就生病了，公子胜也无法照顾他。他们困在一个破庙里，一连三天没有进食。

这一天，有位采药工进破庙躲雨，见到了他们，见伍子胥发烧，给他服了些草药。退了烧的伍子胥，在阴雨连绵的江南春天，又一次遇到了意外。

这次意外，是他们遇到了一帮乞丐。这些乞丐要到附近一个城里去，路过庙时避下雨。乞丐们带有食物，匀了一些给伍子胥与公子胜。第二天，伍子胥决定与他们一起上路。乞丐们也很高兴，与伍子胥一起向吴国的国都前行！

……

被离不解地问：你完全可以直接到吴宫投帖，让吴王接纳你啊！

伍子胥说：我们到这里，发现街面繁华，人来车往，熙熙攘攘，比楚国国都繁华多了。可是我们在这里无亲无友，食宿无着，境况十分凄惨。这里楚国的商人很多，他们知道后都想解囊相助，楚人的友善虽然使我倍感亲切，但想到楚平王对我父兄的残害，终日泪流。我没接受楚商的帮助，而是选择了街市吹箫乞讨，知道公子光通音律，箫声会吸引公子的注意，我们想通过公子给我们引见吴王僚。

公子光知道自己请伍子胥进府一定会引起吴王僚的注意，索性坦坦荡荡地找人通报吴王，带着伍子胥进了吴宫。

僚与伍子胥见过面，两人一席话后，吴王僚非常欣赏伍子胥，许诺要替他报仇雪恨，并当场拜伍子胥为客卿，想委以重任。

"晦日"告捷

春秋无义战，鸡父（将清华简《系年》中"鸡父之湄"与《水经注》结合分析，鸡父应位于安徽省凤台县西北古鸡水、鸡陂一带）之战可说是典型，它是"吴楚争夺江淮的精彩一幕"中的一景。这是周敬王元年，吴王僚八年（前519）的事，最为精彩的是公子光利用"晦日"出战，在兵家最忌讳的日子进攻，一举打败楚军，将楚平王的夫人掳入吴国。

公子光这么做，就是告诉"不当得到王位"的僚，你应该把王位还我。

……

打败了楚国，公子光在吴国声名鹊起，和楚国争霸是几代吴王的梦想。公元前546年，连年战乱后，宋国大夫向戌在宋国发起诸侯弭兵（休战）大会。晋、楚、齐、秦四个强国，都因国势趋于衰弱，被迫放慢争霸的步伐。而偏居东南部的吴国和越国则先后兴盛，力图争霸。由此，战争的重心从黄河流域转移到了长江淮河流域，从中原诸侯国转移到了楚、吴、越之间。

晋国出于同楚国争霸的需要，采纳逃离楚国的申公巫臣的联吴制楚的建议，主动与吴国缔结战略同盟，让吴国从侧面打击楚国，以牵制楚国的北上。日渐强大的吴国，为了进入中原，也将楚国作为第一个战略打击的目标，欣然接受晋国的拉拢，想趁机摆脱对楚称臣，想动用武力同楚争夺淮河流域。自寿梦至吴王僚的六十余年间，两国战争频繁，互有胜负，但总的趋势是楚国日遭削弱，吴国咄咄逼人，渐占上风。

鸡父之战就是吴楚长年征战的重要一战。

吴楚大战的起因很小。

吴国边境卑梁（今江苏省盱眙县东阳村）与楚国边境的钟离（今安徽省凤阳县临淮关一带）都是养桑地区。自从吴国战火烧向北面，把濠州划为吴地后，卑梁就与楚国的边境小镇钟离只有一条田埂之隔了。虽然两国不断发生战争，但这两个地方的民众依旧相互往来，攀亲结姻。两国的姑娘小伙儿们常常一起玩耍。但有一天，发生了变化。

原因是：卑梁与钟离两村两个平时很要好的女孩一起采桑时，采桑中卑梁的姑娘无意间伤了钟离的姑娘。钟离人带着伤者去卑梁讨个公道。伤人的那家对这事很不以为然，说话很不客气。钟离人一怒之下，杀了卑梁的人回去了。卑梁人去钟离报复，把那个楚国人全家都杀死了。钟离的守邑大夫大怒，说："吴国人怎么竟敢攻打我的城邑？"发兵去卑梁攻打吴国人，连老弱全都杀死了。吴王徐昧听到这事以后大怒，派人率兵攻占楚国的边境城邑。吴国楚国因此开始了大战。

前519年，吴王僚率公子光等讨伐楚国的州来（今安徽省凤台县）。

楚平王熊弃疾闻讯后，火速下令司马蔿越统率七国联军前来救援州来。七国为楚、顿（今河南商城南）、胡（今安徽阜阳西北）、沈（今河南沈丘）、蔡（今河南新蔡）、陈（今河南淮阳）、许（今河南叶县）。平王命令令尹阳匄带病督师。吴军统帅部面对来势凶猛的楚联军，迅速撤去对州来的包围，将部队移驻于卑梁地区，暂避锋芒，伺机行动。就在这时，楚国刚刚扩建的舟师可以投入战争了。楚平王熊弃疾闻而大喜，既然有舟师，不如亲自东巡。楚平王的舟师在大军的配合下，一直开到了卑梁。

楚平王先到一步，并没见着吴军的影子，顺手将与卑梁附近的巢邑扫荡一番，高高兴兴走了。楚平王以为短期能够镇住吴了。

楚师刚撤离那个地方，公子光率领的吴军也赶到了，又重新占领了卑梁和巢邑。可惜迟了一步，不然就能与楚平王的舟师相遇了。

楚国密探火速将吴军行踪报告给楚平王。熊弃疾这一刻完全可以回师与吴军较量，但他没有，而是继续朝家中赶，只是通知楚令尹子瑕抱病偕司马蔿越出征，前往卑梁。

两边都向这个地区集结。战争一触即发。

事情突然发生了变化。

楚军的行军途中，带病出征的楚令尹阳匄（即子瑕）因病重，暴毙途中。令尹阳匄途中病故，对于战争来说，是不祥之兆。楚军士气顿时低落。司马蔿越见状，被迫停止前进，在鸡父驻扎下来，拟稍事休整后再定下一步的行动。

公子光听说楚军统帅阳匄身亡，认定这正是歼敌的绝佳良机。他分析认为："跟随楚国的诸侯虽多，但均是些小国，且都是楚国胁迫而来的。况且这些小国也有各自的弱点。具体地说，胡、沈两国国君年幼骄狂，陈国率军的大夫夏啮强硬但却固执，顿、许、蔡等国则一直憎恨楚国，同楚国不可能同心同德。至于楚军内部，情况也很糟糕。主帅病死，司马薳越资历低浅，军中不服指挥者甚众，如此状态的楚军，士气一定很低落，政令也不能畅通。楚军貌似强大，实则虚弱。"

最后公子光的结论是，"七国联军同役而不同心，兵力虽多，但也可击败"。

公子光的分析入情合理，现场的吴王僚欣然采纳。吴军迅速向楚联军逼近，就等军令相机出击。

……

吴军与楚军相会的那天，正是"晦日"，天气很坏。相遇的地点是：鸡父。

怎么办，是打还是等。公子光并不信邪，率领先头部队刚刚到达鸡父就下达作战命令：两个时辰后，即是"晦日"，阴雨绵绵，寒气逼人，对方不会在这种天气下防备我们或挑起主攻！我们则要利用特殊天气，乘敌不备，以奇袭取胜。

一切就绪后，吴军在古代兵家最忌的晦日（七月二十九日）天刚蒙蒙亮，就突然发兵出击。向楚军与联军的阵地发出挑战。司马薳越不敢相信，哪有在晦日主动挑战的人？仓促之中，司马薳越把胡、沈、陈、顿、蔡、许六国军队排为头阵，以掩护楚军，自己在后面随时撤离。

公子光率主力掩护左部的掩余与烛庸的主力预先埋伏，将不习战阵的3000囚徒作诱兵去主动攻打胡、沈、陈诸军。双方交战不久，从未受过军事训练的吴国刑徒成了乌合之众，散乱退却。胡、沈、陈军见状，贸然追击，俘获者众，渐渐进入了吴军主力的伏击圈。时机一到，吴军当机立断，从三面突然收拢包围圈，迅速解决了胡、沈、陈三国的军队，捕杀胡、沈两国国君和陈国大夫夏啮。

到此时，公子光密令吴军故意懈怠对所俘三国俘虏的看守，使这些俘虏以为自己侥幸逃得性命，便纷纷狂奔，口中还叫嚷不已："我们的国君死了，我们的大夫死了！"剩下的联军许、蔡、顿三国军队见状，顿时军心动摇，阵势不稳。

时辰一到，主帅营里公子光擂鼓呐喊，将三军主力分左右中三路杀入联军剩余的许、蔡、顿三军。这三国之师，本来军心已摇，阵势不固，见吴军蜂拥而来，哪里还有作战的勇气，于是纷纷不战而溃，乱作一团。后面的楚军原本就准备逃走的，没想到这么快，来不及列阵迎敌，就被溃败下来的许、蔡、顿三国之师扰乱。年轻的司马薳越没有经历过这样的场面，一时无力调整，呆呆地望着溃败之军四散。

这次吴军面对楚军与楚国召集来的六国联军，毫不胆怯，充分逆用晦日不战的心理定式，采用诱敌冒进、设伏痛击、乘胜猛攻等一系列正确战法，达到了出奇制胜的战役目的，大获全胜，趁机攻占了州来。

州来一战，使吴国夺取了淮水流域的战略要地，从而"去江路而阻淮为固，扼楚咽喉为进战退守之资"。自此，楚国在战略上居于守势。

公子光胜利后，他并不甘心，而是乘胜勇追穷寇，将楚平王的夫人——太子建的母亲从居巢迎到吴国，大大羞辱了楚平王的颜面。司马薳越因楚平王夫人一事畏罪自杀，庸碌无能的囊瓦（子常）担任了令尹要职，从此楚军在吴楚战争格局中逐趋被动。

公子光的目标非常明确：第一步，对外建功立业，开启吴国的争霸之路；第二步，对内夺回王位，称王称霸。

阴纳贤士

伍子胥知道公子光大胜回吴后，觉得大展宏图的机会到了，他进到吴宫对僚说，"楚国是可以打败的，希望公子再度出征。"公子光听后，不动声色地对僚说："伍子胥的父兄被楚王杀死，他想借我们的军队去为他报私仇，现在楚国依旧实力强大，我们出兵的理由不够充分，在诸侯国面前还不够理直气壮。我侥幸胜楚是因为天时地利，还有公子建的母亲助了一臂之力。伍子胥只是楚国的叛臣，为他复仇，理由不够充分啊。他想的是自己，并没替吴国着想啊。"

吴王僚觉得公子光说得很有道理，便搁下了原先答应伍子胥的伐楚计划。

伍子胥得知消息后，辞了官，和公子胜到乡下种地去了。

伍子胥带着公子胜开始了农耕生活。他心虽不甘，也十分焦虑，但又无计可施。思忖半天，突然拍拍脑袋，明白过来：自己的兴吴大计切实可行，为什么公子光要阻止僚任用自己呢？一定是公子光有野心！他不是要阻拦自己，而是要阻拦吴王重用自己，一定是他自己想称王！他称王就必须杀死吴王僚，谁来杀死吴王僚呢？这就需要一个刺客，谁来找这个刺客呢？就是我呀！我只要把刺客引荐给公子光，刺死僚，助他登上王位，他就会雄心勃勃地兴吴灭楚，一展霸业，顺便就给我报了家仇。

伍子胥便开始用心寻觅刺客。一天，他在街上闲逛，忽然看到有人在肉摊前打架。赶过去一看，原来是两个壮汉打得不可开交。其中一人盛怒之下，爆出万夫不当之勇，这时，听到有一个女子弱弱地唤他，他的雷霆之怒顿时烟消云散，乖乖地跟着她走了。

子胥奇怪，问他说："先生盛怒之下，为何听到一女子的声音就退了，什么原因呢？"专诸说："看你的样子，不傻吧？怎么问出这种话来？夫屈一人之下，必伸万人之上（能屈从一人之下，必然能站在万人之上）。"子胥便看了看他的相貌：脑门凸起，双目深陷，虎胸，熊背，隐隐有慷慨赴死的潜质。子胥知道他是个勇士，便私下用心与他结交，二人很快成为知己。

伍子胥和专诸都想不到，"专诸刺王僚"被后世的司马迁写进《刺客列传》，成为"士为知己者死"的最早践行者。

中国历史上最早留下名字的刺客叫彭生。周庄王三年（前694）鲁桓公被刺死在从齐国回鲁国的路上。很快，齐襄公就派人查出了凶手，乃齐国公子彭生。公子彭生被齐襄公割舌后送往了鲁国，被鲁国处死并将其首级悬挂城门三月。

公子光与专诸

和专诸成为知己，助公子光上位，这是伍子胥报仇雪恨的第一步。只要公子光在吴国登基，何愁不能向楚君复仇？

伍子胥带着专诸去见公子光，他举荐专诸给公子光当门客，聪明的伍子胥没有多说什么话，只称赞了专诸的义气、勇气。

一个屠夫，如此得到伍子胥的赞赏，公子光瞬间明白伍子胥的用意，他也没有说破什么，此后，将专诸奉若上宾，待若知己，对专诸的母亲也奉若亲娘，搞得专诸一家不知怎么报答才好。

专诸的母亲对专诸说，伍大夫将你荐给公子，这就是把你推到了一个没有退路的地方，你要尽忠尽力为公子做事！他日若需你性命，你一定不能有半点迟疑！

专诸说，儿遵母命！

母亲又问，你知道桑下饿人示眯明（提弥明）救赵盾的事吗？

专诸说，母亲不止一次说过。这个故事，父亲在儿小时候就说了几次，儿记着哩！

早在专诸母子俩说这话的百年前，有位晋国大臣叫赵盾（谥号宣孟），去首阳山打猎，住在翳桑，见到一位饿得不能动的人，问对方得了什么病？不能动弹的示眯明回说，"不食三日矣"。赵盾赶紧给他吃东西。对方吃了一半就不吃了，赵盾问他什么原因。

示眯明答道：我外出三年，不知母亲还在不在，现在离家近了，我想带回给母亲。

赵盾说：放心吃光吧。接着给他准备了一篮子饭和肉，装了几口袋东西让他带回家。

过了三年，晋灵公想杀赵盾，在房里安排了禁卫埋伏。晋灵公下令禁卫杀掉赵盾。有个禁卫突然调转枪戟，反过来抵御其他的武士，把赵盾救了出去。

赵盾惊讶地问道：你是谁？住在哪里？

此人答道：我就是翳桑你救的那个饿人啊！说完就逃走了。

母亲对专诸说，翳桑饿人有恩必报，我们也是这样的人家呀。

夜幕降临。专诸劝母亲早点休息，自己则悄悄来到公子光府上，对公子光说："公子待我恩重如山，我想知道公子为何这样待我？"

公子光见他深夜前来，诚意满满，便对他说了自己的心事。公子光说："如果按兄弟的次序，季札继位，谁都没意见。季札不继位，那就应该传给老大的儿子才对，你说是不是？况且我父亲做过君主，是让位给老二的。传给我是符合祖宗法度的，我是爷爷的长孙，应当立我为君。"

专诸说："别的我不想知道，但我知道士为知己者死。你记得一个叫鉏麑的人吗？"

公子光说："我当然知道。不但知道，我还知道这个鉏姓很古老，是羿的后代。他们都是羿部落的族人，以居住地命名的氏族，叫'穷鉏氏'，也叫'有穷氏'。他们后代中有单姓鉏的。你说的那个人就是这个氏族的，叫'鉏麑'，也叫'沮麛'！前不久有人来说，此人是鲁国正卿季武子的后代，有人称他鉏之弥。我查了一下，说这话的人完全错了，到现在为止，季武子家还没出过这样的人！也没派生出这个'鉏'姓，如果是后人张冠李戴，那是后人的事，我们可不能以讹传讹，让后人笑话啊！"

接着，公子光又说："这个鉏麑是个明辨大义的人啊！他受晋灵公安排去暗杀赵盾，天明前潜入了赵盾家的大院，摸到了赵盾的房间，发现门已大开。原来赵盾勤于国事，早早穿戴好了在等候上朝，因为时间还早，就坐着闭目养神，嘴里还喃喃念着劝君的话。赵盾的勤勉和正直感动了鉏麑。鉏麑是个有正义感的晋国人，实在下不去手杀害赵盾，便退了出来。之后，鉏麑为难地在门外不断叹息地念叨着说：这样忠于职守的好官，真是百姓的救主啊！杀害百姓的救主，就是不忠。不执行国君的命令，就是不信。左右为难，还是我死吧！"

他就在院子里触槐而亡。

赵盾听到动静，来到院子里看到了死去的鉏麑，他明白是怎么回事后，并没有改变上朝的想法，还是不动声色地去上朝。

专诸说："那个鉏麑就是我的榜样！"

公子光感激地说："你能说这样的话，我就知道你不是常人，愿我们成兄弟，日后你家人便是我家人，你家事就是我家事！"

这个晚上，两人成了兄弟！

此后，专诸去太湖拜师学艺，苦练炙鱼本领，终于练得一手好厨艺，被后世视为厨师之祖。

寻找鱼肠剑

是伍子胥先见到鱼肠剑，还是见了专诸后再想找鱼肠剑，历史上有好几种说法。这似乎并不重要。我们还是顺着主流历史的说法，讲伍子胥在街头遇专诸，再找鱼肠剑吧。

行刺吴王僚是一项极高端的"技术"活儿。凭剑术，凭武力都不能成功，唯一可行的就是利用吴王僚喜爱炙鱼，将剑藏于鱼腹，在众目睽睽之下通过，送达吴王僚眼皮下，如此还必须能在迅雷不及掩耳之势的几秒钟内，握剑到手，而且要握准姿态，毫无闪失地刺入对方前胸，透至背脊方可。这一连串的动作必定要在须臾之际完成！专诸献鱼，双手端盘，短衣赤身，浑身无以藏器，唯一可藏之处就在盘与鱼之间。

专诸在公子光府内，接受着伍子胥日夜不休的秘密训练。专诸有一日问伍子胥：你这么训练我，我没剑，训练再好也没有用啊！伍子胥回答说，训练你就专干一个活儿，如何在最短的时间内将剑刺入对方前胸。专诸说，要做到你说的，别的什么剑都不行，只有鱼肠剑。

伍子胥诧异地问：你怎么知道？

专诸说，铸剑大师欧冶子使用了赤堇山之锡、若耶溪之铜，经雨洒雷击，得天地精华，制成了五口剑，他们分别是湛卢、纯钧、胜邪、鱼肠和巨阙。近距离使用，最好的就是鱼肠剑。鱼肠剑啊鱼肠剑，你在哪里？俩人不约而同，脱口而出。

伍子胥痛苦地长叹：苍天啊！我伍子胥在昭关已经将一头乌发急白了，现在还能为这鱼肠剑急成什么颜色，你才罢休？……

最懂鱼肠剑的是被离。

一日，伍子胥与公子光的谋士被离聊天时，伍子胥故意将话题扯到铸剑上，伍子胥说，吴国因为发现姑苏穹窿山是吴王寿梦发现铁精之处，所以寿梦能够让吴崛起称霸。被离是吴国人，对历史自然比伍子胥知道得多，他纠正说，海涌山更早些发现铁精，挖成深潭，如今成了铸剑的淬火处。

伍子胥也知道那地方过去确实有铁精矿，现在成了铸剑的地方。他故意说，欧冶子在哪里铸出湛卢、纯钧、胜邪、鱼肠和巨阙剑，说法各有不同。可惜这些宝剑，今在何方，不会被埋入地下吧？

被离说，欧冶子在什么地方铸成这五把剑，说法很多，一种是说欧冶子给越王制的，那就不在海涌山。接着他又说，剑铸出来后，请相剑大师薛烛相剑，大师瞟了一眼就说，此剑逆理不顺，不可服也，臣以杀君，子以杀父。此断论实在令人震惊。这些剑就被越王蓄意赠给吴王，吴王请人相剑，结论与薛烛相同，吴王就把剑搁在一边了。

伍子胥见被离说得这么详细，知道他一定能找到这些剑，便深一步探道：这些剑里有没有一柄短剑？身上的花纹像鱼肠的？

剑上的花纹？是的。有点像古剑常有的纹路，这种纹路曲折婉转，凹凸不平，鱼肠般盘旋。

太好了，剑能制得如此小巧，就能够沿鱼口藏入鱼腹！伍子胥说。

说了这么多，我何处可以一睹真容？伍子胥问。

被离说，我能给你找来。几天后，他果然拿来了鱼肠剑。

专诸刺吴王僚

春秋时，国家之间尊奉周礼，其中一项是趁着别国国丧时发兵攻打，便是极其不道德的行为。可到了春秋战国后半期，这项礼数便逐渐被废弃了。自从公子光在"晦日"攻楚取得战略优势后，吴国基本上将礼仪与忌讳丢到脑后了。

吴王僚十二年（前515），楚平王死了。消息传到吴国。伍子胥非常悲愤，楚平王已死，父兄之仇未报，这如何对得起九泉之下的父兄！伍子胥为这件事竟然三天未进一粟。

吴王僚觉得楚平王驾崩，趁楚国大办丧事之际，正好拔几个城池，扩大吴国的版图。也许就此打败楚国，称霸整个南方。他毫不犹豫地委派自己的两个弟弟掩余和烛庸担任大将军，带兵悄悄进攻楚国的潜邑。楚国毕竟是个大国，对于吴国的攻击迅速做出反应：派遣大部队绕到吴国军队后方切断了退路，把他们困在潜邑。

吴王僚怕诸侯国联手助楚，战前便请四叔季札去晋国，观察"各诸侯国对于吴楚两国战役的态度与动静"。

公子光终于等到了这一国内空虚的良机！他对专诸说道："此时不可失，不求何获！且光真王嗣，当立，季子虽来，不吾废也。"意思是机不可失，我是真正的王位继承人，本该上位，四叔季札即使回来，也不会废我，自己继位的。专诸说："王僚可杀也。母老子弱，而两弟将兵伐楚，楚绝其后。方今吴外困于楚，而内空无骨鲠之臣，是无如我何。"意思是，我可以杀僚了，只担心母老子弱，僚的两个弟弟带兵伐楚，被楚兵围困。现在吴国外有楚国围困，内无骨鲠之臣反对你，上天也奈何不了我们了。公子光对专诸磕头说道："光之身，子之身也。（我的命，就是你的命。）"

专诸，一个屠夫，看问题竟然如此透彻和全方位，对内对外，对国对家对知己，不愧千古留名！

专诸知道，士为知己死的时候到了。他并不担心自己的幼子，他知道公子光一定会善待他，让他成为栋梁之材的，他舍不下的还是自己的老母。

专诸回家见过老母后，暗自垂泪。母亲便知道这一刻到了，谎称想喝泉水。待专诸取水返回，母亲已自缢在家。

四月丙子这一天，公子光事先在暗室埋伏好身穿铠甲的武士，又命伍子胥组织百人左右的敢死队在他府外暗伏，以备接应。安排好后，他去见僚，"真诚"地告诉他说："有个会烧鱼的厨师刚刚从太湖那边来，带了活鱼。这个人的专长就是炙鱼，鱼烧好了，身体还在动，眼珠还能转！味甚鲜美，我想请大王过去尝尝这位厨师的鱼炙得如何。"

吴王僚被说动了心，但怕公子光有阴谋，为防不测，赴宴时派出卫队，从王宫一直排列到公子光的家里，门户、台阶两旁，都是吴王僚的亲信。夹道站立的侍卫，都举着长矛，戒备森严，亲信更是不离左右。吴王僚准时到场，宴会气氛十分热闹，吴王连连喝了好几杯，公子光见吴王僚有些醉了，便向吴王僚称脚痛难忍需用布重新裹一下，趁机离席躲入暗室。公子光离席后，专诸立刻从厨房端出刚刚做的鱼。警卫拦住，层层通报过去："鱼已炙好，是否端上？"

吴王僚看看光不在，一时不知该不该说上。

身边亲信说："大王，请明示。"

吴王僚便说："上鱼。"

专诸双手高高托着菜盘，赤膊跪地用膝盖前行，将这盘炙好的香气直喷的大鱼慢慢移向宴会现场。武士用利刀架在专诸的肩旁。吴王僚从远处看过来，真是万无一失啊！他笑着对专诸招呼道："那就先把这鱼让我看看。"

专诸将烹饪好的梅花凤鲚炙献给吴王僚，这款梅花凤鲚炙散发的香味的确与众不同，香气熏得吴王闭上眼睛美美地体会着。专诸为吴王僚稳稳地用手掰鱼。鱼掰开了，这柄藏于鱼腹的利刃显露出来。吴王僚还没睁开眼睛，专诸便手执利刃以迅雷不及掩耳之势刺向吴王僚，鱼肠剑刺破了吴王僚身穿的三层铠甲，刺中了僚的心脏，力透脊背，吴王僚睁眼大叫一声，当场毙命。

旁边卫士一拥而上，刀戟齐下将专诸砍为肉酱。

暗室中的公子光知道事成，唤出伏兵将吴王僚的卫士全部扑杀。

吴王僚亡，公子光自立为国君，他成为历史上赫赫有名的吴王阖闾（也称阖庐）。

据史载：这一天出现了彗星袭月的天象。彗星的光芒扫过了月亮，古人认为这是地面有大灾难的星象。一个屠夫刺死了一个国王，属大逆不道。

阖闾封专诸的儿子为上卿。将鱼肠剑封存，永不再用。

"专诸进炙刺王僚"的故事是历史上发生的真实事件，有人说地点就在今天泰伯庙的位置——苏州市姑苏区阊门内下塘街。

司马迁把这事记入《刺客列传》。

第二章　王者之光

拜孙武为将

伍子胥实现了让阖闾坐上吴国王位的诺言。

在阖闾的勤政、务实、爱民的国策下，吴国国内稳定，仓廪充足，军队精悍。完全具备了为伍子胥父兄复仇的条件，可以向西进兵征伐楚国了。阖闾三年（前512），伍子胥向阖闾正式提出伐楚的请求。阖闾没有正面回答而是找了借口表示当年的承诺，他一定会兑现，但不是现在。

"我明白"，伍子胥替阖闾说出了进军楚国复仇的难点：这样的长途远征，一定要有一位深通韬略的军事家筹划指挥，方能取胜。阖闾回答，是啊。接着感叹道，我正愁这事哩，你有合适的人选吗？

伍子胥心想，这事我替你早想好了人选，但你不言不语的，我也琢磨不透你这壶里装的是什么啊！我不能主动献上啊！更不能说出自己为此准备多年的储备——孙武，而是旁敲侧击地问，是否还记得曾经推荐给你的《考工记》？

阖闾说，记得，那是好书，我的许多事都照上面做的，收效很好。怎么，那位陈国的公子来了吗？

伍子胥说，他早已去世了，但他的孙子还在。

哦？！阖闾久久不语。关于陈国公子完，阖闾向多人打听，大家都说他是管仲的助手，很能干，可他的孙子，能与他比吗？

在阖闾的印象里，古老的陈国，是帝舜后裔，西周至春秋时期的一个妫姓诸侯国，首任国君妫满是遏父（又称阏父，曾担任周文王的陶正一职，掌管制陶）的儿子，建都宛丘（今河南淮阳城关一带）。公元前672年，陈公子完为齐国大夫。陈完在担任"工正"期间，不仅帮助齐国完成了"工盖天下""器盖天下"的目标，还组织人修订了《考工记》一书。由于陈完出色的工作和绝佳的人品，齐桓公便赐给他一些上好的田庄……

阖闾想到这里，便说，祖上有能力，也不能说他就有本事啊！他的孙子是干什么的？

伍子胥实话实说道，没什么建树。

阖闾说，那就是布衣，一个布衣能有多大的本事。说完，站起来走了。

望着离去的阖闾，伍子胥大声叹道，大王啊大王，想称霸业，非孙武不可，他手上有部用兵打仗的天书……

阖闾一听来神了，站住回转过身说，布衣也能著书，还是兵书？你拿给我看看。如果真有此事，此人必为奇才，本王一定重用。

伍子胥说，最好大王正式召见他，有才之人都有傲气！

阖闾看看伍子胥，说，好吧，见见这个年轻的布衣吧！

孙武的祖上是春秋陈国陈厉公的公子陈完（"陈"与"田"在当时的读音相近，故又称"田完"。死后，谥号敬仲）。陈国，国姓妫，出自姬姓，黄帝的后代。传说颛顼的后代舜，娶尧二女娥皇、女英，女英生子商均。商均后代妫满娶周武王长女太姬，受封于陈，奉守舜帝的宗祀，建都宛丘（今河南淮阳城关一带），辖地最大时达十四邑，大致为现在的河南东部和安徽的一部分。根据胙土命氏（被分封者以封邑的地名作为自己的姓氏——编者注）的规定，称陈氏，遂为陈满，谥胡公，后人也称其为陈胡公。陈完系陈国第十五代国君陈厉公姬跃的儿子。

陈完的故事被编入了《诗经》——

　　　　翘翘车乘，
　　　　招我以弓。
　　　　岂不欲往，
　　　　畏我友朋。

齐鲁长勺之战后，因为曹刿的介入，历史便留下了精彩的《曹刿论战》。战后，齐桓公指示陈完，将管仲两天内的对策整理后抄成简牍与绢本数份。管仲立刻阻止道：此乃军事密事，不可外传，若敌国有之，我师优势必失。齐桓公恍然大悟，便让陈完复抄简书一份呈他。陈完私下多抄了一份，瞒过众人，悄悄带回家珍藏。有人要告发给齐桓公，被管仲拦下，示意不予追究。陈完知道后，迅速将此简牍砌于墙内。直至陈完四世时，旧宅倒塌，早已改姓田的陈完后人从塌墙里发现了这批简牍。知其珍贵，继续秘不外传。

陈完五世孙田书做了齐国的大夫，他曾经熟读陈完藏于墙中的用兵简牍，在军事上卓尔不群。齐景公将乐安封给他作为采邑，并赐姓孙。田书遂改姓孙，名书。孙书的儿子孙凭，被授予公卿。孙凭就是孙武的父亲。

孙武从小阅读家藏的这些军事典籍，完整地领悟了"有德不可攻""地制为宝""知难而退""强而避之"等谋略出众的篇章。

齐景公初年，齐国内乱。孙武作为田氏后裔，也被卷入。大约在齐景公三十一年（前517）左右，18岁的孙武，毅然离开乐安，告别齐国，长途跋涉，客居吴国，在穹窿山下住了下来。

孙武带着他刚写就的兵法随伍子胥觐见吴王阖闾。阖闾将兵法一篇一篇看罢，啧啧称奇，然后问道：晋国的大权掌握在范氏、中行氏、智氏和韩、魏、赵六家大夫手中，将军认为哪个家族能够强大起来呢？

孙武回答说，范氏、中行氏两家最先灭亡。

为什么呢？阖闾感到有些诧异。

孙武解释说，我是根据他们的田亩制度、收取粮租和他们的兵力多少、行政管理人员的贪廉来判断的。就说范氏、中行氏吧。他们租田的丈量标准以一百六十步为一亩。在六卿之中，这两家的田块最小，而收取的粮租最重，高达五分之一。加上其他税费，百姓早就被压得喘不过气来了；他府里的吏多又骄横，军队庞大动辄打仗。长此下去，必然众叛亲离，土崩瓦解！

阖闾认为孙武说得很有道理，接着问，范氏、中行氏败亡后，该轮到哪家呢？

孙武回答说，同理推论，就要轮到智氏了。智氏家族的亩制，只比范氏、中行氏的亩制稍大一点，以一百八十步为一亩，租税却同样苛重，也是五分之一。智氏与范氏、中行氏的病根几乎完全一样：税重，王富，民穷，吏众兵多，主骄臣奢，又好大喜功，结果只能是重蹈范氏、中行氏的覆辙。

阖闾继续追问，智氏家族灭亡之后，又该轮到谁了呢？

孙武说，那就该轮到韩、魏两家了。韩、魏两家以二百步为一亩，税率还是五分之一。他们两家仍是税重，民贫，兵多，战事不断。

孙武接着说，至于赵氏家族，和上述五家不大一样。六卿中，赵氏的亩制最大，以二百四十步为一亩。不仅如此，赵氏收取的租赋历来不重。亩大，税轻，官家取民有度，官兵不多，居上者不过分骄奢，居下者尚可温饱。苛政丧民，宽政得人。赵氏必然兴旺发达，晋国的政权最终要落到赵氏手中。

孙武论述晋国六卿兴亡的一番话，给阖闾上了治国安民的一课。阖闾深受启发，高兴地说，将军论说得很好。寡人明白了，君王治国的正道，就是要爱惜民力，不失人心。接着说，你的兵书也是用理论推出来的吧？

不！孙武说，我的兵书都是前人与如今的战例总结出来的。

阖闾说，你的兵法十三篇，我已经逐篇拜读，实是耳目一新，受益不浅！但不知实用起来如何，可否小规模演练一下，让我见识见识？

孙武回答说，可。

阖闾又问，先生打算用什么样的人演练？

孙武答，随君王的意愿，不分高贵低贱，不论男女。

既然你这样说，我真的想一试了，阖闾说着。他想，孔子说，唯小人与女人难养也。你说什么人都可以，这眼前的宫女，不就是孔子说的难养的角色吗？

于是，阖闾下令将宫中180名美女召到殿前空地上，交给孙武。阖闾坐在高高的宫台上观看孙武演练。只见孙武把180名宫女分为左右两队，指定阖闾最宠爱的两位美姬为左右队长，让她俩手中握戟，指挥宫女操演，同时指派自己的驾车人和陪乘担任军吏，负责执行军法。

分派已定，孙武站在指挥台上，认真宣讲操练要领。

他问道，你们都知道自己的前心、后背和左右手吧？你们都看着各自队长握的戟。戟向前，向前看；戟向左，看左手方；戟向右，看右手方；戟向后，看后背方向。一切行动，都以鼓声为准。你们明白了吗？

宫女们回答：明白了。

规则宣布后，孙武布下斧钺手，三令五申纪律，不服从者军法处置，然后击鼓传令让大家向右看，宫女大笑。孙武说："士兵不清楚军法，不熟悉军令，是将领的错。"然后三令五申，挥戟击鼓让大家向左看，宫女继续大笑。孙武说："士兵不清楚军法，不熟悉军令，是将领的错；既已清楚而不从命，是领队队长的错。"于是要斩左右队长。吴王从台上看到要斩爱姬，吓坏了，赶紧让人下令说："寡人已知将军能用兵矣。寡人少了这二姬，食不甘味，愿勿斩也。"孙武说："臣既已受命为将，将在军，君命有所不受。"于是斩杀了这两个队长。

接下来，孙武任用另外两位爱姬为队长，再击鼓。宫女们左右前后均能中规中矩，阵形整齐，不敢出声。于是孙武派人报告吴王说："兵既整齐，王可下来校阅，大王想怎么号令她们，即使是奔赴水火也没问题了。"吴王说："将军请回去歇息，寡人不用看了。"孙武说："大王只是嘴上喜欢兵法，并不想实用啊。"

于是阖庐知道孙武能用兵，便任他为将。朝西击败楚国，打到楚国国都，朝北威胁齐国、晋国，在诸侯中声名鹊起，成为中国历史上第一位军事大家。

虎丘有个孙武子亭

孙武刻在了历史和中国文化的深处，虎丘建有孙武子亭供后世缅怀。

孙武的"吴宫教战"故事，在《史记·孙子吴起列传》中记载了，无独有偶，山东临沂汉墓出土的《见吴王》残简上也记载了这个故事。清代苏州籍诗人顾日新有诗写道：

> 一卷兵书动鬼神，济时活国胜儒臣。
> 报功未极当年量，收效常为后世珍。
> 毕竟元机非笔墨，可无遗庙慰荆榛。
> 种花漫近庭前土，恐是吴宫旧美人。

都知道孙武是中国古代军事领域的高峰，历史上吴国有多少孙武遗址或纪念场所，已经不清楚了，但虎丘山是有孙武祠的。清嘉庆十一年（1806），孙武第五十七世孙孙星衍（清代山东督粮道）购一榭园（山塘街虎丘山门内 8 号）改建。

祠中央塑有孙武半身簪笏（古代官员上朝时头戴冠帽手执竹板，用固定冠帽的簪子和奏事或记事的竹板来暗喻官员身份）巨像，神态慈祥，目光睿智而不失威严；四周配祀军事家孙膑、医学家孙思邈等孙氏后裔人像；四壁竖碑勒石，刻有名家诗文。孙星衍曾作《孙子祠记》，详细介绍了他买舟访孙子墓以及建造孙子祠的具体经过。

虎丘新建吴将孙子祠堂碑记

吴东门外有孙子冢，见《越绝书》云："巫门外大冢，吴王客，齐孙武冢也，去县十里。"又见《郡国志》引《皇览》："在吴县下"。明卢熊《苏州府志》引《吴地记》云："在平门西北二里，吴俗传其地名永昌。"今求其冢不得，惟长洲之雍仓有冢，土人呼孙墩，"雍""永"声相近，道远未敢定之。郡之士大夫及吾族人，以为虎丘吴王阖闾所葬，孙子为吴王将军破楚，故闾门亦名破楚门，宜于虎丘建祠屋以栖神。因谋于当道，立祀祭享焉。孙子名武，字长卿，其先出自齐田完五世孙孙书。唐林宝、宋邓椿姓氏书言："景公赐姓孙氏，食采乐安，生冯，为齐卿，冯生武，以田、鲍之难奔吴，伍子胥荐于吴王，将军破楚。"古者"将军"、如《左传》将上军、将中军之属，非有是官。武特为子胥画策，不受官，故《越绝书》称为吴王客。《春秋》既载子胥破楚之功，不必及武，故名偶不见于史。武死有功，其子明食采于富春，生膑，显于齐，其后世有达人，支族繁盛，或居太原，或居清河，或居汝州郏城，或居青州，或居昌黎，或居武邑，武遂见姓氏书，皆孙子后也。孙子有功于吴，自当庙食此土，后且失其墓，岂称东南士夫声名文物、好古兴废之志？唐肃宗祀太公望为武成王，以孙、吴等十人配享，如孔子之有十哲。国家令甲以《孙子》十三篇发题试士，尤宜令武学诸生有瞻拜像设之处。然则吴门立祠，合于祀典"有功于民，及因国无主后则祀"之义也。翰林院庶吉士孙原湘、孙尔准，山东督粮道孙星衍，高唐州知州孙良炳，皆远祖孙子。予告刑部侍郎王昶，为孙子五十七世孙，以外家为姓，同时建议醵赀。苏州周太守锷，吴县舒大令怀前，朱大令锡爵，元和万大令承纪，实成此举，并族人之好义者，列名碑石云。

铭曰：

桓桓我祖，传此韬钤。信赏必罚，不残以严。

霸吴入楚，折冲樽俎。归功伍胥，荣名不处。

兵经煌煌，名将之则。适道以权，我战则克。

士有诵法，神所凭依。支族分布，崇祠在斯。

左瞻巫门，北倚虎阜，魂无不之，死而不朽。

废祀复举，武功右文，吴都永芘，潢池扫氛。

张问陶有《宴集一榭园》赞孙子祠：

孙祠雄秀陆祠清，同偕山塘隐姓名。

笑我凭栏聊射鸭，与君赌酒又谈兵。

莼鲈旧约真能践，花月闲缘最有情。

流水半篱山一角，向来原不谢公卿。

诗中高扬英雄气概，自喻清高，蔑视权贵，每每读此诗，都要问诗人何许人也？

诗人张问陶，你不知道是谁？但问张船山，问《船山诗草》，做学问的人知道的就更多了。说起张问陶，在清代诗史上占有重要地位。他不仅是清代蜀中诗冠，也是清代乾嘉诗坛大家，一代诗宗，是清代一流的诗人和诗学理论家，是性灵派后期的主将和代表人物。钱锺书在《谈艺录》中说："袁、蒋、赵三家齐称，蒋与袁、赵议论风格大不相类，未许如刘士章之贴宅开门也。宜以张船山代之。"

张问陶的诗作在海外广有流传，备受推崇。船山诗价重鸡林（新罗国。今韩国庆州），日本、朝鲜来京师求其诗者，络绎不绝，在东南亚影响甚巨。日本嘉永元年（清道光二十八年，公元 1848 年）和刻本《张船山诗草》（线装本）出版，共七册，此为日本早期船山诗刻本，和纸刻印精美，带藏书印。日本明治时期汉学家森春涛手钞、其子森槐南校有《清三家绝句》，明治十一年（清光绪四年，公元 1878 年）由日本茉莉诗店刊刻，选张船山绝句 165 首。

张问陶于乾隆二十九年（1764）阴历五月二十七日出生于山东省馆陶县（今山东省冠县北馆陶镇）一个官宦世家。先祖居湖广麻城孝感乡，明洪武中迁居遂宁。乾隆五十五年 (1790) 张问陶进士及第，曾任翰林院检讨、江南道监察御史、吏部郎中。为政清明，为官清廉，不适应朝廷"气候"，请求外放后出任山东莱州知府。嘉庆十七年 (1812) 三月，张问陶以生病为由从莱州知府任上辞官。行前，张问陶念及莱州歉收，民有饥馑，便将自己历年积蓄捐谷七百石赈济七邑饥民。他上辞呈后曾写诗自述："二十三年指一弹，非才早愧不胜官。云衣久已轻如叶，虚背抽身也不难。"离莱州时，又写诗自白："绝口不谈官里事，头衔重整旧诗狂。"反映了他对官场生活的厌弃。

张问陶出生时，父亲在馆陶做官，他的籍贯是四川潼川州遂宁县黑柏沟（今属遂宁市蓬溪县）人，因故乡城西有船形山，便以"船山"为自己的号。因善画猿，亦自号"蜀山老猿"。辞官后没有回原籍，寓居于苏州山塘街青山桥附近，邻白居易祠，遂名为"乐天天随邻屋"。用他在《题乐天天随邻屋·序》中话说："壬申自东莱谢郡，就医吴门，侨寓虎丘，右倚甫里祠，东距白公祠不远"，本想遨游大江南北，拜医求药，访友求艺。不料，病情加重，医治无效，于嘉庆十九年三月初四日（公元 1814 年 4 月 23 日）病逝于苏州寓所，享年五十一岁。张问陶辞世时，家境萧条，三个女儿尚未出嫁，家人无力扶其灵柩回乡，乃寄棺于苏州光福镇玄墓山。次年，其儿女得到了鲍勋茂、查有圻、王大煊等生前好友资助，张问陶才得以归葬故乡遂宁。

张问陶一生虽然很短暂，但留下的文章诗作巨大，世人论及清代诗文均不可绕开他。他写梅花的诗颇得时人赏识：

野鹤闲云寄此生，暗香真到十分清。
转怜桃李无颜色，独抱冰霜有性情。
赠我诗难应束手，笑他人俗也知名。
开迟才觉春风暖，先听流莺第一声。

张问陶撰有《船山诗草》，存诗3500余首。其诗天才横溢，与袁枚、赵翼合称清代"性灵派三大家"，与彭端淑、李调元合称"清代蜀中三才子"，被誉为"青莲再世""少陵复出""蜀中诗人之冠"。

……

孙子祠因张问陶这些诗文而名闻四方。

清咸丰十年（1860）太平天国李秀成部占领虎丘，战乱中虎丘损毁严重，孙子祠、孙武子亭在内的众多文物焚毁殆尽。

历史的风浪中，孙子还是遮盖不住的。1945年秋天，吴县县政府出资整理了虎丘名胜，发动民众上山植树造林，并计划重建孙武纪念亭。为表示隆重，还特请蒋介石题词。后因财政紧张而搁下。1948年6月，国民政府所在地南京的各界兵学名流再次发起倡议活动，并由于右任、梁寒操、沈尹默三位著名书法家分别书写了《孙子兵法》十三篇，但由于当时政局动荡，最终也不了了之。1949年后，人民政府旧事重提，于1955年，在虎丘山建起了孙武纪念亭并立碑纪念。可惜的是，在"文化大革命"中又一次被毁。

我们现在看到的这座亭，是 1984 年在公元 955 年建的孙武子亭原址上修建的新亭，亭高九米左右，四面八角，花岗石栏柱，亭盖陡而高，覆苏瓦，檐弧状，如花瓣，造型精美而古朴，在虎丘诸亭中显得厚重而威武，亭内高悬张爱萍将军书写的匾额"孙武子亭"。亭子中央立青石巨碑，上配木质匾额，刻祥云兵书宝剑。阳面镌刻张爱萍将军的题词：

> 孙子兵法，
> 克敌制胜；
> 娇娘习武，
> 佳话流传。

将军的书法潇潇洒洒，刚健奔放。阴面刻建亭碑记，为苏州书法家吴进贤书。

与孙武亭成为整体的还有两个小亭，一曰东丘亭，一曰花雨亭。

东丘亭的旧亭已毁，我们现在看到的东丘亭是 1955 年重建的，在孙武练兵场之东。亭名的来历，就是因为它在虎丘的东部而得名。明代高启有《同徐记室登东丘亭》诗，诗云：

> 同上高亭一赋诗，
> 喜逢君是谪归时。
> 不然此日登临处，
> 应望天涯有远思。

此亭也是攒尖式，顶覆素瓦，花岗石栏柱。柱上刻清代顾云美《移居塔影园》

中诗句："负郭烟云堤七里，邻溪箫管石千人。"一现旧时虎丘繁盛景象：背靠城郭，烟云缭绕，七里白堤，山塘河畔，箫管阵阵，千人石上人头攒动。

花雨亭为元代至元四年(1338)僧人普明建。旧亭在仰苏楼旁，下临千人石，取方子通"生公天人师，讲法花雨坠"诗意而名"花雨亭"。明代顾梦麟为此亭赋诗，云：

纷纷花雨太无端，
落向空山白日寒。
台下几人曾听法，
袈裟著处不教瞒。

现在的花雨亭为1966年重建，在孙武练兵场西北角，临千人石、白莲池，结构与东丘亭相仿。柱刻吴县人潘景郑的对联"俯水鸣琴，游鱼出听；临流枕石，化蝶忘机"，营造一个陶醉山水间、天人合一的意境，妙不可言。

西征扼楚称雄

阖闾称王后，孙武和伍子胥这两人一武一文襄助吴国，吴国得以迅速崛起。

周敬王十四年（前506），吴王阖闾命伍子胥开凿胥溪。这条胥溪起自今苏州胥门，入太湖，再经宜兴、溧阳、高淳在安徽南部的芜湖附近注入长江，全长约225公里，是世界上第一条人工运河。

这一年，吴王阖闾也兑现了给伍子胥的诺言，派孙武率领吴军突袭楚国，在柏举（今湖北麻城境）击败楚军主力，进而攻入楚都郢（今湖北荆州西北）。这一战役在历史上被称为"柏举之战"。这一战，使楚吴两国的军事力量产生了强烈反转，楚国再无力量与吴国叫板。从公元前 584 年第一次"州来之战"起，两国之间在 70 余年中，曾先后发生过十次大规模的战争，其中吴军全胜六次，楚军全胜一次，互有胜负三次。总的趋势是，吴国逐渐由弱变强，开始占据战略上的主动。吴楚两国决战胜负的一仗便是"柏举之战"。

这次战争引发的焦点是，蔡国吞并了已经成为楚的附庸国的沈国（今河南平舆北），引起楚国的极大不满。楚国立即出兵攻打蔡国（今河南新蔡）。蔡见楚国前来问罪，知道自己敌不过楚，立刻向吴国求援。几乎同时，唐国（今湖北随州西北）国君因长期不满楚国对他的勒索欺凌，暗中也向当时的强国吴靠拢。

吴国国君阖闾间接到了蔡国国君蔡昭侯的求援。

伐楚的起因竟然是一件裘衣和一匹宝马。

……

蔡昭侯十年（前 509），昭侯姬申去朝见楚昭王，带去两件贵重的皮裘。一件送给了楚昭王熊壬，年仅 17 岁的楚昭王对于这件礼物并不是很在意，但主持国政大权的相国子常（囊瓦）看到后，心里不爽，眼见姬申手里还有一件，以为这件会送给他，没想到的是，姬申却当着昭王的面穿在自己身上，并说，"昭王啊！你看，我就这两件宝物，一件送你，另一件我穿上啦！……"

子常在一旁斜了他一眼。

大家明白要坏事了。因为楚国的国事并非昭王做主，而是子常啊！

果然，姬申正得意时，子常过来说话了，先都说些闲话，在闲话里，子常握了握姬申腰里佩的玉，说，"这块玉佩在我身上也很适合！"

如果换个人，一定会说，"好，那就送你吧。"或者会婉转地找个理由拒绝。偏偏这位姬申不会，而是把胸脯挺了挺，对心胸狭隘的子常说，"这块玉更适合我吧？"转身就走开了。

好。你敢在广众之下这样待我？子常脸上当时就挂不住了。倒是楚昭王说了一句，"这一件我穿也没什么意思，送你吧！"

子常谢，然后说，"不用啦，我很快也会穿上的。"说完就走了出去。

他俩的对话虽然距离很近，但还是有人听到了，可惜这个人没转告给姬申，不然，后面的故事就不会发生了。如果姬申能够脑子灵活些，明白过来，立刻将身上的佩玉与穿到自己身上的裘皮衣裳都送给子常，顺带捎上一句，"楚国的事，多在您相国手里，请多替我们美言几句。"子常何乐不为，一次完美的外交活动不也就结束了吗？

偏偏姬申不识相，他没那样做。

你不识相？我让你知道我的厉害。子常便在楚昭王面前说蔡昭侯的坏话啦！他说的坏话很多，历史上留下的版本也很多。其中要害的有两件。第一件是，他带两件裘皮衣裳来，为什么两件，就是想显摆自己与您楚昭王平起平坐，他一个侯，凭什么与我们大王平起平坐？第二件事是，他背地里经常向我们的附庸小国敲诈勒索，最典型的就是向沈国勒索细谷三万斛！你凭什么敢向我的附属国征要粮食？

楚昭王把子常罗列起来的对蔡昭侯指责的罪行交给了朝堂，大家来决定。

朝堂之上，大臣们都是看子常的面色行事的。遇到这样的事，还不都是"山呼万岁！""我王英明！"很快通过决议，"把蔡昭侯姬申扣在这里，关进牢里去。"

楚昭王看看众臣的决议，感觉有些过分，便向子常提出，"相国大人，您看……"

子常就是会做人，这时候，他明白楚王的意思了，赶紧说，"那就改软禁吧！"子常后面又加了一句，"大王，您可不能太慈悲了。"

楚昭王不明就里，问，"爱卿的意思？"

子常说，"这个蔡昭侯很好女色，您不能让他有丝毫近女人的机会，包括他老婆、小妾来看他也不行！对这种不识抬爱的人，就该干烤他！"

可怜的蔡昭侯姬申，就这样被扣在了楚国首都郢的一个偏僻院子里，整整三年，与外界隔绝，自然也一点不知道自己国家发生了什么事。

三年后的一天，楚国有位大臣来看望蔡昭侯（司马迁说还是受了子常的差遣），暗示如果你不把那件裘皮衣裳给子常，你还得继续在这里待下去。听了这话，蔡昭侯差点儿昏过去，咬牙切齿道，"我说怎么回事！"很快明白过来，小人是不能得罪的。于是，他喊住那位来看他的大臣说，"请你等一等。"他让仆人拿出了那件三年前不愿意送子常的裘皮衣裳。就这样，蔡昭侯这才回到他的祖国。

楚唐积恨

真是无巧不成书。

楚国的附属小国唐（今天的湖北省随州市唐县镇）的国君唐成公，在蔡昭侯送裘皮衣裳给楚昭王后几天，也遇上了麻烦。唐成公朝见楚昭王，是骑着马去的。唐成公骑去的两匹马是好马，叫骕骦马，乃是西北著名良马。巧的是，唐成公休息的公馆里有人识马，把消息告诉了子常。子常亲自去看过马，便向唐成公索要。这回要的方法不再是像蔡昭侯那样，而是公开的。子常说，"你想我保护你，你的好马必须给我。"

唐成公想了想说，"我回去时还是要骑的。如果你要，我回去后再送给你行不行？"

子常眼珠子一转，冷冷一笑，说，"要送就现在，回去的话，那都是空的。"

唐成公见子常说话这样露骨，也很不高兴地说，"要我送你，那就是我愿意啊。有你这样做的吗？"

子常霸道惯了，听他这么说，便笑笑说，"我已经扣了一位，还怕多一位吗？"

唐成公就这样也被扣住。

这一扣，也是三年。

唐人知道唐成公被扣留的原因后，商量如何救出成公。他们深知唐成公十分珍爱良马，便在看望唐成公之际，将他及随从一起劝酒灌醉，偷走骕骦马献给子常。唐成公才得以脱身。

酒醉未醒的唐成公被唐国来的人扶上了船，他们决定坐船逆流回国。在去河边的路上，遇到了刚刚被放回家的蔡昭侯一行。蔡昭侯见那一行用的是官家驿站马车，便派人来问是何人。

唐国的人向他报告了。

蔡昭侯是个喜欢结交朋友的人，听说是唐成公，立刻过来看望，见他酒醉未醒，赶紧到路边小店歇下，亲自煎醒酒汤喂唐成公，这一举动让在场的唐国人深深感动。唐成公醒后，见自己在一个小店里，忙问怎么回事。

偷马人立刻向唐成公投案认罪。

站在一边的蔡昭侯流泪了，告诉了唐成公自己的遭遇。唐成公摇摇晃晃站起来，扑到蔡昭侯怀里，两人抱头大哭。

就在这个小店里，蔡、唐二人结盟发誓：回国后必将此辱昭示全国民众，激天下义愤！号召全国民众，愿以牺牲至最后一人、绝断最后一粒米的决心，一雪前耻。

会盟伐楚

回到家的蔡昭侯按照与唐成公的约定，派人到晋国去向晋定公缔约。晋定公姬午听了姬申的申诉，深表同情，立刻同意结盟，但要求蔡昭侯有个先行盟誓。蔡昭侯见晋定公愿意与自己缔约，很是高兴，他马上派人把这一消息告诉了唐成公。两人都知道，在过去的历史里，楚与晋都热衷争霸，如果能够让他们打一次大战，对于蔡与唐这样的小国，无疑就是福祉！

接下来的事，就是蔡、唐两国君一起对天下诸侯发起会盟，共同声讨楚国。蔡昭侯拉上了唐成公，两人在发起会盟的誓词里开宗明义道："诸侯各国，无论是谁，只要能讨伐楚国，蔡唐两国愿意倾尽全力直至最后一人，甘当前锋。"

周敬王十四年春，晋、齐、鲁、宋、蔡、卫、陈、郑、许、曹、莒、邾、顿、胡、滕、薛、杞、小邾共18国在召陵（今河南郾城东）会盟，商议伐楚。

平时清冷的召陵再次热闹起来。大家都记得150年前，楚国对中原进行蚕食型进攻。就在这里，齐桓公率齐、宋、陈、卫等八国军队攻打楚国的盟国蔡国，雄兵穿越蔡国，直捣楚境。伐楚的理由是责问楚国为何不向周王室朝贡，杀自己的兄长堵敖而自立为王的楚成王芈頵（芈恽）答不出理由，盟军便扫平楚郢。楚成王为避其锋芒，派大夫屈完与齐讲和，齐与楚在召陵订立盟约，史称"召陵之盟"，齐国，从此成为春秋第一个霸主。

第二次召陵会盟在历史上也影响深远。蔡昭侯把自己到楚国送裘皮衣裳而被扣的事写成檄文，准备诸侯会盟伐楚时公开。唐成公也将自己的遭遇写出来，分送各诸侯国。

令蔡昭侯与唐成公不能如愿的是，好事多磨。

虽然那么多国家，但大家都在看着距楚最近的晋，若晋能出兵，大家都好说。偏偏晋没有昔日齐桓公那种气魄。晋定公愿意参加诸侯会盟讨伐楚国，但晋国的将军荀寅向蔡昭侯开出了大价钱，蔡昭侯与唐成公一时难以筹集这笔巨款。没有这笔巨款，晋国的军队就不出征！晋国不出兵。其他诸侯国也都只能观看形势发展，再作打算。事态如此变化，急得蔡昭侯如热锅上的蚂蚁，毫无办法！

怎么办？

你在想怎么办，楚国可就动手了，得到了蔡昭侯决定公开受辱经历并会盟伐楚的消息。楚国先下手为强，派子常出兵征讨蔡国并决定将蔡并入自己的版图，看他蔡昭侯还有什么话说！

蔡昭侯得到了信儿，急中生智，顾不了许多，便将自己的儿子作为人质送到吴国。请求吴王阖闾出兵联合讨伐楚国！唐成公见蔡昭侯这样做，自己也绑到了蔡昭侯的战船上，与他同舟共济。

楚国兵伐蔡、唐二国，蔡昭侯与唐成公各派使者求救于吴国。

阖闾倒没有像晋那样开价，也没有像楚那样对待蔡昭侯，这事儿正好给了替伍子胥复仇的借口，他不动声色地对蔡昭侯说，"你也不必将儿子押在这里。但你既然送来了，我也就当保护他吧。万一，当然是万一，一定不会出现另外一种情况。如果出现了，蔡国复国的希望就是你留在我这里的儿子。"

经蔡昭侯牵线，吴、蔡、唐三国组织了一个以吴国为主的伐楚同盟。吴军出师的补给由蔡国和唐国分担。

如此，阖闾果断出兵伐楚。他伐楚的理由是："你因为一件衣裳就扣了一个国君三年！我必须主持正义，替天行道……"

吴楚旧隙重燃战火

阖闾并不要蔡昭侯任何条件就出兵，这是不是让人生疑？

其实，伐楚，是阖闾早就答应给伍子胥的，蔡昭侯与唐成公的到来，正好是个堂堂正正的借口。

这个理由可以说是公元前516年春楚平王去世埋下的。

失去大夫人的楚平王在过了花甲之年后，悟出自己的失误，是听信费无忌诬告太子建与伍奢叛乱。痛失良臣伍奢，使伍奢的儿子投奔吴国；又逼太子建出走宋国，结果，太子建因卷入了郑国政坛的陷阱而丧命。平王快五十岁才侥幸得到王位，却因为自己的错误，使国家弱不禁风。特别是太子建的母亲被吴太子光掳去，使他经常做噩梦，很快命归黄泉。

吴王僚打算趁楚国国丧之时搞突然袭击，却不料公子光趁机杀了僚，成为吴王阖闾。吴军被围困潜邑，进退两难。公子掩余率部投奔离他最近的徐国（今江苏省睢宁与徐州一带），公子烛庸率部投奔钟吾（今江苏省宿迁市西北）。他们临走时，部下都不愿跟随，他们只带走了几个卫兵。

三年后，国内稳定的阖闾，通过外交渠道向当时的黄淮地区最强大的徐国要求引渡公子掩余，并希望钟吾这个诸侯附庸小国将公子烛庸交还吴国。这两个国家中，徐国因为历史上与周天子作对，吃过苦头，现在不愿意卷入是非，钟吾小国更得罪不起日益强大的吴国。两国向掩余与烛庸下了逐客令。二位公子无奈，只好向楚国请求避难。

楚昭王为了分化打击吴国，当即命令监马尹大公迎接二位公子，把他们安置在养邑（今河南沈丘），并为二公子筑城，割出城父和胡邑（皆今安徽亳州）的熟田扩大两位吴国公子的封邑，让他们能够迅速壮大。

吴王阖闾很快知道了徐国和钟吾两国违背自己的意志，公然纵令二公子奔楚，盛怒之下一举灭了这两个国家。钟吾国不值一提，倒是那徐国，存在有一千余年，也曾与周天子叫过板，没想到这阖闾如此之狠，让世间再也没有了"徐国"！

奇怪的是，这时的伍子胥并不提醒阖闾替自己复仇，而是建议："三分吴军，轮流骚扰楚国。"这是为什么呢？因为吴对楚讨伐，是长线进攻。而楚实力雄厚，硬打，对于吴来说是件耗时耗人耗财的事。如果要伐楚，必须要有吴楚中间的小国作为补养的中间站。在这个中间站没有选好时，只能三分兵力去轮流骚扰，能打就打，不能打就跑。就这样，经过一段时间的骚扰，激怒了楚军。

楚军决定赶走吴兵。当时的吴军驻扎在豫章（今湖北麻城东）。吴军探得楚军来攻，依孙子兵法，明里使一支兵在豫章迎击，暗中将实力转移到巢邑（今安徽瓦埠湖南）。吴军利用舒鸠国（今安徽舒城东南）人引诱楚军主动出击吴兵。楚令尹子常率军盲目行军至豫章，进入吴军设下的埋伏，大败而归。豫章迎击楚军得胜，吴兵旋即集中兵力围攻巢邑楚军，大败楚军，俘获楚公子繁。

阖闾尝到了"胜利"的甜头，更加重用伍子胥，尊为上卿。伍子胥为展示自己的才干，又献一策：请阖闾亲领精兵，一夜拿下养邑！俘虏公子掩余和公子烛庸，杀之。

当时，吴王阖闾问大家是否可以挥军直捣楚国的郢都。

军师孙武认为："吴国经几次战争，民众疲弱，不宜远征，尚须假以时日方能深入楚国之境。"

伍子胥提出，"如果能够解决中途给养补充，此战可打。"

吴王阖闾听从了两人的建议，遂退兵，等待机会。

事实上，吴都到楚都，路途遥远，吴军最大的困难在于补给。他们虽有良将劲卒，但兵员比楚少得多，欲伐楚国，必须快速进兵，出其不备。如果中途没有盟国支援，军粮靠后方输送，就成空想。身为吴国大夫的伍子胥和军事大家孙武都在等待，急切地盼望从位于吴楚之间的小国中找到盟友，解决中途补给的问题。

蔡国与唐国，正是吴楚间的中途国，贪婪的楚令尹子常和晋将军荀寅把这盟友送给了阖闾。

阖闾与伍子胥、孙武、伯嚭讨论伐楚，先派少数与楚交锋过的将士进入蔡唐两国，用蔡唐两国兵士补充吴军，做出长期入驻的姿态。消息传到楚都，楚昭王不以为然。一场空前的危机正向他逼近，而他却以老经验自我安慰。惯于外线作战、灭人之国、夺人之地的楚国，压根儿想不到敌人居然会打进楚国的腹地甚至郢都。

孙武与伍子胥多次交流后共同认为，楚国的君臣里没有晋国大夫史墨那样的人，不可能透彻认识与分析出楚国的危机。经过反复斟酌后，伍子胥这才让孙武对阖闾说，"可以进兵了。"

由于当时楚国的兵力仍然数倍于吴国，统帅孙武决定采用快速作战的方针。

阖闾率3万水陆之师，趁楚国东北部防御空虚薄弱的时机，进行战略奇袭。

命弟弟夫概以 3500 名精锐士卒为前锋，急行军，迅速通过楚国北部大隧、直辕、冥阨三关险隘（在今河南信阳以南的省界），秘密挺进到楚国郢都城外埋伏等候。吴军主力乘船由淮河逆水而上，到达淮汭（在今安徽霍邱附近），舍舟上岸，南行越过大别山，再从豫章折向西直抵汉北，与楚军隔岸对峙。在蔡、唐军队配合导引下，"以迂为直""出其不意，攻其无备"，三面突然发出奇攻。

面对吴国精兵逼境，楚国乱成一团。

楚军中左司马沈尹戌是一位头脑冷静的优秀军事指挥家。他针对吴军作战的特点，向统帅令尹子常献计：由令尹亲率楚军主力沿汉水布防，阻止吴军渡江。沈尹戌亲自上方城（今河南方城县境），征集那里的楚军，迂回到吴军的侧后，直扑淮汭，捣毁吴军的船只，然后扼守大隧（今名武胜关，在湖北广水北）并迅速固守冥阨（今湖北应城），阻塞三关，切断吴国大兵退路。尔后出兵江口（今湖北省汉川涢口），夜袭吴大寨。一旦吴大寨出现异常，令尹子常率主力渡过汉水，正面迎击吴兵。其时，沈尹戌部队已经吴大寨背后攻出，前胸后腹两面夹攻，定能打败吴军。子常对这个方案非常赞成，楚昭王召集大臣讨论，都认为可行。沈尹戌依计行事，立刻出发。

沈尹戌走后，楚大夫武城黑劝子常速战求胜。子常有些心动。这时，大夫史皇也对子常进言说："国内人平时啊，都敬司马而对你不敬。如果司马在淮汭毁掉吴国船只，阻塞隘道，从后攻吴，你作为配合，即使打赢了，功劳也是司马独吞啊！"

子常觉得有道理，便问武城黑说，"你有什么良策呢？"

武城黑说，"依我看，只有速战，不然免不了恶名。"

子常以为他的话很对，立刻率全军渡过汉水，背水屯兵在小别（在今湖北汉川东南）。史皇又建议说："今吴王大寨扎在大别（今湖北武汉西南），距此不远，不如今夜前去劫寨，斩杀吴王，以立大功！"于是子常命令楚军进攻大别。

吴军见楚军主动出击，大喜过望，遂采取后退疲敌、寻机决战的方针，主动由汉水东岸后撤。子常果然中计，尾随吴军而来，自小别至大别间，连续与吴军交战，结果，三战三败。楚军士气十分低落，军队疲惫不堪。

大将军斗巢前来支援，见此形势，对子常说："形势危急！何不退至柏举（今湖北省安陆白兆山），等待子成（沈尹戍）截住江口，依子成原来方案与他前后夹攻，楚国方可得救。"

子常想也不想地说："正合我意！"于是命令三军拔寨移兵屯于柏举。

吴军随后也来到这一战略要地。

农历十一月十八日，两军摆开决战阵势。

次日早晨，阖闾的弟弟夫概建议："楚国的令尹子常一向矜傲不仁，将士都不听他的指挥。我们不如先攻打他所率的中军，这支毫无战斗力的队伍一松懈，左右前后的楚军一定会跟着溃散。"

阖闾出于战略考虑，而且孙武与伍子胥都没有表态，他也就没有同意。

夫概认为阖闾不采纳自己的意见是坐失良机。他认为此战机不可能再有，将在外，不须听命。于是，夫概亲率所部五千人冲击子常中军。果然，楚兵中军被突然袭击搞得溃不成军，顿时四散逃奔，楚军陷于混乱。

阖闾见夫概突击成功，当机立断，指挥主力投入交战，全力进击。

交战不久，形势发生了根本性变化。史皇力战而死，大夫薳射在麇（在今湖北安陆南）被俘。子常逃亡郑国。楚军只好向南退到清发水（今湖北安陆西的涢水），脚跟未稳，吴军赶到。楚兵刚刚渡过一半河，就遇到吴军猛烈攻击，无以抵挡，大败而退。一部分渡过河的楚军见前面交锋，迅速扭头撤退，来到雍澨（今湖北省京山西南），做好饭正待要吃，吴军追至，楚军弃食逃奔。吴军赶到，见到楚军丢下的做好的饭，干脆坐下来先吃饱肚皮……

楚军左司马沈尹戍依照原来商定的方案，到了方城，调集原有楚兵，一路整编，一路急疾前行，快速进入淮汭，捣毁吴军乘船，接着又马不停蹄朝前赶，在息国（在今河南息县）境内，前线楚军兵败消息传到。沈尹戍痛苦大喊，"子常毁我！"遂迅速回头救楚军，兵至雍澨，正遇上吃着楚兵饭的吴军。沈尹戍忍着饥饿挥师出其不意，给了吴军沉重打击，自己也在战斗中受了重伤。为了楚国，沈尹戍带伤率师继续与吴军力战三阵，终因重伤力弱，最后败阵而亡。

吴军大举西进，五战五胜，于十一月二十九日，攻入楚国郢都（在今湖北宜城）。

柏举之战创造了中国战争史上以少胜多、以迂为直、快速取胜的经典战例。战争之初，吴国只有3万兵力，而楚国有20万军队，但楚国用兵无方，采用了错误的决策，终至败局。

柏举之战是春秋晚期一次规模宏大、战法灵活、影响深远的大战。吴军灵活机动，因敌用兵，以迂回奔袭、后退疲敌、寻机决战、深远追击的战法，一举战胜多年的敌手楚国，给长期称雄的楚国以十分沉重的打击，从而有力地改变了春秋晚期的整个战略格局，为吴国的进一步崛起，进而争霸中原奠定了坚实的基础。

伍子胥悖道鞭尸

伯嚭来吴国投奔伍子胥。

伯嚭本是楚国名臣伯州犁之孙。他的父亲郤宛是楚王左尹（令尹的助手），为人耿直，贤明有才能，深受百姓爱戴，因此受到了少傅费无忌的忌恨和谗言，被贪得无厌的楚令尹子常所杀，并株连全族。伯嚭侥幸逃出，跑来投奔子胥。同病相怜，而且有着同样的仇恨和仇人，伍子胥自然非常热情，两人一见如故。被离再三提醒伍子胥提防伯嚭，伍子胥并没把他的话放在心上，还是将伯嚭推荐给阖闾以求重用，而这也为伍子胥后来的悲惨命运埋下了伏笔。

吴王阖闾从登基开始，采纳伍子胥与孙武的一连串"攻楚谋略"，取得了"柏举之战"的胜利。吴军乘胜追击，直逼郢都。郢都有三城（即麦城、纪南城、郢城），阖闾采用了伍子胥的策略，派伍子胥攻打麦城，孙武攻纪南城。伍子胥用计在麦城附近又筑二城，东曰"驴城"，西曰"磨城"，东驴西磨智破麦城。孙武则引漳水，水淹纪南城，连同郢城都给淹了。

楚昭王熊轸仓皇出逃。

战后的第九天，楚昭王一家放弃郢都避难。真是屋漏偏遭连阴雨，船破又遇顶头风，楚昭王渡过汉水，路遇强盗。强盗用凶器猛击楚昭王，身边的大臣王孙眼疾手快扑过去挡住了强盗的凶器，自己肩部重伤，顿时昏迷。好在楚昭王无恙，大家在黑暗和慌乱中终于逃到了郧国。当年楚平王为了巩固自己地位，灭养氏，杀了蔓成然。杀蔓成然后，楚平王将蔓成然的儿子封到郧国。蔓成然的儿子三人，郧国公为斗辛，斗怀和斗巢是他的弟弟。楚昭王到了郧国，刚刚歇下，浑身是泥的衣裳都没有换，又碰上斗怀与斗巢要杀昭王为父亲蔓成然报仇，被斗辛断然阻止，斗辛对斗巢申明大义，避开斗怀，连夜把浑身湿漉漉的楚昭王一行送出国门，让他们直奔随国。

楚国兵败。周天子立刻派刺客到楚国，杀死了先前因犯上作乱而叛逃、被楚国收容的王子朝。

郢都没了楚王，不攻自破。

攻入郢都后，吴军洗劫了楚国国库，肆虐了楚国后宫。吴王阖闾真正尝到了战胜别人的快活，十分过瘾。就在这时，气呼呼的伍子胥过来，告诉大家没有找到楚昭王。阖闾问他有什么想法？伍子胥建议把楚国的宗庙毁尽，在场的孙武立刻反对。孙武说："我们要向着天下共主的方向努力，就必须善待楚国民众，让公子胜入主郢都称楚王，那样一来，楚国一定会俯首吴国，对吴国的称霸有利而无弊。过去的商汤王履、周武王都是这样做的。"

阖闾站在伍子胥一边劝孙武："你说这些，不就是反对伍子胥灭楚宗庙嘛！

如果你被人家杀父兄灭九族，你还会有这样的想法吗？都是人啊，人就要有些血性！"

孙武愤然离去。

伍子胥看到阖闾对孙武的态度，立刻请求阖闾准许自己掘开楚平王的墓以解心头之恨。

阖闾喝着楚国的琼浆玉液，半醉半醒地说："你想怎么着，就怎么着，不用问我。"

伍子胥找到楚平王的坟后，掘墓暴尸。伍子胥"手持九节铜鞭，鞭尸三百下，直至肉烂骨折"。还觉得不过瘾，又"左足践其腹，右手抉其目"，边踩边骂："你啊！活着时白长了一对眼珠，不辨忠佞，听信谗言，杀我的父兄，天下奇冤啊！"就这样，伍子胥还不解恨，又割下了楚平王的头，并把衣物棺木全都销毁，将楚平王尸骨弃于荒野。一群野狗顿时扑上来争食，当它们抢到楚平王的尸肉后，迅速弃之而去。伍子胥大笑，高声喊道："熊弃疾，你看你，死了连狗都不吃你的肉！"

伍子胥报了大仇之后，也想到要报恩，他到处寻找那位曾经施饭于他的姑娘，但苦于不知姑娘家地址，于是就把千金投入她当时跳水的地方。据说，这就是后来"千金小姐"的由来。

伍子胥有位好朋友叫申包胥。在伍子胥逃亡前，他告诉申包胥："我一定要推翻楚国，为父兄报仇。"申包胥说："我一定会保护它，不让你得逞。"吴军攻入郢都，申包胥逃到山上躲藏，听说伍子胥掘了楚平王坟，鞭尸三百，以报杀父之仇。申包胥派人对伍子胥说："你的仇未免报得太过分了吧！我听说人可以胜天，但天也会惩治人。你本是楚平王的臣子，今天鞭尸，难道这不是没有天道吗？"

伍子胥对来人说："你替我告诉申包胥，'我就像快要落山的太阳，前路无多。只能逆天悖理'。"

申包胥决定实现自己救楚国的诺言，他来到秦国求救，请秦哀公出兵救楚国。

当时的秦哀公并不想发兵，表示要商议，请他先在驿站住下。申包胥哭诉道："楚国君民正在受难，我在驿站等不下去啊。"

秦哀公摆出架子说，"你总得容我商量啊！"

申包胥跪在地上对秦哀公说："吴乃蛮夷之国，像大野猪、大长虫（长蛇），要把我们这些上国一个一个吞灭。我楚国亡了，贵国将是下一个目标。大王不能看着楚灭啊！速速出兵吧！大王如果有意救敝国，敝国将世世代代服侍贵国。"

申包胥在秦国宫门外赖着不走，粒米不进，日夜痛哭，竟哭了七天七夜。秦哀公终于被他感动，说："楚国过去过错不少，比如收容了周天子的叛贼王子朝！但有你这样的臣子，实在是贵国君民的万幸啊！有这样好的臣子，怎么能眼看着亡国？这样的国家不能被灭！"遂决定发兵。拜子蒲、子虎为帅，统领500乘，闯武关，过申县，与不可一世的吴将夫概在沂邑（今河南正阳县境）交锋。几乎同时，散而复聚的楚军斗志弥坚，将吴兵打败于钟祥（今湖北随州市西南）后，听闻秦国出兵，他们随即北上会合秦兵，在方城内外与吴军对峙。楚兵善于出入水中，利用汉水南北与吴军展开游击战，不断困扰吴军。入侵楚地的吴军穷于应付。夫概连吃败仗，又闻越王允常见吴军北上久久不归，乘隙袭扰吴国。夫概也不向阖闾报告，悄悄率部回国。

夫概一撤，楚秦两国合兵灭了唐国。但没敢动蔡国，因为蔡国负责吴军的补给后也缺粮，向鲁国求助，鲁国看到秦哀公站到楚国一边，便旗帜鲜明地站到了楚的对立面，送了些粟米给蔡国。现在楚秦若打蔡国，必须要考虑到鲁国的态度……

进入楚都郢城的吴军在楚国腹地滞留得愈久，遇到的困难就愈多。楚人有怀旧、念祖、爱国、忠君的传统。吴军在郢都不时与复仇的平民拼命。阖闾常常一夜换好多个住处。楚人与吴军相斗，没有人号召，也没有统领与将帅，就是一些当过兵的人负责操练和指挥，口号是"各致其死，却吴兵，复楚地"。

这年十月。阖闾得到消息，回去的夫概竟然宣布自己做了吴国国君，怒火中烧之后，立刻率师返回，声讨夫概。夫概兵败，奔楚国而去。后话说越王勾践攻占吴国之后，夫概闻讯即组织军队攻打勾践以复国，吴王夫概与越王勾践两军在今河南泌阳沙河店镇境内一山丘上对阵。不幸的是，吴王夫概的队伍刚刚排好阵列，山洪暴发，洪水冲垮了夫概的部队，夫概也死于此处，随后夫概就葬于此处。20世纪90年代，当地一次洪水暴发，大水扑向平原，人们纷纷跑到吴王墓上，逃过一劫。事后，当地每年都有人在墓前烧纸焚香，感谢吴王夫概墓的护佑。

除却心腹之患——庆忌

赶走弟弟夫概，阖闾又有了新忧，担心庆忌在邻国纠集其他诸侯国来夺王位。周敬王五年（前515）阖闾靠专诸弑君灭吴王僚夺回君位时，庆忌正在伐楚前线，闻讯后带走几千吴兵，在多国之间游荡，伺机夺回吴国国君之位，最后避难在卫国，数年扩大势力，已成气候。若有备而来，该怎么应付？

阖闾深知这位堂侄的厉害，庆忌自幼习武，力量过人，勇猛无畏，世人都很敬佩他的武功，赞誉他的勇敢。庆忌为练骑射，经常外出打猎，每次校猎的场面都相当排场：彩装战马上的侍卫气势如虎、冠插雉尾的武将勇武如飞奔的大象、铿锵的钟鼓、嘈杂的箫管，伴着千乘华盖、万骑猎弓，腾越山峦峡谷，穿行瀑布溪流，折熊扼虎，斗豹搏貆。在一次打猎中，庆忌碰到了一只麇鹿和一只雌犀。据说，这两种动物都是难猎之物，因为鹿会腾云驾雾，雌犀是最凶狠的动物。围猎开始，多少猎手见雌犀而战栗，畏神鹿而收弓。庆忌从不信邪，他以迅雷之势，飞踏麇鹿，使其受制，徒手搏击雌犀，终于把它擒获。庆忌的胆识，得到天下人的称颂。

阖闾私下找来伍子胥，对他说，寻得专诸，你助我大事。现在听说公子庆忌要联合诸侯，我食不甘味，卧不安席，只能拜托你想办法了。伍子胥说："我是个不忠且无品行的臣子，过去与大王密谋对付吴王僚，现在又要讨伐他的儿子，恐非皇天之意。"

阖闾说：过去武王伐纣，而后杀了他的儿子武庚，殷民无怨色。今天商量这些，为什么就不是天意呢？子胥说，我为君王效力，为吴国称霸图谋，有什么可怕的？我看中了一个人，只是瘦弱。望大王首肯。

吴王说，我的忧虑是他的对手有万人之力，岂是瘦弱者能对付的？子胥说：荐这种瘦弱之人谋事，必然有万人之力啊。

吴王说，那是谁呢？你说说看。子胥说："姓要名离。我曾见过他折辱壮士椒丘欣。"

吴王说：怎么折辱的呢？

子胥说：椒丘欣，人称其为"东海勇士"，他为齐王出使吴国，途经淮津（今江西新建东北），想在水中饮马。津吏说："水中有神，见马即出，以害其马。君勿饮也。"椒丘欣说："壮士所当，何神敢干？"便让随从在河中饮马，水神果然把马给收了去，马没了。椒丘欣大怒，脱衣持剑入水，与水神大战几日才浮出水面，瞎了一只眼。然后去吴国，赶上一场友人家的丧事。椒丘欣仗着与水神的大战，在丧席上对士大夫倨傲无礼，言辞不逊。要离正好坐在他对面。实在听不下去他的吹嘘，便怼他说："我听说勇士决斗，与太阳斗面不改色，与神鬼斗绝不转身，与人斗不歇斯底里。生死由命，不受其辱。现在你跟神在水中决斗，失去坐骑，又赔上一只眼，身体伤残还号称勇士，令勇士耻。不当场丧命于敌人还偷生，还敢在我面前神吹！"椒丘欣被说得哑口无言，羞愧而出。路上恨怒并发，打算晚上去收拾要离。要离等到席散后回家，告诫妻子说："我羞辱了勇士椒丘欣，他肯定记仇，晚上必来，千万别关门闭户。"果然，椒丘欣趁黑来到了要离家，见户门和堂屋门都开着，要离在卧室也不设防，披发躺卧，无所畏惧。椒丘欣执剑刺向要离，说："你有三条死罪，你知道吗？"要离说，不知。椒丘欣说："一不该当众羞辱我；二不该敞门藐视我；三不该躺着不还击。你死罪有三，怨不得我。"要离说："我无三死之罪，你有三不该之过，你知道吗？"椒丘欣说，不知。要离说："一是我当众羞辱你，你不敢当众报复；二是你入门不咳，登堂无声，不够坦荡；三是你拔剑按住我头后才敢声张，你有三宗错还敢跟我耍威风，不让人鄙视吗？"椒丘欣弃剑叹道："我的勇，别人不敢小看，要离在我之上，乃天下壮士也。"

吴王说："我想请他来赴宴。"

子胥便去见要离说："吴王听说了你的义举，想请你进宫。"要离便与子胥去见吴王。

吴王说，你是做什么的？要离说："我是东面千里外的人，我瘦弱无力，迎风被吹木，背风被吹倒。大王有命，臣敢不尽力！"吴王不看好要离，良久不开口。要离说："大王担心庆忌吗？臣能杀之。"

吴王说："你敢逞能吗？曾经有六匹马拉的车去江边追他，都追不上；用箭射他，他靠左右手，接住了满把的剑，都射不中。现在你拔剑都不能举过臂，登车也不能扶稳扶手，你能什么？"

要离说，"用士担心的是不勇，何患不能？大王诚心助我，我肯定能。"

吴王说，庆忌是聪明人，根本不相信诸侯以下的人。

要离说："我听说只图妻子之乐不替君王效力，叫不忠；只图家室之爱不替君王解忧，叫不义。我假装负罪潜逃，望大王杀我妻子，断我右手，庆忌就一定信我了。"

吴王说："喏。"第二天就加罪于要离，抓住他的妻儿，焚尸扬灰。要离逃走后，去卫国见到王子庆忌。王子庆忌高兴地说："吴王无道，你的经历，诸侯都知道了。如今你逃出来了，算好事。"

要离与王子庆忌相伴左右，他对王子庆忌说："吴国无道太甚，我愿随你去夺回来。"

王子庆忌说好。

接下来的三个月，要离帮助选拔操练士卒，终于等到奔赴吴国复仇的那一天了。要离和庆忌坐在同一条指挥船上，船快渡到江心时，要离考虑自己力气小，便坐在上风位置，故意没系好自己的帽子，一阵风吹过来，帽子往后飘走，要离慌忙用矛去钩他的帽子，顺着风势突然转向，刺进庆忌胸膛，庆忌被刺后一把抓住要离的头，把他直接按入江中，提出水面再按下去，按了三次，才放在自己膝上，说："嘻嘻哉！天下的真勇士啊！才敢对我动武。"

随从要杀掉要离，庆忌说，"不可，这是天下勇士。我今日必死，怎么能在一天内杀死两个天下勇士呢？"便告诉随从说，"可让他回吴国，让他的忠心得到表彰。"然后庆忌死去。

要离渡江到了江陵水域，叫船停住。随从说："您为何不走？"要离说："我设计杀了妻儿，来为君王效命，不仁；为了新君去杀故君之子，不义。看重行刺的结果，没考虑不合道义。如今我贪生失德，是大不义。我有这三宗恶行，活在世间，有何脸面见天下之士？"说完立刻投江，随从赶紧把他救上船。要离说："我怎能不死呢？"随从说："您先别死，吴王定有表彰。"要离执意自断手足，伏剑而死。

要离是古代四大刺客之一，史书上称他为"细人"，指他身材弱小，成功刺杀了威猛勇士庆忌后，他成为以弱胜强的传奇，成为吴王阖闾称霸路上的一个传奇。

伍子胥建城

除掉庆忌，吴国暂时没有了隐患，阖闾开始实施强国富民计划。开始广泛搜罗人才，并在全国推行了一系列行之有效的鼓励政策，施恩行惠，大力发展农业生产，使吴国的政治、经济和军事力量逐渐得到加强。伍子胥的才干得到阖闾的格外器重。阖闾经常与伍子胥促膝谈心，虚心听取伍子胥在政治与经济上的各种见解。有一次，伍子胥问阖闾，是否吴国就永远这样下去？

阖闾明白了他的意思，反问道："你是否看出了我的什么想法？"

伍子胥说："作为一个有雄心称霸的国君，国都的经营还需加快。"

伍子胥淡淡地说，"我是说，我们应该从霸业角度着想。应该有一个像样的国都……"

"你这想法很好。"阖闾说，"我们离中原那么远，偏在东南之地，水网阴湿，又是江海相接。做个国君却没有真正可守可御的地方，百姓也不够安心。想建大仓，大雨一冲就垮了，开好的地，没准儿第二年就被水淹了，这如何是好？"

"治国之道，国君先要心安，百姓才能乐业，才是上上策。建城郭、设军备，实仓廪、治兵库都是安君安民的手段。"伍子胥说出了一整套的思路。

阖闾觉得颇有道理，自己还是公子光时，伍子胥就曾经帮助他在海涌山选址建造了至今享用的离宫。让他去建都城，可行。于是便命他去实施。

伍子胥曾经为寻找孙武而到过穹窿山，这座太湖边的山给过他很深的印象。他再一次来到这里，经过仔细认真的考察，选定了太湖与长江之间，近海却从未水淹的一块陆地作为新吴都的最佳位置。

阖闾在伍子胥的陪同下，分别于雨季与旱季进行了考察，果然发现这个地形西南略高于西北、微向海倾斜的陆地，连上长江冲积平原、太湖水网，自然形成了略高于水面而又不易涝的平原。伍子胥建城的位置，更是合理。西南西北均有低山丘陵，境内大大小小的山体百余座，构成了依水而无水患的好地方。更让阖闾满意的是：伍子胥筑城更重要的是从军事与物资角度出发。伍子胥提出附近有"铁精"，是武装国家的重要资源。国都应建在距它不远的地方。伍子胥还认为，虽然吴国居边隅，临海近水，时时受水患之害。害有时可转化为利。同样是水，楚与吴不同，吴居东隅，中原人不敢擅入，况且吴现在掌握了铁精熔入青铜的技术，这更让中原不能小视！而原来的吴都虽然傍水拥山，富有锡矿，但锡的开采量大，已经无锡可采，对于青铜冶炼，锡是很重要的原料，但更为重要的是铁精，它能够让青铜的鼎成为青铜的剑，用于军事！

阖闾同意了他的意见。

伍子胥建城四周辟"陆地城门八座，应接天象的八面来风；水门也是八座，连接地相上的八卦"。东边有娄门、匠门，西边有阊门、胥门，南边有盘门、蛇门，北边有齐门、平门，这八座城门的名称都是伍子胥所定。往后历朝历代延用数千年不变，这与其他许多古城有明显的差异。

伍子胥为了实现战胜越、齐、楚等宿敌的目标，在建城时费尽心思，而且在建城过程中施用巫师手段。例如：越国与吴国虽地域、文化诸方面颇为相近，却是世仇。伍子胥就在吴城南面的"盘、蛇"二门，用十二生肖的方位，把越国方位处在"巳"位，即蛇位，筑蛇门克压越国。蛇门上还制作了一条象征越国的木蛇，蛇头向着西北，象征越国臣服和朝拜吴国。从这个方位上讲，吴国处于辰位，所以又在城南设蟠门，城上刻木蟠龙，面向越国，象征吴国征服越国。后改名盘门。另外，平时不开东门，表示"绝越"。

苏州城墙一角在古城东南觅渡桥对岸，相传乃蛇门遗址。如果从这里看来，蛇门在苏州的东南方，即现在的桂花公园里似乎是合理的。《吴郡志》所录胡舜申《开胥蛇门议》中记载道：蛇门在城之巳方，故以蛇名，蛇门直南正对吴江运河，吴时欲以绝越，遂不开东南门，即蛇门也。

吴国北面还有一个敌国是齐国，于是在城北设齐门，含义是征服齐国。在旁边设平门，表示平定齐国的决心。公元前505年，伍子胥率兵出平门挥师北上，打败齐国后，从平门凯旋入城。

至于其他各门，似乎不具有上述几门战略上的象征意义，但也是各有来历。

匠门，以各种手工工匠聚居之地而命名。吴王阖闾曾命铸剑高手干将于此设炉铸剑，故又名干将门。

胥门，即姑胥门，因姑胥山得名。伍子胥宅屋在此门内，后来又悬头于此门，故称胥门。

这座"姑苏城"，周围47里，每个城门都设有水门和陆门，水门可以直接进入太湖下长江。陆门与各方陆路相通。自公元前514年建城以后，近三千年没移动过一丝一毫的位置。20世纪50年代，被著名史学家顾颉刚评为中国古风第一的城市，原因很简单——春秋旧貌依旧在。

槜李之战

晋楚争霸。晋国联吴制楚，楚国则联越扰吴，使吴越两国关系更加恶化。

阖闾十九年（前496）越国国君允常去世，勾践继位。消息传到吴国，阖闾十分兴奋，决心趁越国国丧之机，突然进攻越国，把越国的版图纳入吴国。

早在十多年前伍子胥受到重用时，阖闾就将天下霸业的希望寄托在伍子胥身上，曾经夸过海口：当年齐桓公小白有管仲相助实现"尊王攘夷"的霸业，如今我也有伍子胥助我成功！头脑清醒的伍子胥告诫他：要想天下霸业，先得家门口安宁。伍子胥说的家门口，就是依据孙武的战略思想，毫不含糊地将越国并入吴国版图，使其成为吴国的一部分，"偏一隅而安天下"！实现吴越一国后，再学齐桓公高举"尊王攘夷"的旗帜北上称霸。

为实现阖闾的这一宏伟目标，伍子胥废寝忘食地工作，大兴水利，通盐运，开凿伍子塘，引胥山（现嘉善县西南12里）以北之水直抵苏州，把整个地区的水网全贯通，号称"路路通""河沟联"！这就为吴国进攻与吞并越国版图后的治理奠定了基础。

伍子胥万万没想到，水在吴越两国交界处出现了逆流回旋，自说自话地朝另一个方向去了。大家觉得奇怪！

伍子胥亲自前往察看，并用易经问卦后，发现此水方位"横亘乾巽"，地势造成水流逆偏，随即顺此卦改变原先计划中的开河方向，将河开浚到吴国边境与越国石门接壤处，联上越国的河流。从此，这个叫"胥塘"的地方就成了"吴根越角"。它位于今天嘉善县城北十公里，有人说，"胥"和"西"发音相似，后世便被称作"西塘"。历史上，伍子胥开沟运兵屯于吴越交界就是指的这个地方。

咫尺之遥的越国的石门，附近有越国筑的五个土城：晏城、樵李城、何城、管城、萱城。《春秋》的注释中说，吴郡嘉兴县西南有樵李城，今天的土城早已踪迹全无了。

石门是攻伐越国的一条通道。

阖闾在朝堂上征求讨伐越国的方案。

伍子胥投了赞成票，并且提出从樵李城攻打越国。

阖闾与孙武都支持伍子胥的方案。

太宰嚭却否决了。他当时为什么要否决，出于什么心理？无人可知。

太宰嚭，又称伯嚭，其父为楚国左尹郤宛，被楚平王听信子常谗言加以杀害。伯嚭在忠仆的帮助下侥幸逃离。逃命的途中听说另一位受害的伍奢之子伍子胥在吴国受到重用，便赶来投奔。伍子胥虽与伯嚭无私交，因为遭遇相似，同病相怜，毫无顾虑地将他举荐给吴王阖闾。在一次盛大的宫宴上，阖闾若有所思地询问伯嚭："寡人之国僻远，东滨于海侧。听说你父亲遭费无忌谗害，被楚相子常虐杀。而今投奔来此，有什么可以教导寡人的呢？"伯嚭闻此言，泪水一下涌了出来，说："听说大王您收留了穷厄亡命的伍子胥，所以，我才不远千里，归命大王。大王您有什么需要我效力，万死不辞！"吴王阖闾听罢颇为伤感。

陪宴的大夫被离洞察这一幕后轻声对伍子胥说："您以为伯嚭可以信任吗？"

伍子胥坦然以答："我与伯嚭有相同的怨仇。您没听过民谣《河上歌》所唱的'同病相怜，同忧相救'吗？就好比惊飞的鸟儿，追逐着聚集到一块，有什么可奇怪的呢？……胡马望北风而立，越燕向南日而熙，谁能不爱其所近，而不悲其所思呢？"

被离听罢，不以为然地摇摇头，提醒伍子胥说："您只见其表，不见其内。我看伯嚭为人，鹰视虎步，本性贪佞，专功而擅杀。如果重用他，恐怕您日后必遭牵累。"伍子胥不以为然。在伍子胥的大力举荐下，阖闾任伯嚭为大夫，共谋国事。

被离的话，日后应验了。

阖闾大军很快行进到樆李城附近，越国在这里陈兵抵挡阖闾的军队。

两军对峙。

勾践的罪人阵法

勾践知道自己的实力不是阖闾的对手。他命令越兵伏击，但不出动，与文种、范蠡密谋，欲智取专横狂傲的阖闾。

战争终于开始。

随着阖闾的手朝天空一指，吴军正中高台响起了号角，阵前两边辕门鼓亭上战鼓擂起。

专诸的儿子大将军专毅指挥的右军开始向越军进攻。

面对凶猛的攻势，战斗力远不如吴兵的越军没办法避让，只能勉强相迎，两军一接触，没出三回合，越军便败下阵。阖闾高兴地对身边的伍子胥说："越兵不堪一击。"

孙武传过话来，告诉阖闾，越军真正的威力还没出现。传话的兵还没走，越军阵营再次响起激越的鼓声，更猛烈的殊死反击开始了。越军这次派出的都是死士，殊死拼搏，在吴军面前，也不能撼动一点吴军的阵形。

越军一改前面的柔弱，以狂飙之势猛扑过来，远看去，如击岸白浪般汹涌，剑光耀日，旌旗蔽天，三军箭手射出的箭雨直击吴军主帅位置。

吴兵三军将领，毕竟是沙场宿将，临危不乱。以快速、变幻莫测的队形，变换着，避过箭雨，侧走锋边，始终保持着如垒似墙的阵势，时而如山崩海啸，时而又如夜沙吞岸，渐渐地，那咄咄逼人的越军白浪在不知不觉中慢慢融化掉了。

越军又一次败下阵去。

阖闾不由得抚掌哈哈大笑，对着伍子胥、太宰嚭说道："这回让勾践小儿知道什么叫阵法了！"

伍子胥、太宰嚭也都眉头舒展，从越军的败局中对孙武的兵法肃然起敬。

就在这时，越军的队形忽然有了变化。

吴军这边开始注视。

越军中营兵勇密集如海潮汹涌，渐渐由深处向前一线剖开，尾后又迅速收起，那剖开的白浪中间出现三排赤身露体、散发跣足的人。他们每排百余人，每个人都举剑过头，嘴里高叫向前。越军分开，把他们像挤牙膏似的挤出了越营。

这些人向吴军阵前走来，只听得他们齐刷刷地叫喊：

"两位君王亲自督战，我等有违军令，在君前有罪，不敢逃跑，只敢速死！"

吴军看着这一群剑锋对准自己的罪犯，面面相觑：越国人是不是疯了，派这几百个罪犯来做什么？

百步之外，罪犯们停住脚步，分为三队。越人反复高叫着，奔到吴军阵前，第一队在中军阵前站住，这批人便毫不犹豫地抹了脖子。血，直溅吴军将士衣甲。第二队上前来了，他们立在左军阵营前，依旧是那几句话，照例刎颈而死。第三排也依样画葫芦，一个个砍下了自己的脑袋。数百名罪犯一排一排扑通扑通地倒在吴军士兵眼前。大风将浓重的血腥味吹散开去，一时间，战场上鲜血横流，天昏地暗。

所有人瞠目结舌，都被这个惨烈的场面镇住了，数百个人在眼前"集体自杀"，吴军士兵都蒙了。

吴国将士先惊后疑，纷纷惊呼，他们忘记了打仗，忘记了对面的敌人。

"不要围观，这是越人的奸计！"吴军中有人大喊，但这喊声毫无作用，后面的人挤压着前面的人，吴军乱成一团。此时，隐蔽在坡上的越王勾践亲自擂起了震天的战鼓，范蠡率军杀向吴营……

吴军阵中一阵骚动。顿时，阵营开始乱了。

孙武急忙发令。但迟了，越军中营帅旗狂舞，一支尖锐勇兵飞也似的朝吴营而来。这支四千人组成的敢死队，个个拥大盾、持短刃，踏着数百罪犯的尸体呼啸而来。吴军还没从刚才的震惊中回过神来，就被镇住了。

阖闾万万没想到，几乎一眨眼的工夫，一队如狼似虎的兵勇冲到了自己面前。

毕竟是沙场老将，阖闾扬出武器，双臂一展，如旋风在天，那些越兵不是他的对手。就在他反身后退时，越人灵姑浮一支长矛正对他刺来，闪避不开，刺断了吴王一节脚趾，侍卫们冲上来护住吴王，灵姑浮只抢去了一只鞋子。

吴军见主帅受伤，一时大乱，越师趁乱杀过来，吴军不敢恋战，急急鸣金收兵，朝北退去。

受伤的阖闾命大军返回吴国。离檇李七里远的地方叫陉，史书记载阖闾死于此地。也许是毒箭，也许是感染，一个脚指头的伤就这样要了阖闾的一条命。

作为长子的夫差当上了吴王，回宫后，他专门派个人在庭中站立，见夫差出入，一定对自己说："夫差！你忘了越王的杀父之仇吗？"夫差回答："唯，不敢忘！"夫差练兵三年，终于向越国报了父仇。

海涌山与虎丘

阖闾突然去世，下葬的规格和程序，是夫差遇到的难事。

葬地关系到吴国的风水和国运，君王们往往一上位，首先要定好自己的葬地。

阖闾在海涌山有离宫，他选择海涌山做他的万年吉地，百年后在山海间继续雄霸天下。

《吴地记》说："海涌山在吴县西北九里二百步，阖闾葬此山中，发五郡之人作冢。"又引《史记》说："阖闾冢在吴县阊门外，以十万人治冢。"古代人口稀少，夫差竟动用了五郡十万人来筑墓，可见工程之浩大。

……

被誉为"吴中第一名胜"的虎丘，又名海涌山、海涌峰、虎阜。

今虎丘海拔34.3米，占地约20公顷。山体为距今一亿五千万年的中生代侏罗纪时代喷发的岩浆凝结而成的流纹岩，在此后的一亿多年中，苏州地区又经多次海侵、海退的变迁，最后稳定为滨海的陆地。到了一万年前，开始有人烟动物生存，今太湖三山岛出土的大量远古旧石器就是一个明证。再到上古时代，海涌山只是海湾中的一座随着海潮时隐时现的小岛，历经沧海桑田的变迁，最终从海中涌出，成为孤立在平地上的山丘，人们便称它为海涌山。"何年海涌来？霹雳破地脉。裂透千仞深，嵌空削苍壁。"宋人郑思肖的诗句形象地道出了虎丘的由来。苏州先民见到这座小山时，它正处于海边。因为山体不大，给人的印象仿佛是经波涌浪驱，给推到岸边的，因此叫它海涌山。如今海涌山虽已远离大海，人们依然能感受到海的踪迹、海的气息。

根据海涌山的成因，可推知它的形象：山体既由流纹岩构成，又经海水的冲刷和风雨的剥蚀，那就应该呈现石骨嶙峋的山貌；之后经植物在山体自然生长，久而久之，就会形成岩壑相间、石林交织、鸟栖兽藏的风貌。这种风貌至迟在春秋晚期就已出现，因为招来大队人马来打猎。

史称吴王阖闾喜欢游猎。《吴郡志》卷八引《吴地记》说他"猎于长洲之苑"，又引《吴越春秋》说他"射于鸥陂"。当时长洲位于今胥口之东。鸥陂在哪里？

查不到记载，但正德《姑苏志》提供了线索，卷十记道："自沙盆潭西流，出渡僧桥，会枫桥诸水北流，与虎丘山塘水合，曰射渎，相传吴王尝射于此故名，亦名石渎。"其地点正在海涌山南。山北有长荡，周广二十里。海涌山南北有水，山低林密，鸟兽众多，正是打猎的理想之地。

人们来到虎丘，未踏进头山门，就看到隔河照壁上嵌有"海涌流辉"四个大字；进山门后，一座石桥跨过环山河，桥被称作"海涌桥"；上山路旁的一些怪石，圆滑的石体是因为海浪冲刷而致；憨憨泉因为潜通大海，又被称作"海涌泉"；拥翠山庄月驾轩内立有清代学者钱大昕书写的"海涌峰"石刻。虎丘曾有过望海楼、海泉亭、海晏亭等胜景。

阖闾为什么选择了虎丘？

春秋侯王的墓葬都是凿山为穴，下葬后堆土成坟冢。海涌山是岩壑参差、林木密集之地，要筑墓先得把山上的林莽砍净，还要铲平突出的峰石，填掉山洞涧泉，这样才能封土成冢。封土的工程量极大，如苏州真山春秋墓所堆的土方量就达到了万余立方米。虎丘是吴王陵，覆土量不会少。从今天的后山来看，覆土成山的痕迹尤其明显。

阖闾墓造了近两年，到周敬王二十六年（前494）方告完成。夫差把海涌山变成巨大的坟山，对山体大砍大填。明末清初，顾苓《赠虎丘子旅上人序》说："吴王夫差凿其巅，锢三泉，而封干将、镆邪于其下。"道出了阖闾墓的土石工程和水源工程，并道出陪葬品为天下名剑。清·张紫琳《红兰逸乘》卷一也说："虎丘古名海涌山，必有危峦列岫之胜，乃夫差筑墓于前，张士诚造城于后，邃壑云岩，铲削不遗余力，岂复庐山真面目耶？"从中可知，原虎丘山要比现在高，山巅有峰石矗立，夫差一番砍砍削削，已经不是原貌了。

虎丘在阖闾下葬这年开始称作虎丘，海涌山建成阖闾墓后，名声大噪。不过它的出名，与其说是王陵所在，不如说是阖闾一生的朋友圈和敌人圈的爱恨情仇，中国精彩的春秋史都可以从虎丘找到它的踪迹，吴越文化对中国文化的影响可以去虎丘寻求踪迹。

《越绝书》卷二说：

"阖闾冢，在阊门外，名虎丘。下池广六十步，水深丈五尺。铜椁三重。汞池六尺。玉凫之流、扁诸之剑三千，方圆之口三千，盘郢、鱼肠之剑在焉。十万人治之。取土临湖口。葬三日，白虎居上，故号虎丘。"

这一记载引人注目，说阖闾丧葬规格高，这在春秋战国时代并不稀奇，稀罕的是，新墓之上居然守护着一头老虎！这在其他古书中也有记载，如《吴地记》引《史记》说，阖闾"葬经三日，白虎踞其上"；又引《吴越春秋》说，阖闾下葬，"经三日，金精化为白虎，蹲其上"。总之都说有虎出现。想来当时确有这一神奇的传说，致为史家所采。

从科学角度看，"金精化为白虎"当然是不可能的，那么，此虎从何而来呢？

古代吴地多虎，直到宋代，虎丘还有。周密《癸辛杂识别集》卷就记道："近岁平江虎丘，有虎十余据之。"可见春秋时代虎应该更多，但有十万人在那里凿山砍林，再多的虎也该逃得无影无踪了。因此，金精化虎的说法，估计是有意散布的，阖闾厚葬，地宫多宝物，为防盗墓，编个有虎守墓的神话出来，可以起震慑作用。

这一传说的流播，不但有了虎丘之名，而且使它声名远扬。但也有人认为是无稽之谈，如朱长文《次韵蒲左丞游虎丘十首》中就咏道："丘如蹲虎占吴西，应得佳名故国时。未必金精能变化，空传怪说使人疑。"朱长文是宋代苏州府学教授，遵循"子不语怪力乱神"的思路，故将虎丘的得名归之山形。民间也有此类说法，清代顾禄《桐桥倚棹录》卷一就说："土人指双井为虎眼，塔为虎尾。"与之相应，苏州还有"狮子回头望虎丘"的俗谚，因为狮子山形若狮首回眸，而其北是虎丘。这句话虽是根据山形的想象，却也有历史佐证，据《吴地记》记载，吴王僚被刺杀后葬在狮子山，后来阖闾葬在虎丘，狮子回头北望，那是吴王僚心有不甘啊！

自阖闾下葬，虎丘就成为王陵禁区，神圣不可侵犯。墓地有执戈的卫队看守，不许砍柴放牧，不供游观。当年，吴国平民是进不去的。但自吴国灭亡后，宫苑为沼，苏台鹿走，王陵也变成荒丘了。

是阖闾占了虎丘的风水，还是虎丘浸透了阖闾一代枭雄的霸气？

春秋无义战，这段历史让人很难理清头绪。

本来，历史就是那么一笔糊涂账！全由后人评说！有人说，信则灵，不信则清。虎丘因阖闾而显名，阖闾因虎丘名垂千古。

虎丘与阖闾紧紧合在了一起。

第三章　王者之争

勾　践　洞

虎丘五十三参东侧有个景点,今人称其为"仙人洞"。旧时一直呼为"勾践洞",据说成语"卧薪尝胆"就出于此地。据《东周列国志》记载,吴王夫差大败越国后,越王勾践被迫作为人质来到吴国,夫差命令王孙雄在阖闾墓的旁边造一个石室,让勾践夫妇居住,为他养马。相传,此洞即当年勾践夫妇栖身的地方,所以这洞名为"勾践洞"。

"仙人洞"得名有一段故事,在晋朝有一位卖橘老人偶然走进这洞,看见二位大仙在这里下棋,所以称为"仙人洞"。这是晋人已经将人间那些争夺看得一清二楚,想出个老翁遇仙的故事来吊吊人们的好奇心。还有另一种说法,说此洞与四川峨眉山相通,往返只需一日,后被当地花农发现泄漏天机,山洞被堵死。是真是假,姑且听之,切勿当真。

传说,掺杂了大量人们的向往。

历史总是以真实的一面渐渐呈现给后人。

夫差复仇

夫差日夜在孙武身边，看着他操演兵丁。

每次朝议，夫差就问一句话："如果我们再次进入槜李，能赢吗？"

满朝无人回答。

夫差泪流满脸。

有一次，夫人提醒他，已经很久不到她的房里去了。

夫差朝她瞪眼说，"父仇不报，焉有私欲！"

夜很深时，伍子胥走过他的门前，看到卫士站立着，里面的灯火透亮，他心里明白：夫差灭越指日可待，如果能够多听自己的建议，再用孙武的兵法，独霸海侧，再吞楚齐，不在话下。

这样的日子一天天过去。

自从战胜了阖闾后，勾践认为外患暂除，他开始实行富国强兵之道。这个时期的勾践重用文种、范蠡等良臣，使越国国力大增。公元前494年，越王勾践听说吴王夫差日夜练兵，将要攻打越国，洗雪父仇，他决定先发制人，迅速组织精良兵勇以舟运兵快速进入槜李城，再从那里迂回进入太湖，从背后攻击夫差。

范蠡的话切中要害：战争是十分残酷的，无端斗杀更是违背德信，这是苍天所忌，对于出战者没有好处而且非常不利，应该慎之又慎，万万不可轻举妄动。

勾践已经决定的事，任何人都劝不回。他当下调动全国精兵3万人，北上攻吴。

吴国密探很快掌握了越军的行踪。夫差采取了孙武的意见，从陆地顺太湖秘密包抄到椒山，正好在这里与越军相遇。吴军为国君复仇的口号如雷轰鸣，早把越军镇住，几乎没有打了多少回合，训练有素的吴军便全歼了椒山的越军。后援越军得知，慌忙报告大本营的勾践。勾践无论如何不能相信自己的军队如此不堪一击，凄然对范蠡坦言：不听先生之言，故有此患。眼下如何收拾危局？范蠡无语，半晌，对勾践回话，越国只能求安，而不能强霸。这是越人的性格决定的！勾践绝对听不进这种话，转身问文种。文种换个语气告诫他，想强盛无可非议，但不是现在。

勾践关注的是眼下怎么办？

范蠡与文种都劝他赶快撤兵。但已经迟了，吴兵蜂拥而上。众将护着勾践从小路借着黑星无月的深夜，急行百里，退到会稽山。勾践想等天明再召集将士开会。谁知天明时分，四下报告，早已被吴军团团包围，毫无退路。

吴王夫差为替父亲阖闾报仇，苦练三年兵，终于在会稽大战中打败了勾践。

……

"天亡我也！"勾践大喊一声，欲拔剑自刎，文种劈手相拦。范蠡冷冷一笑：天无绝路。

勾践被他这冷笑镇住了，放下剑，双手一抱，两膝要下跪，范蠡见状，慌忙上前先跪。

文种劝他们起来说话。

就在那块石头上，三个人坐着。

范蠡冷静进谏：一杯水如果满而不溢，它才能静静地待在那里。这是为什么？它满而不动，便可以持久，是天地允许的，符合天地的规律。地能长万物，我们人要懂节制，不然就会闹灾。本来这世界就不是我们越国一家的，大家共享天地所赐大家都愉快，偏偏有人想独吞而相恨相杀……说到这里，他长长叹口气，看看文种。文种明白地接过去说：事到如今，我们只能低头去寻找出路。第一步，大王可以去给夫差当牛做马，为奴为仆，以越国的臣服换来越国的生存。第二步，献上美女去腐蚀夫差的意志，用珍宝去贿赂太宰嚭，求他阻拦伍子胥吞并越国的斗志。

勾践便派大夫文种前往吴军大营请求议和。

文种见到夫差，大礼过后与夫差说了自己代表越王请降之意。夫差大怒，说自己与越人有不共戴天之仇，恨不得手刃越王，怎么能议和？太宰嚭却说：难道你不记得孙武说的话了？"兵，凶器，可暂用而不久也"，越国虽然得罪了我吴国，可越国已经答应做我们的臣民。若能赦免越王，的确对吴国有大利。接着耳语道，现在你若灭了勾践，虽说报了仇，但也与越人积了仇，当年先王攻下楚都郢城……

文种说：大王如能赦免勾践，勾践甘愿为奴，让他的妻妾给您为妾，越国情愿进献珍宝，举国上下降为臣民。倘若不许，勾践将尽杀妻妾，毁尽宝器。然后率领这剩下的5000名士兵和大王决一死战。真的厮杀起来大王难免受损。杀掉一个勾践，怎能比得上获得整个越国呢？望大王三思。

夫差想起了吴军占领郢城后心惊胆战的日子，便问，依你如何？

太宰嚭说，只要他愿意投降，把他作为我们的属国，有什么不好。让勾践到大王身边当个人质，不费任何力气，还能年年得到越国的供奉，在天下人面前，彰显我王的气度。

夫差心有所动，便要许和。

有人将此事报知伍子胥，伍子胥急奔宫中见吴王，得知夫差已经答应，伍子胥盛怒地连连说不可，大声进言，希望夫差能够清醒认识到勾践的危险！他痛哭高喊：勾践能忍辱负重，此人不除，将是吴国的祸患。

没想到太宰嚭在一边唱起反调。

夫差理也不理伍子胥，下令撤兵！

伍子胥谏阻：树德行善，莫如使之滋蔓；祛病除害，务必断根绝源。现今勾践为贤君，文种、范蠡为良臣，君臣同心，施德惠民，越域才几年竟然勃勃生机，如若返国，必为吴国大患。吴越两国水土相连，一旦结成世仇，兴亡成败不可不虑，如今既克越国，亡而并合，顺势天意，反之则患。

夫差不听，手一挥，让太宰嚭与文种议和。

伍子胥百般反对而不成。

夫差随即答应了越国的投降，把军队撤回了吴国。

勾践为奴受辱

太宰嚭一直想化解夫差对勾践的仇恨，但杀父之仇，对夫差来说，太深了，一时无以消解。

勾践提出自愿给夫差养马。

夫差听了，哈哈一笑，傲慢地问太宰嚭，他一个国君能做那种事吗？

太宰嚭回道：那是他自己找的。

"不！——"伍子胥过来对夫差施臣礼后说，如果他真这样做，只能说明一个问题。

夫差不以为然道：什么问题？

伍子胥听出夫差话里的不满，但他还是说：他能这样屈辱，将来必会攻我吴国。大王应该把他杀了，以绝后患。

夫差说，你与楚王有杀父之仇，你与越王也有吗？

伍子胥说，国君的父亲，就是臣等之父。他杀了先王，比杀我父亲更让我仇恨。我要替先王报仇，以慰先王的知遇之恩。

夫差淡淡地一挥手，说：君君臣臣，恩恩怨怨，什么时候是个头？

从此，勾践夫妇住在勾践洞三年，尽心养马，不问世事。

《吴越春秋》记载，夫差病了，勾践有一天对太宰嚭说："囚臣想去看看大王的病情。"太宰嚭立刻进宫报告吴王，吴王召见了越王。去时，赶上吴王大小便，太宰嚭端着大小便出来，两人在大门内碰见了。越王行礼后说："请尝大王的大小便，以观吉凶。"便用手沾了点大小便尝了尝。然后进殿说："下囚臣勾践贺喜大王，病情到己巳日会好转，到三月壬申日就病愈了。"吴王问："你怎么知道？"越王说："下臣曾拜过师，闻粪要顺应五谷的气味，逆时气者死，顺时气者生。刚才尝了大王之粪，大便味苦且酸楚。这种味道，顺应春夏之气。我便知晓了。"吴王大悦，说："仁人啊。"于是赦越王可以离开虎丘的石洞，回到越国宫室，继续当王。

勾践养马的这三年，范蠡在抓紧实施"美人计"。他先是到诸暨苎萝村找来两个美女，一个叫西施，一个叫郑旦。他觉得这二人美则美矣，进入吴宫则有些粗鄙。范蠡便"筑起宫台，饰以罗縠，教以容步，习于土城，临于都巷，三年学服"。在都市旁的土城筑起宫台，教她们穿戴各种华服，掌握各种仪容步态，三年就从村姑修炼成仪态万方的宫中美女了。

勾践归国前，文种正好带着西施和郑旦前来吴宫，勾践大喜，诚惶诚恐地将西施献给了吴王。

夫差不顾伍子胥等朝中大臣的坚决反对，把勾践放了回去。

吴宫里的西施

越王勾践从吴国被放回越国的这一年，是勾践七年。百姓在他回国的路上排队行礼，说："君王受苦了！今王受天之福，回归越国，霸王之路，从此开启。"勾践说："寡人不慎犯错，无德于民，今天有劳万姓在路边致意，我用什么德行来报答国人？"回头对范蠡说："现在是十二月，己巳之日，午时将至，我想现在回宫，如何？"范蠡说："大王且慢，容臣择日。"然后范蠡说："怪了，大王选的正好是今天！大王当快走，车速要快，从者要跑。"越王于是策马扬鞭，飞车回宫。

西施开始在吴宫中渐渐绽放。

西施，原名施夷光，周敬王十七年（前503）出生越国苎萝（今浙江省杭州市萧山临浦镇苎萝村），因为家在村西，被称为西施。沉鱼落雁的成语就是用来形容她的美貌的。

她是中国古代四大美女之首，正史中却找不到她的名字，到了东汉的《越绝书》中，西施才出现在史书中："越乃饰美女西施、郑旦，使大夫种（文种）献之于吴王。"

《越绝书》的作者，最常见的说法是东汉的袁康、吴平等人。与袁康同时代的赵晔在《吴越春秋》中，完善了《越绝书》中文种献西施给吴王的故事，使美人计更加完整。后代人根据《越绝书》《吴越春秋》完善了西施的故事。一些地方志如《吴地志》《姑苏志》《会稽志》等，对西施传说亦做了种种记载，更增添了西施这一古代美女存在的可信性。

一部分人认为西施实无其人。

还有一部分人相信西施的存在。

战国时期的《墨子》《孟子》《庄子》都曾对西施的"美"交口称誉，西汉初年贾谊的《新书》、刘向的《说苑》、刘安的《淮南子》更是盛赞了西施之美。

为什么正史没有"美人计"？也许是吴、越两国史家觉得不光彩，没有记载。只好让传奇在吴越地区流传。最先记录的是籍贯吴越的作家袁康、赵晔。

浙江绍兴曾出土了两面汉代制作的吴越人物画像铜镜，画像内容、题款有吴王、伍子胥、越王、范蠡、越王和二女。画中吴王怒视伍子胥，伍子胥拔剑自刎，越王与范蠡窃窃私语，宽袖长裙、亭亭玉立、风姿绰约的二女，自然就是西施和一同进献的美女郑旦了。今天，为西施教习歌舞的土城山遗址还在，供西施居住游览的姑苏台、馆娃宫、西施洞、玩月池等遗址尚存。

传说中进入吴宫的西施，越发婀娜迷人。在悠扬的乐曲中，西施举手投足，尽态极妍。夫差为她大造酒池、楼台……

灵岩山的春宵宫是传说中夫差为西施而建的，宫中有大池，池中设青龙舟，据说夫差天天与西施下池嬉水，晚上与西施枕水而眠，还为西施建造了表演歌舞和宴乐的馆娃宫、灵馆等。西施擅长跳"响屐舞"，夫差又专门为她筑"响屐廊"，廊子下挖出深坑，然后置数以百计的大缸，在上面铺木板成地面。裙系小铃的西施穿木屐走在上面，翩翩起舞，铃声和大缸的回响声，"铮铮嗒嗒"交织在一起，使夫差如醉如痴，沉湎美色，不理朝政，把大小事都交给太宰嚭，不再听伍子胥的规劝。

卧薪尝胆

越王回宫后，对范蠡说："孤受辱连年，差点死掉，得相国之策，再返家乡。现在想定国立城，人民不足，大功不成。怎么办呢？"范蠡回答说："唐虞卜地，夏殷封国，古公营城周雒，威折万里，德致八极，不都是想破强敌收邻国吗？"越王说："孤不能守住祖业，修德自守，亡命于会稽山，向敌国乞恩，受辱敌国，自囚吴宫。幸好回国，受封百里，将遵先辈之意，再在会稽山上，讨论大计。"范蠡说："过去公刘和亶父，都是靠着迁移新地而兴国，大王想强国，先要建都。"越王说："寡人考虑一下。筑城立郭，分设里间，要靠相国了。"

然后范蠡观天象，筑小城，外圈城墙的西北少了一个直角，表面上是对吴国的退让，实际上缺了西北，是要让吴国消失。范蠡筑完城后，说城与苍天有呼应，存昆仑之象。越王问他怎么敢跟王者比隆盛？范蠡说："君只见表象，未见内里。我城跟昆仑是一个风水。越国称霸不远了。"在范蠡的规劝下，勾践安抚百姓，广施恩德，出不敢奢，入不敢侈。

复仇路漫漫，勾践苦身劳心，夜以继日。困得合眼了，用苦菜刺激；脚寒，用冷水泡。冬常抱冰，夏常握火。愁心苦志，悬胆在门上，出入尝一口。晚上睡在柴草上，夜半抽泣，泣后再啸。于是群臣都说："君王怎么愁成这样？复仇，不是君王之忧，是臣下所急啊。"

这一年，越王说："吴王喜欢不贴身的服装，我想采葛，让女工织细布献给他，以获吴王之心，你们看呢？"群臣说："好。"便派国中男女入山采葛，制成黄丝。

吴王听说越王尽心自守，饮食简单，衣着单调，有五台可游，却没有一天去游玩。便给越王写信，扩大他的封地，东到勾甬，西到檇李，南到姑末，北到平原，纵横八百余里。

越王便派大夫文种准备葛布十万匹，柑蜜九桶，长方形文房竹匣七枚，狐皮五双，晋竹（箭竹，用以制箭的竹子，古文中箭和晋写法相同）十船，来还封礼。吴王得之后说："本以为越国偏僻蛮荒没有宝物，现在他们尽心进贡还礼，这是越人小心翼翼，不忘效命吴国啊。"伍子胥听后，下朝回家，对侍者说："吾君失掉了石室之囚，放虎归到南林之中，现在虎豹在野外，我的心能不焦虑吗？"

吴王得到葛布后，又赏赐了一些东西。越国大喜。

于是越王内修其德，外布其道，事事向文种问政。文种的治国良策，说到底就是"爱民"二字，具体方针为24个字：利之无害，成之无败，生之无杀，与之无夺，乐之无苦，喜之无怒。

文种对这一"良策"解释说——

利之无害，就是不夺民众之所好，让他们得利；成之无败，就是不误民众之农时，让他们有所收获；生之无杀，就是焕发百姓的生机，赏多罚少；与之无夺，就是要减轻税负，不与民争利，减税赋，轻徭役，少征差，使民众休养生息，活得快乐，远离痛苦，心中喜悦，没有怒气。我听说，善于治国的君主，对待民众，如同父母爱护自己的子女，兄长爱护自己的弟弟，闻其饥寒，便为之哀痛，见其劳苦，便为之悲伤，这样民众才会拥戴他们的君王啊。

勾践觉得"爱民"二字，含义深奥，不禁叹曰："唉，照你这么说，寡人还未能真正做到爱民呀。"于是推行新政，宽刑罚，减赋税，没几年，越国人民渐渐富足，人人都能披甲上阵杀敌，真正做到了全民皆兵。

勾践九年，文种给勾践的国策为：跟齐国亲近，跟晋国深交，私下跟楚来往，厚待吴国。吴国志大骄矜，一定蔑视诸侯欺负邻国。诸国博弈，互为敌国。越国可乘机伐吴，可成功。

范蠡劝勾践深藏不动，以观其变，等着伍子胥和太宰嚭二虎相争，等着伍子胥被吴王疏远的时机。

灭吴兴越文种献计

勾践要文种为他"灭吴"献策。文种总结夏商周三代以来征伐经验，提出伐吴九术。就是后来流传的"九术"。这"九术"是：一是尊天地，事鬼神，保佑一切顺利；二是用贵重财物，奉献吴王；三是高价买入吴国的粮帛，掏空吴国物产；四是继续用美女，消耗吴王的大志；五是送给吴王能工巧匠，让他修宫室筑高台，财尽力疲；六是贿赂佞臣，让吴王不再讨伐；七是让谏臣更加强硬，导致灭亡；八是让国和家一同富强；九是苦练军队，等待时机。

这些政策实施十几年后，勾践看到国力强大，想讨伐吴国。文种说，慢。当年伊尹伐桀，三思三探，还没有轻易动手。你没有试一下夫差的态度，怎么能行！

勾践说，行！听你的。他派文种去吴国向夫差请求：越国年成不好，闹了饥荒，向吴国借一万石粮，来年归还。

太宰嚭在一边帮腔。

西施也替母国说情。

夫差见状，无奈之下答应了。

第二年，越国丰收。文种把一万石粮亲自送还吴国。

夫差见越国十分守信用。旁边的太宰嚭告诉他，越国送来的都是好粮食。夫差回说，拿来看看。下面的人把越国的稻米拿来一看，粒粒饱满，对太宰嚭说：越国的粮食颗粒比我们大，就把这一万石卖给老百姓做种子吧。

太宰嚭把这些粮食分给农人，命令大家去种。过了年的春天，种子下去了，等了十几天，还没有抽芽。大家想，好种子也许出得慢一点，就耐心地等着。没想到，过不了几天，那撒下去的种子全烂了，他们想再撒自己的种子，已经误了下种的时候。

这年，吴国歉收，大饥荒到了，吴国的百姓全都恨夫差。他们哪里想到，这是文种的计策。那还给吴国的一万石粮，原来是蒸熟后再晒干的粮食，怎么还能抽芽呢？

勾践听到吴国闹饥荒，就想趁机会发兵。

文种，还早着呢。一来，吴国刚闹荒，国内并不空虚。二来，还有个伍子胥在，不好办。

勾践听了，觉得文种的话有道理，就继续操练兵马，扩大军队。

夫差呢？他正拥着西施，喝着美酒，醉在梦乡里不醒哩！

伍子胥屈死东吴

勾践卧薪尝胆企图复仇的消息被夫差知道后，准备出兵攻打。这时，太宰嚭告诉他，齐景公死后，新立的国君很弱势，这是夫差北上称霸的好机会。

夫差十一年（前485），夫差听任太宰嚭的策略，出兵攻打齐国。得到消息的越王勾践亲自率群臣前来祝贺，用丰厚的礼物，馈赠吴国朝廷群臣，吴国朝中一片欢呼。夫差非常喜欢越王的"服从"。唯有伍子胥深以为忧，他进谏道：臣听说，勾践吃东西不注重味道，且经常凭吊死者、探视伤者，似乎别有用心。今天吴国有越国在旁边，就像有心病的人一样。大王不攻打越国，反而攻打齐国，这不是很荒谬吗？

夫差听不进去。

伍子胥跪下泣不成声：越国对吴国的柔顺服从，是用利作饵，讨好吴国，有个很好的比喻，那就好像人养猪、牛、羊一样，并不是爱护它，而是到时候宰杀享用。如果你看不到这一点，吴国必定会在不久的将来被越国所灭。

吴王夫差带兵攻打齐国，打了大胜仗，齐国请求议和。

夫差二十一年（前475），夫差倾国中精兵到黄池大会诸侯，与晋国争夺盟主的地位。

伍子胥再次以死相谏。

这回，夫差真要杀伍子胥。准备再次大举攻齐前，夫差派伍子胥出使齐国下挑战书，以激怒齐国，达到借齐国杀掉伍子胥的目的。伍子胥见夫差如此做派，料定吴国终将会被越国所灭，便趁着出使齐国的机会，把自己的儿子托付给齐国鲍氏，改姓王孙氏。太宰嚭把这一消息加油添醋地诬陷伍子胥投敌叛逃。夫差遂以私通敌国、怀有二心的罪名，赐伍子胥剑，逼他自杀。

伍子胥接剑在手，叹气道，以前先王本不想立你，是我一再力争才让你得以即位。我助你破楚败越，威名远扬，现在你却让我去死，我今日死，明日越兵至，会掘你的社稷啊。他又对家人说：我死后，请把我一双眼睛挖下来挂在城东门，让我有一天能看见越国大军从这门进来。

说完，伍子胥挥剑断喉而死。

太宰嚭把伍子胥临死前的一番话又添加些"佐料"送给夫差。

夫差听了大怒，恨之入骨，竟然将伍子胥的头割下来，要挂在胥门城楼之上。把他的尸体包在皮革里，抛在江中，名曰"鸱夷浮江"，使之葬于鱼腹。他问伍子胥身边的人，老家伙死前说了什么？伍子胥的身边人对夫差说出了他的心愿。

夫差说，这好办。他下令将伍子胥的一只眼睛挖出，挂在东门城上，尸体投入江中，并且说：你想看，那就看吧，我看你是看不到的。

真的看不到吗？

历史就这样惊心动魄。

此时的吴国连年对外征战，国库早已空虚，百姓厌倦战争，不愿意再随吴王夫差去侵略别国。

越国的国君勾践掌握了这些情况，又见吴国的精兵强将都到中原会盟去了，便乘机攻打吴国，一下子就占领了吴国国都姑苏。勾践没有像夫差那样手软，他杀绝了吴王世系的所有人，连吴王那些漂亮的姬妃也没留下享用或送人，有位部下请求将一个 16 岁的丫鬟赐他，勾践不但没同意，还将那部下当场处死！勾践放火烧掉吴国的国都以及姑苏台，把吴王家族宗庙捣毁不算，连墙也给扒平。夫差呢？当然是被活捉了。

夫差见勾践做得这样绝，问他为什么。

勾践笑笑，把太宰嚭推到夫差面前说，你告诉他，我为什么。

太宰嚭说，你夫差不能做大王，因为你不识忠良，专喜谗言。手软心慈，耳根如绵。好好的伍子胥话不听，听我这个奸佞的。我是勾践收买的人啊！

忠言到时方知贵，夫差这才如梦初醒，感叹道：死人如果有知的话，我有什么脸面去见九泉下的伍大夫啊！说完，便拉过布掩脸刎颈而亡。

夫差不灭越国之谜，却被战国竹简解开

所谓"斩草不除根，春风吹又生"，吴王夫差不杀越王勾践，最终却反而被杀，给后人留下一个沉痛的教训。

对于吴王夫差为何不杀勾践，史书描述了三种人，敢于进谏的忠臣伍子胥，献进谗言的佞臣吴太宰嚭，昏庸无能的君主吴王夫差。最终，夫差在奸臣谗言之

下，拒绝了伍子胥的忠言，从而放过了勾践。可以说，史书记载勾勒出了一个骄横跋扈、刚愎自用、昏庸无能的吴王形象。

然而，能够参与春秋争霸的吴王夫差，可谓一代人杰，勾践卑躬屈膝的求和，奸臣三言两语的谗言，就能让他忘了国家大事放过勾践？一批战国竹简解开了真相，以至学者感慨吴王夫差形象被颠覆，吴越争霸的历史需要重写！

2008 年，清华校友从境外拍卖得到了 2388 枚战国竹简，随即捐赠给了清华大学，这就是广为人知的"清华简"。夏商周断代工程组长李学勤评价，"（清华简）这将极大地改变中国古史研究的面貌，价值难以估计"。

2017 年，清华简研究团队发布了清华简的第七辑整理报告，其中最重磅的文章叫《越公其事》，详细叙述越王勾践兵败后经十年生聚、十年教训，最后重新崛起、灭掉吴国的经历，对研究春秋吴越历史，具有极高的史料价值。

令人震撼的是，《越公其事》中的不少记载却颠覆了历史，展现出了另一个谦卑恭谨、谨小慎微的吴王夫差形象。

传统史书讲述的吴越战争，字里行间的吴王形象非常昏聩。其中，《史记》中的吴王，给人印象稍好，但《国语》之《吴语》和《越语》中的记载，吴王简直昏聩透顶，被越国美女、珍宝等吸引，又听信谗言，而放过了越国。

然而，清华简的《越公其事》记载，却颠覆了历史，因为夫差不杀勾践，有着不得已之处。

夫差兵围会稽山，勾践遣使文种求和，"吴王闻越使之柔以刚也，思道路之修险，乃惧"，随后夫差又与伍子胥商量，认为当年先王"天赐衷于吴"，最终守不住而被驱逐回来，如今我军伤亡过半，加之远离吴土，道路修远，后备不济，勾践 8000 人斗志旺盛，因此权衡之下，决定答应越国的臣服。

吴王曰："今我道路修险，天命反侧，岂用可知？自得吾始践越地，以至于今，凡吴之善士将中半死矣。今彼新去其邦而笃，毋乃豕斗，吾于胡取八千人以会彼死？"申胥乃惧，许诺。

显然，夫差之所以没有乘胜追击剿灭勾践，是由于自我评估的实力不足，尤其"凡吴之善士将中半死矣"，更没有了必胜的把握，而不是传统史书中的贪财好色、刚愎自用、拒绝忠良、任用佞臣等原因。

尤其重要的是，从《越公其事》中伍子胥与夫差的对话来看，两人是君臣协商，没有爆发激烈冲突，反而一团和气，最后"申胥乃惧，许诺"。

客观地说，这一段记载的历史，比起历史上充满小说气息的美人计、离间计等，是实力估量之后的无奈选择，应该更符合历史事实，也更符合雄才大略的吴王夫差形象。

夫差答应勾践臣服之请后，如何面对越国使者文种的呢？《越公其事》中的记载，让人根本就不敢相信！

吴王乃出，亲见使者，曰："……孤所得罪，无良边人，称尤怨恶，交构吴越……孤用愿见越公，余弃恶周好，以徼求上下吉祥……孤用委命竦震，蒙冒兵刃，匍匐就君……孤敢不许诺恣志于越公？"使者返命越王，乃盟，男女服，师乃还。

这一段记载可谓颠覆吴王夫差嚣张跋扈的传统形象，因为这一段话中，简直让人分不清谁才是战胜者。

面对负隅顽抗的越军，夫差言辞极为谦卑，没有一点嚣张跋扈，不仅不像战胜者的言辞，反而更像失败者的求和。最终，吴越双方达成盟约，"使者返命越王，乃盟，男女服，师乃还"，夫差引兵而回。

显而易见，战国竹简《越公其事》，不仅解释了夫差为何不灭越国，也揭开了夫差真实形象，彻底颠覆了传统史书记载。从正常逻辑来看，《越公其事》更符合历史事实，《国语》等传统史书记载，更像讲述一个神奇的故事，贬低吴王来突出勾践，给后人一个深刻的教训。

夫差为何失败，勾践为何成功复仇？除了勾践励精图治之外，其实还和夫差争夺春秋霸权有关，消耗了吴国大量实力。夫差北上与晋国晋定公争夺霸主，国内空虚时，遭到越国精锐偷袭。由于长年争夺霸权，国力消耗士兵疲惫，最终被越国击败，夫差身死国灭，留下了一个沉痛的历史教训！

第二部　魏晋风骨

王羲之题"剑池"

　　顺"虎丘剑池"四个大字朝西往前右拐，有座"别有洞天"的圆洞门。穿过去，扑面而来的便是另一种跨入峡谷地带，才能体觉到的温差骤变，翼然立于眼前的不再是热闹开阔的旷野，而是矗立于鼻尖上的斧劈陡崖、高空壑壁。壑壁下一池绿水，临池抬眼朝天观去，头顶上方有道石桥钩联两端，形势十分险峻。再看水池，呈狭长形，南稍宽北略窄，形状如宝剑，水质清澈，终年不干。

　　这水，传说在唐代被李秀卿品为"天下第五泉"。我们已经知道天下第五泉在中国有好几处。其中除这里的，还有唐代陆羽将济南大明湖的泉水品为"天下第五泉"。我们无法论证：是陆羽先题济南的"天下第五泉"，还是李秀卿先题虎丘的"天下第五泉"？更有趣的是，他们都题"天下第五泉"，唯有明代嘉靖年间巡盐御史余姚人徐九皋对扬州大明寺内乾隆御碑亭南的泉水，只题"第五泉"，没有天下，更没说明是恢复还是新题，有点让你琢磨不出这泉水最早是什么年代何人品的。倒是后来的皇帝乾隆走到这儿提笔写了字，以至游人到此，喜欢琢磨的就品出点意味来，比如：皇帝也喜欢追星，要不，清代的皇帝跟在明朝的盐官后面瞎起什么哄？

倒是面前壁上可观的两个篆体大字"剑池"，洒脱飘逸，极为耐看。传说是我国东晋著名书法家王羲之所书。

传说的故事总是很有趣的。这个传说讲的是有一天王羲之到虎丘游玩，看见这池面有两只鹅呆呆地一动不动，他想一定有原因，便用手试试水温，冰冷的水顿时袭得他浑身寒战透心。他着急地呼那两只鹅快快上岸，鹅再聪明也无法听懂他的话啊。无奈之时，忽见一位山僧从崖上下来汲水，王羲之便呼他帮助将鹅赶上岸。那山僧认得王羲之，何故认得，不得而知。山僧放下汲水桶，悠哉游哉地过来对王羲之说，只要先生肯为我们的"剑池"题字，我就将这两只鹅送给你。王羲之不知是计，喜不自禁立刻点头答应并随山僧去禅室。那禅房原本就备着文房四宝，王羲之上前拿起笔来神情飞扬地写了"剑池"两个字。当他喜滋滋回到水边准备带鹅回家时，却发现山僧不知去向，两只鹅则化为两只虎蹲在山头，且虎视眈眈怒视着他。自然这鹅是没了指望，而他书写的"剑池"却生根般刻在这山崖上了。这就是"神鹅易字"的传说，因版本不同稍有出入，但大同小异，流传很广。之所以会有这样的故事，则因王羲之喜欢鹅是有名的，说是他常常观察鹅的神情动态，启发自己书法的某些建架和笔势，他书法上的许多运笔就是从鹅的曲颈伸缩动作中得到灵感。再看他的字，似乎的确有鹅项部的舒展和丰盈。

还有一种说法，大书法家王羲之与弟弟（哪个弟弟，说不清楚）到苏州，在虎丘应寺内长老所求而书。

更有一种传说，从根本上否定了王羲之写的，理由是从现存下来的王羲之书写的篆体，特别是小篆中没有如此这般的秦篆。

但王羲之的专家们一致认为：此"剑池"两字非王羲之莫属，那他怎么在这上面留下来的呢？

这与王珣有关。

中国的书法艺术，在长期发展的过程中，形成独特的规律，成了一门专门的学问，尤其是到了魏晋六朝，在这个中国政坛最混乱、社会最苦痛的时代，恰成就了中华民族精神史上极为自由、极为解放，且富于智慧、浓于激情的一个时代。造就了中华民族历史上富有艺术精神的一个时代。诞生了顾恺之这样的大画家、王羲之这样的大书法家，以及各个艺术门类中能够垂范中华民族历史的伟大的艺术人才。

王珣是当时著名的书法家王洽的儿子，王洽是王导的第三个儿子，也是王羲之的堂弟，其书法在当时与王羲之齐名。王洽书法艺术造诣精深，书兼众法，尤善行草。挥毫落简，笔笔有来历，字字有出处，具有郢匠挥斤的乘风之势，卓然孤秀，运用有方，丽雅慧韵，甚得笔墨之法和笔墨之趣。人说王洽与王羲之曾一起研究书体，变章草为今草，韵媚婉转，大行于世，创造了书法艺术从量变发展为质变的时代，为书风的革新创造了条件，开创了中国书法史上的新纪元。

王羲之每每回京都必须到乌衣巷王氏府上拜见王导。王导去世后，这个习惯一直保留着，其中的原因正是王氏书法。书法这门艺术重要的一点在于交流。笔艺与书写在交流上很能看出你下的功夫，通过交流使自己弱处得到暴露，得到同行及时的指点，往往就能让你大开眼界、长足进展。因此，成语"一字之师"也就垂世千古。

永和十一年（355），王羲之53岁时与王坦之父亲王述有了过节，事因不仅是王述在母亲去世服丧期间，朝廷安排王羲之去代理王述的会稽内史，关键还在于王羲之到任后，听说王述在任宛陵县令时大肆收贿，被上级查出后，他还底气十足地说我收够贿后自然会拒收其他馈赠。果然，他升任州官后，"清洁绝伦"，自己的房子破旧不堪也不翻修，还将以前收的馈赠散给亲友与穷人。前后反差过大，让继任的王羲之难辨雌雄，以致他几次到王述家吊唁都半途而回。有次到了门口，王述出门迎接，王羲之站在那里白他一眼就转身离去。弄得王述很尴尬，服丧期满，王述任扬州刺史，开始报复王羲之。王羲之干脆称病辞官。

据说，王（导）谢（安）两大阵营反目，这是起点。由王羲之与谢安亲手缔结的王谢婚姻，裂缝始于王姓分裂。王述儿子王坦之与谢安结盟对付桓温，而王洽两个儿子王珣、王珉支持桓温。导致谢安亲手斩断由他和王羲之缔结起来的王谢婚姻，后续造成谢灵运被灭，谢氏根脉几尽灭绝。这是后话。

王羲之辞官后，更自由了。他往来于建康与会稽之间，游山玩水，会友论诗。乌衣巷王氏宅院里经常见到他与书法家讨论书法的身影，曲水流觞，高谈阔论，很是快意，颇有些意气风发。王羲之和谢安的弟弟谢万比较亲近，谢万的女儿许配了王珣，谢安的女儿许配了王珣的弟弟王珉。谢万在升平二年（358）被任命为豫州都督，都说他有些矜豪傲物，常常啸咏，自视甚高。对于谢万的不拘小节，王羲之写信去告诫。那时，乌衣巷王谢两家关系融洽。

一日，王羲之听说堂弟王洽身体欠佳，匆匆忙忙前来看望，王洽告诉他，你致书告诫谢万这件事，谢万快书转给了谢安。王羲之诧异：谢氏这两年运势不佳，镇西将军、豫州刺史谢尚上任不足一年，病故；谢奕接任；又是一年，谢奕病故。谢万接任。看在好朋友的关系上，王羲之告诫他几句，还以致书的隆重形式，他焉能如此扩散？考虑到是传话，王羲之安慰了几句：你两个孩子都结亲于谢安、谢万两家女孩，从大局上说，这事你就不要给孩子们知道了。

没想到，门外跑进来王珣，问安过后，便说，谢府这几年不顺，我们要多善待他们啊！

屋里的王羲之与王洽听了都眉眼舒展，乐呵呵地笑起来。

王珣当时才9岁（358），但他每次见到比自己大45岁的堂伯王羲之，总是提许多书法上的问题。今天会提什么问题呢？果然，大家一阵寒暄后，王珣很认真地告诉他们，刚才在谢府就是讨论大篆小篆的变化的，谢琰说，伯伯您书写的鹅字很特别，能不能现在给我们写几个字，让我们临摹临摹啊！接着又说，伯伯，你致万石（谢万，字万石）的信都传到安石（谢安，字安石）那里，现在能给我们说说吗？伯伯，您说说也没什么关系吧！

王洽乐道：你才多大？开始过问大人的话题，不觉得太早了吗？

王羲之扬手拦住说：有志不在年高，况且他问得正好。接着，王羲之似乎陷入了一种沉思，慢慢地说出他给谢万的劝告信内容。针对谢万目前的情绪不稳定、急躁、处事方式欠佳等问题，又考虑到儿女亲家的关系，王羲之善意提醒谢万也觉得是应该的。他用自己曾经到海涌山的经历来打比方，说这座山里有一个铸剑的地方，相传很古了，其中有个淬火的池，给他启发很大：剑是用铁精配上青铜锡混和铸成，锋利无比，但人们发现它还需要稳定性，才能保持其持久锋利，这就需要淬火。人更需要淬火式地不断从古人、从周围贤圣那儿虚心讨教学问，修身养性，方可服务国家与百姓而不感乏力……

剑池？王洽想起来了：是不是那年我们与谢安一起游历江南在虎阜山里看的？当地人说是春秋吴国阖闾墓的地方？记得你答应谢安，在壁上题字的，后来这事你还记得？王羲之说：记得，记得，只是没有再重游。

王珣得悉此事，暗邀陆续进来的兄弟们把王羲之拉到案前。案上摆着墨砚纸笔，还有王洽正写着的作品，是小篆书体。被孩子们缠住的王羲之开玩笑道：元琳（王珣）啊！我写了，你打算怎么处置啊？

王珣脱口而出：伯伯的字都可作壁上观，侄儿就在那里建屋置房守着。站在边上的王珉立刻响应，我也去守望。几个孩子一起欢呼雀跃。在孩子们的欢声笑语中，王羲之提笔写下两个小篆——剑池。

多年后，已经成为虎丘山上别墅主人的王珣，偶遇一生好入名山游的顾恺之，年长王珣一岁的顾恺之应邀入室品茗，说到话头上，顾恺之询问壁上"剑池"的来历，王珣如实道出。顾恺之击掌乐道：余可将此佳话记下，免得后人以讹传讹。后人说只要找到顾恺之当年记录此事的书，便可证实。

剑池续话

在"剑池"二字左边，刻有明代高启的《阖闾墓》诗，曰：

> 水银为海接黄泉，一穴曾劳万卒穿。
> 谩说深机防盗贼，难令朽骨化神仙。
> 空山虎去秋风后，废榭乌啼夜月边。
> 地下应知无敌国，何须深葬剑三千。

诗中的意思是说，建吴王阖闾墓时征调上万民工，穿山凿池，不过一个墓穴而已，地下又没有对手，何必要深埋那三千宝剑呢？

石壁上刻有蓝色的"风壑云泉"四个大字，笔法潇洒，传为宋代四大书法家之一的米芾所书。这四字不但字写得好，而且概括力极强，似乎风声云影、泉鸣幽涧，全部被这四字囊括了。

据方志上记载，剑池下面是吴王阖闾埋葬的地方。还说，这里之所以为剑池，是因为阖闾入葬时把生前喜爱的"扁诸""鱼肠"等珍贵名剑作为殉葬品埋在他的墓里了，上面还覆水成池。

剑池大约宽45米，深约6米，终年积水，清澈见底，可以汲饮。唐代李秀卿曾题为"天下第五泉"。

站在这里仰视：只见悬崖绝壑，藤蔓繁覆，飞桥临空，险巇欲坠，直立峭拔，空间逼仄。这个完全不能任人左右的狭窄空间里：幽黑泓溢、深不可测的潭水，逼仄的岩石翼然触鼻而耸。一条南宽北窄的水池慢慢从你的视线中由近而远，由浅而深，由清晰而模糊地往一个无法知道的岩石抵挡着的地方延伸过去，带着你的思维穿过这段历史构成的隧道向前，去探求吴王阖闾墓的真假。你可以问一句：

阖闾真的葬在这里面吗？这现状，真的是秦始皇、孙权当年凿宝所致？

据《元和郡县图志》等记载，秦始皇和孙权都曾先后在这里穿凿山岩，发掘传说中的三千"扁诸""鱼肠"剑，他们依据的就是那个人人都会说的一句"如非埋剑，何以名剑池"的话。

民间传说，秦始皇称帝后为了找到吴王阖闾的墓穴，挖出他陪葬的许多珍宝和宝剑，调兵遣将，不远千里从咸阳到虎丘山下安营扎寨。他们四处打听，八方开掘。折腾了好久却一无所得。但据历史学家多次的发声：秦始皇嬴政一生没有到过江南，没到过长江边，所有关于秦始皇在长江以南的所作所为，都是东晋人根据政治需要杜撰出来的，包括"南征百越的传说"。如若不信，可参看考古新发现的证实：迄今为止，长江以南未曾发现过秦始皇足迹的任何物证。倒是楚汉相争时，曾经在今浙江省湖州待过的楚霸王对剑池产生了强烈的兴趣。他带人来到剑池，兴师动众，大肆开掘。结果和传说中的秦始皇遭遇一样，连吴王阖闾的刀剑踪影也没看到，更不要说吴王阖闾的墓穴了。三国朝代，东吴孙权也梦想能找到吴王阖闾的墓穴，亲自带兵到虎丘剑池开挖，仍是毫无所获。

剑池到底是天然形成还是由人工斧凿而成？

这里是不是真的埋有吴王阖闾的尸身？

在一系列寻宝失败之后，人们不禁对剑池产生了种种疑问。

为搞清剑池的真实情况，宋代有位叫朱长文的名士在当地衙门官府与富翁们的支持下，动用大量的人力物力，费时数月，对虎丘进行实地挖掘。经过一番折腾后，他断言，古代关于剑池的传说纯是无稽之谈，剑池根本没什么神秘可言。秦皇、楚霸王、孙权等之所以屡次寻宝失败，那是因为他们误听传说而受骗上当。他断言：剑池不过是古代人在这里铸造宝剑时淬火的地方。

宋代大诗人王禹偁在虎丘剑池转了几次后，也得出相同结论，声称：哪有什么宝剑？秦始皇与孙权不可能做那蠢事。

又有人说，这泉石之奇，非人工所为，是天然所成的。

更有人说，其形状如剑，故而命为剑池。

据今天的科学家测定：在千人石西边的"第三泉""铁华岩"与剑池、白莲池之间的地下是由根脉相连的整块岩石组成，它们中间有个天然的涧道泻通水源。大雨水涨时，积水不淤，全因它们可通过涧道注入白莲池，由养鹤涧外溢下山。可见这剑池的形成，是天成之巧。

许多人不同意朱长文、王禹偁的看法。为此，他们给后人留下了大量的宝贵资料。其中有本《山志》的书中记载：明正德七年，剑池忽然水干见底。当时的人们奇异地看见一面池壁上有扇紧关着的石扉。有游人在好奇心的驱使下，竟然大着胆子下到池里去探访。发现剑池的石壁上，有明代宰相王鏊等人留下的题记……这段记载尽管很简单，但它无疑向人们表明，以前关于剑池埋葬着吴王阖闾和大量珍宝的传说，并非完全是无中生有，很可能就是事实。

这本《山志》上说的事，并非捕风捉影。

在剑池的东边石壁上确有段明正德六年（1513）冬刻的文字。这段文字是由当时的王鏊、唐寅（就是那位大画家，民间传说中的"唐伯虎点秋香"的主角，电影《三笑》使其流传甚广）42岁时记下并刻在这个壁上的。编地方志书的人，又将这段文字记载到了《吴县志》里面，这段文字的原文，我们应该读得懂的，它这样说："宋明两朝时，剑池曾干涸，发现池北底端有穴，似乎像墓门，因恐其有机关，不敢轻举妄动，遂以砖石封闭。"

到了1955年，趁着整修虎丘上的云岩寺塔的机会，工程部动用人力把剑池里的水抽干，挖净淤泥，发现这个深约50米的方池底部及东西南三壁都是刀削一样直直地平面到底，完全不是靠人力凿开砌成的。就在这个底部的北边壁上，确有明代长洲、吴县、昆山三县令以及王鏊、唐寅等人的石刻记事两方，载有明正德七年（1512）剑池水干，于池底发现吴王墓门的简单情况。

这一发现，令大家很振奋。下一步就是戽干池水，出清污泥，查清剑池的地下奥秘，寻找吴王阖闾墓穴。在抽干剑池积水后，见池南有土坝一道，与石壁三面相连，面积约四张八仙桌大小，低于平时水面三尺，是人工筑成用做蓄水的。池北最狭处，明显有人用砖石封闭。这就证实了唐伯虎在明代正德六年写下的那段文字是真实的。

这一天中午，大家正在剑池内加班加点地清除着池底的污泥。突然，有人在池底岩石中间意外地发现人工砖石很松动，撬开后，石壁上露出上尖下宽一道略两人并行的三角形洞穴。当时，其他的人都纷纷停下奔过来看。有人当场找来长竹竿插入洞中试探，见深不可测，干脆就把砖石搬掉，清理后发现这是个天然岩石缝，这个洞穴向北延伸。经商量后，决定以此为突破口来查清剑池地下的真实情况。几天后，几个人小心翼翼地把洞穴扩展开，用木板铺设在地上，持着手电筒，踩着木板铺成的路，一个接一个地钻进了洞内。约一丈多长的隧道，可容身材魁梧的人单独出入，举手可摸到顶。人们靠着手电筒的光亮，走过了那狭长的通道后，来到了洞的尽头。尽头处为一喇叭口，前有一米多的空隙地，可容四人并立，但没有回旋余地。前方有用麻砾石料经人工琢成的长方石板四块，一块平铺土中作底座，三块横砌叠放着，好似一大碑石。每块石板的面积约二尺半高，三尺多宽。第一块已脱位，斜倚在第二块上。第二块石板的石质不同于虎丘本山的火成岩，表面平整。由于长期受池水侵蚀，显露出横斜稀疏的石筋。根据形制分析，这是一种洞室墓的墓门。

剑池是竖穴，南北向，池底的石穴是通路，这和春秋战国时代的墓制形式是完全相符的。据记载，"阖闾之葬，穿土为山，积壤为丘，发五郡之士十万人，共治千里，使象运土凿池，四周广六十里，水深一丈……倾水银为池六尺，黄金珍玉为凫雁"。这样夸大的描写，虽然不一定可信，但作为春秋末年五霸之一的阖闾墓，建筑规模肯定很大，墓室设计也必然会相当精密和隐蔽。

从虎丘的后山用泥土堆成的事实与上述种种迹象分析，剑池很可能是为了掩护阖闾墓而设计开凿的。

墓门后面很可能存在某种秘密。

群情鼎沸，大家决定一气呵成把这个千古之谜给揭开。可是，几天后，正当部分科学考察工作者准备着手搬开三块长方形石板时，突然接到了停止开掘墓穴的通知。通知中说，如果当真要打开深藏在剑池底下的那个墓穴，建筑在剑池边上的虎丘宝塔极有可能毁于一旦，整个虎丘风景区也将化为乌有。这样损失就太大了。科学考察工作者们不得不承认通知说得有道理，最后只得罢休。由于剑池底下的洞穴最终没有彻底开掘，从那以后这些年，也再没有人去进行探索。直到今天，苏州虎丘剑池下面是不是真正埋有吴王阖闾的尸骨和珍宝，仍然是个不解之谜。

当时主持这一工作的谢孝思先生后来撰文说，这三块大石看上去并非是本地山中石质料材，将它们送入剑池这一面狭窄的缝里整齐地叠着，显然是不可能的，而必须是由对面较大空间向这一面叠砌成的。他由此推断，这个地方一定是阖闾的墓道门口，当年的施工是先由这里开凿成墓穴，然后再深入向前建设好后便将这里封死的。墓穴的正式进出口应该在从这里向上的一个斜道，位置在比剑池水面高出的某一个层面上。一定是人工开凿的石窟空间，它的位置应该在虎丘上的那座云岩寺塔下。

这个推断应是可信的。

我们有理由说，当年安葬阖闾是利用工匠淬剑的地方（或者本身就是造墓铸锻金属物件的工地），命工匠开凿剑池下的狭窄缝隙。墓穴造好后，由大面一方封死道口。然后将阖闾的棺材物件放入，最后封口。这地方应该就在现在的云岩寺塔下某个地方，也许就在云岩寺塔下。历史往往有许多的巧合。在造塔时，也许没人知道这下面就是阖闾墓，巧合地将塔基安在了那个墓顶上。古代条件有限，人们无法对岩层考察。以为岩层是最为可靠的，由此作为塔基是完全有可能的。这种人为的并非事前商量好的历史巧合，形成了一道历史之谜，引起千百年来无数游者及文人墨客的遐想与诗兴。

但请不要忘记，造阖闾墓者不可能忽视在墓顶上，今天的云岩寺塔身上空一块平地留着等咸和二年（327）再做文章。而且现在没有人能够说得清楚，咸和二年是否就已经有塔？从阖闾去世的公元前496年到公元327年，这漫长的823年间就没有人去掘墓？夫差就没有想到在那上面造个什么永久性的建筑来挡住世人的贪欲？公元前473年越王勾践灭吴国，夫差自杀。就算勾践心慈不去掘阖闾墓，后来的楚威王熊商就不想吗？

那年，齐魏大战中的败将魏惠王得到了朝见齐威王的机会。他见貌辨色，当场尊齐威王为王，齐威王见他这么干脆也顺口承认魏惠王的王号。这相互献媚的恶作剧，互利的双赢，被历史称作"徐州相王"。楚威王知道后愤怒至极，立刻亲领大军伐齐，围住徐州，大败齐国。赵、燕两国国君自然也忍不下这口气，见楚威王发威，他们何不趁机傍"虎"发威！于是也分别出兵，一起攻打齐国。历史称这次战事为："徐州之战"。

结果当然是楚威王大胜。

得胜的楚威王熊商乘胜转身看着邻居——越王无疆，一个"扫荡"顺带把吴国部分疆域也收入囊中。他还在长江边的石头山（今清凉山）上建立金陵邑，就这还觉得不过瘾，觉得南京"有王气"，吩咐在龙湾（今狮子山以北的江边）埋金镇住王气。做完这些事，他的威还没有平息，当场决定打到姑苏，去掘阖闾墓取那三千青铜剑。

不知何故，此行未成。

楚怀王二十三年（前306），楚怀王熊槐下了决心，要继承父亲的遗志，把越国灭掉。熊槐凭借楚威王熊商留下的实力，果然一举灭了越国。逃走的越王无疆率残部东迁，残余势力退到广东福建建立百越。后来秦始皇灭百越也没灭净，部分族人又复国，建立东越。第四次汉武帝灭越，还是没灭干净，残余的又跑到今天的越南去了，相传今天的越南就是越人后代。这是后话，在这里提一下，让读者知道越国那个勾践的后人是如何顽强！

楚怀王熊槐那刻虽然胜利，但想掘阖闾墓取那三千青铜剑，却没精力了，秦国对他的虎视眈眈，使他分不出这份闲情啦。

但这不等于别人不想啊！

后来的秦始皇，再后来的孙权，都想过啊，但他们为什么没有想从现在的云岩寺塔上朝下掘开？不是没有想，也许那时这上面就不是平坦的一块空地，已经有了建筑！或许就是一座塔！或者就是一座庙！

虎丘禅寺闲话

稍作留意，人们来到虎丘塔前，在其他地方常见的景象，这里恰恰就少了什么，那是什么呢？寺，你会脱口而出地说，少个寺院。但见光光的一座塔，竟然没寺院，转身见有碑说明，原来这儿曾经是云岩塔寺（也称虎丘禅寺）所在地。寺院原先是有的，毁了。是的，如果不毁，这山顶上的塔被簇拥在寺里，一片葱郁绿色，一岚佛烟，飘荡的梵音在香火的尘土中游涌，那是多美的去处啊。突然间，耳边有人问：为什么塔都在寺里？寺又多在山里，有许多地方是寺裹山，如镇江的金山寺，焦山的定慧寺（一说山裹寺）。

更有意思的是，许多地方与名人相连：如镇江招隐寺，竟然是南朝大音乐家戴颙的宅子；湖州菰城何山宣化寺，是明朝何楷的家宅。宋代词人叶梦得说："何山无甚可爱，浅狭仅在路傍，无岩洞，有泉出寺西北隅，然亦不甚壮。招隐虽狭而山稍曲复幽邃，有虎跑、鹿跑二泉，略如何山，皆不能为流。唯虎丘最奇，盖何山不如招隐，招隐不如虎丘。平江比数经乱兵，残破，独虎丘幸在。"

以宅为寺，是中国人的一种传统。先秦之前，三公居地称"寺"。可见宅与寺的关系。1915年出版的《辞源》这样解释"寺"：官署、官舍。最有影响的发生在寺里的弑君事件，莫过于公元前686年的齐国的一次内讧。事件的时间早于阖闾登基172年。当时的齐国齐襄公诸儿到贝丘狩猎，其父僖公养子公孙无知为弑君篡位，伙同对诸儿不满者连称、管至父带精兵埋伏在寺庙周围，趁着齐襄公狩猎的机会，杀入寺内，将留守人员统统杀掉，换上连称的人。另一路人去狩猎现场寻找下手的机会。如果不成，到寺内，彻底解决那位与异母妹妹文姜乱伦的齐襄公诸儿，造成齐室无主。当然，如果没有那个事件，就没有管仲射小白一箭，小白释一箭之仇，聘管仲为相的美誉传至今日。

在寺里下手弑君的故事，历史上效仿齐国的不少，但这不影响寺的形象。自秦以后，以宦官任外廷之职，其官舍通称为寺。如大理寺、太常寺、鸿胪寺等，《左传·隐公七年》："发币于公卿（这里指公卿寺）。"自汉朝开始，将先秦三公所居之寺，改称为府；而九卿所居称为寺。宫廷近侍称"寺人"，官舍亦可称"寺舍"，僧佛所居当然称寺，或称寺观。东汉始，寺逐渐形成为佛事僧人居所。如遍及全国的大大小小各种称谓的"三玄观""三妙观""上乾观"……

据史料记载，云岩寺规模原来不小。

这就要说起这寺最初的来源了，原来正是东晋司徒王珣、王珉兄弟的故事。

王珣兄弟筑室捐寺

两晋多动乱，人有避世之想，陶潜作《桃花源记》，就是这种思想的反映。可是现实中无桃源，只有自然山林可作寄托。于是私家园林开始出现。园林提升了居住环境的品质，当时贵族、官僚、富商等莫不以有园为荣。王珣、王珉既是贵族，又是官僚，完全有条件造园。正德《姑苏志》卷三十一记道："王珣宅在日华里，今景德寺也，其别墅在虎丘。"考王珣宅遗址，在今环秀山庄一带，而两兄弟的别墅，则都建在虎丘山麓。

这里需要增加一些说明。

前面说到王羲之致书劝谢万，谢万将此书转谢安。谢安并没有说什么，但王羲之与王述的交恶影响了王述的儿子王坦之。晋穆帝司马聃升平三年（359），谢万与郗昙兵分两路共同北伐前燕。途中郗昙病倒，谢万误以为郗昙兵败，下令后撤，造成全军溃散，回朝后，废为平民。第二年，四十岁的谢安出山，先任桓温司马，这是谢安探路之术，他看出了桓温的狼子野心。趁谢万病故，谢安被任命为吴兴太守，他便趁机摆脱桓温的控制。

晋废帝司马奕太和年间，谢安任侍中，后调吏部尚书，但实权仍掌握在他人手里，侄子谢玄与王羲之的侄子王珣一起成为桓温的手下，都被桓温"敬重"。桓温曾经对谢玄预言："谢玄四十岁时，必定持旄杖节（做大官）。王珣年少时即有作为。都是难得之才呀！"王珣转任主簿。这时桓温筹划逐鹿中原，天下动荡，军中机务都委托给王珣。文武官员数万人，王珣都认得出来。王珣跟从桓温讨袁真，被封为东亭侯，转任大司马参军、中军长史。

王珣兄弟都是谢氏的女婿，因为猜忌而有了矛盾。太傅谢安与王珣断绝亲戚关系，在谢安主张下谢万与王珉的翁婿关系也解除，二族因此就成了仇敌。光阴飞逝，转眼到了太和六年（372），桓温废司马奕，立司马昱，即简文帝。几个月后，简文帝危，桓温逼简文帝下诏书令其摄政，被谢安伙同王坦之用计阻止改为辅政。孝武帝司马曜顺利继位，桓温"诛王谢，移晋鼎"，朝廷命王坦之和谢安迎接，遂有"晋祚存亡，在此一行"故事，谢安从容阻止桓温谋逆。宁康初年，桓温求九锡之礼，被谢安用计拖延病死。

桓温死后，谢安与王坦之虽然没有清理桓温阵营人士，但作为王导后人的王珣、王珉感觉政坛非他们的舞台，于是王珣想起了王羲之曾经给海涌山题的"剑池"两字，东晋太和四年（370）王珣、王珉两兄弟看上了虎丘。

从春秋到东晋。虎丘经过近千年的风雨剥蚀，大土冢逐渐解体，被封土埋没的山岩重又裸露，有的地方被雨水冲成沟壑和溪涧，加上野生植物遍山滋长，重现了自然风光。

《虎阜志》卷七说，王珣"别馆在虎丘，与弟珉夹石涧东西以居"。因为当时虎丘别无标志性建筑，故把石涧（即剑池）作了分界点。王珣别墅在东南山麓，王珉别墅在西北山麓，当时虎丘周边多水，两家往来要绕山乘船。据考证，王珣别墅遗址在东山浜，即今万景山庄；王珉别墅遗址在后山西庵，即今通幽轩西。

对当时虎丘的景况，王珣在《虎丘山记》一文这样说：山大势，四面周岭，南则是山径。两边壁立，交林上合，蹊路下通，升降窈窕，亦不卒至。

由此可见，东晋的虎丘，山上林木茂密，枝叶交接，山道高低曲折，保持了原始生态。他说的"南则是山径"，不是现在从头山门到真娘墓的甬道，而是在石壁之间和丛林之中踏出的路，所以弯弯曲曲，无法一步到顶。

王珣对虎丘的描述，比较平实。顾恺之则不然，作为绘画大师，艺术感觉敏锐，一看就发现了虎丘的特点，他在《虎丘山序》中写道：

> 吴城西北，有虎丘山者，含真藏古，体虚穷玄。隐峻陵堆之中，望形不出常阜。至乃岩崿，绝于华峰。

意思是说，此山天真未凿，在密林覆盖下显得古奥玄妙，极有神秘感。乍看跟寻常山丘没什么两样，但看到巉岩嶙峋时，方知迥异于华夏诸峰。如今游人上山可能感觉不明显，但在当时，山上没有如今的捷径，从千人石到今大佛殿是断崖峭壁，没有石阶，剑池两崖间也没有石梁，攀登真的有危险。有史记载唐代宗永泰元年（765），一少年攀崖不慎落入剑池淹死。

虎丘有山无寺，对于西域僧人来说，不啻是未开垦的处女地。他们先在山上筑庐栖身修身养性，后来的僧侣自行往来。西域僧人智积"负钵囊以入，憩殿庑下"（宋代孙觌《智积菩萨殿记》），使之成为吴中名刹。《虎阜志》卷二介绍说，东晋山上有翻经台，在"生公池东南，晋梵僧于此重译（法华经）"；还有罗汉台，"在翻经台西，晋有罗汉于此受戒"；罗汉台南有洗钵池，"相传罗汉翻经时洗钵于此"。这都说明在王氏兄弟之前，已有西域僧人在山上活动了。

王氏兄弟不仅仅顺山麓建屋。据记载，王珣在虎丘之巅，即今古塔处造了一座琴台。王珉则在今大殿前种了一棵杉树。《吴郡志》卷九说："虎丘寺古杉在殿前，相传为晋王珉所植。唐末犹在，形状甚怪，不可图画。"

王氏别业的肇造，客观上将公众目光引向了虎丘。因此，虎丘各志书都将王氏昆仲视为最早开发者，列于人物卷前端。其实，虎丘在东晋崛起，主要因为风光显露，水到渠成罢了。经考证先于王氏兄弟到虎丘的，至少就有两名僧人，他们都来自西域。相传是三国时吴国孙权（一说是孙坚）请来的。原来汉代佛教传入中国后，社会影响很大。为了稳定社会，孙权顺应社会需要，对前来中国传授佛教的西域僧人敬重有加，他们在东吴的地位很高，史载三国孙权赤乌七年（244），吴郡已有佛寺，但数量不多。孙权乳母陈氏舍宅造了通玄寺被认为一大功德，就此开了舍宅为寺之风。

自王氏兄弟借山为园，僧人便难以染指。可是时隔不久，王氏的两座别墅却变成了梵音钟磬交响的佛寺。这是怎么回事呢？

《吴地记》说，王氏兄弟在"咸和二年，舍山宅为东西二寺"。元人高德基《平江记事》中记载，两人舍宅的时间为"东晋成帝咸和二年二月二十五日"。后来虎丘各志都沿袭了《吴地记》的说法。

但查《晋书》，两兄弟的父亲王洽生于太宁元年（323）。咸和二年（327）时，王洽才虚岁五岁，哪会有两兄弟舍宅之事？史载晋简文帝咸安二年（372），三吴大旱，饿死不少人。佛教提倡慈悲救世，信徒于此时舍财舍宅，符合教义。这年王珣二十三岁，王珉二十岁，都有舍宅的自主权了，"咸和"应为"咸安"之误，一字之差，提前了近半个世纪。因此王珣、王珉舍宅之年，应该准确地说是咸安二年。（见《大吴胜壤——虎丘的经典记忆》）

这部书的文字撰写者朱红定为"咸安二年"是正确的。

桓温一死，桓温身边的王珣兄弟必被清洗，但东晋的政治环境不允许那么做。谢安主政，有人明白谢安不喜欢王珣在朝中，便将王珣外放为豫章太守，王珣不去，遂又改任命为散骑常侍，又不去上任。王珣不上任做官，干什么呢？这个时期，他与弟弟王珉一起到虎丘将王羲之的"剑池"两字镌刻在剑池石壁上，并建私宅别墅。直到孝武帝太元十三年正月（388）谢安死后，这段时间长达15年。

闲居于剑池旁别墅的王珣，遇到了一位"高人"，他叫戴逵。他相伴王珣兄弟度过了自我醒悟、修身养性、向贤者求教的岁月，弥补了人生路上的许多缺失……

戴逵字安道，谯郡（今安徽濉溪）人。少年博学多闻，喜好谈论，善于作文，工于书法绘画，能弹琴，其他各种才艺也莫不集于一身。还没成年的时候，就用鸡卵汁浸泡的白瓦屑做成了郑玄碑，然后自撰碑文并亲自镌刻，辞采华丽器物巧妙，当时没人不惊叹的。生性不合世俗，常常以书琴自娱。拜豫章术士范宣为师，范宣把他看作奇士，并把兄长的女儿嫁给他为妻。武陵王司马晞，听说他善于弹琴，便派人召他，戴逵当着使者的面摔破琴器："我戴安道不做王府门中的伶人！"司马晞气恼至极，便改召他的兄长戴述。戴述得到令兴高采烈地抱着琴就去了。

戴逵后来迁居到了会稽剡县。他生性高洁，时时处处以礼仪制度为处世准则，在内心深处把放达浪荡看作无道，于是便著文说：

"听说亲人死了，采药不归的人是不仁之子；看到国君危急了，却出关而去的是苟且偷安之臣。古代的人为什么不认为他们妨碍名教呢，因为人们理解他们的本质，就不会被表面的形式所迷惑。像元康时代（晋惠帝司马衷）的人们，可以说他们是好隐逸却不探求隐逸的实质，所以有舍本逐末、向声背实的弊病，这就好比以西施为美却学她的颦眉，羡慕司马有道的风姿却只注重折叠巾角。他们所仰慕的，并非对方真正的优点，只是注重形式罢了。紫色之所以能混淆朱红色，是因为它近似朱红色的缘故。恭谨温顺的和事佬，似乎也符合中和之道，但是却破坏了美德；放荡的人好像是旷达的，事实上却破坏了大道。这样看来，竹林七贤的放荡，便是西施有病在身而皱眉的一类，而元康时代（291—299）的放荡，便是无德无才而只折巾角的一类，难道不应该分清吗？

　　"再说儒家崇尚声誉，原本是想借此倡导圣贤；既失初衷，便变成了哗众取宠、博取声名的陋行。怀情丧失真率，以容貌相欺，其最终的恶果便是流入作伪的末流。道家崇尚无名，意在自然真实，假若失去本意，便会变成越礼背法的恶行。情礼俱亏，连俯仰吟咏都忘了，其最终的恶果便是流入浅薄，不是儒道两家本旨的失误，它的弊病在于假借两家的旗号而通行于世。人生大道有千古不变的准则，可是弊端却没有千篇一律的规律，因此《六经》有失，王政有弊，假若违背根本大道，就是圣贤也无可奈何。

　　"哎呀！行大道之人如果不是修养完善、举止必当，那么，又怎能不追怀古烈、仰慕学习先代圣人呢？如果有迷惑，学习之后才行动，讨论之后再发言，当然应该分辨其取舍的标准，追求用心之术，认识他们小屈而大伸的主旨，肯定他们披褐衣而怀宝玉的缘由。像这样，途径虽有差别，但殊途同归；足迹虽然好像混乱，但没有背离根本目标。假如不能这样，那么就会隐遁忘返，随波逐流，为外物所驱，以伪诳自欺，向外迷惑于尘世的喧嚣豪华，对内丧失人性的真实自然，以自矜清高改变内心的真情，使尘垢掩盖心灵的本心正义，以至于贻笑千载，能不谨慎吗？"

　　晋孝武帝时，朝廷屡次征召戴逵作散骑常侍、国子博士，他以父亲有病为由推辞不就。郡县催逼不止，他便只身逃至吴地。吴国内史王珣在虎丘山有别墅，戴逵偷偷跑到那里，同王珣一起游玩十多天。会稽内史谢玄考虑戴逵远逃不归，便上奏疏说："我看出戴逵是个超尘脱俗、不营世务的人，他甘居陋室，以书琴为友。虽然策书征召多次，依然幽静之操不改，超然绝迹于世，追求自己的志趣。况且他年近七十，常抱病在身，有时身心不适，病情更会加重。如今王命没有收回，将会使他遭受风霜之苦。陛下既然爱护器重他，就该使他身名并存。请陛下停止对他的诏命。"奏疏上报后，孝武帝答应了，戴逵就又回到了剡县。

据《晋书·戴逵传》记载：孝武帝时，因朝廷征召，"乃逃于吴。吴国内史王珣有别馆在虎丘山，逵潜诣之，与珣游处积旬"。可能此时王珣别馆已舍为东虎丘寺，戴逵应该就住在寺里。后世佛寺大多有对外提供斋馔和夜宿的业务，此事是否由王珣首创不得而知，但他们是先行者则是可以肯定的。

......

谢安去世的消息传到海涌山别墅里的王珣耳中，他悲痛欲绝，派人去京师，到王献之那里说，"我想为谢公哭。"王献之惊讶地说："对法护（王珣小字）有期望"，于是王珣径直上谢安府上，在灵柩前哭得死去活来。

太元九年，桓冲病故。有人提议谢玄出任荆州刺史，谢安否定朝臣提议，仍派桓氏家人继任。朝内外顿时传颂谢安是平衡全局的帅才，但他在王珣兄弟使用上恰恰抱有成见。谢安不在了，朝廷有人推荐王珣升任侍中，孝武帝很高兴，很快将王珣转任辅国将军、吴国内史。在社会底层闲置15年，王珣真正历练出来全新的胸怀，为郡里士人和百姓所喜欢。后来被征召为尚书右仆射，主持吏部。孝武帝司马曜喜好典籍，王珣与王恭、郁恢等人都凭借才学和文章被皇帝亲近。王国宝向会稽王献媚，与王珣等人不和，皇帝忧虑自己死后，他们矛盾必生，所以让王恭、王恢外出任方伯，而任命王珣为尚书令。王珣梦见有人用椽子那样大的笔给他，他醒来后，告诉人说："一定要有大手笔的事情发生。"

不久孝武帝司马曜去世，朝廷商议谥号的事，都是王珣所起草。隆安初年，王坦之的儿子、谢安女婿及王妃的哥哥王国宝掌权。王国宝由于行为无状，不受谢安的待见。他阿谀依附司马道子。谢安去世后，司马道子成为徐州刺史，身兼太子太傅职位。王国宝得势，掌握朝政，谋划废黜旧臣。忠于晋室的大臣王恭去帝陵拜祭时，想杀王国宝，王珣阻止他说："国宝虽然最终制造祸乱，但罪行未显，现在你早早发动，必大失朝野的期望，不是良计，何况你带着强兵从京师出动，劳师动众，大家认为谁在作乱呢？国宝如果还是不改，他的恶行公布于天下后，然后你再顺从大家的期望除掉他，也没什么不好的。"王恭于是罢手。不料事后被人暗算屈枉而死。

看透朝政无常的王珣这时决定退出官场，与弟弟王珉一起回归虎丘别墅度起闲翁日子。

这时的王珣想到了当年孝武帝征召做官不去、喜欢到他别墅里海阔天空瞎聊的戴逵。记得自己做尚书仆射时，曾上疏奏请征召戴逵为国子祭酒，加封散骑常侍。孝武帝派人去征召他，又不应召。

在《史记》中，吴王阖闾成为虎丘最早的名人，在《虎阜志》中，王珣成为虎丘最早的住家。在中国文化史上，王珣以《伯远帖》声震天下，该帖现藏于北京故宫博物院，是学术界公认唯一传世的东晋名家法书真迹，与《快雪时晴帖》《中秋帖》并称为"中华十大传世名帖"之首的"三希帖"。

《伯远帖》算行书，北宋《宣和书谱》说"珣之草圣亦有传焉"，我们现在是看不到王珣的草书了，但草书极品《冠军帖》恐为王珣所著。

《冠军帖》多被认为是草圣张芝所著，还有人认为是王献之、张旭、怀素或其他唐人所著。其实，帖中的"冠军"和"左军"是魏晋的官名，东汉的张芝和唐朝的张旭、怀素等唐人不会如此用词。帖中张玄之任"冠军"将军、吴兴太守和谢玄任左将军、会稽内史都在太元十二年，而王献之在头一年已经去世，也不可能是作者。

王珣时任吴国内史，帖中有"祖希时面"，祖希是张玄之的字，《世说新语》记载，王珣与张祖希情好日隆。从时间和地理及人际关系看，王珣是《冠军帖》作者的可能性大。

况且，帖中有"数往虎丘"，而王珣在虎丘有别墅，自然会去，和祖希时常见面，因为祖希要在虎丘用药，两人聚散往复。

《冠军帖》释读的难点在于："不见奴，粗悉书云，见左军"。我认为，奴指"豹奴"——晋朝的桓嗣，王羲之和王献之都给他写过《豹奴帖》。全句的意思是，没有见到豹奴，但大致看了他的信，说见到了左将军谢玄。后面一句意思是僧弥（王珉，字僧弥）也感觉回到了从前。

虎丘在此成了破解《冠军帖》作者的关键词。董邦达在《伯远帖》旁绘的山水长卷，颇有虎丘山水的气象。

《冠军帖》应该是王珣著的了，那么，谁书的呢？肯定不是前朝的张芝，也许是张旭吧。

太元二十年（395），皇太子始出东宫，太子太傅会稽王司马道子、少傅王雅、詹事王珣又上疏说："戴逵德操贞洁刚正，合独游之趣，年在七十高龄，清风雅韵愈浓。东宫虚位以待有德之人，应延聘宫廷以外的高士。对戴逵应该表彰任命，使他参与僚侍之列。戴逵以重视幽居的节操出名，必定以朝廷难于召进自己为荣，应该下诏到当地官府，备尽礼节送来京师。"

可惜迟了，戴逵病死在剡县，据说戴逵临死前再三给家人说，要到王珣的别墅里去再与王珣讨论道德，据他说，很快那里将要成为寺。

不知是戴逵的预言，还是王珣真的看透尘世，竟和弟弟一道将这两座别墅捐给了佛门。

王珣与王珉捐出的两幢别墅被改建为两座寺院，合称虎丘山寺，也称东西虎丘寺，由王氏兄弟所敬重的名僧竺道一担任两寺的住持。

竺道一，吴县人，佛学家竺法汰的高徒。他精通释典，经常要外出讲学，寺务便交给弟子道宝打理。道宝也是吴县人，他扩大了佛寺的功能。

多少寺庙隐山中

到了南朝宋年间，又有个西域僧人支昙龠来到吴郡，城内各寺住持都不肯接纳，只有虎丘寺住持法纲请他到寺里住下。支昙龠是月支国音乐家，能把佛经编成六言歌词来唱，曲调有印度音乐风味，很受人欢迎。后来连孝武帝刘骏都知道了，想召见他，问这人的来历，谁也说不清楚，原因还是语言不通。朝中更无人知晓他的真正来历，大臣不敢盲目推荐。刘骏皇帝说，既然虎丘寺住持法纲请他住到寺里，那把法纲喊来问问不就得了。派人去请法纲。法纲说，我正在跟他学大月氏国语言，好像这是印度与吐蕃语。苏州有当年随张骞出使西域的后人，亦在城内一寺里作居士，他懂支昙龠说的鸟语；我刚刚与他交流过。原来我们这里的老寺主王珣当年就好交友，有吐蕃与印度僧人来过，他们回去后一直有联系。有这层关系，原本就好学勤问的孝武帝刘骏，先召城里作居士的丝绸贩子的后人，又请支昙龠一起入宫来说话。这支昙龠很快将经文佛语用唱歌的形式诵成好听的音乐。刘骏听得如醉如痴，将这支昙龠召上殿来与他耳语很久，阶下大臣不知他们说什么，只闻两人笑语不止。事后，刘骏说了他们交流的内容，支昙龠能说几句生硬的汉语，刘骏会凭自己的聪明猜出支昙龠的月支国话的意思，所以大家会发出会心的笑声。

原来，这个支昙龠的月支国，也就是月氏国。西汉时期，败于匈奴，后定居妫水（阿姆河）两岸，建立了大月氏国，位于大宛的西南方向。早期以游牧为生，住在北亚，并经常与匈奴发生冲突，其后西迁至中亚。这时，月氏开始发展，慢慢具有国家的雏形。由于月氏位于丝绸之路，控制着东西贸易，使它慢慢变得强大。到后来被匈奴攻击，一分为二：西迁至伊犁的，被称为大月氏；南迁至今日中国甘肃及青海一带的，被称为小月氏。《后汉书·西羌传》记载：月氏"被服饮食言语略与羌同"，说明月氏的语言很可能属于汉藏语系。

支昙籥经常受刘骏召入宫中讲佛经教义，一时苏州城里风传孝武帝刘骏与支昙籥的故事。虎丘山上首次出现了两座小殿，后称梁双殿，建造人不详。有人说是刘骏私拨款项给支昙籥建造的。海涌山很快就涌入了无数的僧人，寺院如雨后春笋般冒了出来。

唐朝杜牧诗：

千里莺啼绿映红，水村山郭酒旗风。
南朝四百八十寺，多少楼台烟雨中。

皇帝喜好，江南山村水郭便无处不在佛香晨钟中。当然，虎丘寺的钟声与佛香更是传播甚广！

南朝时期的虎丘，仍以它独特的自然风光著称，如正德《姑苏志》卷八引王珣的孙子——王僧虔《吴地记》说："虎丘山绝岩耸壑，茂林深篁，为江左丘壑之表。"又引吴兴太守褚渊的感叹："今之所称，多过其实，惟睹虎丘，逾于所闻。"后人称虎丘为"吴中第一名胜"，就是由"江左丘壑之表"演变而来的。

南·梁、陈两朝间的大学者顾野王对虎丘尤为称道，在《虎丘山序》中说：

夫少室作镇，以峻极而标奇；太华神掌，以削成而称贵。若兹山者，高不概云，深无藏影，卑非培塿，浅异棘林。秀壁数寻，被兰杜与苔藓；椿枝十仞，挂藤葛与悬萝。曲涧潺湲，修篁荫映。路若绝而复通，石将颓而更缀。抑巨丽之名山，信大吴之胜壤。若乃九功六义之兴，依永和声之制，志由兴作，情以词宣，形言谐于《韶夏》，成文畅于钟律，由来尚矣。未有登高能赋，而韬斐丽之章；入谷忘归，而忽铿锵之节。故总辔齐镳，竞雕虫于山水；云合雾集，争歌颂于林泉。于时风清邃谷，景丽修峦，兰佩堪纫，胡绳可索。林花翻洒，乍飘飏于兰皋；山禽啭响，时弄声于乔木。班草班荆，坐蟠石之上；濯缨濯足，就沧浪之水。倾缥瓷而酌旨酒，剪绿叶而赋新诗，肃尔若与三径齐踪，锵然似共九成偕韵。盛矣哉，聊述时事，寄之翰墨。

......

他的序总的意思是说，虎丘虽然不高，却非荒土野墩，它的山景古朴而幽深，委实引人入胜，"抑巨丽之名山，信大吴之胜壤"。确实是吴地出类拔萃的名山胜地！后来"大吴胜壤"成为虎丘专有的赞美词，出典就在这里。

这种独特的风光与保持了自然生态有关，山上的飞禽走兽也多。据《南史·何胤传》记载，南朝梁时，何胤在西虎丘寺给和尚讲经，竟然"有虞人逐鹿，鹿径来趋胤，伏而不动。又有异鸟如鹤红色，集讲堂，驯狎如家禽"。讲课时居然有鸟兽入室，说明当时虎丘的生态环境仍适合野生动物生存。

南朝梁是江南佛教大发展时期。梁武帝崇信佛教，在境内大造佛寺，苏州有不少古刹都是那时始建的。在他的影响下，虎丘山麓也发生了大变化。

当时东虎丘寺的住持是僧若，西寺的住持是僧旻。这两位长老都精于佛学，又善于讲演，深受宫廷和地方上层人士的敬重。僧若举办法事，王室必派人来参加。僧旻赴京讲经回来，吴郡太守张充和僚属都要去迎接。两位住持见形势对弘扬佛法有利，就开始沿着山麓占地扩建寺宇僧寮。东寺向西、向北扩展，西寺向东、向南扩展，一时"梵台云起，宝刹星悬"（见南朝梁张种《与沈炯书》），形成了"寺里藏山"的格局。

元高德基《平江记事》追述当时的景象说：山在寺中，门垣环绕，包罗胜概，先入寺门，而后登山。故张籍有诗云：老僧只怕山移去，日暮先教锁寺门。后人有诗云：出城先见塔，入寺始登山。僧志闲亦云：中原山寺几多般，未见将山寺里安。盖以天下名山胜刹皆山藏寺，虎丘乃寺里登山，海内福地，未尝有也。

这种奇特的格局，无疑更加吸引游人，因此常被雅士选作文学活动的场所。《南史·顾越传》说，梁五经博士、吴郡盐官人顾越，一度"栖隐于虎丘山，与吴兴沈炯、同郡张种、会稽孔奂等每为文会"。

这时山上无多变化，只是王珣琴台已不存，遗址上造了一座宝塔。虎丘有塔始见于南朝陈的记载。陈文帝时，张正见《从永阳王游虎丘山》诗曰："远看银台竦，洞塔耀山庄。"陈宣帝时，南朝士人江总写下《庚寅二月十二日游虎丘山精舍》诗：

> 纵棹怜回曲，寻山静见闻。
> 每从芳杜性，须与俗人分。
> 贝塔涵流动，花台偏领芬。
> 蒙茏出檐桂，散漫绕窗云。
> 情幽岂狥物，志远易惊群。
> 何由狎鱼鸟，不愿屈玄纁。

——《汉魏六朝百三家集》卷一百五《陈江总集》

此诗中："贝塔涵流动，花台偏领芬"证明最迟在南朝陈，山上已有塔，还应该说，更早在山里就有塔。可惜诗句只描述了塔的气势，未点出塔名，也没有交代具体式样。中国科学院院士、南京工学院（今东南大学）教授刘敦桢调查的结论是：虎丘山里有塔，最早不是在现在的山顶，而是王氏兄弟寺院的地址上，到了后来，在唐代会昌年间灭佛后，塔移到山上去的。

由于虎丘山独立于城西北平野，老远就能望见，有标志作用，加上了塔，目标更明显了。从这时起，虎丘塔就成了苏州重要的地理坐标，剥蚀了要修复，毁废了要重建，绝对不可缺失。

……

这里补叙一下江总这个人，他与中国书法史上的"楷法宗师"欧阳询有关。欧阳询离开我们已经1380年了，他手书魏徵的《九成宫醴泉铭》成为中国第一楷书。欧阳询在历史上首次确立了汉字书体规范，并运用到国家官方文字的书写和教学之中。苏东坡说他的书法"劲险刻厉"，知晓他的人生，才能体会到"劲险刻厉"背后的艰难与坚忍。欧阳询生于557年，正是侯景之乱时，江总随父来到岭南，与欧阳询父亲欧阳纥相识，也正是欧阳纥为生下欧阳询颇为头痛之时。湖南长沙的欧阳纥，堂堂正正五官祥瑞的相貌，生下一个颧骨突出、眼窝深陷、脸部刀削的猴头相的儿子，心里很不痛快。欧阳纥有心想掐死这个孩子，但中年仅得此一子，有人又预言过此子的鹏程未来，便左右为难。正逢江总到来，酒杯之际，江总知其难事，愿意收留此孩子。

欧阳询成了江总的义子。江总回朝廷时将欧阳询带回建康（今南京）一起在京都生活。欧阳询聪明，江总出入帝王身边，好狎诗，善艳词，幼小欧阳询在一边耳濡目染，文采自然大进。

江总，字总持。陈朝著名大臣、文学家。陈后主时，江总擢仆射尚书令（宰相），不理政务，整日与后主游宴后庭，君臣混乱，国家日益衰弱，以至灭亡。入隋后，拜上开府。隋开皇十四年（594）死于江都，时年76岁。

屡烧屡建的寺院

佛教是外来宗教，由西域逐渐传入中原。佛教经过长期的发展，给寺庙和僧人带来了巨大的经济效益，再加上佛教寺庙往往享有特权，占有大量田地，僧侣又不事生产，不服劳役，这就使得社会财富往往偏向寺庙。僧侣参与私人武装，甚至组织军队参与叛乱等等，阻碍社会政治经济秩序的有序发展，直接影响统治阶级的财政收入和权力。有些寺僧不守戒律，凌强欺弱，霸占田产，鱼肉百姓，促使社会矛盾日趋严重激化。面对这些实际现象，地方力量是无以解决的，最终导致的结果只能通过最高层痛下杀手，以政治手腕解决。佛教发展史上的"三武一宗之厄"，正是这种矛盾激化后的结果。

唐宪宗元和十四年（819），唐宪宗迎佛骨舍利的活动再次掀起了全国性的宗教热。对此，韩愈专门作了《谏迎佛骨表》予以坚决反对。

韩愈反佛是在佛教势力达到鼎盛的情况下进行的。韩愈信奉孔孟之道，为确立儒家文化的正统地位，实现儒家的政治思想，韩愈曾写下《厚道》《原性》《原人》等论文，大力提倡忠君孝亲的孔孟之道，限制佛道的传播，甚至强调要以行政手段彻底废除佛教。

韩愈的反佛思想为此后的唐武宗灭佛行动提供了重要依据。会昌二年（842），唐武宗即下令僧尼中的犯罪者和违戒者还俗，并没收其全部财产，充入赋税徭役。

会昌三年（843），唐武宗又"命杀天下摩尼师（外来异教，反正统，后称'明教'），剃发令著袈裟作沙门形而杀之。"

会昌四年（844）七月，唐武宗又敕令拆毁天下凡房屋不满二百间，没有敕额的一切寺院、佛堂等，命其僧尼全部还俗。

会昌五年（845）三月，唐武宗敕令不许天下寺院建置庄园，又令勘检所有寺院及其所属僧尼、奴婢、财产之数。四月，正式下令在全国范围内开展全面的灭佛运动。虎丘佛寺毁坏殆尽，在努力争取下，山下建筑在王珣别墅改的寺院里的仁寿舍塔，连寺一起被移到山上，即现在的虎丘塔身下，虎阜禅寺，成了虎丘山寺。

会昌六年（846），唐武宗逝世，笃信佛教的唐宣宗李忱即位。唐宣宗即位后废止了唐武宗的灭佛政策。

后周显德二年（955）起，后周世宗柴荣开始排斥佛教的一系列政策，和以前三次灭佛活动不同的是，周世宗这次灭佛，并没有大量屠杀僧侣，也没有大批焚毁佛经，实际上是带有一种整顿色彩的禁佛活动。只留下前朝帝王赐过匾额的重点佛寺，其余寺院一律毁去。他还对继续当僧侣者做出了严格的限制，必须要会背诵一定卷数以上的佛经并取得尊长同意，才能出家，否则就是犯罪。周世宗禁止一切当年佛教徒"自残式布施"（斩断手脚、以热油烫脸等）的风气。

更为严格的是，周世宗下令毁灭天下铜制佛像，用以铸造铜钱。对此，官员们议论纷纷。周世宗却说："卿辈勿以毁佛为疑。夫佛，以善道化人，苟志于善，斯奉佛矣。彼铜像岂所谓佛耶？且吾闻佛在利人，虽头、目犹舍以布施。若朕身可以济民，亦非所惜也（见《资治通鉴》）。"他这话的意思是：你们不要对我毁去佛像这件事有疑虑。佛啊，是以善道度化世人的，如果有心向善，就是供奉佛了，那铜像岂是所谓的佛呢？而且我听说过，佛为了他人，就算是头颅、眼睛都可以布施给别人。如果朕的身体可用来救济民众，我也在所不惜啊。经过周世宗这次对佛教的整顿，共废去佛寺三万所，还俗六万余僧人，全国寺院仅余两千所。

在佛教的发展历史上，周世宗的这次禁佛活动是最有影响和最人性化的一次，通过周世宗的这次禁佛，佛教不再有大规模的发展，而是走向了勉强维持的阶段。

……

记不清这王珣、王珉两兄弟捐出的别墅做成寺院后，遭遇多少次天雷劈砍、人为破坏。据苏州史书记载，虎丘进入史料记载的历史就有二千多年，但对王珣、王珉兄弟捐出别墅改作的寺院中发生毁灭性的大火记载，仅有三次，而且都是发生在明清两朝，为了便于阅读，我就聊聊发生在明清两朝的三次火灾。

《虎阜志》上说，虎阜禅寺，即虎丘山寺。晋司徒王珣及其弟司空珉之别墅，咸和（公元372年的咸安之误）二年舍建，以剑池分东西二寺。唐避讳改名武丘报恩寺。会昌（唐朝李炎年号，842—846）间毁。后合为一。《续图经》："寺旧在山下，自会昌度毁，后人乃移建山上。"顾敏恒说："李翱《来南录》：'如虎丘之山，息足千人石，窥剑池，宿望海楼。'又云：'将游报恩，水涸舟不通'。"唐时东西二寺相距颇远，中有大溪阻隔，要靠舟船才能互通。白居易说："不厌西丘寺，闲来即一过。舟船转云岛，楼阁出烟萝。"唐朝张祜说："轻棹驻回流，门登西虎丘。"可见西寺在水乡。沧桑变化，丘壑也跟今天不同了。宋朝至道（宋太宗至道二年，996年）中，知州事魏庠奏改为云岩禅寺；元朝至元四年（1267）黄溍记录了这些历史。黄溍系元代著名的理学家、史学家、文学家、教育家、书画家。

从以上记录可以看出，从晋代至元朝，王珣、王珉兄弟别墅舍宅成了东西二寺，唐会昌年间两寺合而为一凑合移到了山上。

移至山上也不太平。

首先被朱元璋"惦记"上了。

朱元璋占领苏州，强迁十万富户，目的是为实现土地所有权的转换，把大地主的土地变成官田。但也有漏网者，虎丘云岩寺拥有田产近万亩，就没动。次年明朝建立，朱元璋对苏州定下了全国最高的田赋。洪武三年（1370）云岩寺因欠田赋，田地被罚没入官，连僧人住的寺院都封存了。此时的云岩禅寺的住持叫至仁，字行中。他兼通佛儒，在元代就有名气。《虎阜志》卷八说："明洪武三年，来住云岩，四众云集。"说明他有一定的号召力。但因寺田罚没，他与众僧被扫出寺院，食宿无着落，度日艰难。民间有高人出点子给至仁，让他游说京城朝中大臣，传播佛学，阐明佛学是利于君主治天下的学问，朱元璋听后大喜，马上召至仁到朝殿上，至仁以佛旨禅理来应对。朱元璋对他有了好感。第二年朱元璋恩赐将山寺发还，但田产全部充公了。

《虎阜志》记载：

明洪武二十六年（1393），毁于火。永乐初建，杨士奇记。宣德八年复火。正统二年重建，十年敕赐藏经。万历二十八年，敕赐藏经。崇祯二年毁，十一年重建。"旧寺自宋抵元末，变故虽多，而皆无改。洪武甲戌，毁于火。丙子五月，性海师至，毅然以修废举坠为己任，既而有施巨筏者，遂即故处以次具作焉。宣德八年冬，寺复火。更良玠以至南印、大暊辈，渐次葺治，始复旧观云。"国朝康熙三十六年修，宋荦记。圣祖仁皇帝御赐今额。皇上省方巡幸，天章叠锡，昭示无疆。乾隆五十五年，僧祖通募修，闵鹗元记。

原来，洪武二十六年某个冬夜，云岩寺僧舍起火，寺院大多烧毁，古塔七层木檐烧光，成了熏焦玉米棒，平远堂、致爽阁、天王殿、小吴轩等也都成了焦炭和瓦砾。至仁与一些僧人人间蒸发。云岩禅寺很快成为小偷乞丐窝，被流浪汉与黑道占据。这样的日子过了七八年，某日，来了一位僧人，做了住持。他做住持，只顾自己虔修密宗，"不省俗事"，以致山门戒律败坏，信徒止步。寺毁近十年，竟少有人提起捐修。永乐初（1403），苏州负责佛教事物的僧正司派普真来重建云岩寺，经过一番整顿，山寺"规仪整肃，宗门以为表率"。这才渐渐恢复了施主的信任。捐款一多，普真就开始重建山寺。杨士奇《虎丘云岩禅寺修造记》说：

> 永乐初，普真主寺，始作佛殿，寺僧宝林重葺浮屠七级。继普真者宗南，作文殊殿。十七年，良玠继宗南。是年作庖库，作东庑，明年作西庑，作选佛场。又明年作妙庄严阁，三年落成。盖寺至良玠始复完。

这是说，经三任住持的努力，到永乐二十二年（1424），重建的云岩禅寺开始初具规模。到这个份上，普真还请王宾编纂山志，这是虎丘有山志的开始。

可是仅隔九年后的宣德八年（1433），云岩寺又失火，烧了僧舍、大雄宝殿和古塔。因扑救及时，殃及其他建筑不多。那时的住持是苏州僧纲司都纲守定兼任云岩寺住持，他发愿募化修复。守定既是高僧又是僧官，与地方官员关系良好，巡抚周忱和宣德五年出任苏州知府的况钟（《十五贯》中的主角）闻讯都捐出财帛来相助。有此表率，各方捐助便源源而来。到正统三年（1438），云岩寺再次修葺一新。再隔七年，大殿建成。

正统十年，英宗赐《大藏经》一部给云岩寺，由巡抚周忱护送到虎丘。此时的住持名大猷，字照岩，号林隐。受赐《大藏经》后，经与苏州知府朱胜商议，决定在宋御书阁遗址上建藏经阁。正统十三年落成，"为层屋五楹，高六十五尺，广七十九尺""雕绘金碧，靡不坚完"（周忱《敕赐藏经阁记》）。大猷又在大殿与古塔之间的空地上募建了香积堂、伽蓝殿、海泉亭和供憩息的小轩。

经此修葺和扩建，云岩寺富丽堂皇。其时虎丘已名播东瀛，不但有留学的日本僧人来拜祭绍隆墓塔，还有日本使臣天祥特地来访游。天祥能作汉诗，尤侗《艮斋杂说》卷五记其题虎丘诗云："楼台半落长洲苑，箫鼓时来短簿祠。"

崇祯二年（1629），云岩寺再次起火，寺、塔都遭损毁。时苏州知府为史应选，他与申时行的儿子申用懋倡议捐修，于崇祯四年修复了大殿，但因资金难以为继，其他被毁建筑一时无力恢复。到崇祯九年（1636），恰好巡抚都御史张国维来游虎丘，陪游的有苏州地方官和一批士绅，住持正元乘机求助，于是问题迎刃而解，云岩寺于崇祯十一年（1638）重修完毕。

千人石上听涛声

来到了千人石前。

人朝那里一站，立刻就感觉到了铜琶铁板唱"大江东去"的气概。环视四周景物树木，与苏州其他园林的婉约轻盈相比，更有一股英武之气。

秀逸天成！我能给它的就这四个字！

虎丘不算大，高不过 30 余米，面积约 200 余亩，在全国的风景胜地，真乃小而又小，但每处景点皆有典故。就说这千人石，看似平坦如砥的巨岩，略带些倾斜，石呈黄褐色，横向整体形成，足有数亩面积，完全天然。如若放在别的地方，也许不算什么，但在这周围景点紧凑的情况下，它就成了一个宽阔所在。上面自然也就可以站立千百人。

那么多人，在这里做什么？

听经？！

如果说听经，这该是晋朝的事。

晋朝大司徒王珣和他的弟弟司空王珉兄弟俩在剑池东西造别墅，据说他们最初的目的是对那剑池下的宝藏感兴趣的，后来在这里待长了，受到佛家影响，竟然将别墅改为寺院。旋成东南名刹。这是咸安二年间的事，那是个什么岁月？距司马睿东晋建朝已十年，是第三位皇帝司马衍执政时期。毛泽东说，东晋西晋，是中国历史上最值得研究的一个朝代。他专门对《晋书》批注过。身为掌管全国建筑的司空和掌管土地与户口的司徒，他们为什么会改自己的别墅为寺？

这本身是个谜！

是临阖闾墓近之故？

断然不是。

虽说在后来佛教大兴时，他们的舍宅兴寺成为全国的美谈！退一步想，如果没有他们的舍宅义举，怎么会有后来的东虎丘寺、西虎丘寺？也许就永远不会有白居易拓山塘河的事。那河拓了，道修了，有什么用？去看那阖闾的坟？怕是没多少人感兴趣。两位高官的慷慨，使后人到虎丘的游玩多了许多的内容。也就有了千人临石听经的传说。也就有了我们今天站在千人石上感受当时经文响起，佛香缭绕，整个虎丘沉湎于佛界的旧事。

我还是想到了另一个话题，也是由王氏兄弟改别墅为寺引出的。

在一个秋雨淅淅沥沥的夜晚，王氏兄弟坐于灯前，提袖添香，抚卷于掌，读至妙句，吟入佳境，忘怀情所，竟推窗问夜雨：如此良宵，君有何愁？

雨继续在下，阴气在雨中拂绕，阵阵扑来，令王氏兄弟战栗。

兄说：弟，古人云，秋雨怀人愁，是你思念北国妾之故吧？

弟回说：看，那千人石上，我分明看到有人。

有人？兄不解。

是的。有人，有无数人在吹笙。你听，你听这声音如泣，一曲人间怨情！

兄叹道，我们白日常见那石为血红色，疑为冤魂所凝。

弟说，吴王夫差将他父亲的行宫改作坟墓。这是阖闾生前的愿望还是夫差看不惯父亲在这里曾经的寻欢作乐？我敢说，这个主意，一定是父亲的某个宠妃为夫差所爱，因此才让他下了这个决心。也许就有某个宠妃无意间打开一扇窗，窗外正好是习武的夫差，她笑出声来，引得夫差停下动作看她。美人一笑千秋凝，印在了夫差的脑子里。他不能要父亲的这个女子，也不能让她留在人间生出什么不耻的故事。因此，夫差做出了这个决定。这个推论合理吗？

兄说：请到那边坐下，兄长愿听其详。

这么说，你很赞成我的看法。弟随兄坐下，令侍女温酒，兄弟对饮，弟继续刚才的话题——

夫差除了将父亲身边女人活葬外，他还设计在这工程完工时，诱令千名工匠夜晚集中在这千人石上，饮酒赏月，共享成功的喜悦。他邀一群父亲的女人，当然也有对他一笑的宠妃在内，为工匠起舞。舞为鹤舞。仙鹤祝寿，为死去的人跳鹤舞是很吉祥的。无人会怀疑夫差的用心。工匠带着他们的妻小，大家都打扮得很体面来赴宴，酒杯交错间，千人石至山门的道上，人头涌动。夫差是个性情中人，登台为父念悼词，四周屏息，音若细发，唯夫差吐语气势盖云，声击长夜，飞鸟惊落，明月愧闭。

善于号召的夫差，酒过三巡，鼓动千夫携妇面君而誓词。整个山间道上一片呐喊：愿为大王效忠！

兄说，君主的号召，当然能让千人甘愿献躯，但还是有人会清醒过来逃脱的。夫差诱工匠屠于此，千人之血染透巨石，千古沉冤不白，所以成了红色……

弟点头：兄之言，亦是一说。也许正是此因，夫差事先铸扁诸、鱼肠等青铜宝剑三千殉葬，以镇众冤。这件事也引起秦皇嬴政与孙权的兴趣，传说他们掘剑池开山岩以取殉葬之剑。

怕是为那铜椁三重、水银灌体而来的吧。兄轻声叹道。

弟点头，自古帝王多伟业，终是人命铺就成！明君尚知此理，更知民心不可欺，只能善待之。

兄问，弟今说此事，必有想法？

弟说，你我系国家重臣，深知民之苦，更知国家与百姓的唇齿关系。民沉冤千载，我等何不将此宅献出作为寺院，年年超度众多冤魂，不失为我兄弟的一片诚意啊！

兄当即表示同意。

两人举杯共饮时，窗外雨不知何时已停，皓月临窗。二人举杯出户，在雨后的晴夜，遥望星空，共同祈祷：

晋王氏兄弟，身居司徒司空，择虎丘剑池畔为宅。每每思古之帝王陵墓皆为万人牺牲所结。冤魂积千年不散。一切众生，俱有佛性，善不受报，终非论理。愿千秋冤魂超度成佛，我王氏兄弟捐宅为寺！遂使众冤，顿悟消怨，近仙成佛！

晋朝王珣和弟弟王珉的故事，只是晋朝精彩篇章中的一小片树叶而已。

毛泽东阅读《晋书》中的《谢玄传》《谢安传》《桓伊传》《刘牢之传》后提出，

把这四个人的传记合为一册，印成大字本。这部大字本的合订本送来后，毛泽东看过两次，并且亲笔在上面批了"请政治局同志一阅"八个字。毛泽东所以这样做，与他当时对国内和国际大局问题的担心、考虑、设想有关。周边国际形势紧张，毛泽东担心一旦出现大的战事，军队中将没有杰出军事将领带兵打硬仗。

毛泽东通过《谢玄传》喻示全党，中国要有谢玄那样的将军，才能像淝水之战那样战胜入侵中国的强大敌人。正是按此思路，毛泽东不久就解放并且重用了一批在"文革"中被打倒的军队干部。在中央，毛泽东让李先念从党政工作领导岗位重返军队，担任中央军委领导。他还在党内强调：李先念是"不下马的将军"。毛泽东推荐中央政治局成员阅读《桓伊传》，表明这样的意思：在中国，有桓伊那样的人，才能维护内部的团结。毛泽东阅读《谢安传》后，推荐中央政治局全体同志阅读，以此表明，中国大局的稳定，需要能够稳定大局的人才，党内要有谢安这样的人才方能稳定大局。不久，毛泽东陆续解放了一批老干部，并且安排在中央重要领导岗位上，这与他读《谢安传》有着直接的关系。

"节理"产生的试剑石

进了山门，在上山道上步行几十米，就可以看到靠右手的道旁，有一块圆溜溜的大石头，正中有一道整齐如刀切的裂痕，好像是被劈开似的，在它东侧竖石上刻有"试剑石"三字，交代了石缝的由来，是上山道上的著名景点。这三字原为吕升卿书，因年久蚀失，由清人王宝文重书。

古代地质科学不发达，不知道这块石头的裂痕是垂直节理发育的结果。原来，节理是很常见的一种地质构造现象，就是我们在岩石露头上所见的裂缝，或称岩石的裂缝。这是由于岩石受力而出现的裂隙，但裂开面的两侧没有发生明显的位移，地质学上将这类裂缝称为节理，在岩石露头上，到处都能见到节理。大到我们常常看到的"一线天"，小到"试剑石"。

大自然的"奇妙"引出了我们这里的两则传说。都是用来试试剑刃锋利程度的，一剑砍去，留此裂痕。这则美丽的传说，对于到此的游客，明白人会心一笑；不知内情的便往美好的传说上靠，图个愉悦开心。

试什么剑？由谁试剑？

还是传说，首先是从《吴越春秋·阖闾内传》演化而来的。说吴王阖闾命干将夫妇铸剑，三个多月后，他们铸得一对青铜宝剑，以夫妇之名命名，一名"干将"，一名"莫邪"。干将藏起一柄，将"莫邪"献上。阖闾要检验剑的质量，就到虎丘用石试剑，莫邪剑果然厉害，手挥石开。另一则传说来自《吴地记》，说是"秦始皇东巡，至虎丘，求吴王宝剑，其虎当坟而踞。始皇以剑击之，不及，误中于石"。但"误中"不能算"试"，因此又传说此剑是阖闾墓中物，能断玉分金，秦始皇挖到后用以砍石，果然应手而开。前者传说，可信度难置。后者可信度几乎零，原因是，知道中国历史的都明白，秦始皇嬴政从来没有到过长江边！何来统一六国，到虎丘山上，掘得宝剑，在此一试，剑痕留至今日的故事？如同南京的秦淮河缠上秦始皇一样，如果没有嬴政穿梭其中，"试剑石""秦淮河"等许多民间传说就少了"核"，缺乏"魂"的效果。你看，传说归传说，剑一把，都是干将剑或者莫邪剑。石头就是这路边石，说的是石头上的一条齐嚓嚓的缝。有两个历史上曾经出现过的人：阖闾与嬴政。威镇历史的人物，在这里试剑。

由中原传递过来的冶炼技术在远古时代，成就了虎丘山下这块鱼米之乡最为耀眼的霞光，助就了吴王作为春秋五霸之一的霸业。带有神秘色彩的欧冶子及其徒子徒孙，在这长江三角洲上，在隆隆的鼓风机声和叮当的锤砧击打对话中，炉火映红了古国的冶炼史，也锻造了吴人的秉性。当初，作为远远落后于中原地区的"蛮夷之地"，要赶上和超过中原地区，那是要花上多少代人经过冶炼和锻打的肩和手的。

第三部　隋唐遗韵

第一章　塔的往事

临塔觉先知

我们终于来到了这座历经千年风雨，傲然毅立的古塔前。

古塔，是每个来虎丘一游的人的必看。临近古塔，更能感觉到它的朴厚凝重、苍健雄浑的英姿，目睹四周，茂林修竹，顿感万古千年的短暂。

你可以想象那个瞬间的现场感，你的目光追寻着高耸入云的古塔，吟着苏轼的诗句"入门无平田，石路穿细岭。阴风生涧壑，古木翳潭井"，从远处山下一步步来到这座傲立千年风雨的古塔（俗称"虎丘塔"）前，真切地呼吸着东坡笔下"铁花秀岩壁，杀气噤蛙黾"的气息，唯见千年古树间"喜鹊翻初旦，愁鸢蹲落景"，令人感觉生命的鲜活和跳跃，再驻足放眼四下旷野，极目吴域纯净天，千里太湖碧波澈，领略那种"坐见渔樵还，新月溪上影"的景致。这时，你轻松舒适地呼吸着甘冽的清新空气，渐渐将目光收回，信步四周，环顾这不大的山顶天地。看着熙熙攘攘的游客，耳边响着游人的对话，李商隐的诗不由得浮出脑海："虎丘山下剑池边，长遣游人叹逝川。"

如今，已经知道这座古塔身下是吴王阖闾的墓，人们开始问："是先有塔，还是先有阖闾墓"的问题。一些人认为这不是问题，肯定先有塔，阖闾墓建造好后，夫差做了两件事，首先是在虎丘内设大宴庆功，借机灭杀上千名工匠。其次，将阖闾墓下部封死，把进口处洞口砌死，引地下水成潭隐蔽痕迹。大墓上方用土填埋，直至今天的高度。上置建筑物。什么建筑物最适合？当然是寺院加塔。

这样的想象力是很好的，然而历史上的事实并不是这样。历史上，这座塔不在这里。那在哪里呢？有说是在山下剑池旁的王珣别墅改成的寺院里，塔名也不叫虎丘塔，当然也不称"虎阜禅寺塔"。据说是称"仁寿舍利塔"，是为一位老人祝寿的产物，可见规模不会太大。

是这样的吗？

隋代王劭的《舍利感应记》说：虎阜禅寺，即虎丘山寺，原先位置是晋代王导的孙子王珣的琴台。一日天气烦闷，王珣冥冥之中感觉地下有什么在动，遂掘地得古砖函银盒，内有一舍利子，置水瓯中，浮之钵水面上，右转四周，旋绕呈祥。须臾，州大降雨，未及寺中，日便出，乃有杂色云。临舆而行，徘徊不散。至塔所，空中有音乐之声。既而天又阴晦。舍利子将下，云暂开。舍利子入函，云复合。先是寺内凿石井，井吼二日，盖舍利子将来之应也。

南朝梁僧慧皎撰的《梁高僧传》说得更清楚："释道嵩仁寿置塔，敕召送于苏州，舍利将至，出声二日乃止。造基掘地，得古砖函，内有银合，获舍利一粒，同藏大塔。"

《吴郡志》："虎丘造塔，初立塔基，掘得一舍利，空中天乐鸣，井中吼三日。事见《法苑珠林》。"

还是《梁高僧传》："塔之始建，非隋也。唐《道宣传》云'仁寿星塔'，疑先已有，至隋始建成也。"

陈朝的张正见与江总用诗记下了他们曾经见过的旧塔残垣，说是规模很小，到唐时已经残败，在此基础上，隋朝开始补建成规模更大的塔，将剑池左右的东西寺搬上来，合而为一成为虎阜禅寺。唐时避讳改名"武丘报恩寺"，塔也就成虎丘塔。这段文字告诉我们，塔在南朝梁时就有了，那时不叫云岩塔，叫"仁寿舍利塔"，看来是一位有钱人给老人做寿而建的塔，从晋代建成云岩寺就开始建塔了，建了很多年，到隋朝也没有结束，直到唐朝才完工。但有一点可以肯定，最初从山下搬上来的，塔规模不大。后屡次翻建，逐渐形成唐代的规模。

梁思成在《中国建筑史》里描述云岩寺塔："塔八角七层，塔身各层各隅砌圆柱，上施阑额，并榑柱壶门，阑额之上为砖砌斗拱，双杪重拱偷心造，各层斗拱之上更用菱角牙子两层出檐。"

梁思成在民国年间看到此塔时，塔门已封闭，他说没有文献可寻，从制式上看觉得年代和苏州罗汉院双塔相仿。今天，我们知道双塔是北宋建的，如果梁思成知道此塔隋代就建成了，岂不在建筑史中多写几笔？

是隋仁寿舍利塔还是虎丘塔

1955年中国科学院院士、南京工学院（今东南大学）教授刘敦桢考察虎丘后认为：隋仁寿舍利塔由杨坚（隋文帝）颁诏建塔，杨雄等上《庆舍利感应表》，加之后来的《幽州悯忠寺重藏舍利记》，都明明白白地告诉我们：仁寿元年所建舍利塔三十处，全是"有司造样送往当州"的木塔。按照当时木塔式样，塔的平面为方形，和现在云岩寺塔根本不合。据现存遗迹，盛唐以前还没有八角塔，盛唐以后至五代初年，也只有两个单檐八角塔，就是河南登封县会善寺天宝五年（746）建造的净藏禅师塔，和山东历城县唐末建造的九塔寺塔，由此我们可以说，隋代仁寿年间在虎丘建塔，文献上虽确凿有据，但不是现在的云岩寺塔。

刘敦桢的结论是：唐代此寺在山下剑池附近，因避李虎（太祖）的讳改名为武丘报恩寺。唐末会昌五年毁佛事件后，寺迁至山上。北宋至道年间（995—997）才改名云岩禅寺的。

以会昌年间毁佛前报恩寺不在山上为据而言……此塔建于五代与北宋间，但文献方面却一直没有找到确实证据。1956年秋天苏南文管会拟修理此塔，发现塔上的砖有"武丘山""弥陀塔""己未建造"等数种文字，于是过去认为不能解决的问题，现在有了一线曙光。不过五代时苏州属钱镠的版图，钱氏仍避唐讳，故武丘山三字到五代末年还在使用。由此启示我们，此塔因毁佛与迁寺种种原因，不可能建于会昌五年以前，也不可能建于钱弘俶降服北宋以后。在此期间，只有唐·李晔（昭宗）光化二年（899）和钱弘俶十三年（即周显德六年，959）两个己未。我们可以从当时的社会环境和塔的式样结构来研究哪个己未比较适当。

唐末黄巢起义后，大小军阀乘机割据，钱镠即其中之一。钱镠据守杭越两镇，管辖今浙江与江苏的东南部，《旧五代史·杨行密传》和《新五代史·吴越二世家》载唐李儇（僖宗）光启三年（887），六合镇将徐约曾一度攻取苏州，其后唐昭宗龙纪元年（889）杨行密又夺苏、常、润等州；至光化元年（898），苏州才又被钱镠占据。这十余年内，钱镠南与董昌交攻，西与田頵争浙西，北与杨行密混战于苏、常一带，尤其是光化二年（899）己未，钱镠收复苏州不过一年，有无足够的财力营建此塔，实是一个疑问。天复三年（903），钱镠部将许再思叛，引田頵围杭州，遂危而复安。自此以后，战争渐稀，史称钱镠广城郭、起台榭，可能是指天复（902或903年）以后的二十年。钱镠死后，他的儿子钱元瓘更好营建，钱元瓘之子钱弘俶曾铸舍利塔八万四千具，而现存保俶、灵隐诸塔幢、烟霞、石屋、龙泓诸洞石刻，以及1919年倒塌的雷峰塔，都建于五代中叶以后至北宋初年。可见钱氏祖孙先营宫室，然后提倡宗教，借以巩固政权。有人说，云岩寺塔建于光化二年（899）。刘敦桢则发声："恐非事实所应有。"

从北魏到五代中叶，虽有不少木塔式样的多层砖石塔，可是各层腰檐上都没有平坐（多层建筑四周出跳的平台），如被日本盗去的北魏天安元年（466）千佛塔，与云冈石窟内的支提塔、唐代西安大雁塔、玄奘法师塔、洛阳孙八娘墓塔、五代吴延爽等开凿的杭州烟霞洞石塔等，莫不如此。但日本奈良时期的药师寺东塔系三层木塔，腰檐上都有斗拱平坐勾栏，这塔的式样无疑是由中国传去的，由此可证唐代多檐砖石塔并非亦步亦趋地模仿多层木塔的式样。五代中叶以后，出现两种比较地道的木塔式样的多层砖石塔，把北魏以来的传统做法向前推进了一步。第一种是杭州雷峰塔和保俶塔，在砖造的塔身外面，再加木构腰檐数层。第二种塔身腰檐平坐勾栏等全部用砖造或石造。可见钱氏末期建造的杭州灵隐寺双石塔和周显德元年（954）建造的开封相国寺繁塔、北宋乾德间（963—967）建造的开封佑国寺铁塔，均可作为代表作品。在式样上，云岩寺塔属于第二种类型，而外檐斗拱用砖木混合结构，又表示与第一种塔具有相当关系，所以无论从结构或外观来说，它应是这时期的产物。

由此可断定：虎丘塔，又称云岩寺塔，始建于公元601年（隋文帝仁寿元年），初建成木塔，应该在剑池旁，后毁。现存虎丘塔据刘敦桢结论：建于钱弘俶十三年己未（应为：钱弘俶显德七年己未），也就是五代最末一年（960），而全部完成可能在北宋初期。苏州史志载完成于公元961年（北宋建隆二年），比意大利比萨斜塔早建200多年。虎丘塔高43.7米，塔身全砖砌，重6000多吨，塔系平面八角形，每个面上都有一扇门，七级。原来的塔顶毁于雷击。

根据有关史料：虎丘塔为仿楼阁式砖木套筒式结构。由8个外墩和8个内墩支承。屋檐为仿木斗拱，飞檐起翘。塔内有两层塔壁，仿佛是一座小塔外面又套了一座大塔，其层间的连接以叠涩砌作的砖砌体连接上下和左右。虎丘塔塔身平面呈八角形，由外墩、回廊、内墩和塔心室组合而成，内墩之间有十字通道与回廊沟通，外墩间有8个壶门与平坐（即外回廊）连通，设计完全体现了隋唐时代的建筑风格。

此塔内部在外壁的走道两侧，隐起壶口。走道上面，以斗拱承托叠涩和菱角牙子构成的长方形天花，但第四层起，因为高度减低，未用斗拱。

回廊两侧，在转角处都砌有圆倚柱，并在靠外壁一面，用槏柱划分为三间，但靠塔心一面，仅在门的两侧用榑柱，其余几面都省去。前述圆倚柱之间，在壁面上隐起额枋二层：下层位于门上，上层则与倚柱上端相交。除倚柱上施转角铺作外，在上层额枋的中点又置补间铺作一朵，其上施平棋枋，承托廊顶的叠涩和菱角牙子等等。不过从第三层起，塔身渐小，靠塔心一面因空间不够，未用补间铺作。

回廊的斗拱结构，在第一第二层用五铺作双杪偷心造。第三第四两层改为四铺作单杪，而第三层跳头上置连珠斗，尚属初见，应是在宋《营造法式》上昂制度以外，增加的一个新例。第五层只在正心缝上用重拱素枋，第六层易为单拱素枋，都未出跳。第七层经明末改建，虽在转角倚柱上出拱一跳，但形制比例和下部诸层迥然不同，足证第一层至第六层斗拱应是五代旧物。

塔心内的走道，与前述外壁走道同一结构，只是天花下未用斗拱。

塔心小室的顶部结构颇富于变化，自第一层至第三层用斗拱承托叠涩构成的藻井，不过藻井平面随室的平面而异，就是第一第三两层为方形，第二层为八角形。第四层至第六层虽是方形，但第四层属于斗拱上覆以木板，第五第六两层空无所有，疑是木板年久毁坏。第七层用砖造的尖形穹窿，系明代所建。

塔本身的故事

由此可见，云岩塔寺不单单是与地下的阖闾墓有关。塔的本身就是一部历史，一部非常了不起的历史。

在中国长江以南地区，如此砖结构的同时代同风格的古塔，共有两座。另一座是杭州的雷峰塔，已经倒掉。仅存的这座云岩寺塔也是危如累卵。早在明朝就发现这座塔倾斜了，那是崇祯十一年（1638），这年是戊寅年，俗话说虎年多灾事。经历了十六位君王的明朝也到了与此塔相似的岌岌可危的地步。崇祯皇帝朱由检就是有回天的力量也拖不住这个腐败到骨子里的王朝飞速滑向崩溃。这一年真的灾难不断，别处的都可以不提，就单说殃及苏州的那场虎丘大火。

有人说这次火是寺内僧人做饭引火不当，也有人说僧人不满住持霸道而故意纵火。不管如何，这场灾难是自宋建炎四年（1130）以来有记载的七次大火中最大的一次。

塔顶及各层木檐焚毁，铁刹倒塌。

铁刹的倒塌，造成今天都没人知道这座塔的高度到底是多少，真可谓损失惨重。

经历那场大火后，人们发现塔身严重倾斜。为了防止倒塌，衙门当即决定复修云岩寺塔，并将六层以上拆掉重建。据说，此塔原为九层，由于塔身倾斜，减为七层，并在第七层有意向东南倾斜，用以改变向西北侧下沉的速度。具体的做法是，从原塔六层开始迭加两砖，七层比六层高三砖，九层比五层总高十三块砖，这是缓解人仰视角度的一种做法。

是七层，还是九层？留下了永远的谜！

修塔后的第二年，苏州发生旱灾，娄江淤断，河底开裂，飞蝗蔽天，大疫横行。

人们认为虎年火烧云岩寺不吉，于是再次大兴土木，对虎丘进行修缮，有人提议恢复九层，但财力勉为其难，只能维持七层。明王朝的腐败已使云岩寺塔不能得到庇护。至后的清朝三百年间，未有修缮，但到了1954年，塔顶裂缝崩溃到底，经测量顶部已北偏东移了2.34米，倾角2度48分，重心偏离基础轴心0.97米，南北高差底层为0.45米，第二层达0.70米。

国内外专家云集苏州，商讨对策，各抒己见，有人说干脆重造，新成立的共和国能不如旧时代？

这使我们想起在四川省的广元市郊外，20世纪30年代，执政的国民党对在野的共产党陕北军队进行围剿，需要建条公路。其中有一段通过昭化城外沿白龙江向前地段，他们竟然把北魏时期著名的镂空石雕的石窟炸掉一半。

20世纪50年代，修铁路又要通过这一地段，有人建议利用国民党时期的公路作为路基。当时的负责人问，河对岸是什么？回说，武则天的皇泽寺。此人想也不想地说，我们为什么要在国民党的公路上做事？共产党应该创新。把皇泽寺大门炸掉！于是，我们现在到昭化能看到的就是这一幕：站在铁轨上一步迈进皇泽寺，手伸出汽车窗就能摸着北魏石窟。

不知今日是否改观？

好在当年主持云岩寺塔修复工程的是专家谢孝思，他没让炸掉旧塔造新塔。最后竟然是一位无名小辈的意见被采纳：用"铁箍灌浆"法维持旧状。虽没使塔的崩溃加剧，但也没从根本上解决倾斜加剧的难题。1976年，塔墩出现裂缝，尤以北部为明显。经地质探明：塔身地基本身的土北厚南薄，塔建于南北斜坡岩面上。为保护此塔，采用现代"围、灌、盖"工艺，加固了塔基。

登塔，感知到的是朴厚凝重、苍健雄浑，是四周茂林修竹，感叹到的是万古千年之短暂。你看不到的，是塔的无数次毁灭与重生，这里就蕴含了我们的文化持续千年而没有中断的奥秘。

专家说，这里建过四座塔

在2014年9月完成初稿的新编《虎丘山志》中，苏州修塔专家钱玉成首次披露了虎丘塔从古至今曾经在同一位置建过4座的史实。他说，唐代以前至少有过3座虎丘塔。理由是，虎丘山上的塔是随寺院走的，因为塔是佛教建筑，有庙才会有塔。他认为，第一座塔最迟应出现于南朝时期。有史书记载，东晋时司徒王珣与其弟司空王珉各自在虎丘山中营建别墅。咸安二年（372），双双舍宅为虎丘山寺，仍分两处，称东寺、西寺。钱玉成通过查阅史料发现，王珣的生年为公元 350 年（一说 349 年），卒于 401 年（一说 400 年）。"仍分两处"，说明东晋时虎丘山上已有寺庙，但当时规模小，名气不够响，直到王氏兄弟舍宅为寺后，虎丘山的庙产才从山上扩展到山下，也因此出了名。他推断第一座塔最早可能就在那时修建起来。到了南朝梁代、陈代，有诗人在关于咏虎丘的诗中写到过"贝塔流光动""洞塔耀山庄"的诗句，这是虎丘见于记载的最早的塔。钱玉成说，按照中国建塔史来判断，第一座虎丘塔应该是木结构建筑。

第二座虎丘塔建于隋朝。

钱玉成说，在隋朝仁寿年间（601—604），笃信佛教的隋文帝杨坚为母亲做寿，下诏在全国 30 个州郡建造舍利塔，苏州是其中之一，塔的式样由隋朝中央政府统一绘制，并将图纸派发各地，以此为依据进行施工。苏州的塔就建在虎丘山寺内。在名为"大隋舍利塔"的 30 座塔中，虎丘寺内这座塔编号为 23。此塔是 3 层的方形木塔，有 16 米高，式样精巧古朴。现存的碑是唐代虎丘塔存在的一个有力证据。刘敦桢的调研更为此说提供了佐证。

第三座虎丘塔是唐代建造的。

20 世纪 80 年代，虎丘塔维修时，曾经在塔基，即地下五六十米深处发现了一块唐代残碑，虽然只能读出七十多个字，但这座塔的《朱明寺大德塔》标题很清晰。由此可见，这座虎丘山寺在唐代曾经被称作"朱明寺"，寺院中的此塔应该称"大德塔"。"朱明寺"之名在唐伯虎泛舟虎丘时所作的诗句"朱明丽景属炎州"得到印证。考古发现也表明，在现在的云岩寺塔前，原址的确有过一座砖木混合结构的唐塔，不同于隋代的木结构塔。

当时修塔时，上海博物馆来人对虎丘塔底层塔砖进行过年代鉴定，发现年代最早的砖是唐高宗时期的。关于唐代的虎丘塔，白居易、刘禹锡等唐代著名诗人也都写诗吟咏过。

我们见到的虎丘山云岩寺塔已是第四座塔。

1984 年 12 月 23 日，修塔施工中，在东南塔基处发现一块奠基砖，上面刻有"庚申岁七月羊日僧皓谦督造此寺塔"的字样，如果按此前判断的年代推算，庚申年为公元 960 年，建塔时间缩短为一年半，更不可能。由此可见，建塔的起始时间应该更早些。

　　我国古建筑文物专家罗哲文提出，国内不少古塔实际修建完成都要长达数十年，有的要 55 年之久。钱玉成从周显德六年建的推断来自塔砖"己未制造"的字样而来。那么，己未年可以是公元 959 年，也可以是前一个甲子年即公元 899 年烧制的塔砖，而寺僧皓谦督造寺塔是在 900 年（同样是庚申年）。考古中还发现，虎丘塔内最后一个标志年代的文物是"宋元通宝"铜钱，这是宋太祖登基后发行的钱币，其在位年限至公元 976 年止。钱玉成推断，第四座虎丘塔的建设时间在公元 900 年到 976 年之间。巧合的是我国古代纪元按六十年一轮回，恰巧逢上了产生"巧合"。

　　关于塔的竣工日期，是按照塔内发现的另一件文物，即一个摆放佛经的经箱上所写"建隆二年十二月十七日入宝塔"来确定的。常识告诉我们，这些原本密封在塔内的文物应该在塔建好之前放入的，所以云岩寺塔应该是在公元 961 年之后才建好的。也就是说，修建这座塔至少花了 60 年。

　　令人称奇的是，现存的云岩寺塔是用 130 万块砖垒制而成，使用的主要是三种砖：即唐朝的条砖、方砖和明代维修时用的条砖。

　　有一个不可忽视的事件是：唐武宗李炎（841—846 年）在位时，推崇道教疏离佛教，他于会昌年间发动了一次大规模的灭佛运动，只在长安、洛阳保留两座寺庙，有观察使、节度使的城市保留一座寺庙，其余庙宇全部下令拆毁。当时长江以南的节度使设置在润州（即现在的镇江）。苏州没有资格保留寺庙，虎丘山寺和塔自然都跟着毁了。斩草除根，连历史的记载也都没有了，这是虎丘云岩寺塔从历史上消失的根本原因。"千里莺啼绿映红，水村山郭酒旗风。南朝四百八十寺，多少楼台烟雨中。"唐朝杜牧这首诗，不是说南朝的寺很多，都在江南的烟雨之中，而是他亲历了李炎那场"佛难"后，面对江南四百八十寺的消失，发出了"烟雨"的感叹。这里的烟雨是指寺庙被人为的风雨所毁啊！

幸亏有人将一块唐时残碑悄悄弄进塔里，才使我们今天看到唐时曾有一座朱明寺大德塔！

云岩寺塔的修建，得益于五代十国时期的吴越国王钱镠。他奉行"保境安民"的政策，信奉"造寺保民"，兴建庙宇和佛塔。老百姓生活安定，社会财富有了积累，也有经济能力供养寺院。从塔内此前出土的文物来看，金、银、铜、铁、玛瑙、丝绸等制品一应俱全。

话说钱镠

话说到这里，我们还是要对历史人物钱镠再补充几句。

钱镠少年时随人走私贩盐，稍大些后投军，唐僖宗乾符年间（874—879）在石镜镇将董昌手下做一名教官，那时部队教官称部校，后来逐渐由偏将升到执掌一州的驻军司令。当时天下虽仍姓李，但藩镇割据，天下贡赋不入唐室，只有董昌坚持向朝廷大量进贡珍宝，而且每次派遣五百士卒押送，如有差错，全体处死，因此朝廷对董昌也特别厚待，先后加封董昌为检校太尉、同中书门下平章事，晋爵陇西郡王。董昌占有两浙之地后，野心越来越大，他于唐昭宗乾宁二年（895）反唐自立为帝，称号顺天。钱镠立刻起兵灭了董昌，乾宁三年（896）唐朝廷任命钱镠为镇海、镇东两军节度使，官府设在杭州。唐昭宗天复二年（902），封他为越王。公元904年，唐哀帝李柷接位，改封钱镠为吴王。

公元907年朱温反唐谋杀哀帝建立后梁朝。因为朱温是用下流手段得到帝位的，他称帝，没有人支持，而镇海（治所在今浙江杭州）节度使钱镠首先派人到汴京祝贺，表示愿意称臣。朱温十分高兴，马上封他做吴越王。

钱镠原来出身贫穷，当上节度使以后，摆起阔来。在临安盖起豪华的住宅，出门的时候，坐车骑马，都有兵士护送。他的父亲对他这样的做法，很不满意。每次听到钱镠要出门，就有意避开。钱镠得知父亲回避他，心里不安。有一次，他不用车马，不带随从，步行到他父亲的家里，问老人为什么要回避他。老人说："我家世世代代都是靠打鱼种庄稼过活的，没有出过有财有势的人。现在你挣到这个地位，周围都是敌对势力，还要跟人家争城夺池。我怕我们钱家今后要遭难了。"钱镠听了，心里便牢记父亲嘱咐。打那以后，他小心翼翼，只求保住这块割据地区。钱镠长期生活在混乱动荡的环境里，养成了一种保持警惕的习惯。他夜里睡觉，为了不让自己睡得太熟，用一段滚圆的木头做枕头，叫做"警枕"，倦了就斜靠着它休息；如果睡熟了，头从枕上滑下，人也惊醒过来了。他又在卧室里放了一个盛着粉的盘子，夜里想起什么事，就立刻起来在粉盘上记下来，免得白天忘记。

钱镠不但自己保持警惕，对他的将士要求也挺严。每天夜里在他住所周围，有兵士值更巡逻。有一天晚上，值更的兵士坐在墙脚打起盹来。忽然，隔墙飞来几颗铜弹子，正好掉在兵士身边，把兵士惊醒。兵士们后来知道这些铜弹子是钱镠从墙里打过来的，在值更的时候，不敢打盹了。

又有一天夜里，钱镠穿了便服从南门悄悄出城，想从北门进城。北城门已经关闭。钱镠在城外高喊开门，管门的小吏不理他。钱镠说："我是大王派出去办事的，现在急着要回城。"小吏说："夜深了，别说是大王派的人，就是大王亲自来，也不能开。"钱镠在城外绕了半个圈子，还是从南门进了城。第二天，他把管北门的小吏找来，称赞他办事认真，并给他一笔赏金。

钱镠就是这样靠着他的谨慎小心，一直保持他在吴越的统治地位。

吴越国虽然小，由于长期没有遭到战争的破坏，经济渐渐繁荣起来。

钱镠在位时做的最重要的一件事，就是防止海水倒灌而征用民工修筑钱塘江的石堤和沿江的水闸；为方便船只来往，他又着人凿平钱塘江里的大礁石，使江海通行船只无阻。因为他在兴修水利方面做了一点事，所以民间给他起个外号，叫"海龙王"。至今盐官镇还有纪念他的"海龙王庙"。也就凭着这些业绩，钱镠便有效地防御了周边割据势力对吴越的侵扰。那一刻的钱镠一面向中央称臣，一面则自立为小朝廷；不仅其府署称朝廷，僚属称臣，而且还自立年号，共有天宝、宝大、宝正三个年号，直到儿子钱元瓘继位，才改用中央的年号。同时，他还自行与新罗、渤海等国往来，又给他们行制册、加封爵，俨然一皇帝。

在钱镠的统治下，云岩寺塔的建造，那就是很自然的了。

作为大运河进入苏州段的标志性建筑，云岩寺塔是大运河进入苏州城的一个重要节点，其排水系统通过虎丘山环山水系与山塘河连接，再汇入大运河。一千多年来，他以沉静的目光，凝视着大运河，守望着这座古城。在未来，他将依然守护着运河，延续着运河文明的灿烂与辉煌。

第二章　点睛之景

颇有故事的憨憨泉

憨憨泉在上山路的西侧，是六角形的古井。井用青石围栏，井口经岁月的抚摩，很是光润。后竖椭圆形石，上勒"憨憨泉"阴文，旧志说这是"宋绍圣年间吕升卿所题"。吕升卿是与王安石一起"变法"的吕惠卿的弟弟。宋神宗时任侍讲学士。绍圣是宋哲宗年号，意思是继承宋神宗新法，于是吕惠卿复出，吕升卿也得到了重用。

明代弘治年间，朝廷大臣、金石学家、藏书家都穆游虎丘，他是本地人，少年时曾与唐寅交好，后来也牵涉进唐寅科举之案。他发现憨憨泉已被填塞，便撰文在朋友圈里说了此事，希望有人挑头恢复，但没有谁响应。清朝咸丰、同治年间连续发生的兵燹，使井西边的月驾轩坍毁，井泉也随之埋失在瓦砾中了。直至光绪十三年（1887）苏州士绅朱修廷会同寺僧云闲大师一起寻找，终于在试剑石西边找到此泉，疏浚后加了井圈，盖了亭子。今井仍在，亭已不存。

憨憨泉清冽甘甜，据今人研究，这泉水是火山角砾岩石中裂隙水的流汇，属矿泉水。

憨憨泉，说起来就是山上一处泉眼，但置于虎丘景区，其身价就不菲了。其来历更不简单。它的诞生与我们耳熟能详的济公活佛有关。

一

憨憨泉又称"海涌泉",说是连通大海的。相传为梁代高僧憨憨尊者亲手所凿,故得名。距今已有一千四百多年了。

"憨憨"之意,即苏州人所谓的"憨大"。"憨",据《吴郡图经续记》卷中写作"衉",此字据俞樾《茶香室续钞》卷十七考证,《广韵》上称:"火含切,面红也"。俞樾猜测,这位僧人大概是"以貌得名"。因书写不便,后人改作憨字。

憨憨是南朝梁时的僧人,据近人考证,其出生于南齐武帝萧赜永明年间,家人避战乱进入深山老林,又连遭瘟疫与饥寒,亲人全无,只身投到庵中求生,被在此修行的宝志和尚收留,后便随宝志修行。梁代天监年间(510年前后)来到东虎丘寺开凿了此井。

憨憨原来是宝华山智显禅院的僧人,这个禅院是因为高僧宝志在那里结庵修持得名。地址在今句容的宝华山隆昌寺。

据《宝华山志》记述,宝华山原名花山,位于宁镇山脉中段,距县城30公里。南朝梁代高僧宝志登山结庵,讲经传法。据说宝志禅室极为简陋,一茅屋,一随从,称"志公庵"。梁天监元年(502)。梁武帝萧衍亲自登山召见宝志,尊宝志为大师,遂将宝志所在修行之山赐"宝华",宝志修行禅室赐名为"智显禅院"。明神宗敕赐大藏经及"护国圣化隆昌寺"的名称,于是改称隆昌寺。清康熙乾隆曾多次驾幸宝华山隆昌寺。清代的隆昌寺,遂升为佛教律宗祖庭,有"律宗第一名山"之称。寺内戒坛具有相当的权威性,只有具备放戒资格的寺院才能拥有。放戒是佛教仪式之一,大概相当于现代大学授予学位。隆昌寺戒坛为汉白玉所制,原为木结构,律宗第二代祖师见月大和尚改为石制坛。据《宝华山志》载,见月造石戒坛时，开基的夜晚，感坛殿放光五色，直冲云霄，众山群楼，亮如白昼。隆昌寺律院先后放戒七十余期，戒僧遍及天下，东南亚、日本等地许多信徒也慕名前来受戒。凡取得隆昌寺戒牒的和尚，走遍全国大山名刹，都会得到热忱接待。

最奇怪的是智显禅院大门朝北。据说是因梁武帝萧衍登山从北驾临寺院，故改山门面北以示接驾。后来就此沿袭下来。另有说法是因为律宗寺院戒律严格，将山门造小使僧人不能随便进出，也可避去尘俗烦扰。但实际上智显禅院改名隆昌寺后山门面北而开，是方便水路而来的香客。在皇帝的倡导下，隆昌寺香火大盛，声名显赫，连当时西域僧侣也敬仰宝华山，不远千里来此修行。隆昌寺的布局比较少见，不像通常寺庙那样山门、天王殿、大雄宝殿、藏经楼一路威武而上。它的山门却在一侧，里面分为东西寮房，一字排开的方丈室、藏经楼、大雄宝殿与左右厢楼以及正面的大悲楼组成一个大四合院，并与戒堂、铜殿、无梁殿等七个小院又组成了一个既独立又相连的方形庙宇，回廊相随，院院相通，非常巧妙。据说这种组合布局，主要是与律宗道场传戒所设十四个堂口有关，气势宏伟庄严又井然有序，既表现了佛教传统的理性精神，又在高低错落、虚实对比中显示出极高的建筑艺术。

天监十三年（514），宝志圆寂后。山庵逐渐冷落，狼虎出没，僧众稀少。憨憨与其他僧人依宝志生前叮嘱，大家朝东南行走，憨憨半途在东虎丘寺留下，山上缺水，留不住人。憨憨记住师父宝志的话：修行就是沙漠里掘清泉，功在恒心。据说他在智显禅院时，“和尚以锡杖叩石，得泉”。他将宝华禅院的做法，搬到虎丘，如法炮制，以石击石，硬从岩层里掘出泉眼。

憨憨的身份除了是宝华智显禅院的僧人，还有一传说，说他是济公活佛的徒弟。据这一说法他到东虎丘寺，是济公生前所示。济公的原型是宝志和尚。这一说法也许就促成民国初年，蒋瑞藻在《小说考证》一书中认定，证实后人是根据宝志和尚事迹，不断夸张、虚构，塑造出了“济公”。1985年12月29日的《羊城晚报》载文称："济公和尚的原型,是六朝时期的高僧宝志。"

由此否定了目前电视剧《济公传》中的济公是南宋时代的说法。

……

据说宝志和尚出生宝华山北边东阳镇,其生来"行止无定",好"披发跣行街巷",或"索酒肴或累日不食无饥色""先言后验,异迹种种",能"一刻之中,分身三处""祷雨雨沛,唾鱼鱼活"。

说到泉水,其实这山上还有一个泉眼,也是梁朝天监年间发现的,有人说是憨憨同时发现,有人说是与他一起的僧人发现的,谁发现并不重要了。憨憨泉在今二山门内山道东。那个泉眼在后山,西寺的僧人惠响,称虎跑泉,后称响师虎泉。

二

说到给憨憨泉题款的吕升卿,就要多唠叨几句历史上著名的王安石变法。

王安石变法之时,吕惠卿是最忠实的伙伴和最坚定的支持者。王安石曾说:"法之初行,议论纷纷,独惠卿与布(曾布)终始不易,余人则一出焉一入焉尔!"就是后来与吕惠卿通信中也说:"同朝纷纷,公独助我",对此,王安石是心怀感激的。

吕惠卿是嘉祐二年进士,这一榜号称"千古科举第一榜",榜上有苏轼、苏辙、曾巩、程颢、张载、王韶、章惇、曾布等人,可谓是群星璀璨,光耀整个大宋。

吕惠卿能够名列此榜,自然不是常人。主考官欧阳修就对其非常赏识,曾写信向王安石推荐:"吕惠卿,学者罕能及。更与切磨之,无所不至也。"王、吕二人结识正是缘于欧阳修的介绍。

北宋庆历二年(1042),21岁的王安石进士及第,被外放做官,屡任扬州签判、舒州通判等职,后因向宋仁宗上书变法改革未果,辞官还乡,从此屡召不仕。但又不甘心自己的政治抱负从此空落，便写下《泊船瓜洲》：

> 京口瓜洲一水间，
> 钟山只隔数重山。
> 春风又绿江南岸，
> 明月何时照我还？

这是他想重返官途的真实写照。30 年后的 1067 年，锐意改革的宋神宗继位，宋神宗早知王安石之名，一上台就召他"对策"，王安石在宋神宗的身上看到了施行变法的可能性，一拍即合。此时因政绩出色被召回朝廷的真州（今江苏省仪征市）推官吕惠卿是王安石的"粉丝"，他竟然不顾秋意，坐在朝外路边牙石上一个多时辰等待王安石。见到比自己大 11 岁的王安石，吕惠卿兴奋得像孩子一样迎上前去……

两人一见如故，成为至交好友。在王安石眼中，吕惠卿学识渊博，才华横溢，最难能可贵的是能够学以致用，所以他向宋神宗推荐了这个人才："惠卿之贤，岂特今人，虽前世儒者未易比也。学先王之道而能用者，独惠卿而已。"

宋神宗熙宁元年（1068），王安石变法开始，因吕惠卿独到的见解让王安石主动向宋神宗举荐了他，使其进入王安石集团的核心，从此事关变法之事，事无巨细，王安石皆与吕惠卿商议。当时的舆论将王安石称为"孔子"，将吕惠卿比作"颜渊"。

吕惠卿对王安石更是佩服得五体投地，四处对人说："惠卿读儒书，只知仲尼之可尊。读外典，只知佛之可贵。今之世，只知介甫（王安石）之可师。"

两人大有相见恨晚的感觉。

王安石的变法是失败的。其失败原因，一些史料归结为"王安石和吕惠卿交恶"的互相争权、相互倾轧的私人恩怨。如苏辙在《乞诛窜吕惠卿状》中说：

> 始，安石罢相，以执政荐惠卿，既已得位，恐安石复用，遂起王安国、李士宁之狱，以扼其归。安石觉之，被召即起，迭相攻击，期致死地。

以苏辙的人品，当然不是造谣之人。不过当时的苏辙是言官，有"风闻奏事"之权。（宋仁宗"发明""风闻奏事"的制度，就是说谏官可以根据道听途说来参奏大臣。）苏氏兄弟可谓是新法的"受害者"，自然不会浪费时间帮他们去求证。不过此事后来被有心人利用，比如北宋邵伯温在《邵氏闻见录》中说：

> 惠卿既得位，遂叛荆公，出平日荆公私书，有曰："无使齐年知。"齐年谓冯京，盖荆公与冯公皆辛酉人。又曰："无使上知。"神宗始不悦荆公矣。惠卿又起李逢狱，事连李士宁；士宁者，蓬州人，有道术，荆公居丧金陵，与之同处数年，意欲并中荆公也，又起郑侠狱，事连荆公之弟安国，罪至追勒。惠卿求害荆公者无所不至，神宗悟，急召荆公。公不辞，自金陵溯流七日至阙，复拜昭文相，惠卿以本官出知陈州。李逢之狱遂解，其党数人皆诛死，李士宁止于编配。呜呼！荆公非神宗保全则危矣。

邵氏的记载虽然很详细，但可信度不高。后人万万没想到竟然能被《宋史》采信，列入王安石本传："而惠卿实欲自得政，忌安石复来，因郑侠狱陷其弟安国，又起李士宁狱以倾安石。"吕惠卿因此被称为忘恩负义的人。

《宋史》中关于王安石的资料主要来自《邵氏闻见录》，而邵伯温其人是最坚定的保守派，对于新法和变法人士几乎没说好话，甚至制造了大量谎言来攻击和诽谤新法。如"自金陵溯流七日至阙"就如小说家之言。

熙宁七年（1074），郑侠上《流民图》引发一连串的化学反应。一是宋神宗对新法的态度产生了动摇，反对派因此抬头，新法派的形势一片紧张。二是王安石被迫罢相。吕惠卿虽然积极发动台谏为王安石造势，但在压力面前，宋神宗还是选择对旧党进行妥协，王安石只能选择委屈。

吕惠卿上台后，借郑侠案打击反对派，重新稳定变法形势，坚定了宋神宗的态度。可以说，吕惠卿为王安石的复出创造了有利的条件。所以王安石还朝后，宋神宗对他说："小人渐定，卿且可以有为。"又说："自卿去后，小人极纷纭，独赖吕惠卿主张而已。"把这一切归功于吕惠卿。

王安国虽是王安石同母亲弟，并不支持新法，反而和一些旧党走得比较近。郑侠上《流民图》时，他不仅不阻止，反而大声叫好。王安国之死，不能说是吕惠卿挟公器而报私仇，只能说王安国确实和郑侠有所牵连而被殃及。此事与吕惠卿风马牛不相及，所以王安石复相之后，也没对此事有什么说法。

李士宁案起于有人告发余姚县主簿李逢谋反一案，虽然此事和王安石无关，但李士宁曾为其座上客，而且事关谋反，王安石也不得不上书请罪。《邵氏闻见录》所说的吕惠卿"意欲并中荆公"之言，则是书作者个人的揣测之语，并无实际根据。

从事实上讲，扳倒王安石对吕惠卿没半点好处。王安石是变法的精神支柱，如果他陷进谋反案了，新法根本就不可能再推行下去，除非吕惠卿"弃暗投明"投靠旧党。而且王安石复相之后，两人关系依然密切，也说明了此事不大可能。

对此，李焘在《续资治通鉴长编》中就认为邵伯温的说法不可靠："皆云吕惠卿起李逢狱，捕李士宁以撼安石，考日期，似不然，今不取。司马光《纪闻》亦载李士宁事，独不云惠卿欲以撼安石也。"

由此可见，王安石和吕惠卿的矛盾发生在王安石复相之后，两人因在政见和学术等方面产生分歧，从而渐行渐远。但不管是王安石还是吕惠卿，都认为他们之间的矛盾都因国事，并非出于私情。如王安石在信中所言："与公同心，以致异意。

皆缘国事，岂有他哉？"

总结起来，有以下三点：

一是王安石首度罢相之后，吕惠卿曾推行手实法（自报田产作为征税依据）和给田募役法（取消原来按户轮流服差役的办法，改由共同出资购田，政府用官田收入雇人服役），但王安石不支持这两项新法，复相之后，都予以废除。而吕惠卿对于王安石"欲添盐钞而废交子，罢河北运米而行市易俵放之法"表示不赞同。

二是在用人方面，两人都觉得对方用人不妥。例如吕惠卿欲重用曾旼，而王安石厌恶曾旼，不予重用。又如练亨甫，吕惠卿认为是"小人"，曾对他们兄弟进行陷害，但王安石却有不同意见。

三是王安石对吕惠卿编撰的《三经新义》的一些内容不满意，从而爆发了正面冲突，两人的矛盾也因此激化。《三经新义》是新法的重要理论工具，此事也可以说是两人政见不同的表现。

这些分歧导致两人无法再好好共事了，吕惠卿因此多次向皇帝打报告，请求辞职，不过宋神宗多次婉拒，后来因为托华亭县知县"借钱买田"一事被罢参政知事，皇上把他贬出京城，"守本官，知陈州"。此事有说乃王安石的儿子王雱所为。

吕惠卿被贬之后，有的人以为他失势，便落井下石，欲置之于死地。吕惠卿以为是王安石所为，便上书跟皇帝投诉，指责王安石与台谏官勾结，并说"安石尽弃素学而隆尚纵横之末数，以为奇术，以至潜怀胁持，蔽贤党奸，移怒行狠，犯命矫令，罔上恶君。"

这些话说得比较狠，宋神宗心里也犯嘀咕，因此向王安石求证。王安石委屈地解释一番，回家后，问了王雱才知道真相："归以问雱，雱言其情，安石咎之"。此事虽没给王安石带来实际伤害，但也让宋神宗起了猜忌之心。不久，王雱病死。王安石心灰意冷，力请离职。熙宁九年十月二十三日王安石罢相，被任命为镇南军节度使、同平章事，判江宁府，后改任集禧观使，住在今天南京市中山门旁边的半山坡（今南京市清溪路）。

后来吕惠卿知道了事情的原委，专门写信道歉求和。在信中，吕惠卿道歉之情溢于言表，他回顾了两人往日的友情，还引用了一个典故"关弓之泣非疏，碾足之辞亦已"，"关弓之泣"是孟子讲的一段话，如果是越国人弯弓射来，自己可以谈笑讲述这件事，如果是兄长弯弓射来，自己一定会落泪讲述了，原因是关系亲密啊。"碾足之辞"是庄子的话，说的是踩了路人一脚，赶紧诚恳自责，踩了兄长一脚，随口抱歉，踩了父母一脚就算了。借此说明我错了，但关系如亲人，原谅我吧。

王安石也表示理解，"考实论情，则公宜昭其如此"。

王安石回了信，虽然当时两人并没有见面，但曾多次书信往来。元丰六年，王安石有一封《再答吕吉甫书》，从信中可以看到两人聊得还是蛮开心的，还互赠礼物。

直到王安石去世，两人也没有见面，这一对曾经的好战友，发展成了好笔友。

三

憨憨泉上面有一座建筑，名"不波艇"。郑逸梅在《明时之虎丘》中说，拥翠山庄"有抱瓮轩、问泉亭、不波小艇、灵澜精舍"，可知它原为拥翠山庄的一部分，建于光绪十年（1884）的不波艇，原为硬山顶建筑，20世纪80年代初重建，改为卷棚歇山顶，旱船造型。南北向三间，艇南如舱门敞开。可作小型演出舞台。上悬今人苏州书法家华人德隶书"海不扬波"匾，檐柱有钱大昕旧联："花开月榭风亭下，炼句功深石补天。"此联平仄无误而句不成对，钱大昕是乾嘉年间著名学者，精于音韵训诂之学，绝不会犯此基本错误。估计是两副不同的对联凑合而成，"花开"联曾题于某处轩亭，"炼句"联取杜甫"语不惊人死不休"句意，

148

大概悬于蒋氏塔影园内的怀杜阁。后经战乱，一失下联，一失上联，因两联形制相同，又都是七言句，就错拼在一起了，这一错拼，却拼出了虎丘的历史沧桑。

不波艇东，便是"试剑石"。从试剑石往西侧看，有块上尖下圆的石头，像一只大桃子。这形状不是石匠加工的，而是火山岩风化剥蚀所致。此石当初散落在山下，1954年被发现后移置于此，寺僧果严题了"石桃"两字。

石桃又称"仙桃石"。又由今人新编传说：当年孙大圣大闹王母蟠桃宴，偷喝了仙酒，又盗了仙桃驾云而逃，不料仙桃掉落在海涌山上，岁久就化成了石头。

往上走，真娘墓斜对面还有块大石头，形状像枕头。长3米余，宽米余，因形似枕，故称"枕石"或"枕头石"。石上原镌"枕石"两字，在"文革"中毁去，今又重镌行书"枕石"两字。旧称"蜓蚰石"，因为它一头大而圆，一头略尖，有点像蜓蚰。蜓蚰即蛞蝓，也叫鼻涕虫，不讨人喜欢，后来很少有人叫了。

枕石面东一侧呈平面状，上有石刻文字，惜已难辨。相传晋高僧竺道生曾倦倚此石，故称"枕石"。历史上跟枕石有关系的，是南朝顾协。《南史》记载，顾协，字正礼，晋武帝司马炎时当司空的司马顾和的七世孙。自幼便聪明好学，出口成章，博览群书，下笔更是行云流水。秀才中举时写的策论，更是被时任尚书令的大文学家沈约称赞"江左以来，未有此作"。至此开启了他清廉如水的仕途人生。

"非淡泊无以明志，非宁静无以致远。"幼时的顾协随时任右光禄大夫、吴郡太守的舅舅张永到虎丘山游玩。到了山上，张永问他打算做什么，他便回答说："儿正欲枕石漱流。""枕石漱流"是曹操比喻隐居生活的诗语，顾协小小年纪竟能引用，使张永大为惊奇，还是孩童年纪的顾协便有这般高洁的品性，不禁感慨"顾氏家族的兴旺都系于这个孩子身上了"。从这件小事就可以看到顾协"寡欲故静，有主则虚"的心性。

"不要人夸颜色好，只留清气满乾坤。"这首王冕的《墨梅》是顾协为官的真实写照，顾协任通直散骑侍郎时，恰逢太子寿诞，朝中大小门阀都费尽心思筹备寿礼，以博得太子青睐。顾协的学生也建议他准备寿礼，却被他严厉斥责。他说，为人臣者，心念天下，清廉做官，多做实事，才是最重要的。不随波逐流，不趋炎附势，坚守本心，矢志不渝，这便是有着寒梅傲骨的顾协。

"淡如秋菊无妨瘦，清似莲花不染尘。"顾协传颂至今的典故是他杖打门徒的故事，有个门徒刚到顾协手下任职，知道顾协为人廉洁刚正，不敢给老师准备太厚重的礼物，就决定送给他为数不多的两千钱，令人意外的是，顾协将这个门徒打了二十杖，并说："做人要如水一样清澈，把这两千钱投入水中，水还能像现在这般清澈吗？"顾协杖打门徒的故事传了出去，自此再也没人敢给他送礼了。

"能吏寻常见，公廉第一难。"出淤泥而不染是一种高尚的道德境界，也是为官者的必修课。

现在游人的兴趣好像不在"枕石漱流"上了，而是喜欢向枕石投小石子。《虎丘新志》说："今妇女有怀孕者，多投瓦砾于枕石上，占卜男女，中者为男，坠者为女。"现在也有人投，不过不是迷信，而是好玩。1963年，周恩来总理偕夫人邓颖超来游虎丘，也曾在道旁看游人投石子，看得兴致盎然。

大佛殿旁御碑亭

大佛殿北，有座矩形木构砖亭，这就是御碑亭。

此地在宋朝有御书阁，建于景祐四年（1047），置有宋真宗等三位皇帝的御书。元初改为妙庄严阁。明朝的僧良重建后称万佛图，崇祯初毁于火。清圣祖玄烨（康熙）南巡，在虎丘留下墨迹。苏州官绅将康熙留下的手迹勒碑，于康熙二十八年（1689）在此地建御书亭。清高宗弘历（乾隆）南巡时又在虎丘留下三十多首诗，因此御书亭扩建为三座，形成"山"字形。咸丰同治年间毁。光绪十三年（1887）江苏巡抚崧骏找到三方御制诗碑和两方残碑，便在今址造了御碑亭，将三块碑放置在内，残碑则嵌在亭后墙上。此亭经 1957 年重修，于 1980 年开放。

崧骏建造的御碑亭，规格和体量都高过虎丘其他亭子。亭内并列诗碑三块，前设木栅防护。三碑上下刻的都是龙形图案，碑首为云龙，碑座三层为二龙戏珠，象征"飞龙在天"的皇帝身份。

中碑阳面是清圣祖御制《虎丘》诗：

一

小阜回冈落照红，长廊曲榭构西东。

独怜剑石潺湲水，霸业销沉在此中。

二

秀壁名吴水，悬萝接紫霞。

仁风期大吏，厚俗止纷华。

停辇舆情问，开轩畎亩赊。

笙歌陈勿用，意使尽桑麻。

阴面为清高宗御制《虎丘云岩寺》，东西两碑也是。东碑为《恭奉皇太后游虎丘即景三首》《虎丘山》，西碑为《庚子仲春虎丘寺五叠苏东坡韵》《甲辰暮春上浣六叠苏东坡韵》。

"香魂"真娘墓

真娘墓在枕石之北，有亭翼然，亭下大石上刻"香魂"两字的就是。

《虎丘新志》说："真娘为唐时名妓，死葬虎丘山。真娘之略史，仅详于唐李绅诗序内，乃有谓其姓胡者，亦有谓其系三国时人，皆无确实佐证。"

李绅《真娘墓诗并序》云：

> 真娘，吴之妓人，歌舞有名者。死葬于吴武丘寺前，吴中少年从其志也。墓多花草，以蔽其上。嘉兴县前，有吴妓人苏小小墓，风雨之夕，或闻其上有歌吹之音。
>
> 一株繁艳春城尽，双树慈门忍草生。
> 愁态自随风烛灭，爱心难逐雨花轻。
> 黛消波月空蟾影，歌息梁尘有梵声。
> 还似钱塘苏小小，只应回首是卿卿。

这是最早记载真娘生平的文字。李绅，字公垂，亳州人。大历七年（772）生于湖州乌程县（今浙江省湖州市），当时他的父亲在乌程县任职，他出生于县衙。六岁丧父，随母迁居无锡。贞元七年（791）再游乌程。贞元十二年（796）受教于苏州刺史韦夏卿。因此，贞元十二年至十六年在虎丘山读书，故对真娘事迹有所知闻。当时真娘墓周边种了不少花草，故又称"花冢"。可惜李绅的记载太简略。1987年出版的《苏州旅游手册》上说，真娘叫胡瑞珍，北方人。安史之乱时逃难至苏州。因父母双亡，堕入青楼，在阊门外乐云楼接客，卖艺不卖身。有书生王荫祥以巨金供鸨母，要求留宿。真娘无力反抗，只得投湖自尽。王生哀痛之余，在虎丘为她营造了坟墓，并立誓终身不娶。

查唐人有关真娘的诗文，全是赞扬她的色艺，惋惜她的早死，不见有自尽事，可见这一传说是后来形成的。宋代理学兴起，对女子贞操提出了严格要求，因此让真娘守贞而死比较符合宋儒理想。但从元稹《会真记》等唐人传奇来看，在杨贵妃时代是没有这种观念的。真娘之所以留名，大概因为年轻漂亮，能歌善舞，又不幸早殒，才成为社会关注的公众人物。

唐朝范摅《云溪友议》卷中说："真娘者，吴国之佳人也，时人比于苏小小，死葬吴宫之侧，行客感其华丽，竞为诗题于墓树，栉比鳞臻。"据《通志》卷七十著录，有《虎丘寺题真娘墓诗》一卷，唐刘禹锡等二十三人，包括白居易、李绅、张祜、李商隐等名家，其中白诗最受人称赏，诗云：

> 真娘墓，武丘道。
> 不识真娘镜中面，
> 惟见真娘墓头草。
> 霜摧桃李风折莲，
> 真娘死时犹少年。
> 脂肤荑手不牢固，
> 世间尤物难留连。
> 难留连，易消歇，
> 塞北花，江南雪。

从宋元人的题诗来看，真娘墓一直不乏游人凭吊。到了明代，《虎阜志》卷三引高启诗云："断碑山寺里，小冢竹林边。"又引陈祚明诗云："莫问真娘墓，平原蔓草荒。"可知墓荒碑断了。入清后，断碑不知去向，康熙三十三年（1694），新安人张潮在墓前重立了一块"古真娘墓"碑，但后来又不见了。乾隆九年（1744）泰州人陈鑛流寓虎丘时，在东山庙后的厕中发现了唐真娘墓断碑，又在寺僧顿之的帮助下找到了原来的墓址，于是"葬残碑于穴中，树新碑于旧地，覆以小亭"（《重修真娘墓记》）。这座亭子毁于咸丰十年（1860），同治光绪年间重建时，在土中发现了张潮所题的"古真娘墓"碑，就把它补嵌在亭的南墙上。

今亭西墙中嵌有原陈鏊所题"古真娘墓"碑，南侧嵌有张潮的题碑。两碑之侧有民国沈本千集宋吴文英词语的柱联，联云：

半丘残日孤云，寒食相思陌上路；
西山横黛瞰碧，青门频返月中魂。

亭西石柱上有联云：

香草美人邻，百代艳名齐小小；
芳亭花影宿，一泓清味问憨憨。

这是乾隆间大学士刘墉的旧联，原挂在拥翠山庄抱瓮轩，今由王京盙重书。

吴越经幢与五十三参

千人石西侧高处，有座佛教石刻，总高度 3.7 米，分幢顶、幢身和幢座三部分。幢顶高 1.45 米，分为圆形幢刹、八角攒脊顶、八边形跏趺坐佛龛、圆形莲花座、八边形带莲座跏趺坐佛龛和八边形带兽头座六节；幢身为八边形柱体，高 1.17 米，边长 0.18 米，柱体刻《佛说大佛顶陀罗尼经》（即《楞严经》）经文，为经幢主体；幢座高 1.08 米，分为八边形，上下收分连接座、八边形四跏趺坐佛龛、八边形浮雕须弥座和圆形柱座四节，其中须弥座边长 0.36 米，对边长 0.84 米，为经幢最宽部分。据明代沈周、文嘉等留存的虎丘绘画可知吴越经幢原在近白莲池的千人石低处，形制也稍异于今式；清乾隆后改为今式并移至现址，1966 年毁；1981 年据照片等资料恢复于现址。

吴越经幢全名《佛说大佛顶陀罗尼经幢》（即《楞严经幢》）。钱大昕《潜研堂金石文跋尾》载："右石幢后题'下元甲子，显德五载（958），龙集戊午，日躔南至，高阳许氏建'。在虎丘山之剑池。五代之际，苏州在吴越钱氏管内，吴越奉周正朔，故以显德纪年，实吴越忠懿王嗣位十一年也。楷书犹有唐人笔法，考王象之《碑目》，未载此碑。近人修《虎丘志》，亦遗之，其书'躔'为'缠'，与王居士塔铭、萧思亮墓志同。"经幢幢身八面刻字，每面八行，正书，刻《楞严经》。

显德为五代后周世宗柴荣所用年号。按常规当称"显德经幢"。唯世宗禁佛，在其辖境内寺庙拆除，佛像毁废，僧尼被逐，为中国佛教史上"三武一宗"法难事件之一。只有苏州在钱氏吴越国域内，国主钱弘俶继承祖父钱镠传统，倡导佛道，大造寺观，广纳后周境内南迁之僧尼，成为佛教徒的领袖。使净土、天台、律、禅各宗派欣然中兴，吴越成为当时中国佛教的中心，今存云岩寺塔和此一经幢均在钱弘俶执政时建造，故简称吴越经幢。

五十三参在白莲池东北。

五十三参，实质就是53级台阶，由花岗石砌成的登高石阶，路从千人石东侧直至大雄宝殿；是上山顶佛寺处的一条规整、宽敞的登高台阶路。上下均26级，中间第27级较为宽广，中间铺有方石一块为拜台。旧时上山烧香者，至此跪拜较多。僧人朝山，一级一拜，取佛经"五十三参，参参见佛"之意。台阶起步处有石狮一对，是旧时物件。两侧有石栏，安全可靠，规整有序。向53级顶端仰望，大雄宝殿巍然在巅。明代永乐年间重建时为天王殿。崇祯年重建时改为大雄宝殿。台阶前面原有三山门，是山上佛寺殿宇的起始点。大雄宝殿东有小吴轩、望苏台、五贤堂，后有御碑亭，西北有云岩寺塔、致爽阁等。

民国《虎邱山小志》载：《旅苏必读》的主编陆璇卿称：五十三参，系取佛经中"五十三参，参参见佛"之意，台阶又称走砌石和玲珑栈。乾隆南巡时，两次在题咏中提到五十三参，一曰"石梯五十三"，一曰"其磴五十三"。

《华严经·入法界品》说：善财童子曾参访五十三位善知识（佛），故谓五十三参。善财童子最初从文殊菩萨处发菩提心，次第南行，善财童子遍历一百一十城，准备参访五十五位善知识求讨。先后向菩萨、佛母、比丘、比丘尼、优婆塞、天神、地神、主夜神、王者、城主、长者、居士、童子、天女、童女、外道、婆罗门等五十三位善知识参访请教，并依教奉行，终于获证善果。这个故事在民间流传甚广，善财童子因此成为佛教虚心求法、广学多闻的典范。明朝高濂《玉簪记·闹会》中说："这壁厢是什么菩萨？这是五十三参形容改。"

……

五十三参是佛教的一个典故。相传，观世音菩萨身边有一对童男童女，左协侍为善财童子，右协侍为连茶耶龙女。善财童子学道时，拜了五十三个师父，最后才拜到了观世音菩萨门下，修成正果。据说，过去的妇女来虎丘大雄宝殿烧香拜佛后，坐着轿子下山。因为山势较陡，担心坠落，轿夫往往倒抬着轿子往山下走。诗人鲍步江见此情景，用幽默诙谐的语气写了一首诗，诗中有这样的句子："妾自倒行郎自看，省郎一步一回头。"传说一个晴朗的秋日，有位叫"性存子"的高士来虎丘秋游。云岩禅寺住持德垢法师指着千顷云阁介绍说："宇宙之间，人物之众，荣枯生灭之相钱，盈虚消息之相禅，就好像天上的云一聚一散，没有常态，所以用'云'来为此楼阁命名，为的是使前来游玩的人能够悟出这个道理。"性存子闻听此言，哈哈大笑说："大师，此言差矣。虚无缥缈、忽有忽无者是云，然而云永远不会消失；忽存忽败者是世道，而世道也没有穷尽的时候。大师你这样教导人，认为天地间终究虚空。有形的东西终究有灭亡的气数，而天地日月是永不终息的，这是显而易见的。认为云总是存在的，世间的一切都是真实的，这叫作'束缚'，认为云是虚空的，世间的一切都是虚幻，这叫做'超脱'。倘若你懂得《易经》，懂得'道'，就懂得云。我不学佛，怎么会用佛家的道理来认识云呢？"德垢法师顿悟性存子的高深道理，于是将这段对话写进了《千顷云记》中。

白莲池与养鹤涧及双井桥

五十三参下，千人石东北低处是一约为 250 平方米的小型池沼，名曰白莲池。池内植白色莲花，南宋高僧虚堂曾作《白莲池》诗：

> 灵沼天成非禹凿，玉华时向此中开。
> 游人只爱池中底，不觉香风天外来。

明王叔承诗：

> 落尽池莲白，山根锁碧霞。
> 可能明月夜，天女散秋花。

清时"莲池清馥"为虎丘胜景之一，《虎阜志》有专题画页显示。

此景呈不规则圆形，西北是陡峭的岩壁，巉岩突兀；东傍五十三参，筑弧形石驳岸；南岸有溪通养鹤涧。

《虎丘志》说，白莲池"在生公讲台左，周百三十步，巉石旁出，而中有矶"。李流芳《游虎丘小记》中：白莲池名"钓月"。《云峤类要》中说："山中胜景白莲池。"《姑苏志》中载："生公说法时，池生千叶莲花，故名。上有采莲桥。"

明弘治年间，僧人在其上建净土桥；池西有错落的石矶与千人石自然相接，矶名"钓月"。天然的池沼，稍加人工修整，得自然之天趣，成为苏州园林叠山理水的蓝本。白莲池与养鹤涧原为虎丘向东泄水的一道川谷，后在其间填筑路堤，分为白莲池和养鹤涧两个景观。

养鹤涧位于白莲池东，与白莲池有路堤相隔，但也有泄水道相通。养鹤涧自花雨亭东侧路堤始，向东直至环山路内侧池塘处，总长约200米，谷宽约50米。

养鹤涧地处天然谷地，林茂草盛，幽隐僻静。顾湄《虎丘山志》说："山中养鹤涧、炼丹井，相传皆以清远道士得名，殆神仙之流。"陆友仁《砚北杂志》载："清远道士养鹤于此，僧南印作亭其处，题曰'放鹤'"，俗称"养鹤涧"。今平远堂南墙外有石刻正书"养鹤涧"三个大字。"养鹤涧"在下雨时为一条山涧溪流，平时只是涓涓细流。如任志尹《清远道士养鹤涧》诗所述："窈窕青山曲，中涵幽隐泉。夕阳笼半峡，老树俯尽烟。鹤迹犹怀古，仙栖不记年。谁将清远字，铭向石楼偏。"20世纪80年代初因灭钉螺而挖去谷底泥土，1995—1996年改造整治谷道，用人工循环水系统和净水设施营造瀑布、踏石、溪流、湍潭、池塘等动态景观，使养鹤涧谷道成为充满天然情趣的山间特色景观。

从剑池上行至山上，会遇到那座架于剑池两边峭壁上的桥。名曰"双井桥"。这座石桥很有趣，桥面有两眼井，俗名"双吊洞"。

从可中亭上行，向西折便是双井桥，悬于剑池之上。从五十三参上去，西折转向虎丘塔，便要从此桥上经过。虎丘山寺重建于山上后，寺僧改用剑池水。云岩山寺兴盛时有僧数百人，《吴都法乘》载："初，寺僧取水剑池，登降甚劳。隆兴二年（1164），由四川到吴兴的陈敷文，来姑苏台游玩，避暑虎丘，晨出散步，见住在云岩寺里的僧人都要从岩石峭壁间下山汲水，负水登降百级，喘汗力屈，恻然念之。于是，捐款二十万，跨两崖建桥楼，楼下设辘轳便于汲水，其上为井栏以便汲，数百年安然无恙。"时人称"陈公楼"，后木毁易石。《虎阜志》卷首绘有《虎阜十景图》，其中之一为"风壑云泉"，图上标明此名"双井石梁"，有铁栏杆和廊房，是一座石梁廊桥。

《虎丘新志》载："双吊桶，在剑池两崖之上，跨以石桥，桥面凿井栏二，桥上建亭，中设辘轳，挂吊桶二，一上一下，以便取水，是为双吊桶。洪杨之劫初毁。"

廊房辘轳毁于清咸丰十年（1860）。这年四月十三（1860年6月2日）太平天国攻入苏州，成立苏福省，苏州成为省会。

太平天国北王韦昌辉嫡子讲述的《太平天国战纪》中记录了苏州那场战争：

（咸丰十年庚申春）秀成大集诸镇兵五十万，议解金陵之围，乃命杨辅清进溧水、雨花台；李世贤进溧阳，攻句容……秀成既解金陵之危，息兵五日。奏命出师苏州……（清）张玉良回救金陵不及，迎战常州，大败之，追至无锡。再战未决胜败。秀成自将锐卒三千，登玉泉山，出玉良阵后，玉良军不战而溃。乱军逃入苏州，秀成追过无锡，进兵苏州。道员李文炳、阿海等，开城迎降。玉良走杭州。……克城六十余座，师止嘉兴，以分军守郡县，兵单不任进也。……秀成据苏州，恤鳏寡，兴义学，豁租税，问民疾苦，苏民感之，日昇军实，期明春援皖。

（同治元年壬戌春）李鸿章攻清浦、嘉定，自上海至松江二百余里，连营二百余，势张甚……六月十六日，鸿章军逼城而呼，言熊同检约今日献城降，何反覆也？（实为诈，秀成上当）……互攻月余，郜永宽等杀谭绍光，献城于鸿章……苏州失后，军心大乱。江浙两广之军，互相屠杀，统将不敢约束，苏州城中屡屡受燹……

据苏州地方多种史料记载：同治元年七月十九日，太平天国军献城投降，一改当初进城时的斯文，大肆屠杀掠夺，奸杀妇女。战火从城西大运河畔的浒墅关燃起，连绵几十里，一直烧到阊门，三天三夜的大火，使那条白居易精心打造的直通虎丘的"七里山塘"街化作焦土。"箫鼓楼船，无日无之。凡月之夜，花之晨，雪之夕，游人往来纷错如织"的虎丘顿时变色。虎丘景区内的云岩寺塔塔檐、塔刹、塔栏，及楼桥廊道与云岩寺均毁。

　　石桥仍保存至今。桥面由青石构成，两侧桥墩建于崖壁上，桥长 7.0 米，宽 3.8 米，桥两侧立铁质栏杆护行，高 1 米。桥面近西侧处有两个供吊水用的井洞，曾安上辘轳用吊桶取水，此桥亦称"双吊桶"。井洞是用嵌在青石面中的花岗石凿成。井圈内径 0.35 米，深厚度 0.8 米，一般成人从井圈中掉不下去，现用铁条十字护住，以安众心。从双吊洞口向下窥视剑池，但觉"万丈深潭挟两岩，削成奇壁自天开"，剑池深不可测，池水幽碧冷厉，倒映陡崖桥影，令人目迷神摇。此景此情，只有在虎丘双吊桶石桥上才能领略得到。宋人龚潗有诗序称："剑池桥梁，久就倾圮，方丈霑公，刊石代木，以递汲，且并陈楼，悉改旧观。"其诗云：

　　　　涓涓剑池泉，削崖出石乳。
　　　　流传岁千百，评列品三五。[1]
　　　　舆梁见何时，楼与姓俱古。
　　　　素令丘壑观，凛作岩墙惧。
　　　　霑公大勇猛，咄嗟见未睹。
　　　　欹倾变略彴，岈崿移朽腐。
　　　　连筒称深汲，惠泽遍下土。
　　　　幽寻稳登眺，清意逼肺腑。
　　　　何须铁作限，只尔天可补。
　　　　传闻桥下云，已作前山雨。

---

[1] "品三五"指刘伯刍品七水，虎丘石井第三；李季卿品二十水，虎丘寺第五。

第三章　五贤堂

从《滁州西涧》说起韦应物

御碑亭东南，大佛殿东侧，有座硬山顶祠堂，称五贤堂。唐时为纪念对苏州做出卓越贡献的刺史——韦应物、白居易、刘禹锡三人所建，故称"三贤堂"。明代将宋人王禹偁、苏轼加入，改为五贤堂。不管是三贤堂还是五贤堂，为首的都是韦应物。

说到韦应物，大家应该熟悉唐诗中流行的句子：春潮带雨晚来急，野渡无人舟自横。这句子出自韦应物《滁州西涧》。唐德宗李适兴元元年（784），这年继安禄山反唐后又出了一个反唐人物李希烈（颜真卿死于其人）。韦应物被贬至滁州任刺史，朝廷集中精力平叛，他则无所事事，经常到城西一个被称为上马河的地方郊游。写下许多吟咏大自然的诗篇，《滁州西涧》就是那时韦应物郊游的产物。

韦应物的诗在赞美大自然之余，冲淡闲雅，揽尽人间烟火，缘情体物，直接深入民众日常生活，是那个时代最前沿、最能贴近生活的诗人。同时代的诗人称赞韦应物的诗"上继《诗经》传承，写得既有情致，又有骨力"。特别是湖州武康（今浙江德清）人孟郊。他虽一生困顿，但诗歌多反映寒士和人民的寒苦之音，诗风瘦硬。他与韦应物对诗及世道有同感，故尔他能更直接地用诗赞扬韦应物的诗风。

谢客吟一声，霜落群听清。

文含元气柔，鼓动万物经，

嘉木依性植，曲枝亦不生。

尘埃徐庾词，金玉曹刘名。

章句作雅正，江山益鲜明。

萍苹一浪草，菰蒲片池荣。

曾是康乐咏，如今寒其英。

顾惟菲薄质，亦愿将此并。

　　孟郊说韦应物像嘉木一样生性正直，没有曲枝。他说韦应物的诗完全能与谢灵运相提并论。韦应物的诗作饱含元气，诗风雅正，使山川自然之美表现得更加鲜明。他还说韦应物的名声像曹植、刘琨一样响亮。

　　据史书记载，吴兴人皎然曾在诗歌的创作和理论上深得韦应物的帮助：

　　（皎然）尝于舟中抒思，作古体十数篇以效韦苏州，韦大不喜。明日，献其旧制，乃极称赏云："向不但以所工见投，而猥希老夫之意，人各有所得，非卒得至。"皎然大服其鉴裁之精。

　　从南宋邛州临邛（今四川邛崃）人计有功著《唐诗纪事》卷七三中这段记载，可以看到韦应物主张写诗应当根据各人不同的个性特点进行创造，而反对因袭模仿；他还主张突破诗律，不拘常格："今体诗中偏出格"。这些主张对皎然都曾产生过较深刻的影响。皎然对韦应物的诗歌成就佩服得五体投地：

诗教殆沦缺，庸音互相倾。忽观风骚韵，会我夙昔情。荡漾学海资，郁为诗人英。格将寒松高，气与秋江清。何必邺中作，可为千载程！受辞分虎竹，万里临江城。到日扫烦政，况今休黩兵……

赞扬韦应物能排庸音，追风骚，格高气清，可为千载榜样。皎然这些议论并不是盲目的捧场，而是深得韦诗真髓和深知当时诗弊的知音之论。在平庸纤弱的大历诗风笼罩下，韦应物锐意革新，以其高古淡雅的诗风力挽狂澜，确实起到了作用。皎然的评价是时人对韦诗艺术的一个精当的总结。

韦应物，长安人。京兆杜陵韦氏，是关中的世家大族。韦应物五代祖韦世冲有6个儿子，皆为尚书。第五子世冲，民部尚书、义丰公，韦应物的五代祖。韦应物的高祖韦挺，任刑部尚书，兼御史大夫、黄门侍郎。曾祖韦待价，武后时任宰相。祖父韦令仪，司门郎中、宗正少卿；司门郎中属刑部，从五品上。父亲韦銮任过"宣州司法参军"。据傅璇琮先生考证，韦銮在当时是一位善画花鸟、山水松石的知名画家。唐时宣州属江南西道所辖，辖八县，管12万户。按唐制，上州司法参军，从七品下。宣州即今安徽省宣城、泾县一带，历来是较富庶之地，盛产文房四宝，著名的宣纸就是因宣州而得名。

韦应物早年豪纵不羁，横行乡里，令乡人头疼。15岁起以三卫郎成为唐玄宗近侍，出入宫闱，扈从游幸。安史之乱，玄宗奔蜀，朝廷官员大部流落失职。此时的韦应物开始立志读书，少食寡欲，常常"焚香扫地而坐"。从代宗广德至德宗贞元年间，韦应物先后为洛阳丞、京兆府功曹参军、鄠县令、比部员外郎、滁州和江州刺史、左司郎中、苏州刺史。

贞元七年退职。世称韦江州、韦左司或韦苏州。

从代宗李豫广德二年（764）起到德宗贞元七年（791），将近三十年间，韦应物大部分时间在做地方官吏，其中也有短期在长安故园闲居，或在长安任官。在地方官任上，韦应物因经历安史之乱、李希烈反唐，目睹过民生艰困，他特别关心百姓疾苦，有权时力图恢复经济。不仅勤于吏职，简政爱民，也时时反躬自责，为自己没尽到责任空费俸禄而自愧。

贞元四年（788）秋，韦应物被任命为苏州刺史，让他治理比江州更加富庶的"大藩"，他是很高兴的。关于苏州的富庶繁华和版图之大，比韦应物稍后的白居易曾有具体的描写：

> 甲郡标天下，环封极海滨。版图十万户，兵籍五千人。
>
> 阊门四望郁苍苍，始觉州雄土俗强。十万夫家供课税，五千子弟守封疆。阖闾城碧铺秋草，乌鹊桥红带夕阳。处处楼前飘管吹，家家门外泊舟航。云埋虎寺山藏色，月耀娃宫水放光……

这在当时的历史条件下，确实是一个十分繁华的大都市，韦应物有感于此，颇想干一番事业：

> 时暇陟云构，晨霁澄景先。
>
> 始见吴都大，十里郁苍苍。
>
> 山川表明丽，湖海吞大荒。
>
> 合沓臻水陆，骈阗会四方。
>
> 俗繁节又暄，雨顺物亦康。
>
> 禽鱼各翔泳，草木遍芬芳。
>
> 于滋省氓俗，一用劝农桑。
>
> 诚知虎符忝，但恨归路长。

全诗洋溢着一股喜悦之情和积极奋发的精神，诗人感到让他到这个大郡来，"省氓俗""劝农桑"，是可以干出一点有利于百姓的事业的。

任苏州刺史的前期，韦应物十分关心民生，他曾训诫下属，必须关注弱势人群——"矜老疾，活艰困"，凡贫民拖欠的赋税，命令"乡计之而白于县，县审之而上于郡"，然后由刺史根据实情予以减免。他的这种行为，曾受到史家的赞扬："若韦应物、白居易、刘禹锡亦可谓循吏，而世独知其能诗耳。韦公以清德为唐人所重，天下号曰韦苏州，当贞元时为郡于此，人赖以安。"即使在酣歌宴饮中，韦应物也没忘掉民生的疾苦：

> 兵卫森画戟，宴寝凝清香。
> 海上风雨至，逍遥池阁凉。
> 烦疴近消散，嘉宾复满堂。
> 自惭居处崇，未睹斯民康。
> 理会是非遣，性达形迹忘。
> 鲜肥属时禁，蔬果幸见尝。
> 俯饮一杯酒，仰聆金玉章。
> 神欢体自轻，意欲凌风翔。
> 吴中盛文史，群彦今汪洋。
> 方知大藩地，岂曰财赋疆。

白居易称赞此诗"最为警策"，杨慎称赞它"为一代绝明"。除了着眼于它的艺术手法外，主要赞扬他珍惜百姓民生之物以及有宽阔的胸襟。"自惭居处崇，未睹斯民康"，推己及人，居安思困，一饭不忘来处，这是韦应物关心民生、搞好政务的动力。

韦应物从政的热情很高，在岁末冬宴时看到"戎士气益振"的场面，他感到很高兴，勉励部下要以积极工作的态度来报答"皇恩"；"顾谓军中士，仰答何由申？"他自己也是勤奋地处理政务，"大藩本多事，日与文章疏"，连诗歌创作都暂时搁下了。辛勤耕耘，总会有收获的。韦应物努力从政的结果，换来了州民小康的局面，他也享受到了这种愉快："宴集观农暇，笙歌听讼余。"

然而好景不长，麻烦的事愈来愈多，韦应物积聚在心头的不快也愈来愈浓："居藩久不乐"。表面的原因似乎仅仅是"谬忝诚所愧"，自己因搞不好政务而感到惭愧，实际上却有更深的原因。首先，朝廷派来的巡郡大使会百般挑剔，有意找碴子，"政拙劳详省，淹留未得归"，他们久久地赖在苏州不走，显然别有用意，而清醒这些人来意的韦应物不愿意逢迎，更不想拿百姓的财物去填这些贪官污吏的"欲望"，这自然增加了他心头的不快。其次，他部下的"里胥"为了催索平民拖欠的赋税，叫骂威胁，鞭笞禁锢，无所不为，这是违背他的初衷的。身为刺史，社会自然都要把账算到他的头上，这显然又增加了他的不快。再次，州刺史本有察举人才的权利，可是他却因州有贤才而无权举荐感到痛苦："邑中有其人，憔悴即我愆。由来牧守重，英俊得荐延。匪人等鸿毛，斯道何由宣！"基于以上这些原因，他又变得消沉起来，他在《答故人见谕》中这样说：

> 素寡名利心，自非周圆器。徒以岁月资，屡蒙藩条寄……常负交亲责，且为一官累。况本濩落人，归无置锥地。省己已知非，枉书见深致。虽欲效区区，何由枉其志。

他归隐故乡的心情日见迫切。于是，故态复萌，又去逍遥山水、锄药赏竹、饮酒养真、参禅悟道：

盥漱忻景清，焚香澄神虑，

公门自常事，道心宁易处？

似与尘境绝，萧条斋舍秋。

寒花独经雨，山禽时到州。

清觞养真气，玉书示道流。

岂将符守恋，幸已栖心幽。

　　"身多疾病思田里，邑有流亡愧俸钱。"这是韦应物晚年任苏州刺史时写给朋友的诗中一联。他在苏州写了许多诗，赢得了"韦苏州"的嘉名。贞元七年暮或八年初春，韦应物的苏州刺史届满之后，他没有得到新的任命，一贫如洗的他，竟然无川资回京候选（等待朝廷另派他职），寄居于苏州永定寺，结交了不少隐者和僧道，过着焚香独坐的清闲生活，感到很潇洒自在，曾有《野居》诗言志：

结发屡辞秩，立身本疏慢。

今得罢守归，幸无世欲患。

栖止且偏僻，嬉游无早晏。

逐兔上坡冈，捕鱼缘赤涧。

高歌意气在，贳酒贫居惯。

时启北窗扉，岂将文墨间。

　　过着捕鱼打猎、宴饮嬉游、高歌赋诗的清闲生活，实现了他的夙愿，似乎应当心满意足了，可是实际上空虚寂寞之感还不时涌上心头：

子有新岁庆，独此苦寒归。

夜叩竹林寺，山行雪满衣。

深炉正燃火，空斋共掩扉。

还将一尊对，无言百事违。

从"无言百事违"这个结句中可以看到韦应物充满着痛苦的心声："兼济天下"的大志并未能很好地实现，空叹"自惭居处崇，未睹斯民康"。诗人做了近三十年的官，到头来还是两袖清风，甚至连返回故乡的路费都没有："政拙忡罢守，闲居初理生。家贫何由往？梦想在京城！"只能在梦中享受一下回乡之乐。不仅如此，甚至连生活都没有着落，只好寄迹野寺，租田督子弟耕种："野寺霜露月，农兴羁旅情。聊租二顷田，方课子弟耕。"再加上老境渐至，衰相毕露："眼暗文字废，身闲道心精。即与人群远，岂谓是非婴？"尽管表面上很旷达，却掩不住骨子里的凄凉！

"眼暗文字废"的自述是相当真实的，从此以后，再也看不到韦应物的诗作了。大约在贞元九年（793），这位富有独创性的杰出诗人，终于与世长辞了，享年56岁。

情忆苏州的白居易

一

唐代大诗人白居易对苏州的熟悉并不是在唐敬宗宝历元年（825）任苏州刺史时。早在年少时，白居易就游居于杭州与苏州这两个美丽的城市之间了。

唐德宗建中元年（780），白居易的父亲白季庚任彭城（今徐州市）县令。

第二年，白居易和母亲也来到徐州，时值安史之乱，徐州一带战乱频繁，社会很不安定。白季庚遂让白居易的母亲带他到苏州、杭州投靠亲戚，以避战乱。

初识苏州的白居易还是个 11 岁的孩子。他的母亲是位大家闺秀，自然要让儿子得到很好的教育。曾在苏州任过官的韦应物对于孩提时代的白居易来说，应该是最好的老师。可惜那时，韦应物已经离开苏州。但他留在苏州文人之间传诵的山水诗章，是母亲找来给儿子学习的最好读本。母亲信佛，常常到永定寺烧香。在那里，她从僧人那里知道，韦应物东游淮海，一路经过淮阴、宝应等地，近日已从广陵来到苏州。韦应物不住驿站，就住在寺院的禅房。白居易的母亲欣喜若狂，赶紧回家，一眼看到儿子正捧着韦应物那首《滁州西涧》高歌低吟得忘乎所以。她没有打断孩子的吟诵，静静地站在一边聆听这优美绝伦的诗篇，陶醉其中。

当白居易发现母亲闭目站在面前，诧异地问母亲，出了什么事。母亲告诉他，要带他去见这首诗的作者时，他跳了起来，立刻就要去。当他看到韦应物时，有些扫兴，他不相信这个眼前有点胖的、外表平平的老人会写出那么精彩的诗篇，忍不住吟出：

独怜幽草涧边生，上有黄鹂深树鸣。
春潮带雨晚来急，野渡无人舟自横。

韦应物见这孩子能把自己的诗篇吟出，有点惊讶，但很快笑了起来，眼前这个天庭过于宽亮的孩子前途不可估量！他答应白夫人的请求，允许白居易每天到寺里来看他，并予以指点。

年过五十的韦应物在苏州熟人很多，每天的应酬茶会不少，白居易便随着他出入这些场合，偶尔也小醉一下，但白居易喝了酒就不回去了，他怕母亲使用家法。韦应物也觉得孩子太小，不该让他喝酒。再三提醒自己，下次不能这样做。到了下次，老少俩又忘了。韦应物这位当时诗名颇盛的诗人，在苏州喝酒、赋诗、游山玩水，日子豪放惬意。年少的白居易，自恃有一份才气，少不了尾随着这位韦苏州，浸染了无数的豪气，并爱上了喝酒。

可惜这日子并不长，渐渐临产的母亲必须回到徐州的父亲身边去，白居易也随母亲走了。这次父亲白季庚将临产的妻子安排在徐州附近的符离，这是白季庚安的家，这里离徐州百里之遥，位于今天的宿州市、徐州市、淮北市三座城市的中间，秦始皇统一中国后，这里是符离县。举世闻名的"烧鸡"在唐代就已经很有名。因为产"烧鸡"，又是三不管的三搭界地方，对于战乱年代，这倒是相对平安地带。母亲在这里待产、坐月子。白居易便与比他小4岁的邻居女孩子湘灵相识，玩耍。两小无猜的关系促进了青梅竹马的友谊，他们相邻八年，到湘灵15岁，白居易19岁，他们朝夕相处，形影不离，终于发展成了恋人。

孩子的行迹，瞒不过大人。建中四年（783）夏天，白居易的母亲察觉出了端倪。在丈夫的准允下，她带着儿子白居易离开符离，前往白季庚弟弟白季康在於潜（今杭州市临安区）任县尉的儿子处暂住。

二

这年夏天刚刚过去，白居易便再次随母亲前往於潜县，路过苏州停留期间，母亲想起了韦应物，白居易更是多次到永定寺打听韦应物，没有消息。这位韦苏州的许多诗篇深深地刻在了年少的白居易的灵魂里！

在苏州，母亲允许19岁的白居易独自离开她，随三两好友去虎丘玩。那时到虎丘的路不好走，需要坐船，上岸步行，再坐船，再步行，折腾一天才能到虎丘。一般游客经此折腾，便在山门前住下，第二天再游玩。白居易与年少的朋友趁着黄昏直登山上，在寺里住下。

这天的夜晚，天朗月明，星空澄清。夜色挡不住尚未退去的夏意，变得格外温柔，淡淡的月光透过古树密叶，在寺前空地上洒下宁静而细碎的影子，映在白居易的头发上，留下了雾一样的清凉。白居易手捧一杯清茶，端坐石桌前。

夜深人静。

19 岁的少年，一刻难忘与自己相伴 8 年的恋人。

怀念开始蔓延白居易的思念，一点一点，直到充满他的身心，记忆开始让他感受着久违的往事，惦念着，渴望着，纠缠着，思念并痛苦地煎熬着这无情的别离……复杂的心绪再也遮盖不了白居易此时的眼睛，那里有一串晶莹的泪珠在奔涌。

白居易在这个静夜，想起了 8 年朝夕相处的湘灵。那是他的初恋，那是他情感的真正启蒙。花季的憧憬，少女天真、纯朴、无私地对他敞开，使 19 岁的白居易怦然心动。白居易站起来，"娉婷十五胜天仙"诗句突然跳出。他举杯对着满天的星斗，喷发出下一句诗："白日姮娥旱地莲。"闻其句，星星闪闪烁烁，为这对才子佳人的缘配而开心大笑；秋风飘吻，万物多姿，仿佛为这对情侣婆娑起舞。美丽的梦想隐藏不了满脸的幸福，白居易一丝浅浅的微笑仿佛要绽开。

一片不知从哪来的云，慢慢度向树梢儿上的月儿。月儿开始羞涩朦胧，这正是这对恋人所陶醉的仙境。这样迷醉又浪漫的夜晚，白居易自然重温旧梦，想起他与湘灵之间的卿卿我我……不需要什么语言，不需要什么行为，只要彼此懂得心灵共鸣中的感知就够了：你中有我，我中有你，灵犀的精神世界里游走着他们的秘密，而心情也不再感到那么压抑。"何处闲教鹦鹉语，碧纱窗下绣床前"。一首诗出现了。白居易淡淡地给它定题为《邻女》，他不敢太张扬，他还想着通过母亲的准许，将湘灵娶回家，双双闲教鹦鹉语，碧纱窗下绣床前。聚时美景常相伴，离时感伤暗然生。

轻柔的风默默地吹拂，有点凉意的白居易从思绪的梦回到现实泪下的他。诗人轻轻擦干眼泪，带着浓浓的思念，带着长长的牵挂，回到禅房拿起笔，饱蘸浓墨，抒发一阕千里婵娟的诗篇。

……

三

白居易不在身边，韦苏州感觉少了些什么，后来，他也离开苏州回京都了。从那以后，这一老一少就没再见过面。

贞元四年（788）下半年，韦应物来到苏州任职，直到贞元七年（791）任满辞官留在苏州养老，他再也没有离开过苏州，住在永定寺里的禅房，听着佛家的音响，默念着那位年少的白居易，也该功名有望了吧！

白居易功名很顺。

贞元十六年（800）初，28岁的白居易考上进士，回符离住了近十个月。他多次到湘灵家拜访，也多次与湘灵私下相会。

白居易急切地向母亲提出要到湘灵家提亲的事。母亲拒绝了，理由是湘灵是普通人家的孩子，只是比粗俗的村姑多了一点文化而已。论婚谈嫁，我们两家毕竟门不当，户不对。在这种状况下，白居易只能愤而离家，这次离别，没有向湘灵去告别。四年后的贞元二十年（804）秋，白居易在长安作了校书郎，需将家迁至长安，他回家再次恳切地苦求母亲允许他和湘灵结婚，但封建观念极重的母亲以门户大于一切的理由，再次拒绝了他的要求。在全家迁离时，母亲让家人死死看住白居易，不让他们再见面。

他与湘灵的婚姻无望了，但他们深厚的爱情并没从此结束。白居易多次拒绝了母亲提出的婚姻，用不结婚来惩罚母亲，并三次写了怀念湘灵的诗：《冬至夜怀湘灵》《感秋寄远》和《寄远》。

八年后的唐宪宗李纯元和三年，白居易已经36岁。这时的白居易已经无法知道湘灵的下落，他曾经多次着人去符离寻找湘灵，当地官民都说湘灵一家早已搬到外地去了，不知所踪。在这样的情况下，白居易才在母亲以死相逼下，经人介绍与同僚杨汝士的妹妹结了婚。但思念还在，元和七年（812），白居易用《夜雨》《感镜》诗篇寄托自己对湘灵的思念。

据《白居易世袭家族考》《白居易生活系年》等书可知，白居易年轻时与出生于普通人家的姑娘湘灵相爱、同居，成为事实上的夫妻。但由于两人没经过"父母之命，媒妁之言"，由于社会门第观念和风尚的阻碍，两人没能正式结婚。据考证，白居易早年的《长相思》《潜别离》《花非花》《冬至夜怀湘灵》《凉夜有怀》《寄湘灵》等诗，均与此次恋爱经历有关。其中《寒闺夜》最为感人：

夜半衾裯冷，孤眠懒未能。
笼香销尽火，巾泪滴成冰。
为惜影相伴，通宵不灭灯。

白居易的初恋以失败而告终，幕后的黑手不是某个人，而是世俗社会的规则，白居易只是这种世俗社会的一个牺牲品。抛弃湘灵这件事，也不能全怪白居易，因为当时的社会就是这个风气，受这些古训所左右！

元和十年（815），白居易的好朋友宰相武元衡遇刺身亡，白居易毅然上表主张严缉凶手，但被朝廷认为是越职言事。其后白居易又被诽谤：母亲因看花而坠井去世，白居易却著有"赏花"及"新井"诗，有违人伦，遂以此为理由贬为江州（今江西九江）司马。白居易蒙冤被贬江州。途中和夫人一起遇见了正在漂泊的湘灵父女，白居易与湘灵抱头痛哭了一场，并写下了题为《逢旧》的诗。这时湘灵已经39岁了，依然独身未嫁。也已43岁的白居易在这首诗里再次用了恨字，此恨与《长恨歌》的恨不会毫无关系，所以说白居易亲身经历的这段悲惨爱情故事为《长恨歌》打下了基础。

白居易 52 岁那年，从杭州刺史任满回洛京途中，他没有忘记那年贬江州途中与湘灵相遇，根据当时湘灵的地址去寻找这父女俩，哪知湘灵又一次不知去向，这段长达 41 年之久的恋爱悲剧终于画上了句号。终结不等于忘却，其后白居易创作的诗词中几乎都充满着湘灵的影子。

长相思·汴水流

汴水流，泗水流，流到瓜洲古渡头。吴山点点愁。

思悠悠，恨悠悠，恨到归时方始休。月明人倚楼。

再读《长恨歌》《琵琶行》，更能看出作者在创作中将重心放在"感事"，在对"事"的感受与体悟。事的色彩淡化，情的韵味加强，作者心灵主体得到强化。白居易的《长恨歌》对感情的把握细腻真切，尤其是天人之隔的凄苦相思，更写得哀婉动人。他诉说、宣泄、投入的是什么？不是一种讽喻、一种爱情、一点感伤所能说通的。《琵琶行》更是作者直接对湘灵遭遇的一种无奈追悔……我们透过文本，从创作心理深层来看，它也折射出诗人自身深深的无奈。包括《卖炭翁》在内，这不仅仅是历史的纪实，更是诗人对现实、人生的重构，成为白居易深层人生无意识的再现场所。白居易对玄宗和杨玉环爱情的咏叹，寄托着自己的深情与对湘灵的深深眷恋与同情。

四

唐敬宗宝历元年（825），白居易任苏州刺史，经历了仕途打击与真爱失却的白居易，没有一蹶不振，而是在闲适地游山玩水时，体察民间疾苦，为百姓做些实事。这位好游天下美景、敢做天下第一诗篇的大诗人，早就知道虎丘的名声，那时的虎丘已成为吴中名胜，声震江左。

白居易一年去 12 次，也不过瘾。每去一次，要坐船，再下船从阡陌纵横的田埂步行上山，甚是劳顿。天气一变，最宜赏景的季节却无法到虎丘去玩，怎么办？

那时，人们从苏州到虎丘游玩走的是条弯弯曲曲的小路，还要穿行田间，极为不便。如果是下雨，那更是无法前行。江南的春秋两季偏偏都是老天最爱"哭"的时候，春雨绵绵湿人衣，秋雨绵绵断人魂，就是说这两季的雨对人们出行劳作的影响太大了！

美丽的虎丘，被春雨秋水挡着，还有那无路的难题，让爱享受美景的苏州人十分烦恼。再说，这虎丘虽美，没有绿水相环，也是一件憾事。老百姓的呼声，朋友的埋怨，让白居易毅然决定从阊门开条七里长的河，实现人们游虎丘的愿望。但是，这苏州虎丘的事儿比不得他在杭州啊！他在杭州的西湖，就曾小试牛刀，兴修水利，为民谋了利。那时的西湖，遇到干旱天气，水浅得不够灌溉农田；每到下大雨，又会湖水泛滥，雨过又旱，雨水不能积蓄。这种情况使西湖不能尽到最大的效用，造成农用水和民用水都发生问题。

白居易夜不能寐，浮想联翩，自己在杭州连头带尾三年，实质只有 20 个月的时间，修西湖，成了他最难忘的一段时光，那是什么样的工程啊！

白居易初到杭州就想去西湖游玩，这是长庆二年（822）十月，他陪着几位送他来上任的朋友一起去西湖。一看就傻眼了，有水的地方到处泛滥，无路可走，该行舟的地方，淤泥厚积得无法走船。这个扫兴，让白居易回到衙里，便立刻把彻底治理西湖这一工程提到议事日程上。他提出在西湖东北岸一带筑成捍湖大堤，有效地蓄水泄洪，保证农田有水灌溉，百姓有水用。

当场就有人对筑堤设闸、决放湖水来灌溉农田的举措提出反对。

白居易胸有成竹，对此一一做出了解释与批驳。并且对湖堤筑成后西湖的蓄水量与放湖水灌农田的实际功能作了细密的测算。

白居易治理西湖消息传开，人们在奔走相告的同时，问他能不能疏浚一下六井。什么六井？白居易一问才知道杭州三面环山，山泉淙淙不竭，又有周边三十里的西湖，蓄着一湖淡水，按说水源还是相当充裕的。但是城里百姓的饮水自古就是大问题。为什么不能引河水直接饮用？经调查以后才知道，濒临钱塘江的杭州，由于受钱塘江咸潮的长期侵蚀，地下水又咸又苦，很难喝。城中居民大多住在井边，取井水饮用，而井水却是咸苦的，到西湖取水还有一段距离，到四周山中溪涧取水，路途更远。居民为解决日常用水问题，往往跑来跑去，浪费时间又浪费力气。

公元780年前后，任职杭州的刺史李泌改变掘井取水的办法，引西湖水通过管道输送到一定位置，蓄水成井，类似于蓄水池，其水源就是西湖。只要西湖水不干涸，城内井中就淡水不竭，居民们就可免除远途取水的奔波之苦。

为此，李泌在城里造了这样的六口井，它们分别是：相国井、西井、金牛池、方井、白龟井、小方井。四十年过去，这些井的地下引水管道常常淤塞，水流不畅，影响了城内六井的供水。弄清楚这件事后更坚定了白居易疏通六井、彻底治理西湖的决心。

这个筑堤蓄湖的工程在白居易离任前的两个月得以竣工。长庆四年（824）三月，白居易亲自写了《钱塘湖石记》一文，刻成石碑，立在湖岸上。

这件事，也就过去了才一年。

效仿杭州西湖！白居易下决定要让苏州城与虎丘紧紧贴肉合骨。决心下了，立竿见影！动用民工将原来有的河段，清淤排涝，使河道畅通，没有河的地方从平地挖河与旧河道相连通。从阊门到虎丘山下长达七里。一个冬天带上春寒两月，挖出的河泥顺势拓宽河堤并修筑成路，垒石加固，又在堤岸边栽柳种竹。这样，不仅解除了洪涝之忧，也可供车马往来驱驰。进入四五月，这河与堤顿时好看起来。无论从水路还是从陆路去虎丘，都是很简单的事了。第二年的阳春三月，白居易带着朋友开船到虎丘，那一路上，两岸桃花灼灼，煞是好看！

人称"七里山塘"的堤坝，久而久之成了街，被称为"山塘街"。就在这堤坝上兴起了庙会，称之为"虎丘庙会"。"箫鼓楼船，无日无之。凡月之夜，花之晨，雪之夕，游人往来纷错如织。"到了清代，虎丘庙会更盛，产生三市三节的民俗：春天清明节时的牡丹市，夏日端午节时的乘凉市，秋爽之中秋节的木樨市。白居易的诗《武丘寺路》（去年重开寺路,桃李莲荷约种数千株）中"自开山寺路，水陆往来频。银勒牵骄马，花船载丽人"，就是说这山塘河与山塘街的盛况。文中"自"是自从的意思，但此路是白居易自己主持的，暗含"自己"的意思。虎丘寺路水陆相通后，这里成了苏州重要的商埠与游览胜地。

遗憾的是白居易没见到明清时期与今天的七里山塘。后来的山塘街，会馆林立，牌坊处处，歌楼隐隐，河中花船来来往往，笙歌曼舞，一派繁盛。

作为一名地方官，白居易的这个政绩，使得苏州的老百姓十分爱戴他，在他离开苏州北上时，苏州老百姓纷纷落泪。刘禹锡有诗云："苏州十万户，尽作婴儿啼。"撇开父母官不论，仅作为一个纯粹的诗人，于游山玩水的同时，留下的诗名也随那些山水永恒。

白居易为官苏州，无论是他为官一方，还是诗人遣兴，都是美谈。难怪他远离了苏州，人们还在怀念！他也久久不能忘怀苏州的这段时光，最能体现他这份深情的就是写给刘禹锡的《和梦得夏至忆苏州呈卢宾客》：

忆在苏州日，常谙夏至筵。

粽香筒竹嫩，炙脆子鹅鲜。

水国多台榭，吴风尚管弦。

每家皆有酒，无处不过船。

交印君相次，襄帷我在前。

此乡俱老矣，东望共依然。

洛下麦秋月，江南梅雨天。

齐云楼上事，已上十三年。

可见，白居易虽身在洛阳，却是多么思念苏州的日子，苏州的香粽，苏州的鲜鹅，苏州的台榭，苏州的管弦，苏州的酒，苏州船，甚至苏州梅雨天，都可爱起来了。

司空见惯的刘禹锡

一

唐敬宗李湛宝历二年（826），刘禹锡罢任和州刺史返回洛阳途中。与此同时，白居易从苏州刺史任上届满也要返京。是夜，两位诗人的官家船停泊在瓜洲古渡（在今长江镇江与扬州间，属扬州），等待天明过江。高高的船灯，使他们能够相逢叙旧。当夜船上欢宴，白居易在筵席上写了一首诗相赠：

为我引杯添酒饮，与君把箸击盘歌。

诗称国手徒为尔，命压人头不奈何。

举眼风光长寂寞，满朝官职独蹉跎。

亦知合被才名折，二十三年折太多。

刘禹锡连连赞美，席间也写下《酬乐天扬州初逢席上见赠》来酬和他。

巴山楚水凄凉地，二十三年弃置身。

怀旧空吟闻笛赋，到乡翻似烂柯人。

沉舟侧畔千帆过，病树前头万木春。

今日听君歌一曲，暂凭杯酒长精神。

刘禹锡这首酬答诗，是接过白诗的话头，着重抒写自己的情感。白居易在赠诗中，对刘禹锡的遭遇无限感慨，最后两句说："亦知合被才名折，二十三年折太多。"一方面感叹刘禹锡的不幸命运，另一方面又称赞了刘禹锡的才气与名望。大意是说：你该当遭到不幸，谁叫你的才名那么高呢！可是二十三年的不幸，未免过分了。这两句诗，在同情之中又包含着赞美，显得十分委婉。因为白居易在诗的末尾说到二十三年，所以刘禹锡在诗的开头就接着说："巴山楚水凄凉地，二十三年弃置身。"自己谪居在巴山楚水这荒凉的地区，算来已经二十三年了。一来一往，显出朋友之间推心置腹的亲切感。

接着，诗人很自然地发出感慨道："怀旧空吟闻笛赋，到乡翻似烂柯人。"说自己在外二十三年，如今回来，许多老朋友都已去世，只能徒然地吟诵"闻笛赋"表示悼念而已。此番回来恍如隔世，觉得人事全非，不再是旧日的光景了。后一句用"王质烂柯"的典故，既暗示了自己贬谪时间的长久，又表现了世态的变迁，以及回归之后生疏而怅惘的心情，含义十分丰富。白居易的赠诗中有"举眼风光长寂寞，满朝官职独蹉跎"这样两句，意思是说同辈的人都升迁了，只有你在荒凉的地方寂寞地虚度了年华，颇为刘禹锡抱不平。对此，刘禹锡在酬诗中写道："沉舟侧畔千帆过，病树前头万木春。"刘禹锡以沉舟、病树比喻自己，固然感到惆怅，却又相当达观。沉舟侧畔，有千帆竞发；病树前头，正万木皆春。他从白诗中翻出这二句，反而劝慰白居易不必为自己的寂寞、蹉跎而忧伤，对世事的变迁和仕宦的升沉，表现出豁达的襟怀。这两句诗意又和白诗"命压人头不奈何""亦知合被才名折"相呼应，但其思想境界要比白诗高，意义也深刻得多了。二十三年的贬谪生活，并没有使他消沉颓唐。正像他在另外写给白居易的诗中写道："莫道桑榆晚，为霞犹满天。"他这棵病树仍然要重添精神，迎上春光。因为这两句诗形象生动，至今仍常常被人引用，并赋予它以新的意义，说明新事物必将取代旧事物。

正因为"沉舟"这一联诗突然振作，一变前面伤感低沉的情调，尾联便顺势而下，写道："今日听君歌一曲，暂凭杯酒长精神。"点明了酬答白居易的题意。意思是说，今天听了你的诗歌不胜感慨，暂且借酒来振奋精神吧！刘禹锡在朋友的热情关怀下，表示要振作起来，重新投入到生活中去。表现出坚韧不拔的意志。诗情起伏跌宕，沉郁中见豪放，是酬赠诗中优秀之作。

二

　　　　独宿望海楼，夜深珍木冷。
　　　　僧房已闭户，山月方出岭。
　　　　碧池涵剑彩，宝刹摇星影。
　　　　却忆郡斋中，虚眠此时景。

这首《发苏州后登武丘寺望海楼》是刘禹锡登虎丘山之作，他的《陋室铭》，更是脍炙人口，家喻户晓的唐诗"旧时王谢堂前燕，飞入寻常百姓家"，也是刘禹锡所作。

大和六年（832）刘禹锡整60岁。这年的10月，朝廷派他出任苏州刺史。

苏州曾任司空一职的李绅，久慕刘禹锡之名，更知晓原是京官监察御史的刘禹锡，"永贞革新"后受尽冷遇，才贬为苏州刺史。为此，李绅胆大妄为地大张旗鼓为新任刺史接风。贵宾，就刘禹锡一人。

佳人蹁跹，歌声婉转，美酒香甜，我们的刺史有点醺醺然了。好客的李绅示意歌姬频频劝饮。歌姬将个人的愁绪无限放大。刘禹锡眼睛湿润了，他回想起自己跌宕的人生、仕途的坎坷。在和州（今安徽省马鞍山市和县）被贬时，连小小的知县也敢排挤他，逼使他不得不三次移居，最后只能居住在仅放得下一床、一桌、一椅的破旧小房中。就在那样的地方，他却写下千古名篇《陋室铭》。

刘禹锡情难自持，呼人寻来笔墨宣纸，提笔赋诗。李绅上前拦住道：你我就不必赠来赠去了，我看杜韦娘歌舞绝美……刘禹锡点点头，挥笔开题，今歌舞皆美，非一人之功，就《赠李司空妓》吧，题点开，情由感发，墨随思流：

> 高髻云鬟宫样妆，
> 春风一曲杜韦娘。
> 司空见惯浑闲事，
> 断尽江南刺史肠。

"司空见惯"这句成语，就是从刘禹锡这首诗中得来的。这首诗中所用的司空两个字，是唐代一种官职的名称，相等于清代的尚书，现在的国务委员。从刘禹锡的诗来看，整句成语的意思，就是指李司空对这样的事情，已经见惯，不觉得奇怪了。这是一句很常用的话，但很多人仍会将它错用。因为寻常的事情，如果是发生得很自然，便不可以引用这句成语。比如早晨的时候，太阳从东方出来，到黄昏的时候，太阳便在西方没落，这样便不能说"司空见惯"。有些事情发生得很偶然，而又常常会遇到，比如在大都市街道上来往的车辆，突然发生意外，不是辗伤了人，便是碰伤了车，这样的事情，我们看多了，则用"司空见惯"四字便恰当了。但谁能想到，这首诗诞生出成语"司空见惯"，出典处竟然就在苏州？

事后，有人添油加醋，把这个故事说成是刘禹锡看不惯李绅花天酒地的奢靡，故愤而赋诗。事实上多情诗人一时悲从中来，亦如他的前任，另一位苏州刺史白居易，为"琵琶女"而一度泪湿青衫。刘禹锡的诗作传开后，李绅忖度，这不是让世人误会我贪恋酒色吗，于是，赶忙把座中那位歌姬杜韦娘赠予了他，君子成人之美嘛。

那个年代，私养歌妓，随便将其送人，甚至将妾作为礼物赠人都是司空见惯的事。刘禹锡得了李绅送的歌姬杜韦娘，十分珍爱，相敬如宾，引发杜韦娘的真爱，愿与他白头到老，刘禹锡也有诗赠杜韦娘。正是刘禹锡的诗从杜韦娘手里传出，引起权贵李逢吉的妒忌。生性阴险狡诈的李逢吉设计骗抢了这位歌姬。刘禹锡十分悲伤，还写了四首有名的怀念诗。当然，此为后话了。

李绅何许人，系唐朝灭佛皇帝武宗李炎一朝的宰相，也是著名诗人，他最著名的诗作就是两首《悯农》了，这是唐代新乐府诗歌的代表作品。

三

李绅自幼聪明好学，才学出众，27 岁中了进士，赐官翰林学士。

有一年夏天，李绅回故乡亳州探亲访友，恰遇浙东节度使李逢吉回朝奏事，路经亳州。李绅与李逢吉二人是同榜进士，久别重逢，自然要喝酒。这天天气很好也不太热，李绅和李逢吉一大早就携手登上亳州的城东观稼台。

二人遥望远方，心潮起伏。

李逢吉感慨之余，吟了一首诗，最后两句是："何得千里朝野路，累年迁任如登台。"意思是，如果升官能像登台这样快就好了。

李绅此时却被另一种景象感动了，他看到田野里的农夫，在火热的阳光下锄地，不禁感慨万分，随口吟诵出那传诵千古的《悯农》：

锄禾日当午，汗滴禾下土。
谁知盘中餐，粒粒皆辛苦。

春种一粒粟，秋收万颗子。
四海无闲田，农夫犹饿死。

第一首是写劳动的艰辛，劳动果实来之不易。第二首便是揭露社会不平，同情农民疾苦，着重写底层农民所受的残酷剥削。

李逢吉听了，连连击掌，嘴上说："好，好好好！这两首诗作得太好了！一粥一饭得来都不易呀！"这个李逢吉是个复杂的人，表面上很清高，内心里却十分龌龊，惯于钻营投机，不然也不会很快地就升到了浙东节度使的位置上。现在他觉得机会又来了，两人虽是同科，但心态完全不同。此刻李逢吉心中暗想，李绅啊李绅，你这不是在揭朝廷的短吗？

武宗李炎一朝，唐代的土地兼并相当严重，农民没有自己的土地，要租种地方或寺院的土地。租别人的地，就要交租子，租子还很重，所以农民生活越来越难。

李逢吉装作很诚挚的样子对李绅说："李兄，你能否将刚才吟的两首诗抄下来赠我，也不枉我二人同游一场？"

李绅沉吟一下说："这两首小诗不过三四十字，为兄听过，自然记得，何必抄录？若一定想要的话，不如我另写一首相赠。"

李逢吉见没有达到目的，也只得说："也好，也好。"

于是李绅略一沉思，又吟诵出了一首诗《垄上》：

垄上扶犁儿，手种腹长饥。

窗下织梭女，手织身无衣。

我愿燕赵姝，化为嫫女姿。

一笑不值钱，自然家国肥。

后来有人把这首诗归入了《悯农》，悯农一组就成了三首。

遵照李逢吉的要求，李绅当场让书童磨墨，自己龙飞凤舞地写好，递与李逢吉。李逢吉看完心中大喜，他觉得这首诗在指责朝廷方面，比上两首更为具体。

第二天，李逢吉就迫不及待地辞别李绅，离开亳州进京了。李逢吉回到朝中，立即向唐武宗进谗言："启禀万岁，今有翰林院学士李绅，写反诗发泄私愤。"

武宗皇帝闻言，大吃一惊，忙问道："何以见得？"

李逢吉连忙将李绅诗奉上。武宗皇帝仔细地阅读，反复品味，好长时间没有品出"反味"，倒觉得这首诗情深意切，拳拳爱民之心跃然纸上。最后，武宗回道："我久居庙堂之上，不能体民之所苦，忘却了民情，真是罪过也，亏得这首诗点醒了我。传旨，宣李绅觐见。"

李绅快速地进京见了武宗皇帝，武宗与李绅一番长谈，更让他觉得李绅是个可造之才，他非常高兴地说："今朕封你尚书右仆射，以便共商朝事，治国安民。"

李绅跪地叩头拜谢。

武宗笑着说道："你也不要感谢我，此事多亏李逢吉举荐。"

李绅心中自然记住了李逢吉对自己特别的"关爱"。

李逢吉听说李绅反而升了官，又惊又怕，胆战心惊，李绅却登门向他表示谢意。

不久之后，李逢吉就被调任为云南观察使，降了官。但这个李逢吉的事还没有完，他后来又东山再起，扳倒了李绅，挤掉了裴度，自己当上了宰相。

不过奇怪的是，李绅的这第三首《悯农》诗，千百年来人们只见到前两首，直到近代，人们才在敦煌石窟中的唐人诗卷中发现。

<h2 align="center">四</h2>

《刘禹锡年谱》："大和六年（832）二月，至苏州，时苏州水患成灾，禹锡奏请救济。"从上年十月朝廷颁令，到本年二月就任本职。刘禹锡一到苏州，触目皆是水，饥鸿遍野。《全唐文》称："物力萧然，饥寒殒仆，相枕于野。"这眼前的景象与"上有天堂，下有苏杭"有天壤之别。但刘禹锡明白，"上有天堂，下有苏杭"是人们对于苏州和杭州最好的褒奖。这两个犹如天堂、物产丰富、风景优美的地方，绝不能让一场天灾给抹黑。要恢复这个"天堂"，恢复得比世界上任何地方都要好，全天下的人都愿意在这个地方生活。成为名副其实的富饶的江南水乡，令无数的文人墨客流连忘返。他通过调查研究，查明灾情，暗暗下决心：身为这儿的父母官，一定要通过赈灾将生产迅速恢复。心中装着百姓的刘禹锡，上任后立刻开仓赈饥，免赋减役，亲自带领官吏治水抗灾，使百姓很快从灾害中走出。三年刺史，他就忙了三年百姓的安居乐业事。短短三年，让他得到了苏州百姓的尊敬与认可。苏州人民爱戴他，感激他。皇帝也对他的政绩予以褒奖，赐给他紫金鱼袋。皇帝颁旨表彰，苏州百姓也把曾在苏州担任过刺史的韦应物、白居易和刘禹锡合称为"三杰"，建立了"三贤堂"（即五贤堂的前身），专门香火供奉。

本书作者在南京大学读书期间的导师之一、已故南京大学著名文史大家卞孝萱教授在《刘禹锡年谱》中，从北朝民族融合的背景，考证出刘禹锡祖籍洛阳。又从唐朝安史之乱时北方人口南迁的背景，考证出刘禹锡出生于苏州地区。这个考证在学术界也可圈可点。此新见一出，得到复旦大学教授刘大杰和苏州大学教授钱仲联的肯定。

刘禹锡自称为汉代中山靖王刘胜的后人。贞元九年（793）进士，官至监察御史。王叔文、王伾"永贞革新"失败，刘禹锡被贬为朗州司马，后又任连州、夔州、和州等刺史，官至检校礼部尚书兼太子宾客。有《刘宾客集》，又称《刘中山集》《刘梦得集》。

刘禹锡任苏州刺史三年，留下关于苏州的诗非常多。其中最为有名的是《别苏州》两首：

　　三载为吴郡，临岐祖帐开。
　　虽非谢傅黯，且为一霑回。

　　流水阊门外，秋风吹柳条。
　　从来送客处，今日自魂销。

一直都是作为主人的他，这次就要离开苏州了，顿觉失魂落魄。表达了对苏州的难舍深情。那时离开苏州走水路出阊门，经由枫桥寒山寺再往西往北，离枫桥等于离了苏州，到枫桥等于到了苏州。历来寒山寺最为许多诗人吟咏，当也与他来苏离苏必经的地理位置有关吧。刘禹锡与苏州的唱和，为这座城市的风雅添了浓重一笔。想来，没有对这座城市的热爱，是很难写出这种深情的。

船行水上，必绕虎丘，刘禹锡想起了自己作的《虎丘寺路宴》有二句："徘徊北楼上，海江穷一顾"，他说的北楼，是望海楼。今天的望海楼，不是今天的冷香阁，是哪里的楼？有人说是望梅楼，但考据先生否认。只问当年此诗中的楼在哪些个位置？

游客可知这望海楼原来应在山上何处？

第四部　宋明雅曲

第一章　五贤堂续话

那座硬山顶祠堂的五贤堂在唐时只有"三贤堂"。明万历二十六年（1598）江盈科在平远堂遗址上建造，由"三贤堂"扩收王禹偁与苏轼，成"五贤堂"。后毁于崇祯初的火灾。清乾隆十六年（1751）高宗南巡到虎丘，有《姑苏览古杂兴》，诗云：五贤祠畔过，应物果清真。刘白称同调，苏王继后尘。此诗不实，因为五贤堂早已不在，如何能"过"？元和县学训费天修为此深感不安，于是自筹资金在东山浜重建。乾隆二十一年（1756）落成。六十年（1795）又移建于后山。

《三黜赋》与王禹偁

王禹偁《游虎丘山寺》诗：

　　寺墙围着碧屏颜，曾是当年海涌山。
　　尽把好峰藏院里，不教幽景落人间。
　　剑池草色经冬在，石座苔花自古斑。
　　珍重晋朝吾祖宅，一回来此便忘还。

王禹偁曾三度被贬，可谓八年三黜。

说到三黜，应该先说一个那时期的著名文字学家徐铉。徐铉何许人？其实徐铉与王禹偁也没有什么私交与多少往来。但徐铉被明代冯梦龙写入《智囊》一书，可见其影响力之大了。冯梦龙写的是故事。

这个故事是说，徐锴、徐铉两兄弟和江宁人徐熙，号称"三徐"，在江南很是出名，他们都以博才多学而名闻于朝廷上下，其中又以徐铉的名望最高。有一次，恰逢江南派徐铉前往宋廷进贡，按照惯例，宋廷需派官员监督陪伴，朝中大臣都以自己的口才不如徐铉而胆怯。就连宰相也很难选一个合适人选去对付徐铉，于是向宋太祖赵匡胤请示。赵匡胤领教过徐铉的铁嘴功夫，提起来仿佛就在眼前。赵匡胤思忖良久后说道："你暂且退下，让我自己来选个合适的人。"没多一会儿，宦官宣传殿前司听旨，要他报上十名不识字的殿前侍者的名单。名单送达，太祖阅后，御笔点中其中一位，说："此人即可。"殿前宣之，朝中上下都惊诧不已。宰相也不敢再请示，就催促被点之人立刻动身。被御笔点中的殿前侍者不知何故派他作使臣，又得不到任何解释，只好渡江前往。起初，徐铉词锋如云，旁观者惊愕不已，殿前侍者更是无以应付，只好不住地点头，徐铉不知他的深浅，硬撑着与侍者交谈。他们一起住了几天，侍者还是不与徐铉酬答，徐铉此时已精疲力竭，再也不吭声了。

开宝七年（974）赵匡胤决定收复南唐入大宋正式版图，命令大将曹彬讨伐居今南京的南唐朝廷。为解救江南百姓免于战火，徐铉曾二度奉李煜之命使宋，谋求和平，上告赵匡胤："李煜愿意如子事父一般侍奉陛下，没有过失，你如何兵役讨伐？"赵匡胤不高兴：你以为这是父子分两家吗？徐铉无言以答。11月，赵匡胤再次发兵征讨。徐铉、周惟简再次入朝上奏道："李煜因病没能来朝拜，不是胆敢拒诏，乞缓兵以保一邦之命。"言辞恳切，与赵匡胤据理力争，反复再三，声气愈厉。赵匡胤辩不过，拔剑而起，怒斥徐铉："不须多言！江南国主何罪之有？

只是一姓天下，卧榻之侧，岂容他人酣睡！"赵匡胤的心事昭然若揭，徐铉不敢再言。

今安徽省合肥市，当时称庐州。庐州前身应该是从古庐子国（又名巢伯国）开始发展为城邑的。北宋太平兴国七年（982），巢湖来了一个名叫道安的白发鹤颜的老僧人，自称生于西晋怀帝永嘉六年（312），至今已有670岁。他妖言惑众，强奸良妇，骗人钱财，无恶不作。徐铉知道后，揭露了道安假冒西晋道安大师的骗局，并上奏朝廷惩治这个妖僧。淳化二年（991）官府捉了这个道安押送京城审讯。没想到妖僧收买大理寺官员，倒过来反恶告徐铉，大理寺官员也帮妖僧说话。王禹偁正好任大理评事，执法为徐铉辩诬，又上书奏诬告之罪，徐铉的确无罪，诬告者也下了狱。

此事应该到此为止了，但妖僧心不死，通过贿赂官员将消息传到赵匡义耳朵里，这可了得，一位活了近700岁的白发鹤颜僧人，赵匡义也很想见见。皇上有此意，溜须拍马的赶紧上前奏告：此人当真，说起西晋至今事件件明白，事事清爽。赵匡义宣布召见道安僧人。直言敢谏的王禹偁力阻，使赵匡义大为恼火。结果可想而知：年已75岁的徐铉被罚去西北荒凉的汾州（山西隰县）任行军司马。汾州苦寒，常年必须保暖，否则会冻出病来，八月二十六日徐铉"晨起，方冠带，遽索笔手疏，约束后事，又别署曰：'道者，天地之母。'书讫而卒，年七十六"。

年仅48岁的王禹偁也被贬到商洛。王禹偁后又因直言而贬至滁州，再贬至黄州。尽管屡遭贬谪，王禹偁并没有改变直言敢谏、守正不阿的品格，他在《三黜赋》一文中，明确表示，"屈于身兮不屈其道，虽百谪而何亏！"真是一个响当当的硬汉子，实在难能可贵。

虽然王禹偁的仕途十分坎坷。早期在苏州长洲县令任上却是一帆风顺、收获颇丰。

雍熙元年（984），30岁的王禹偁被任命为苏州长洲知县。苏州是江南名城，经济繁荣，文化底蕴深厚，范成大《吴郡志》曰："守郡者非名人不敢当。"自唐朝姑苏由大诗人任太守的韦应物、白居易、刘禹锡后，苏州也成为文人名流愿意出任之地。长洲是历史上苏州地区的一个县，唐万岁通天元年（696）拆分吴县东部分置长洲县，与吴县同城而治，同属苏州管辖。虽然只是做一个小小的县令，还不是担任郡守，但王禹偁还是愉快地携妻儿南行赴任。王禹偁后来所言："姑苏名邦，号为繁富，鱼酒甚美，俸禄甚优。"为此，诗人提笔写下一组诗，标题为《赴长洲县作》，共五首，其一为：

> 移任长洲县，扁舟兴有余。
> 篷高时见月，棹稳不妨书。
> 雨碧芦枝亚，霜红蓼穗疏。
> 此行纡墨绶，不是为鲈鱼。

　　正值深秋时节，王禹偁沿着运河南行，饶有兴致地独立船头，望着落红缤纷的江南景色，诗人仿佛感受到了人生的诗意，并且对自己的仕途憧憬满怀。

　　作为长洲县令，王禹偁是个好官，有良好的官声。王禹偁到任后发现，经历唐末和五代的混乱，长洲县政和教化已经颓然。由于长期的军阀割据，豪富兼并，"田赋日重，民力甚虚；租调失期，流亡继踵"，因为田赋过重，民力虚耗，流亡现象日益严重。王禹偁到县后采取措施，勤于政务，归理典簿，重整县政，努力作为。在长洲知县任上，王禹偁体恤民情、关心民生的一件事被载入苏州历史：雍熙三年（986）夏秋，长洲歉收，户部责成于郡，郡责成于县，催租逼调，"鞭笞之人日不下数百辈，菜色在面而血流于肤。读书为儒，胡宁忍此？因出吏部考功历，纳资于巨商，得钱一万七千缗，市白粲而代输之，始可免责"。他抵押了自己的吏部考核册，用钱财换成白米替民交租，郡府将他的行为如实向朝廷作了禀报。

王禹偁任职两年后，情况开始好转。岁租转运和堤堰修筑等问题，得到比较好的解决，狱讼案件也减少了，岁赋完成得很好，人们的生活得到了很大的改善。故而苏州沧浪亭内五百名贤祠画像中赞他"元之（王禹偁字元之）作宰，心切民依，代邑输粲，偁如己饥"。苏州虎丘建有"王翰林祠，祀宋长洲令王禹偁"。

在长洲任职三年，王禹偁饱览了吴地山水美景。公务之余，王禹偁常与友人登山临水探幽访胜，诗赋唱和，人多传诵。

《宋史·王禹偁传》记载："同年生罗处约时宰吴县，日相与赋咏，人多传诵。端拱初，太宗闻其名，召试，擢右拾遗、直史馆，赐绯。"

在王禹偁任长洲知县时，同年进士罗处约为吴县知县。他俩关系好。面对吴地的名山秀水，两人仿效白居易、元稹当年任地方官时大量创作唱和诗章，互相酬和。这一时期王禹偁与罗处约每日写诗唱酬，苏、杭等地多有传诵。其间，仅仅与太湖有关的唱和赞献之诗，就写了一百多首。从内容上看，不外放情山水、流连光景。两人的酬唱活动，给王禹偁赢得了进京做官的好机会。

雍熙四年（987）八月，王、罗诗名传播京师，传到了宋太宗的耳中，太宗下令召他们赴京。次年正月，应中书省试，受到宋太宗的青睐，擢升右拾遗、直史馆，并赐绯衣。太宗还特地赐王禹偁文犀带以示荣宠。当然，王禹偁得以升迁，肯定不仅仅是诗文作得好，还与他在长洲任上的政绩大有关系。王禹偁的政治理想不是一个小小的县衙所能束缚的，他胸怀大志希望自己能够有大作用，实现兼济天下的抱负。这一点，他充满信心。王禹偁曾在《移任长洲县》诗其三中写道："功名早晚成。"然而，官场复杂，仕途艰难。他到苏州不久，曾写过一首《言怀》诗："宦途日日与心违，人事纷纷任是非。"这是官场的真实写照。仕途中，难免有违心之事，人事中也难免招来是非。实属官场常态，并不奇怪。关键在于，王禹偁具有济世的雄心壮志，然而，希望何在？到长洲三年后，赋诗自我感慨：

七十浮生已半生，徒劳何日见功名。

折腰米贱堪羞死，负郭田荒好力耕。

庭鹤惯侵孤坐影，邻鸡应信夜吟声。

年来更待贤良诏，咫尺松江未濯缨。

　　正是怀着这种焦虑心情，诗人经常到大自然的怀抱中寻求精神安慰。《泛吴淞江》写诗人孤舟泛江，小船在江面上已经飘荡很久，既无过江之意，也不急于返岸。诗人独自的吟诵声在暮霭降临的江面上显得格外清晰和孤寂，既无人唱和，也无人欣赏。由此可知，小船中除诗人外别无他人。诗人独自一人久久泛舟江上，"唯有鹭鸶知我意，时时翘足对船窗"二句写尽了诗人的孤独之感：能够理解我心意的恐怕也只有江面上的鹭鸶了。它们静静地伫立着，伴着诗人泛舟，使诗人忍不住要对着它们诉说衷肠。诗人的"意"是什么？他在想什么心事？诗人没有明说，不过从他的其他诗中不难得知，诗人的心事包括济世的政治抱负、官场的复杂、自身的孤独以及"七十浮生已半生，徒劳何日见功名"的焦虑等，耐人寻味。

　　"大凡物不得其平则鸣。"历代遭遇贬谪的文人往往用诗、文的形式，表明其忠义之心，描述其困窘之境，抒发其愤懑之情。王禹偁更不例外，他的《三黜赋》就是这方面的代表作之一。

　　王禹偁的《三黜赋》：

　　一生几日？八年三黜。始贬商於，亲老且疾；儿未免乳，呱呱拥树。六百里之穷山，唯毒蛇与鷽虎。历二稔而生还，幸举族而无苦。再谪滁上，吾亲已丧。几筵未收；旅榇未葬。泣血就路，痛彼苍兮安仰；移郡印于淮海，信靡盬而鞅掌。旋号赴于国哀，亦事居而送往。叨再入于掖垣，何宠禄之便蕃。令去齐安，发白目昏；吾子有孙，始笑未言。去无骑乘，留无田园。羝羊触藩，老鹤乘轩。不我知者，犹谓乎郎官贵而郡守尊也。

於戏！令尹无愠，吾之所师；下惠不耻，吾其庶几？卞和之刖，吾乃完肤；曹沫之败，吾非舆尸。缄金人之口，复白圭之诗。细不宥兮过可补，思而行兮悔可追。慕康侯之昼接兮，苟无所施，徒锡马而胡为；劾仲尼之日省兮，苟无所为，虽叹凤而奚悲！夫如是，屈于身兮不屈其道，任百谪而何亏？吾当守正直兮佩仁义，期终身以行之。

在苏州任官的几年中，"三年无异政，一箧有新词"，吟咏不断，多有佳篇，写过《游虎丘山寺》《真娘墓》《洞庭山》等诗篇。

苏轼与虎丘

一

"到苏州不游虎丘，乃憾事也。"这是宋代大文学家苏东坡的话。

古往今来，多少文人墨客在虎丘留下了足迹，唯有苏东坡这句话，真真切切给虎丘做了个免费大广告，且影响了后来的文人墨客、俊杰英豪。他又说了你不得不听的话："苏州有二邱（与'丘'同），不到虎邱，即到闾邱。"前一句话成了今天的导游们嘴边的广告语；后一句中的闾邱，是让人们去游览苏州城里一条小巷。这条巷是北宋时朝议大夫闾邱孝终居住的地方，以他的名字命名：闾邱孝终巷，简称闾邱巷。苏轼为什么要大家去观赏一条小巷呢？原来，苏东坡被贬黄州时与当时的黄州太守闾邱孝终常常在一起诗酒唱和，友谊深厚。闾邱孝终最后还是觉得做官不及做文人舒服，于是辞官回到故园苏州，做起了隐逸的雅士。苏轼推崇名流，过江南，游虎丘，访阊邱，好友、美景和美酒使文人笔下生花，于是留下了"苏州有二邱，不到虎邱，须访阊邱，不为憾事"的佳话。

阊丘孝终，苏州人。曾任宋代黄州太守。苏东坡遭贬，到黄州当过团练副使（相当于现在的人武部副部长），宋代的团练使本身就是虚职，挂名而已，没有固定办公场所。如是副职，那就更无职无权了，单拿份微薄的薪水混日子。所以说，苏东坡在黄州名义上是阊丘孝终手下的"人武部副部长"。实际上不是官，而是谪居黄州。所谓谪居实际上就相当于流放。苏轼学富五车，才高八斗。阊丘孝终为人正直，官至太守，他并没把东坡当作另类，打击排挤，而是非常敬重他。他们之间交往深厚。苏东坡专门写过一首《浣溪沙》，注明"赠阊丘朝议，时还徐州"，词中说：

> 一别姑苏已四年，秋风南浦送归船，画帘重见水中仙。
>
> 霜鬓不须催我老，杏花依旧驻君颜，夜阑相对梦魂间。

可见两人感情是挺深的。

仕途的不顺和精神上的打击，没有使苏轼心灰意懒，妄自菲薄，自暴自弃，消沉厌世。以诗获罪的苏轼，在友情与大自然的厚爱馈赠下，反而使他在黄州期间的创作取得了辉煌的成就。《赤壁赋》《后赤壁赋》《念奴娇·大江东去》等作品后来都成了标志苏轼文学创作的扛鼎之作。他在黄州的创作，不仅质量上乘，而且数量非常可观。比较有名的，还有诗（《初到黄州》《东坡》《南堂》《海棠》等）、词《卜算子》（缺月挂疏桐）、《定风波》（莫听穿林打叶声）、《西江月》（照野弥弥浅浪）等、散文以及数量可观的笔记小品，还有书札（如《记承天寺夜游》《游沙湖》《记樊山》《别文甫子辩》）等等。苏轼的"东坡居士"的雅号也得自黄州。

后来，阊丘孝终辞官回苏州。他住的小街成为阊邱巷。地址在今天的人民路东侧，因果巷北侧。当年苏轼可是经常来这里，除了拜谒老上级，更多的是觅"知音"了。

直到今天，闾邱巷也是经得起夸的，这条巷滴滴呱呱，是苏州民间古宅最集中的巷子。

二

当人们游览虎丘时，很想寻访苏东坡当年在虎丘留下的踪迹。

虎丘景区的第三泉旁有一处崖岩如刀削斧劈，名为"铁华岩"。这个名字是从苏轼《虎丘寺》诗的"铁华秀岩壁"句而得。最高处的著名景点"千顷云"，其名也是取自该诗"云水丽千顷"句。当时有人说："东坡言语妙天下，佳处偈名都在诗。"

小吴轩的西侧，更有令人肃然起敬的"仰苏楼"。

东坡游虎丘，曾于小吴轩徘徊上下之际，诗兴勃然，说是尽得虎丘之胜。当时虎丘寺禅师觉印、智通闻苏轼来游，急急赶到，以憨憨泉水沏虎丘白云茶相款待，东坡与之谈禅论诗，十分投缘，苏轼出言不凡："过苏而不登虎丘，俗也；登虎丘而不登小吴轩，亦俗也。"

当晚，东坡留宿于小吴轩西侧的"一山最胜处"小楼，后来这楼因此改称"东坡楼"。

明嘉靖四年（1525），郡守胡缵宗有识见地在天王殿东的东坡楼旧址，特地建起了"仰苏楼"，并题"云水阁"额，让天下慕名而来者到此景仰一下苏轼这位文坛先贤。时任资政大夫翰林院学士的山塘玉涵堂主吴一鹏偕巡抚陈静斋曾登仰苏楼，所书"春在四时常有客，地余百尺可无楼"的诗碑尚存天王殿东墙。清康熙帝登仰苏楼也御题："波光先得月，山秀自生云"匾额。可惜楼已毁于咸丰年间兵燹。

近年，"仰苏楼界"碑石在景区小道上发现。

三

张爱玲说，因为一个人，爱恨一座城。

苏东坡，又是因为谁，因为什么，爱上一座叫作"苏州"的城呢？

他是散文家，是书画家，是词人，是诗人，是大文豪，他是独一无二的苏东坡。光环下的他本该是风光无限好，然而……

有人总结，苏东坡的生活状态总是在不被贬官，就是奔波在正在被贬官的路上；他的爱情生活是：一生深爱的三位妻子，都死在了他的前面。

一生繁华，半世哀伤，说的就是苏东坡吧。

庆幸的是——在这座叫做"苏州"的城中，苏东坡留下了美好的足迹；在这座城中，他不用苟且而活，而是在实现他的"诗和远方"。

必游之地：虎丘。

苏轼喜欢游历名山大川，借以激发诗兴。他在苏州游过虎丘以后，被虎丘优美的风景所吸引，所陶醉，立马创作《虎丘寺》，长达二十八行：

> 入门无平田，石路穿细岭。
>
> 阴风生涧壑，古木翳潭井。
>
> 湛卢谁复见，秋水光耿耿。
>
> 铁花秀岩壁，杀气噤蛙黾。
>
> 幽幽生公堂，左右立顽矿。
>
> 当年或未信，异类服精猛。

胡为百岁后，仙鬼互驰骋。

窈然留新诗，读者为悲哽。

东轩有佳致，云水丽千顷。

熙熙览生物，春意颇凄冷。

我来属无事，暖日相与永。

喜鹊翻初旦，愁鸢蹲落景。

坐见渔樵还，新月溪上影。

悟彼良自咍，归田行可请。

　　由此可言：苏州最称职的代言人，还真是东坡君苏轼先生。

　　东坡到苏州，必住客栈：定慧寺。

　　东坡没在苏州当过官，但他常到苏州。东坡的朋友遍天下，除了前面提到的闾丘孝终，他在苏州的其他朋友应该也不少，史料记载他与定慧寺住持——守钦禅师关系友善。东坡游苏州，谒闾丘，必住定慧寺。现在看起来，东坡自号"东坡居士"，居士自然与佛有缘；另一方面，他与守钦个人关系好到将自己住处称作"啸轩"，一个非常雷人的名号，寄托了诗人啸傲林泉的志向。东坡走过的弄堂，苏州人称作苏公弄，就在定慧寺边上。

　　……

　　苏东坡一生大起大落，起伏跌宕，但苏州总和他藕断丝连。他在苏州的朋友圈有歌女、宦友，有僧侣。他与杭州的挚友——灵隐寺住持佛印相识于守钦处，暮鼓晨钟之中，他与僧人谈经论佛，享一时清欢，成莫逆之交。后来，这些僧人得知苏东坡被贬往南夷之地——惠州，顿时茫然：他已近古稀，还回得来吗？有生之年，大家还能见面吗？

　　东坡谪贬惠州的时候，东坡的好友钱世忠专门从常州赶到苏州，找守钦禅师诉说东坡南贬以后，一直没音讯。东坡的家人，非常为东坡担心，很想知道东坡的情况。可是路途遥远，一点办法也没有。

　　说者无心，听者有意。此话正好被现场的一个人听到了，他呼地站起来说，惠州在南方，路途不过几千里，又不是在天上，只要不停地走，总是能够走到的，我愿意为大家送信。大家一看，原来是随守钦禅师学佛的"净人"（杂役人员），名字叫卓契顺。

　　卓契顺虽然从未见过东坡，但他知道苏轼是位大名人，值得他千里送信。他的自告奋勇，令在场的人大为感动。卓契顺是个急性子，当即凭着两条铁腿，一双芒鞋，徒步走到了当时的惠州。到惠州的时候，他的脚底已经积起了厚厚的老茧。东坡在文章《书归去来辞赠契顺》中，详细记述了卓契顺的义举。文中说，他很为契顺的义举感动，分别的时候，问他要点什么？契顺说，一无所求。后来东坡一定要为他做点什么。契顺才说，从前，颜真卿在江淮断粮，有个叫作明远的校官，大老远的给他背去了米。颜真卿把这件事写进文章里。直到现在，大家都知道有明远这个人。我没给你送米，仅仅赶了几千里路当了一回信使。你如果一定要谢我，就为我写几个字吧。东坡当即为卓契顺书写了陶渊明的《归去来辞》送给他，并写了题跋，详细记述了他千里传书的经过，希望他能够像明远一样名垂青史。卓契顺回到定慧寺后将此作品交给了寺里，东坡的手迹一直成为寺里的珍宝。后来，明代巡抚周忱将苏轼这件作品摹勒刻石，嵌于定慧寺的墙壁，供后人分享。

四

　　"乌台诗案"，苏东坡坐了 103 天牢后幸免于难，开始苦度被贬生涯，同时也开启了闲散小日子，常常去苏州会会好友。苏州是江南烟雨之地，是竹外桃花三两枝，春江水暖鸭先知，是春宵一刻值千金。在清风晓月、柳絮芳草里，东坡让自己的身心彻底沉静！

诗人与歌者在阊门外的一别，藏在史尘里，找也找不到，只留在千古不灭的诗句里。

这一年秋天，苏轼38岁。过去的那些年，他考过会试第二名，也受过阶下之苦。颠沛之间，心已沉静如水。他奉命离开浓妆淡抹的西子湖，即将北上密州赴任，听说密州正遭长期干旱，饿殍遍野。十月初冬，寒风袭人，东坡行至苏州阊门外，驿站上一位熟悉的身影渐渐清晰，虽然今天我们叫不出她的名字，但在词中有记载："惟有佳人，犹作殷勤别。"她在这里设酒离别，她是侍宴的歌妓，那是一场清欢，只有琵琶弦索，只有浅斟低唱，若不是偶然的际会，一个文豪，一个歌女，他们不会相遇相知，他是宦游漂泊，她是天涯沦落，或许偶然的一根弦索弹动了真情，他视她为知音。她知道他要走，就像生命里某种元气又被挪走。她在他经过的地方等待着与他道别，可别时又无语凝噎，离愁如满天细雨，纷纷扬扬，无穷无尽，一时间竟是冷风吹泪脸。

> 旧交新贵音书绝。
>
> 惟有佳人，犹作殷勤别。
>
> 离亭欲去歌声咽。
>
> 潇潇细雨凉吹颊。
>
> 泪珠不用罗巾浥。

《史记·汲郑列传》中说，"一死一生，乃知交情。一贫一富，乃知交态。一贵一贱，交情乃见"。苏东坡仕途险恶，大部分的人生在贬谪、流放中磨难，而闾丘孝终、守钦和卓契顺，及无名歌妓这几个人，一个是太守，一个是住持，一个是佛寺杂役，一个更是无名歌妓，在人们对苏东坡避之唯恐不及的情况下，能够与东坡结下如此友谊，除了爱才、惜才、敬才的因素之外，我想，与苏州人重视友谊、珍惜情义的性格特点是有关系的。这种性格流传至今，绵绵无衰，是值得我们传承下去的。

第二章　先天下之忧

范仲淹苏州治水

昔见虎耽耽，今为佛子岩。

云寒不出寺，剑静未离潭。

幽步萝垂径，高禅雪闭庵。

吴都十万户，烟瓦亘西南。

这是范仲淹《苏州十咏其四·虎丘山》，范仲淹是苏州人。

据史料记载，宋仁宗明道二年（1033）苏州由于持续的大暴雨造成洪水泛滥。洪灾导致大片农田被淹，灾民超过10万户，灾情极其严重。翌年，也就是宋仁宗景祐元年（1034）六月，范仲淹被朝廷调任苏州知州。范仲淹一上任，就对水患进行调查，他遍访乡野中德高望重之人，察访水道，分析水患原因，终于找到了苏州地区洪涝灾害频发的关键所在。

入宋以来，淞江流域发生了一系列根本性的变化，这些变化导致了该地在宋代以后水旱灾害频发，这些根本性的变化概括起来说，就是因为古娄江、古东江的淤塞所造成。

《禹贡》上说"三江既入，震泽底定"，这"三江"虽然历代学者说法不一，但古代太湖水下泄入海通道确实是有三江的，只不过古娄江和古东江的入海河道是人工开凿的，只有吴淞江自古以来就一直是天然形成的入海河道。在唐朝后期，由于长江以南、杭州湾以北的海岸线向东推移，由于我国的气候变化，导致海平面上升，加剧了海潮的倒灌，使得进入三江里的海沙不断增多，再因为古娄江和古东江的入海河道是人工开凿的，其规模和水量都比吴淞江小得多，所以古娄江和古东江的入海口就很快被泥沙和海沙所淤塞，加上杭州湾北面捍海塘的修筑，使得古娄江和古东江逐渐深度淤塞，如此一来，迫使太湖水原来通过三江入海，现在只通过一江入海了。

太湖上游五堰被毁，太湖水量急增。

说起五堰，就得提到伍子胥。当年为了伐楚，伍子胥主持开凿的这条河由姑苏城经南京高淳后通向安徽芜湖，联通数个内湖与众多河流的运河，用以运送军粮。后人为纪念伍子胥，就把这条运河称为胥河。这条运河还沟通了太湖下游的吴淞江流域和上游的青弋江、水阳江（后人称之为九阳江）流域。由于该运河是开凿茅山而行的，要穿越山脊，所以就形成了两侧相背倾斜的地势。为防止汛期西水东泄，以及旱季溪河干涸，古人在胥河上，就是在现在的东坝镇（上坝）到定埠间修筑了五道土堰，以分级节制水流。由于这五道土堰对于胥河航运至为关键，所以胥河又被称为五堰。

五堰一直起着节制水流的作用，一直到唐代末期才发生了根本性的变化。这在宋代水利专家单锷的水利书中有记载："由宜兴而西，溧阳县之上有五堰者，古所以节宣、歙、金陵、九阳江之众水，由分水、银林二堰直趋太平洲、芜湖。后之商人由宣、歙贩运簰木，东入二浙，因五堰为艰阻，因相为之谋，给官长废去五堰。"这五道节制水流的土堰在唐末因商人的私利和官吏的渎职而被废去。入宋以后，没有将之及时修复，所以就产生了很大的祸害。对此，单锷继续分析道：

"五堰既废，宣、歙、金陵、九阳江之水或遇五六月暴涨，则皆入宜兴之荆溪而入震泽，盖上三州之水东灌苏、常、湖也。"就是到了夏季暴雨多发之时，太湖上游当时三个州的水就通过宜兴的荆溪一股脑儿地进入太湖，再由太湖东灌下游地势低洼的苏、常、湖地区，造成严重的洪涝灾害。

太湖西高东低，吴江、平望一带，原来一直是湖水东趋宣泄的要冲，一直是一片沼泽地带，直到唐朝元和五年（810），为了漕运交通，苏州刺史王仲舒"堤松江为路"，在苏州、吴江、平望之间修筑了一条塘堤，这就是著名的吴江塘路。这条路的修筑阻碍了大量湖水入江。当时"松陵镇南、北、西皆水乡，抵郡无陆路，至时始通。今吴江县之古塘、石塘、官塘、土塘皆是吴江塘路"。从此，在太湖东面外围形成了一条堤岸，并与早些时候修建的平望至吴兴荻塘连接。宋代重视漕运，对这条塘路不断修治加固。虽然在一定程度上挡住了太湖风涛，但有利于江南漕运和交通的发展。

但是，在范仲淹时代的宋代，太湖入海的三江，古娄江和古东江已淤塞，只剩吴淞江了。而"吴江岸界于吴淞江震泽之间，岸东则江，岸西则震泽，江之东则大海也"。这样，吴江塘路就成为太湖洪水东趋的障碍。从而导致了其"横截江流五六十里，致震泽之水常溢而不泄，浸灌三州之田。"这个危害是很明显的，宋朝的一些水利专家对此都有批评，比如郏亶认为吴江塘路的修筑，"徒有通往来御风涛之功，而无卫民田去水害之大效"。单锷认为吴江塘路修筑以后，"十年之间，熟无一二。""三州"就是指苏、常、湖三州，是当时朝廷的主要赋税之地。

宋初的水利专家郏侨在其水利书《水利大略》中有明确的阐述："浙西，昔有营田司，自唐至钱氏时，其来源去委悉有堤防堰闸之制，旁分其支脉之流不使溢聚，以为腹内畎亩之患，是以钱氏百年间岁多丰稔，惟长兴中一遭水耳。"

历史上，从唐代到五代吴越国时期，吴淞江流域都是设立专门的机构营田司来管理农田水利的，其塘浦圩田，各支流港汊都是建有完善的堤防堰闸体系的，所以在大水之年，田里的水能很快流入塘浦港汉，而塘浦港汉里的水又能很快地进入吴淞江的各大支流，而支流里的水又能很快进入到吴淞江主干道，进而抬高吴淞江的水位，并高于海潮水位，这样就使得巨量的吴淞江里的清水能有效地冲刷倒灌入江的海沙，并入海。这样就使得整条吴淞江都水流通畅，不会有淤积，从而也不会造成洪涝灾害。

而在水少的年份，完善的塘浦圩田体系可以蓄水，以资灌溉。正因为有了这个完善的堤防堰闸体系，所以钱氏吴越国百年间大多年份都是丰收之年，只是在长兴年间偶有一次大水而已。

入宋以后，为了便于转运漕粮，"端拱（988—989年）中转运使乔维岳不究堤岸堰闸之制与夫沟洫畎浍之利，姑务便于转漕舟楫，一切毁之……。营田之局又谓闲司冗职，既已罢废，则堤防之法，流决之理，无以考据，水害无已。"转运使乔维岳把五代吴越国时期完善的塘浦圩田体系全部破坏殆尽。吴淞江流域没有了堤防堰闸体系的保护，那些塘浦港汉、大小支流很快被泥沙和海沙日渐淤塞，一遇大水或持续的暴雨，顿时泄水不畅，形成严重的洪涝灾害。

北宋建立时没有彻底统一中国，北方还有几个游牧民族建立的政权，比如辽、西夏等。这些游牧部落经常会带着铁骑来"叩关"，对北宋边境进行侵扰，甚至是烧杀抢掠，这让北宋政权很头疼，所以，为了更好地加强北部边境的防御，北宋朝廷国库开支主要都用于北方防御。随着这方面的开销越来越大，朝廷对两浙地区的越来越严重的占水为田的现象也只能睁一只眼，闭一只眼，为了增加税源，甚至是暗中鼓励。对范仲淹提出的关于吴淞江流域水利建设的建议并不怎么支持。

面对如此困局，范仲淹还是千方百计地寻找治水的有效方略，并想尽办法请求朝廷支持实施。首先它向朝廷汇报了在苏州的调查情况，他说苏州四周低平，十分之二三是湖泊。太湖收纳数郡之水，但只有一条下泄入海的通道，那就是吴淞江。这个地区每当有连续的暴雨时，就会使得湖泊里的水都溢出来，而吴淞江因其主干道下游淤塞而导致洪水下泄不畅，泛滥成灾，从而淹没低洼处的各个城乡。

只有把吴淞江的水位降低，才能真正做到泄洪排涝。一旦哪年雨水多，没能完全排泄完积涝，来年夏天再遇持续暴雨，此地必将再次形成洪涝灾害。所以光靠吴淞江主干道来泄洪是没用的，还得靠吴淞江的入海、入江的那些大的支流来协助分洪、泄水，才能真正把吴淞江流域低洼地区的洪水都排干。但这些支流由于种种原因已经淤塞很久了，根本就不能起到泄洪排涝的作用，必须要动大力气，把那些入海、入江的吴淞江的大支流都挖深、拓宽、疏浚。只有这样，才能把苏、湖、常这三州低洼地区的洪水都排入东海或长江，"今疏导者不惟使东南入于松江，又使东北入于扬子江与海也，其利在此"。

对于范仲淹的治水主张，朝廷有很多质疑甚至反对的声音。当时朝廷的谏官不知苏州患在积水不泄，"咸上疏言仲淹走泄姑苏之水，不知其利，反以为害"，"是时，论者沮之"。

对那些质疑、反对，范仲淹一一给予了解释，甚至是反驳，比如，有人问："日有潮来，水安得下？"吴淞江入海口有海潮，那些入海的支流也都有海潮，每天都来，海潮倒灌，吴淞江及其支流的水又如何下得了？

关于这个问题，范仲淹举了长江和淮河的例子来回答，他说长江和淮河也都有海潮啊，但海潮来的时间少，退的时候多，所以长江和淮河能汇集天下之水而入海啊。

又有人提出疑问："沙因潮至，数年复塞，岂人力可支？"海沙随潮而至，淤积在吴淞江及其支流中，导致其堙塞。即使对这些堙塞的支流加以清淤，几年过后又会淤塞，这种情况难道是靠人力可以改变的吗？

对此，范仲淹回答道："我认为不是这样，新开的河渠肯定都设有水闸，在平时，水闸都是关闭的，以阻挡海潮，从而使得海沙不会淤积在闸内的河道内。到了第二年开春，就把淤积在闸外的泥沙清理掉，这样就可以省掉很多工役。而在水少的年份，水闸也不要开，这样河渠就可以蓄水，这些水就可以用来灌溉农田。同样，在水多的时候，就把水闸打开放水，泄洪排涝。"

有人又从另一方面进行责难："开畎之役，重劳民力。"意思是这些疏浚工程规模大，如果实施，必将劳民伤财。对此，范仲淹反驳道："东南之田所植惟稻，大水一至，秋无他望。灾沴之后，必有奇疫，乘其羸惫，十不救一，谓之天灾，实有饥耳。如能使民以时，导达沟渎，保其稼穑，俾百姓不饥而死，曷为其劳哉？民勤而生，不亦愈于惰而死乎？"苏州这个地方只种水稻，发大水后，老百姓秋后就没什么指望了。而且水灾过后，必有厉害的瘟疫随之而来，能救治的不到十分之一，说是天灾，其实就是饥荒。如果政府在农闲时让百姓去疏浚河道，保住庄稼的收成，只要民不饿死，还怕什么劳民呢？百姓勤劳而生，不是胜过懒惰而死吗？

这时，又有人拿水利建设挤占军粮来说事："或曰力役之际，大费军粮。"对这种刁难，范仲淹也用精确的计算加以驳斥："姑苏岁纳苗米三十四万斛，官私之籴又不下数百万斛。去秋蠲放者三十万，官私之籴，无复有焉；如丰穰之岁，春役万人，人食三升，一月而罢，用米九千石耳！荒歉之岁，日食五升，召民为役而赈济，一月而罢，用米万五千石耳！量此之出，较彼之入，孰为费军食哉？"苏州每年交税三十四万斛（一斛相当于十斗，一斗相当于十升），去年官方赈济发放就超过了三十四万斛。而搞水利建设，如果是在丰收之年，春天开工，服役之人为一万人，每人每天三升口粮的费用，服役一个月，则总共需用米九千石罢了；如果在歉收的年份，每位服役之人一天五升米的标准，服役一个月，总共也只需花费一万五千石大米罢了。这么点开销跟动辄三十来万斛的赈济相比，只是一个零头而已，又怎么会挤占军粮呢？

又有人提出质疑：那些已经变为田的湖荡、沼泽地带，稍有耕作，就会被泥沙充溢，把它们开挖成河，难度较大，也没有什么益处。

对此，范仲淹不以为然，他反驳道："吴中之田非水不植，减之使浅，则可播种。"并不是一定要开挖河道把水放干才能种田。

……

在驳斥了种种非议、刁难后，范仲淹认为必须将吴淞江的入海和入江的一些大支流进行疏浚，然后还要将吴淞江的大湾盘龙汇（古称蟠龙汇）进行裁弯取直，通过这些水利工程后，苏州地区的泄洪排涝必将得到有效改善，那么今秋的收成也许还有一半的指望。

"然今之世，有所兴作，横议先至，非朝廷主之则无功"，而"苏州湖秀，膏腴千里，国之仓庾也"，所以他希望朝廷"择精心尽力之吏，不可以寻常资格而授，恐功利不至，重为朝廷之忧且失东南之利也"。

因为有了切身体会，范仲淹认为现在这种风气非常不好，只要一提搞水利建设，就有非议、刁难，如果不是朝廷亲自主持，就不会成功。而苏州、湖州、嘉兴这三州沃野千里，是国家的粮仓。所以朝廷要任命那些忠心为国、实心办事的人，给他们授权，给他们"尚方宝剑"，只有这样才能把吴淞江流域的水利治好，也才能保住国家的粮仓。

在解决了那些来自朝廷的质疑和反对声后，范仲淹的治水主张打动了朝廷，朝廷命他主持苏州地区的水利建设。于是，范仲淹以工代赈，每日给粮五升，招募饥民兴修水利，"部役开决积水"。这年八月，水利工程还在进行中，朝廷突然下旨要把范仲淹贬到明州（今浙江宁波）任职。范仲淹无奈，只好放下手头的水利工作，准备去明州赴任。这时，一位转运使看不过去了，马上上疏朝廷，认为范仲淹"治水有绪"，请求朝廷将范仲淹留在苏州，继续担任吴淞江支流东北各港浦的疏浚治理工作。这道奏折帮了范仲淹，朝廷撤回任命，范仲淹留任苏州，把水利工程完成。虽然有波折，但范仲淹还是亲手完成了此项疏浚吴淞江入海、入江诸港浦的水利工程。

在这项水利工程中，范仲淹主持疏浚了白茆塘、福山港、黄泗浦、许浦、奚浦、三丈浦、茜浦、下张浦和七丫浦等吴淞江的支流，这些都是属于吴淞江流域最早开凿的三十六浦中比较大的支流，有的在现在的常熟境内，有的在现在的昆山境内，或入海，或入江（那时还没有上海）。在疏浚了这些支流后，范仲淹还在那些支流的入海、入江处设置水闸，随时启闭。遇到大旱，可以引水灌溉；遇到洪涝则可以宣泄洪水。同时，还能有效规避海潮侵袭时的泥沙淤塞问题，可谓一举三得。

接下来，范仲淹还准备将吴淞江的大湾盘龙汇裁弯取直。这个盘龙汇（在昆山和华亭之间）河道直线距离只有十里，但是其迂回曲折的路程达四十里。吴淞江下游曾有五汇四十二湾之说，可见其曲折。那么怎么会这样的呢？明代的水利学者归有光在《水利后论》中这样解释道："故古江蟠曲如龙形，盖江自太湖来源不远，面势即广，若径直则又易泄，而湖水不能蓄聚，所以迂回其途。"原来在古代太湖上游的五堰还没毁掉，吴江塘路还没修筑，吴淞江流域各支流的堰闸体系还健全的时候，当时吴淞江江面宽广，离海又近，上游水量大，水流通畅，如果水道太直，湖水就不能蓄聚，所以久而久之，吴淞江下游就出现了许多的大湾。

但是，到了范仲淹的宋朝时代，随着吴江塘路的修筑，随着吴淞江流域的塘浦圩田体系的破坏，随着海岸线的不断向东推进，使得吴淞江及其各大支流的下游这些蟠曲的大汇、大湾都往往会被泥沙所淤塞，每当发大水，就泄水不畅，就会造成严重的洪涝灾害。对此，宋代的朱长文在《吴郡图经续记》中有记载："江流为之阻遏。盛夏大雨，则泛溢旁啮，沦稼穑，坏室庐，殆无宁岁。"所以要使得吴淞江能有效地泄洪，就必须将这些大汇、大湾裁弯取直。可惜范仲淹没有机会了，朝廷在他完成上述水利工程后，就调他去做别的官了，"范公尝经度之，未遑兴作"，从此，他就再也没有负责过水利建设。

在苏州治水时期，范仲淹研究了五代吴越国的成功的水利经验，他发现"江南旧有圩田，每一圩方数十里，如大城，中有河渠，外有门闸，旱则开闸引江水之利，涝则闭闸拒江水之害，旱涝不及，为农美利"。"浙西（五代吴越国时期苏州地区行政上属于浙西地区）地卑，常苦水浸，虽有沟河可以通海，惟时开导则潮泥不得而埋之；虽有隄塘可以御患，惟时修固则无摧坏"。那么又该如何经常对吴淞江的各大支流及塘浦圩田进行清淤、疏浚和修复、加固呢？经过调查研究，范仲淹才明白，"臣询访高年，则云，曩时两浙未归朝廷，苏州有营田军四都，共七八千人，专为田事，导河筑隄，以减水患"。原来在五代钱氏吴越国时期，建有专门的营田军，有七八千人，专门从事农田、水利建设。

在研究了五代吴越国的成功的水利建设经验后，结合自己的治水实践，范仲淹对吴淞江流域的水利建设创造性地提出了"修围、浚河、置闸"的"三合一"治水理念。虽然他以后再无机会实践自己的治水主张了，但是，他的这个治水理念却成为宋代以后历代有心治理吴淞江流域水旱灾害的专家学者、重臣和地方官员们都遵奉的治水准则。

苏舜钦与范仲淹

一

庆历八年（1048）秋，苏舜钦复官为湖州长史，因故未能赴任，便游虎丘以解愁闷，依然心系庙堂，便写下感叹身世浮沉、人生飘零的诗《秋宿虎丘寺》，透露出无奈的归隐之意和罢官之后的苦闷心情，人在江湖，去庙堂所在的城市已无望，只有白云和古寺相伴：

生事飘然付一舟，吴山萧寺且淹留。

白云已有终身约，酿酒聊驱万古愁。

峡束苍渊深贮月，崖排红树巧装秋。

徘徊欲出向城市，引领烟萝还自羞。

这位生于开封、祖籍梓州桐山（今四川中江）的苏舜钦，跟苏州又有什么瓜葛？他怎么会跑到苏州来的呀？有人说，苏舜钦到苏州是为范仲淹来的。照说，老家是苏州的范丞相，介绍个把人住到苏州，那还成什么问题吗？问题是，这范大人在京都为官那么多年，几起几伏，认识的人很多啊！为什么不介绍别人，而单独介绍苏舜钦？这里就涉及一个问题：

苏舜钦是怎么认识范仲淹的？

先说这位苏舜钦。《宋史》上说，苏舜钦年少时外表魁伟，相貌很帅，为人慷慨，胸有大志。他的祖父苏易简官至副宰相，宋太宗非常赏识他，但对他的饮酒相当头疼，曾亲自写了两首"劝酒诗"，让他每天对着母亲诵读，反省自己。然而苏易简就是酒瘾难戒，太宗一怒之下，将他贬到陈州为官。后来他因饮酒过度，39 岁早逝。祖父官至副宰相，怎么说，苏舜钦也算是门第高贵了。所以，21 岁的苏舜钦接了父亲的职位做了皇家太庙里一个负责忌日上斋安排的小官，因为工作表现好，很快调任到"两京襟带，三秦咽喉"的古代军事重镇荥阳县任县尉，这个县尉，相当于今天的县公安局分管治安的副局长。对这样一个小职务，苏舜钦当然不以为然。

回到家中，自己奋发读书，后靠自己努力，考中进士，改任光禄寺主簿，到职没几天，就向朝廷上了几个奏本，要求开通言路，惩治弊政。可惜这些奏本从来没到达皇帝面前，呈奏本的官员担心这小子哪天的奏本越过自己到了皇上面前，捅出娄子，赶紧在皇上面前提出将他外放，做了今天蒙城县知县，苏舜钦一上任就"窜一巨豪，杖杀一黠吏"，搞得那地方的豪强一提到苏舜钦，就躲着、避着，敬而远之。

　　不久，苏舜钦带了临产的妻子郑氏到长安奔父丧。路上，郑氏因马骇坠地受伤，到长安分娩后，带伤而逝。苏舜钦守父丧三年后改任长垣县知县，又升为大理评事。这时的朝中改革派占了上风。苏舜钦再次上书纵论时政，他的《上三司副使段公书》《咨目七事》《乞纳谏书》等奏本，"无所回避，群小为之侧目"，落到了范仲淹手里。从贫困中煎熬过来的范仲淹，深知国家对百姓的重要性，十分赏识苏舜钦的才华与为国担忧的责任感，推荐他为集贤校理、监进奏院。

　　"进奏院"是个文书中转机构，其职责用现在的话说，就是将中央各部门的文件转发给地方政府，又将地方各州的文书呈给中央各部门。最重要的一项工作就是替朝廷进行奏本上疏分理。再重要的奏本都是最先到达这里，皇上能够看到的奏本都由这里分拣出来送到范仲淹与杜衍他们手里，然后再到皇上那里。在这个十分重要的岗位上，苏舜钦担任监察，责任十分重大，但他干得游刃有余，深受大家的敬重。几乎与范仲淹同龄的宰相杜衍见苏舜钦为官廉政、处世坦直、才华出众，便将刚刚16岁的女儿嫁给了他这个鳏夫。

　　范仲淹和杜衍、富弼等全面展开改革吏治的新政，遭遇到了枢密使章得象、御史中丞王拱辰等的极力反对。庆历四年（1044），两派斗争异常激烈的时候，苏舜钦因小事不注意引发了对立面的攻击。事情是这样的：

　　由于"进奏院"的日常工作就是转抄、拆封文件，每天都有一大堆文件的封纸报废，日积月累，这些卖废纸的钱就是一大笔收入了，自然而然，这笔收入就成了单位"小金库"的重要来源。京城里有个民间习俗，就是每年春秋两季举行赛神会，中央各直属机关往往会趁着赛神会举行联欢活动，利用公款吃吃喝喝。

　　这年秋天，苏舜钦与同事商量后取出"小金库"的钱，按以往的惯例搞个联欢活动。为了表示公私分明，苏舜钦自掏腰包出了十两银子，而对于被邀请的其他客人，不但没有免费，还要求他们也来凑份子，根据自身情况拿出数量不等的喝酒钱，相当于今天的"ＡＡ"制。

当时的太子中书舍人李定听说后，让人带话过来，也想出钱参加，被苏舜钦婉言谢绝了，原因是这位李定是袭父荫得官，到这种场合会遭受白眼，何苦来哉。对于苏舜钦的好意，李定理解错了，记上了仇，酿出后患。

文人雅士聚在一起，吟诗作文是少不了的。集贤院校理王益柔喝多了酒后，趁兴作《傲歌》，狂唱，诗中有："醉卧北极遣帝扶，周公孔子驱为奴"的句子。

吃了"闭门羹"的李定将这件事添油加醋到处渲染，弄得满城风雨。保守派王拱辰抓住此事，借题发挥，弹劾苏舜钦"监主自盗"，制造了北宋历史上著名的"进奏院事件"，苏舜钦的岳父杜衍为避嫌，不能为女婿说话。苏舜钦入狱受审，很快被革职为民，其他赴宴者十余人也悉数被贬，被逐。苏舜钦给欧阳修写信，他在信中为自己鸣冤叫屈。说动用"小金库"吃吃喝喝，在别的单位都是很平常的事，是潜规则，至于地方政府，还有卖粪土柴蒿之物来公款吃喝的，上面都一律不追究，偏要拿他开刀。欧阳修想为他说话，但是看到杜衍的沉默，他只能沉默，希望以后见机行事。《宋史》上说：这件事世人都认为做得太过分了，而王拱辰等人却高兴地弹冠相庆说，我一网打尽啦！

王拱辰说的一网打尽，还指数月后，范仲淹与杜衍都离开了京都。

新政的船刚刚启航就搁在浅沙上了。

庆历五年春（1045），范仲淹以资政殿学士，任邠州（今陕西彬县）军州事及管内劝农使兼陕西四路沿边安抚使。这个职务是仁宗对新政派爱护与重用的表示，让范仲淹到地方去再成熟些，回到朝中能真正推行新政！

邠州是什么地方？

人们知道这个地方，是那里曾经发生过一场著名的战争——"邠州之战"。唐朝广德二年（764）八月至十月的"邠州之战"，是一场唐王朝以弱胜强的战例！

二百多年后，范仲淹来到这里。

范仲淹一到就给宋仁宗连上三篇奏章:《陈乞邠州状》《谢授知邠州表》《邠州谢上表》。第三天,他就去谒夫子庙和了解邠州教学情况。当看到邠州的州学地方狭窄,学生站的地方都没有,他立即将府衙东侧房间改成州府学堂,并立刻着手筹建新的州学学堂,他号召群众集资,鼓励有钱人投资,他说,国家的人才也是为百姓,邠州的未来只有靠这些人才的培养!

到任后数日,范仲淹借了一个好天气,相约同僚一起登高楼,并设下酒宴,借此机会与邠州的官员们好好沟通一番,就邠州州学地址与经费问题商量。范仲淹赏景尝酒,猜令逐爵,让邠州的官员们大开眼界。一位同僚斗胆问他:听说您曾经有过一个美谈?

范仲淹这时已经注意到远处有一些人,嘴里问,什么美谈?

那人说,大中祥符七年(1014),真宗率领百官到亳州(今安徽亳州)去朝拜太清宫。浩浩荡荡的车马路过南京(今河南商丘),整个城市轰动了,人们争先恐后地看皇帝,唯独有一个学生闭门不出,仍然埋头读书。有个要好的同学特地跑来叫他:"快去看,这是个千载难逢的机会,千万不要错过!"但这个学生只随口说了句:"将来再见也不晚。"便头也不抬地继续读他的书了。果然,第二年他就得中进士,见到了皇帝。这位学生就是您?

范仲淹淡淡一笑说,人生有许多事,该你遇上,你躲不过。不该你去惹,你就可以让过。读书与见皇上不是人人都能分得明白的。依我看,读书是重要的,看不看皇上并不重要!如果你该与他相遇,自然就会有机会……说着,他突然停下来,对着远处的人说,他们要干什么?

有人说,我去赶走他们。

范仲淹说,不必,你看他们披麻戴孝的,又在砍伐那些枯朽之木,这不是很奇怪的事吗?说着,他起身道,还是我去看看吧!自己快步走到那些人面前,刚想开口问,一个人站起来。范仲淹惊讶了,说道:子美,你怎么在这里?

苏舜钦见是范仲淹。也很惊讶，问道，你也到这里玩吗？

旁边人介绍范仲淹的身份。苏舜钦并没有贺喜，而是流泪道：是我连累了你啊！

范仲淹摇摇头，拍拍他的肩说，不要悲伤，更不要气馁。国家来日的事多着哩，你有的是展翅的好机会啊！说着，便问道，你怎么来的？

苏舜钦说，边境一直不安宁，我已经是一介平民，就想看看，这邠州之战的古战场到底什么样子！说着，他指着那些人说，没想到一位怀才不遇的好苗子没了。

范仲淹一问，才知道是一位读书人在这里准备参加明年的府试，不幸病故了，大家都是穷读书人，拿不出钱办丧事。埋葬这位读书人的棺材、墓穴和其他送葬器物都还没有着落。范仲淹听后，想到自己年少时的不幸，一挥手，将这席酒赠给那些送葬人，并给丧家一笔钱去办丧事……

参加宴会的人中，有人为此感动得流下了眼泪。

范仲淹叹道，读书是为进仕，更是为国为民尽忠尽力，这位书生不幸的是还没有到能够展示自己才能就死了，真的很可惜！有的读书人成功了，想为国家强大、百姓安康而出力，却因为战争而死了，就在这地方，你们还记得这个地方的战争吗？

有人说，当然记得。

范仲淹说，子美，还是你说说吧。

苏舜钦便说起了那场二百多年前的惨烈战事——

……

众人面带严肃，相互看看，都明白自己的任务和责任，再也没人说喝酒的事了。

苏舜钦在邠州范仲淹那里待了几天，聆听了这位改革家许多重要而独到的见解，更让苏舜钦敬佩的是，范仲淹没有一丝对改革挫折的泄气，他说那都是正常的，没有低潮，何见高浪！范仲淹要他好好借着闲暇作一些思考，不日定有你展翅翱翔的机会。他抓住苏舜钦的手，再三叮嘱说，我看你脸上气色不好，还是到苏州去住一阵子吧，那里是我的家乡，我有认识的人，他们会接待你。说着，写了封短信，交给苏舜钦。

范仲淹一贯克己奉公，为政清廉。他"非宾客不重肉，妻子衣食仅能自充"。对穷苦百姓"好施予，置义庄里中赡养之"。"里巷之人"，他"皆能道其姓名"。由于他一心报国为民，"邠州之民皆画像立生祠事之"。邠州百姓赞颂思念范公的诗留传下来的有七首。

明嘉靖时，邠州的十二景之一"西湖晚照"就建在范公祠眉寿堂故址以北。

范公祠内的范仲淹塑像，一直保护到民国初年。

范仲淹在邠州写的诗，留传下来的仅有《题眉寿堂劝农诗》一首：

> 烹葵剥枣古年丰，
> 莫管时殊俗自同；
> 太守劝农农勉听，
> 从今再愿诵豳风。

二

这位大名鼎鼎的北宋改革家。曾经在北宋王朝一段历史里，跺跺脚，就让北宋大地都颤抖的人物，儿时是多么的不幸啊！人说，儿时的不幸也许并不是坏事。这话正要好好听听！

范仲淹，字希文，苏州吴县人。他的曾祖父范梦龄，曾任吴越国的中吴节度判官（驻苏州专门管钱粮的官员），祖父范赞时，曾任吴越国秘书监，他的父亲范墉也正是这个原因而供职于吴越王幕府，后来随吴越王钱镠一同投宋，端拱初年（988）赴徐州任武宁军节度掌书记（徐州军事长官的秘书）。端拱二年（989）八月二日，范仲淹生于徐州，次年父亲不幸逝世。扶柩回苏州的范仲淹母子，原想依赖苏州范家生存下去，但苏州范氏宗祠不认这个小妾，顿时使范仲淹母子失去了生活来源。母亲谢氏娘家贫穷又无法帮助他们，谢氏只好带着尚在襁褓中的范仲淹更名换姓，改嫁给山东长山县人朱文瀚，当时这位朱文瀚正在苏州任官。范仲淹到了朱家改为"朱说"。不久后，范仲淹的生母谢氏病亡。朱文瀚将范仲淹送到苏州范家宗祠，希望范氏家族能够照顾这个孤儿。

令人不解的是，苏州范家宗祠族人拒不接受这个年幼的孩子。

朱文瀚只好含泪抱着范仲淹回家。记得当时范家有人听到朱文瀚说了一句，他说，孩子，你生身父亲的族里不认你，我带你走，我相信你将来会有出息，但是，你不要记恨他们，他们都是目光短浅的人，比起国家的大业，那都是小事啊！

那一刻，范仲淹还不会说话，睁着一对小眼看着他。世界对于这个不幸的孩子来说那是多么的陌生啊！

谁也没有想到，朱文瀚很快因病而亡。范仲淹落在朱文瀚的后妻手里。因为朱文瀚临终前再三请本族人留下范仲淹，族人遵照朱文瀚的临终嘱托，没丢弃这个幼小的孩子！虽然朱家生活陷于绝境，朱家依旧将他与其他孩子一视同仁。7岁时，继母教他识字，家中买不起笔墨纸张，只能在地上用树枝练习写字。10岁时继母将家中唯一值钱的床卖掉，送范仲淹入私塾读书。

范仲淹深知读书不易，便发奋读书，15岁即被举为学究，并受到本县告老还乡的右谏议大夫姜遵的青睐，称其"他日中不惟显官，当立盛名于世"。

据宋朝吴曾的《能改斋漫录》一书第十三卷中《文正公愿为良医》一文记载说：范仲淹有一次到祠堂求签，问以后能否当宰相，签词表明不可以。他又求了一签，祈祷说：如果不能当宰相，愿意当良医。结果还是不行。于是他长叹说：不能为百姓谋利造福，不是大丈夫一生该做的事。

后来，有人问他：大丈夫立志当宰相，是理所当然的，您为什么又祈愿当良医呢？这是不是有一点太卑微了？

范仲淹回答说：怎么会呢？古人说，"常善用人，故无弃人，常善用物，故无弃物。"有才学的大丈夫，固然期望能辅佐明君治理国家，造福天下，哪怕有一个百姓未能受惠，也好像是自己把他推入沟中一样。要普济万民，只有宰相能做到。现在签词说我当不了宰相，要实现利泽万民的心愿，莫过于当良医。如果真成为技艺高超的好医生，上可以疗君亲之疾，下可以救贫贱之厄，中能保身长全。身在民间而依旧能利泽苍生的，除了良医，再也没有别的了。

继母看出范仲淹有出息，请求丈夫生前的好友引荐到邹平（今属山东省）醴泉寺读书。邹平是历史上有名的齐鲁上九县之一。战国时，思想家陈仲子创立"於陵学派"，为战国时期六大学派之一；秦汉之际，伏生传《尚书》，被历史学者称之为尚书再造；魏晋之际，古代数学泰斗刘徽作《九章算术注》，奠定了中国古代数学领先世界的地位。继母让他到这里读书，她的用心不亚于孟母。

醴泉寺地处群山环抱之中，环境幽雅，是一处安心读书的理想之地。寺内住持慧通大师学问精深，对范仲淹疼爱有加，向他传授《易经》《左传》《战国策》《史记》及诗词歌赋，生活上也处处周济他，引起一些小和尚的忌妒，常常吵吵嚷嚷扰乱安静。为逃避寺内喧嚣，范仲淹找到寺南一僻静山洞读书。江少虞在《宋朝事实类苑》记载说，范仲淹用粟米合在一起煮粥一锅，隔夜后，这锅粥就凝固了，他再用竹做成的刀切成四块，早晚取二块，山中的野薤十几根，捣汁半盏，再加入少许盐，作菜伴粥。这样的生活，整整三年。

有一次，范仲淹在洞中读书时，两只老鼠跳进粥锅吱吱乱叫，他抬头一看，是一白一黄两只小老鼠。范仲淹忙将老鼠驱赶出去。两鼠慌忙逃出洞外，钻到荆树两侧。范仲淹追到树下，见一侧鼠洞闪着黄光，一侧鼠洞闪着白光，他很惊奇，取来铁锹挖开一侧鼠洞，下面竟然是一个大地窖，扒开土石，却是满满一窖黄金，他随手埋好。又挖开另一侧鼠洞，见是一窖白银，仍不动分文，埋好如初，复回洞中挑灯夜读。他完全忘掉了那两窖金银。

三十年后，醴泉寺遭受火灾，慧通大师不忍心将寺庙毁在自己手中，便派人找到在延州戍边的范仲淹求援。范仲淹询问了寺庙的情况，热情款待来人，但只字不提援修寺庙的事情，临走时修书一封并赠送了两包上好的茶叶，让来人回复慧通大师。庙中和尚见范仲淹闭口不提修庙一事，心中愤然。回去后也没及时把信给慧通大师。过了好多天，慧通大师忽然问起这事，那和尚说，有封信。慧通大师展开见是一首五言诗："荆东一池金，荆西一池银。一半修寺院，一半济僧人。"慧通大师按范仲淹说的地方去挖了窖，更加敬佩范仲淹"不贪财货、密覆不取"的高尚品格。

范仲淹 23 岁时到南都（河南商丘）的应天书院求学。他非常珍惜这一难得的学习机会，刻苦攻读，日夜不辍。《宋史·范仲淹传》记载：说他"昼夜不息，冬月惫甚，以水沃面；食不给，至以糜粥继之，人不能堪，仲淹不苦也。"《范文正公年谱》亦载："公处南都学舍，昼夜苦学，五年未尝解衣就枕。夜或昏怠，辄以水沃面，往往馇粥不充，日昃始食。"

范仲淹的一个同学、南京留守（南京的最高长官）的儿子看他终年吃粥，便送些美食给他。他竟一口不尝，听任佳肴发霉。直到人家怪罪起来，他才长揖致谢说："非不感厚意，盖食粥安之已久，今遽享盛馔，后日岂能馇此粥乎？"范仲淹青年时代艰苦的学习生活和甘于清贫的精神，锻造了他朴素的生活品格，也为他入仕后俭约清廉和勤政爱民奠定了深厚的生活根基。

大中祥符八年（1015）春闱，范仲淹一举考中进士，出任广德司理参军，从此开始他的治理国家、拯救百姓的道路。

庆历四年（1044），范仲淹的庆历新政失败，八月，到邠州当知州，大修学堂，第二年，被调到邓州当知州。

庆历六年（1046），邠州的州学"厥功告毕"，一所"长廊四回，室从而周，有堂有库""总一百四十楹广厦高轩，处之鲜明，士人洋洋，其来如归"，宽敞宏伟的州学建成了。邠州的太常博士王稷之去信给邓州的范仲淹，请他写点文字。范仲淹就写了《邠州建学记》予以回复。

这一年的九月十五日，范仲淹写下了《岳阳楼记》，当即名动天下，说出了千古传诵的以天下为己任的两句话。当时，范仲淹的朋友滕宗谅（字子京）在岳州（治所在今湖南岳阳）做官，见历史名胜岳阳楼毁损厉害，便着手重建，嘱范仲淹写篇文章。历经新政的范仲淹想到百姓的生活，想到自己从幼至今的经历，想到苏舜钦这样有才华而被埋没的官员，想到国家的命运，更想到一个正直而有社会责任担当的臣子，一个受着朝廷恩泽的人，应该如何面对俗世波涛！他说——

……予尝求古仁人之心，或异二者之为，何哉？不以物喜，不以己悲；居庙堂之高则忧其民；处江湖之远则忧其君。是进亦忧，退亦忧。然则何时而乐耶？其必曰："先天下之忧而忧，后天下之乐而乐"乎。噫！微斯人，吾谁与归？

我用大白话来说一遍：我曾探求过古代仁人的内心，或许不同于以上两种人，什么缘故呢？因为啊，仁人不因外物的获得而喜，不因为自己的失意而悲。在朝为官则心忧百姓，在野为臣民则心忧君王。如此，进入朝廷也忧，远离朝廷也忧，那何时才能开怀呢？仁人一定会说："先天下之忧而忧，后天下之乐而乐"！唉！没有这种人，我跟谁同行呢？

岳阳楼也由于范仲淹的文章而更加出名了。

三

庆历五年，在邠州告别范仲淹的苏舜钦立刻携妻带子南下，到了苏州。

苏舜钦拿着范仲淹的信，先到了驿站，他的太太是当今丞相的千金，驿站与知府大人自然对他们一家照顾有加。苏舜钦在这里过起了悠闲生活，出去看景，会友，写诗。

他在《过苏州》一诗中写道：

> 东出盘门刮眼明，
> 萧萧疏雨更阴晴。
> 绿杨白鹭俱自得，
> 近水远山皆有情。

也就是这次，他在府学东边发现一块弃地，那里草木茂盛，池水清洌。再远几步，他看到了荒芜的池馆。一问，才知道这地方原为五代时吴越广陵王钱元璙的花园。再深入一问，曾是广陵王的近戚——苏州刺史孙承佑的别墅。

苏舜钦在京都已经适应了北方的凉爽，嫌苏州盛夏热成了蒸笼，民居街巷窄小，不能出气，老想得一个高爽虚僻的地方，以舒所怀，一直没找到理想的地方，今天一看，称心如意。他有两个爱好，一个是豪饮，一个是读书，此地正宜。

苏舜钦是历史上以豪饮出名的名士，他的"汉书下酒"的故事早已家喻户晓。他因才华出众被宰相杜衍看中，成了杜门女婿。苏舜钦在京城无私产，住宿舍，成了杜丞相女婿后，这杜丞相廉洁得很，没有另给女儿置房产，而是让苏舜钦住他家里。苏舜钦好读书，每晚必读书。读书时要饮酒一斗。一次，杜衍暗暗观察女婿读书，只见苏舜钦读《汉书·张良传》，至张良派人刺秦王而击中副车时，击掌说：太可惜了！没中！遂满饮一大杯。又读至《史记·留侯世家》中张良与刘邦会于陈留一段，拍案说：君臣相遇，其难于此！又举杯满饮。杜衍笑了起来，进去对女婿说：有这么好的下酒菜肴和果品，饮一斗也不算多呀！

女婿是个痴人，老丈人杜衍是个直人。

仁宗皇帝仁慈，谁找他要官要利，多半不会落空。杜衍向皇帝提出赏罚要分明，有功嘉奖，甚至重奖，但只能一人享有，不涉旁支。宋仁宗听了觉得有理，便同意杜衍的建议，专门发文通告全国。不料，时过三日，一位重臣当面向宋仁宗为亲眷讨官，仁宗碍于情面，踌躇再三，不得已给他批了，但声明今后不得再发生类似的事情。当这个批文到了杜衍手里实施时，他立刻面见仁宗，责问为何出尔反尔。仁宗有些不悦地说，勉为其难，下不为例吧！这就是告诉杜衍：行了，你就别管了！可是杜衍正色奏曰：你只要说，杜衍不肯！绝对不能出尔反尔！

仁宗皇帝想了想，这事儿杜衍不办，还是等于不成，便叹口气说，我知道你是为社稷着想，你都不怕得罪人，我还怕什么啊，当即收回成命。

杜衍任扬州太守，有位姓王的地方绅士说是有事求见。他接待时见这位绅士为人很真诚，像是有话想说又不敢，便细细暗查后发现他老婆是个恶妇，不但恶待小妾，而且怂恿儿子倒卖国家控制的盐票，小女儿改嫁多次还在冒充未婚女子与媒婆串通骗钱。杜衍很觉得奇怪，这样的事，哪有一家之主出来告发的。便再次见这位绅士才明白：这家三个孩子，除大女儿是绅士的，其他两个孩子都是他老婆的表哥的。杜衍知道后，下令抓那悍妇。不料，悍妇的表哥仗着自己是皇妃的外甥，动用家丁围攻太守府，杀了出来买菜的仆人！而且皇妃亲授懿旨要杜衍放过他们。杜衍连夜审查，天明时分别将这家的悍妇与表哥打入死牢，儿子充军，小女儿令其不得再嫁！办完后，自己赶到仁宗那里当面汇报。仁宗正好与章献太后同在，杜衍的汇报让仁宗与章献太后很是气愤，当即下旨废了那位妃，准旨斩了那悍妇与表哥！

就在问斩之前，那悍妇的远亲突然赶来求情。杜衍一看，傻眼了。来人竟然是杜衍的恩人，山阴（今绍兴）相里氏！他顿时心里刮起一阵狂风暴雨。

原来杜衍出生不久，父亲便去世了。杜家不能容他母亲，杜衍的两个由父亲前妻所生的哥哥不喜欢他母亲，杜母于是留下儿子离开上虞驿亭杜家改嫁到了钱家。杜衍便由祖父带大。杜衍十五岁时，祖父过世了。两位哥哥以杜母已改嫁为理由提出，要杜衍交出他掌握着的母亲的"私财"——杜衍母亲嫁到杜家来时的嫁妆。当杜衍拒绝时，他们便将杜衍朝死里打，并用剑刺伤了杜衍的头部。幸好有人相救，杜衍流了很多血，逃到姑姑家，姑姑把他藏起来，救了他的命。杜衍来到母亲家，但继父不能容他。杜衍只好出家流浪。他来到了山阴县。富户相里氏偶然看到他，虽然杜衍衣裳破烂，但气宇不凡，心里一动便上前问话，几句话一问，旁边有人就说出他的来历，原来这位落难公子是大名鼎鼎的尚书度支员外郎杜遂良的小公子！相绅士见状，便领他回家，供他读书，还把女儿嫁给杜衍为妻。杜衍在相家的帮助下，考中"进士"。杜衍不会忘记相家的恩德。现在相家老人面对自己下跪，他知道是为求情！

杜衍当场跪下，对老人说，一人的私恩，比之国家的大业，您应该知道谁重谁轻啊！皇帝的亲戚，我的恩人的亲戚犯了罪都可以免，那么，天下的百姓还指望什么呢？老人不但不听，还告诉他，你能有今天，就是那悍妇的老姑姑当年相救！如果你不肯放过他们，我就死在你面前，说着就真的撞上了旁边的石柱，老人当场毙命。在这样的情况下，大家劝杜衍不要再执行了，就是皇帝也会开恩放过他们的。谁知杜衍不喊停，用手一抹泪水，哭着喊：斩！

……

如今，苏舜钦因为庆历新政的失败，归隐苏州，开始实现他的田园梦。

仅仅花了四万钱，沧浪亭便到手了。

苏舜钦将原来的旧房子简单整修一番，又在水畔筑亭。荒地僻为菜圃，水塘成为鱼池，池边绿树，菜地果蔬。苏舜钦在这里过起了悠闲的生活，想着远方的好友范仲淹，便修书一封把自己的情况告诉范仲淹，他在信中说，我想到了屈原那些诗句，动心的两句是："沧浪之水清兮，可以濯吾缨；沧浪之水浊兮，可以濯吾足。"我就想在这里做一个"沧浪翁""时榜小舟，幅巾以往"，在这个清幽宁静的山水中"迹与豺狼远，心随鱼鸟闲"。我的这片乐土，且叫它"沧浪亭"。你可以想象："一径抱幽山，居然城市间。高轩面曲水，修竹慰愁颜。迹与豺狼远，心随鱼鸟闲。吾甘老此境，无暇事机关。"这些文字，就当是一篇《沧浪亭记》吧！

很快，范仲淹来信了，说他的想法很好，但不可消磨志向，国家还在用人之际。滕子京给他寄来《岳阳楼记》，告诉他，如果有空，可以用你的短章醉墨、落笔争雄的草书为我书此文，我想将此文勒石存世，我思考再三，以为兄书此文方能配得上这篇文章。

苏舜钦接受了《岳阳楼记》书写的任务后，天天就在他的"沧浪亭"诵念。他认为，一位书法家如果不能从精神层面上吃透原著的真情实感，书写出来的作品就不能完美！这篇《岳阳楼记》在苏舜钦的手里，直到庆历七年（1047）滕宗谅调任苏州知府，前来拜访苏舜钦，苏舜钦才真正算是完成了初稿。

滕子京看后，惊呆了，没想到会书得如此入神传魂！他想告诉苏舜钦，他请范仲淹写这篇文章本想让岳阳楼名扬天下。不料，文人相轻，司马光写文章，说滕子京并没使岳州兴盛，相反在百姓困顿之时，四处搜刮钱财"重修岳阳楼"，给自己脸上贴金。就因为司马光的文章，滕宗谅在范仲淹写完这篇文章后不久便调任徽州知府，那里虽然经济比岳阳好，但社会问题很多，搞得他疲惫不堪。多亏皇上及时识别出司马光这些反对新政的人并非出之公心，又将滕宗谅调来苏州任职！说到这里，滕子京有些感慨地说，可惜我不能在岳阳楼石碑上看到你的书法了。

听到滕子京说出这样的话，苏舜钦潜然泪下。

后来，司马光在《涑水纪闻》中说的那些话，果然成了后世不明真相者对范仲淹、滕子京的攻击武器！

滕子京拜访过苏舜钦后不久便死在任上。

苏舜钦参加过滕子京的葬礼后，他又一次书写了《岳阳楼记》。这次，他觉得真正接近了范仲淹文章里的精神。就在这时，他接到皇上圣旨，调他到湖州任知府。在湖州，他请长兴石匠勒石刻下范仲淹的《岳阳楼记》。苏舜钦完成这件事后，也在这年年底病故于任上。

范仲淹得知苏舜钦病故，对杜衍说了一句肺腑之言：公之婿，国家之大幸；失之，我等后期何瞻！

那意思是说，你这个女婿不仅仅是你的，也是国家的栋梁啊！现在他走了，我们将来向谁学呢！

苏舜钦终年41岁，逝世后留下妻子杜氏和三子两女（三子分别名泌、液、激）。妻子杜氏布衣蔬食，一边尽心哺育子女，一边收集苏舜钦平生文章遗稿，4年后，她到南京投靠父亲杜衍（杜衍于庆历七年正月退休，退居南京时已是年过七十）。又过了4年，即嘉祐元年（1056）十月，杜氏葬苏舜钦于润州丹徒县，杜衍又请欧阳修作《湖州长史苏君墓志铭》。

苏舜钦在政治上属于范仲淹为首的革新集团，而且有些主张比范仲淹还激进一些。在文学方面，他工诗并擅长散文。他是欧阳修的诗友，与梅尧臣齐名。北宋中叶，文坛领袖是欧阳修，他在参与政治斗争的同时，倡导诗风、文风的改革，苏舜钦、梅尧臣即是他重要的同盟。他们主张诗歌要反映现实生活，反对浮艳晦涩，提倡新诗风。苏舜钦的诗作充满了对国家安危的关心、对人民疾苦的同情，满怀报国壮志。苏舜钦的诗对宋诗革新有较大影响。欧阳修特别喜欢苏舜钦的草书。杜衍请他为苏舜钦写墓志铭，欧阳修欣然从命！

杜衍对爱婿的感情可以从两件事上看出，一是请欧阳修为苏舜钦写墓志铭，第二是帮助女儿收集苏舜钦的遗稿。最后由他出面，请欧阳修集录编为十卷，并让欧阳修为苏舜钦的文集写了序言，这就是传至今天的《苏学士文集》！

苏舜钦下葬的这年（北宋嘉祐元年，即1056年）及其后几年，欧阳修的官也越做越顺，在朝廷中的发言权也越来越大，王安石、苏洵等也都被收归门下，这年欧阳修50岁，苏洵48岁，王安石36岁。第二年即公元1057年正月，欧阳修"权知礼部贡举"，作为主考官，他面对险怪奇涩的恶劣文风，痛加裁抑，又一次举起了改革文风的大旗，并录用了苏轼、苏辙、曾巩、程颢、张载、朱光庭等人，这件事做得深得人心，盛赞一时。经过以欧阳修为首的文坛劲旅的不懈努力，北宋的诗文变革终于获得成功，并由此而在诗、文两方面确立了宋代文学的基本品格。

嘉祐二年（1057）五月，王安石离京赴常州任知州，七月到常州。秋天，王安石作《上欧阳永叔书》三首，谢知遇之恩。两年后，王安石调回京城，任"三司度支判官"，在欧阳修的帮助下，逐渐参与政事。10年后的熙宁二年（1069）二月，王安石成为参知政事，他开始议行新法，启动了历史上著名的"王安石变法"。距苏舜钦逝世，已经过去有21个年头了，对于北宋王朝而言，一场更大的政治风暴已经降临。之后的几十年里，由王安石变法引出的党派之争越演越激烈，到哲宗、徽宗时期，新旧党派之争已失去政见对错与否的分歧，完全成了争权夺利的混战。

最后，一批心胸狭隘、善于逢迎的官僚把持了朝政，政治的腐败一发不可收拾，北宋政权终于在女真人的铁骑冲击下，迅速灭亡（1127）。

虎丘三泉记

一

明朝有位陈继儒，写了一篇《虎丘三泉亭记》，书中说：吴郡人不善依附，山也如此，比如虎丘。通常山势都是相牵相连，若断若续。但虎丘不同，或陡立为崇山峻岭，或绵延为蔓壑枝峰，或散裂为飞泉喷瀑，多使人心胆震眩。

一般来说，翠碧峻峭的山都高大，高大了才藏有险绝之境。虎丘前无绵延山丘，后无土岗山堆，孤行独峙于平畴衍漾之中，不见有因缘攀附，巉耸旋露。其峻秀的名声至今独步天下。其中，石平如砥，泉莹如雪。唐代刘伯刍品泉后大赞，排为第三名，仅次于镇江中泠的谷帘泉、无锡的惠山泉。

陈继儒说，申时行从小就喜欢攀登此山，解相印归后，数与故人父老咏诗论文，煮泉品茗，欣然忘归。申时行表示："百岁后，吾魂魄犹应依此。"他的意思是，自己去世后，魂魄也要厮守在此，可见对三泉的偏爱！

二

"天下第三泉"边上，有个茶社。

这个茶社位置颇佳，游人走到这里，正好有点渴了。步入茶社，临窗坐下，要壶上好的碧螺春。这"吓煞人"的好茶正是出自苏州的东山西山！

说茶，那是另一部大经书了。在虎丘品茶，绝配的是水啊！

江南素有好茶，但品茗之水并非江南最佳，当年以长江中间的活水为上乘。王安石在宰相任上时，苏东坡被贬到黄州。虽然他们政见不合，王安石是激进改革派，苏轼则反对过于理想化的冒进式改革；政见之外，他们都是旷世文豪，才学人品俱佳。因此，当苏轼被人陷害时，王安石能够抛开政见之争向苏轼伸出援手。又一次想救苏东坡时，爱才的王安石借说自己喜欢用长江水泡茶，让苏轼来京时给他带点长江中间的水。苏轼并没有理解王安石的想法，只是想应付一下这个连泡茶都想择水的激进派，他随意打了点捎到京城。王安石见苏东坡提来了长江水，便说，你不要现在给我，退朝后与我一起到我府上烧水沏茶！

苏东坡说，好啊！相府上有没有好酒？

王安石说，你来得正巧，有人前几天给我捎来了四川的土烧。

苏东坡笑道，最佳的酒就是土烧。

王安石一怔，问道，莫非最好的菜是东坡肉？

正是。苏东坡看也不看王安石答道。

哈哈，哈哈哈，你啊！你！真是可爱。怪哉，我大宋天下，有的是好酒，美酒天下数汴京嘛！王安石故意说，你不喝可不要后悔啊！

苏东坡坚定地说，不后悔。

奇怪的是，北宋那时的苏东坡就知道土烧酒好！怪哉！丞相王安石听了他那话，焉能不吃惊？而苏东坡正好不愿喝名酒，怕有假？错也。其实，我们今天喝的烈性白酒，是元朝忽必烈带来的。在此之前，国人的酒主要是黄酒。土烧酒是自己酿的高度米酒，那时还没有高粱小米酿酒技术传入。就这米酒，有的度数也能达到70多度，但这个技术并不被广泛掌握。所以，从正史的角度讲，元代以前中国没有白酒。在王安石做丞相的北宋年间，苏东坡要土浇，王安石当然一怔。

到了王安石府上，炒几个小菜，土烧倒了几盅，两人喝着，说的全是诗词文章。

等到苏东坡提来的水烧好了，开始沏茶。茶，当然是极品。望着茶叶缓缓舒开，袅袅婷婷，水中色彩渐渐氤氲，王安石说了声，味该出来了。便端壶朝茶盅里倾，先少许一些，然后品着……突然，老丞相眉头一皱，问道，这水是你自己去打的？

苏东坡觉出不对，轻轻问了一句，怎么？水有问题？

王安石说，你只要告诉我，这水是你亲自打的吗？

苏东坡问，有关系吗？

王安石说，与人品有关。

苏东坡心中咯噔一跳，心里道，你把事情说得这么严重。好吧，我也直说了。他说，你要长江的水，我开船时，让仆人随便打了些。

王安石说，这就对了。这水不是长江中间的，我要你提长江中间的。

苏东坡服了，谦虚地问，相爷，你如何知道这水不是中间的？他是真的佩服王安石了。

王安石弦外有音地开导他，居中之水，勇流当冲；而旁侧之水，则附势而动。人生当视中流搏击，莫叫青春空流过！老夫对于水的感觉不会弱于你这位才子！

苏轼是才子，他对人生自有自己的见解。然而此时此刻，他也不得不佩服对方的"经世致用"，官场高手如林，他后来不得不感慨："大江东去，浪淘尽，千古风流人物。……江山如画，一时多少豪杰！""多情应笑我，早生华发。"

虎丘第三泉旁品茗，店家会闲聊，从茶开始说起，你要说用上好茶，他便问你，何为上好茶。

行家便答：苏州东山西山上好的碧螺春，此茶，看时只只如小螺，置掌心，两掌合心，轻轻揉合，感觉不到茶有梗，便是绝好上品。接着，店家取出茶给你看，你如果说，此茶虽不及绝品，但只只匀称，茶香自然，无梗相夹，也算是上好的了。

店家便笑道，遇上行家。

席间店家偶尔一坐，看你品茗，并告诉你，虎丘可赏玩之处很多，旧有"三绝""九宜""十八景"之说。

三绝指的是：小小虎丘，登临竟然能感受到层峰峭壁，势如千仞，云气出没，指掌千里，这是一绝；二绝是青山藏寺中；剑池不盈不虚，终古湛湛，就是第三绝了。

"九宜"指的是：宜月、宜雪、宜雨、宜烟、宜春晓、宜夏凉、宜秋爽、宜落木、宜夕阳。总之四时皆宜游览。这在风景名胜中，数上乘。

"十八景"是说：断梁殿、塔影桥、憨憨泉、试剑石、枕头石、真娘墓、千人石、剑池、石观音殿、观音泉、鸳鸯冢、白莲池、五十三参、冷香阁、仙人洞、致爽阁、双吊洞、云岩寺塔。

若不是他指点，有多少游客知道呢？

三

相传陆羽与苏州结缘是在唐宝应二年（公元763）。

风景秀丽的虎丘水吸引了陆羽，他品出虎丘山泉甘甜可口，遂即在虎丘山上挖筑石井，引水种散茶，用井水煮茶，并将井水评为"天下第五泉"。聪慧的苏州人跟着陆羽学习种茶品水，将他掘的井称为"陆羽井"，又称"陆羽泉"。唐代另一品泉家刘伯刍将此井评为"天下第三泉"。

过了25年，唐朝韦应物当苏州刺史时，就写过《喜武丘园中茶生》描述虎丘茶：洁性不可污，为饮涤尘烦。此物信灵味，本自出仙源。聊因理郡余，率尔植山园。喜随众草长，得与幽人言。

陆羽的《茶经》中没有记载虎丘茶。据《苏州府志》记载，虎丘茶真正出名要到宋朝。"虎丘金粟山房旧产茶，极佳。烹之，色白如玉，香味如兰，而不耐久，宋人呼为白云茶。"

白云茶，又称"雨前茶"，一度也称"松萝茶"，以清明谷雨之间采摘为最佳。《吴县志》与《元和县志》均清楚地记载了白云茶的征状与特色："（茶）出虎丘金粟山房，叶微带黑，不甚苍翠，烹之色白如玉，而作豌豆香，性不能耐久，宋人呼为'白云茶'。"明代时列为贡茶，一时间名满天下。

明朝卜万祺在《松寮茗政》里评白云茶"色、味、香、韵，无可比拟，茶中王也。"顾起元的《客座赘语》里也称"茶品之第一品，即'吴门之虎丘'"。

明朝沈周画过虎丘茶，题名为《为吴匏庵写虎丘对茶坐雨图》。

文徵明的孙子文肇祉在《虎丘山志》中记录道：僧房皆植，名闻天下。谷雨前摘细芽，焙而烹之，名曰"雨前茶"。

明代王世贞在《试虎丘茶》中写道：

洪都鹤岭太麓生，北苑凤团先一鸣。

虎丘晚出谷雨候，百草斗品皆为轻。

惠水不肯甘第二，拟借春芽冠春意。

陆郎为我手自煎，松飙泻出真珠泉。

君不见蒙顶空劳荐巴蜀，定红输却宣瓷玉。

毡根麦粉填调饥，碧纱捧出双蛾眉。

掐筝炙管且未要，隐囊筠榻须相随。

最宜纤指就一吸，半醉倦读《离骚》时。

明代冯时可在《茶录》中记载："徽郡向无茶，近出松萝茶最为时尚。是茶始于一比丘大方，大方居虎丘最久，得采制法。其后于松萝结庵，来造山茶于庵焙制，远迹争市，价倏翔涌，人因称松萝茶。"比丘大方身怀制茶绝技，去了安徽，用制作白云茶的方法炒制出了松萝茶，当地百姓感念比丘大方，将这种茶命名为大方茶（白云茶的另一称谓），因出产在顶谷这个地方，故又叫顶谷大方。

屠长卿《考槃馀事》说道："虎丘茶最号精绝，为天下冠惜不多产，皆为豪右所据，寂寞山家无由获购矣。天池青翠芳馨，啜之赏心，嗅亦消渴，可称仙品。诸山之茶，当为退舍。阳羡俗名罗齐，浙之长兴者佳，荆溪稍下。细者其价两倍天池，惜乎难得，须亲自收采方妙。六安品亦精，入药最效，但不善炒，不能发香而味苦，茶之本性实佳。龙井之山不过十数亩，外此有茶，似皆不及。大抵天开龙泓美泉，山灵特生佳茗以副之耳。山中仅有一二家，炒法甚精。近有山僧焙者亦妙，真者天池不能及也。天目为天池、龙井之次，亦佳品也。地志云：'山中寒气早严，山僧至九月即不敢出。冬来多雪，三月后方通行，其萌芽较他茶独晚'。"

明代状元文震孟在《薤茶说》写道："吴山之虎丘名艳天下。其所产茗柯亦为天下最色、香与味，在常品外。如阳羡、天池、北源松萝，堪作奴也。以故好事家争先购之。虎丘大方身怀制茶绝技，却少，竭山之所入，不满数十斤。而自万历中，有少，竭山之所入，不满数十斤。

"每当春时茗花将放，二邑(按指吴县、长洲县)之尹即以印封封其园，度芽已抽，则二邑骨吏之黠者，馏垣入，先窃以献令，令急先以献大吏博色笑。其后得者辄银铛其僧，痛棰之。而胥吏盖复唉咋，僧尽衣钵资不得偿，攒眉蹙额，或闭门而立泣，如是者三十余年矣！……"

清朝乾隆《元和县志》卷十六《物产》记载，虎丘茶在清初重植后，又被官府盯上，"有司计偿其值，采馈同前例"。茶树仅见虎丘寺附近，无法满足朝廷的需求。每年初春时节，地方官吏为了讨好上司骚扰不断，僧人无法忍受，于是"羞除殆尽"。白云茶遂成绝响。

《虎丘志》和安徽歙县方志记载，明代虎丘云岩寺方丈叫大方和尚，他带着白云茶树苗和茶籽去了安徽种植，后来传到安吉。可喜的是，苏州源丰积茶业有限公司(原苏州茶厂)组织了苏州的农业专家多次前往安徽歙县寻找茶树，终于找到了虎丘白云茶树的后代，并通过几年的研制加工，于2018年成功炒制出绝迹了四百多年的虎丘白云茶。

沈周又可以在虎丘雨中赏茶了。

高台上那株古玉兰

后山原先有众多可看之景，可惜都被太平军一把火烧了。五层十八折的高台有个清静幽适的所在，有株古玉兰，是件宝物。

寻到那地方仔细观看，果然近云岩寺塔处，有片高耸入云的大树遮阴，夏炎之时，步入其下，凉风习习，满目青翠，煞是好看。只见苍鹭成群，耳闻其鸣，心旷神怡。

　　提到这古玉兰树，便要联上《水浒传》。其中有一段《智取生辰纲》，说的就是朱勔采办"花石纲"的事儿，与这株古玉兰树有些瓜葛。

　　苏州出人才，这人才中有忠烈，自然也有奸佞。朱勔能有出息，得益于他父亲朱冲。我们先说得势后的朱勔是个什么样子。清朝有个叫潘永因的人写了本《宋稗类钞》，里面有这样的话：朱勔所得衣锦袍，云："徽宗尝以手抚之。"遂绣御手于肩上。又勔尝与内宴，徽宗亲握其臂。勔遂以黄帛缠之。与人揖，此臂竟不动。

　　你看，朱勔这个人穿着锦袍，告诉别人，这是"徽宗皇帝曾摸过"。于是，他就在衣肩绣上御手。有一次，他在内宫饮酒，徽宗皇帝亲手握了他的手臂，朱勔就把黄帛缠在臂上，在应该双手作揖的时候，此臂不动。

　　那日，朱勔遍寻奇巧到了虎丘，晚上就住在山上，清晨起来看见这株高大的玉兰树，繁花朵朵，艳如白雪，很有些气势，便决定将此树连根刨出送到京都去。他这决定下了，消息传开，第一个反应的是这树，第二天突然叶萎枝垂。

　　和尚说，这是不祥之兆，还是取消这个打算吧。

　　朱勔笑道，我看它是知道要到皇上身边去，赶紧收身蓄能量，以备千里之途的耗损！说着，就吩咐挖树。正挖着，来人告诉他船队已经编好，马上要出发。他这才发令停下挖树！说了一句，下次来时再带吧！

　　谁也想不到的是，他这句话，是树的征兆，还是天意，朱勔返京后遇上了金兵乱京都的事件。从那以后，朱勔再也没有回过苏州！

　　出生在两浙路润州府丹阳县尚德乡（今江苏省丹阳市荆林乡）的陈东率太学生伏阙上书诛朱勔等六贼。《宋史·陈东传》说，陈东鉴于时事危机，为重振朝纲，于十二月二十七日（宋钦宗赵恒刚刚继位）联合其他爱国太学生上书，内容有：今日之事，蔡京坏乱于前，梁师成阴谋于后。李彦结怨于西北，朱勔结怨于东南，王黼、童贯又结怨于辽、金，创开边隙。宜诛六贼，传首四方，以谢天下。

陈东等人的正义行动，很快就得到广大爱国官员、将领的一致拥护，广大百姓也衷心拥护，在朝野中形成了巨大的声势。宋钦宗为振兴国势，确立自己的威信，加上他本人原来就与王黼等人积下恩怨，遂于靖康元年（1126）正月初三（陈东上书后的第五天），下令将朱勔放归乡里。

处置上述三人的同一天，金军渡过黄河。

宋徽宗急忙连夜逃跑，童贯、朱勔（虽被放归乡里，但还在宋徽宗的庇护下）等护卫左右，"六贼"之首蔡京也"阖家南下"，他们的南逃，既是对金军的恐惧，也是陈东上书后他们已感难以待在京城。

事实上，宋徽宗退位时，曾表示除了道教事务外，其他一概不管。当靖康元年正月中旬他逃到长江边的扬州时，随他一起南逃的蔡攸及陆续赶到的童贯、蔡京、朱勔等人集中后，数奸共谋，怂恿唆使赵佶，以太上皇帝圣旨的名义先后把江南东路、江南西路、两浙路、福建路等地给朝廷的奏报、漕运物资及勤王援兵扣住，不准有援兵前往京都。童贯、蔡京死党还直接把持东南的行政、经济、军事大权，决定在润州（今镇江市）重新扶宋徽宗上台。这一来，对钦宗的统治直接构成了威胁。

消息传到京城，陈东已于正月六日又单独上书请追回童贯等人，按刑典治罪，另外选忠信之人前往侍候徽宗。

宋钦宗这回没有听取陈东的建议。

陈东怀疑是梁师成"阴贼于内"。钦宗当太子时，梁师成曾经有恩于他。陈东第三次上书论六贼之罪，其中特别指出梁师成罪大恶极，而今仍留在宫中，要求钦宗严加惩处，以正赏罚。布衣张炳亦上书论梁师成罪。在朝野一片强烈要求声中，正月十二日钦宗以命梁师成与李棁等人将宣和殿的珠玉器玩送往金营为名，将梁师成骗出宫中，下诏公布其罪行。

正月二十九日梁师成到达八角镇（今河南开封西南八角店）被缢死。

靖康元年二月十七日，宋钦宗得到报告，金兵已经渡黄河北去归国。在亡国威胁暂时解除的情况下，宋钦宗得以有精力对付蔡京、童贯死党。二月十八日，侍御史孙觌上奏论蔡京、蔡攸、童贯之罪，钦宗便将蔡京父子、童贯一并罢免。以后，大臣们又纷纷进言，要求加重对蔡京、童贯、朱勔等人的处罚。陈东第四次上书论蔡京、童贯的阴谋，请诛杀蔡京等人。蔡京、童贯再次被贬逐到岭外州军。这年七月，罪恶满盈的蔡京去儋州（今海南儋州）安置，路过潭州（今湖南长沙）病死，子孙23人被分别驱逐至外地州军，遇赦不能返回，而长子攸、次子绦后均被诛。

童贯被移到吉阳军（今海南三亚市）安置。几天后，钦宗又命那里的州军将他斩首。

朱勔亦被赐死。

一场曾经轰轰隆隆的闹剧，终于以"搬起石头砸自己的脚"而结束。

朱勔的死，免去了古玉兰树的被迫迁徙。

令人称奇的是，从那以后，这株玉兰树，不管开花还是枯叶时节，你走到它身边，总是飘逸着一股淡远的芳香。开花时节，更有悠扬的清香静静地飘在空气里。树下，老夫和顽童捡拾着散落的花瓣，晶莹洁白的玉兰花，在老夫与小孩的手上，化为一朵朵愉悦而惬意的笑容。这笑容，因花香而陶醉，也因花蜜一样的生活而知足。玉兰树，绽出大朵大朵白玉般的花，猛一看，酷似一群微微展翅的白鸽停歇在苍劲的枝头。

明朝天启年间，这株古玉兰遭到特大台风摧残，不久后，又活了过来，竟然在第二年春寒料峭刚刚过去时，突然绽放一树的花朵，人人称奇，时至初夏，这株树依然花满枝头，一朵朵的白花，迎着温润的风灿然开放。

后来乾隆南巡，听说了此树的神奇，前往观看，因为不是开花季节，住持为讨皇上欢心，竟然用窑火催发含苞花朵绽放，以博欢心。适得其反，花未开，树干灼枯，乾隆悻悻然离去。

数年后新枝透出，如今树巨花繁，每每开花时节，素艳照空，远看若云屋琼台。

第五部　元明清的六百年

第一章　元明两朝录

《临济正传虎丘隆禅师碑》与赵孟頫

元大德三年（1299）八月，赵孟頫被朝廷任命为集贤直学士，行江浙等处儒学提举。有了这个职位，赵孟頫可以遍巡江南，为朝廷寻求人才。但是，元朝廷的蒙人官员还有另一股势力是反对重用汉臣的，他们认为赵孟頫此举会网罗汉臣人才，一旦赵孟頫举起反元大旗，便是元廷致命所在。于是，赵孟頫到哪里都有朝廷的暗探尾随其后。他这个四品官还真不好当。好在赵孟頫处处小心翼翼，加上鲜于枢晚年任太常典簿，对赵孟頫十分关照。元成宗孛儿只斤·铁穆耳对于赵孟頫忠于朝廷的态度非常首肯。尽管如此，还是有件事造成了赵孟頫在元廷的危机。

这年九月，赵孟頫临褚遂良所书南北朝庾信的《〈枯树赋〉帖》，给反对派抓住了把柄，告到了元成宗那里。朝廷之上，两边针锋相对。反对派理直气壮，对历史如数家珍：梁武帝末年，侯景叛乱，庾信当时为建康令，率兵御敌，结果战败。建康失陷，他被迫逃亡江陵，投奔梁元帝萧绎。元帝承圣三年（554）他奉命出使西魏，抵达长安不久，西魏攻克江陵杀萧绎，庾信被留在长安。江陵失陷后，大批江南名士被俘送往长安。西魏恭帝二年（555），王克、沈炯等首批获遣东归。北周武成二年（560），周、陈两朝南北通好，陈朝即要求北周放还王褒、庾信等十数人，但是别人都陆续遣归了，只有王褒、庾信羁留不遣。在此期间，庾信写了这篇《枯树赋》，其用心昭然若揭，勿用多言。

赵孟頫在没有得皇帝的准允下，愤然辩驳，他说：亡国之臣，怀念国家，思念君，正是忠诚所在，错在何处？他慷慨激昂斥责这些无知蒙臣时，没想到元成宗孛儿只斤·铁穆耳离开龙椅，来到赵孟頫面前，抚着他的肩说，卿之所作所为，都是为国家大计，正合吾意。这篇《枯树赋》乃古人抒怀之作，无过也；若卿所作，吾亦乐阅。好文章就是好文章，若无端构陷大臣，本朝决不允许。

一场危机，被元成宗轻轻拨了过去，但赵孟頫明白，事没有过去，须格外谨慎。

十月，赵孟頫到了萧山，应官方之请，楷书《萧山县学重建大成殿记》。书成后，竟然又发生了一个意外，大字不识的蒙族县令，硬说赵孟頫的"县学重建大成殿记"有反意。借着元官可任意罢杀汉官的"先斩后奏"权，想置赵孟頫于死地，多亏行省长官巡视到萧山，亲自过问，竟然是知县不识字，弄得行省长官笑不出声来，赶紧放了赵孟頫。快马报皇上：不识字的元将一律不得充任文官。这场闹剧才画上句号。翌年年底，赵孟頫与妻子来到虎丘，应明本禅师（号为中峰）之邀游历"本草庵"，领略明本禅师"结庐在人境"的潇洒、豁达，随之应明本禅师之嘱，题书匾"栖云"。明本禅师在接待过程中，诚邀赵孟頫夫妇登山进云岩寺。只因天色已晚，妻子管道升稍感不适，两人坚辞告别。

几年后的十月，湖州的这个季节，秋高气爽，太湖的风刮来阵阵清凉，正是宜人休闲的季节，赵孟頫想起了有"东南文章大家"之称的戴表元曾写下的《湖州》篇，忍不住脱口而出"行遍江南清丽地，人生只合住湖州"。管道升提醒他，前两句更有味儿。赵孟頫说，那是写实景，真正妙处就是这后两句。趁这好季节，赵孟頫用楷书创作《玄妙观重修三清殿记》。挥毫过程中，他忽然想到明本禅师曾经有事找他，便准备过几天去虎丘本草庵看望这位"心灵导师"。没想到驿站送来朝廷急召他回京的信函，一刻不能耽搁，只好赶紧回京了。

一晃就到了元至大二年（1309）十月，赵孟頫官至翰林侍读学士，知制诰，同修国史。北方寒冷。管道升身体不能适应北方的寒冬，赵孟頫借着公差机会，与妻子一起巡察江南诸道，来到苏州，匆匆赶往虎丘本草庵，出来迎接的竟然是一位绝色的尼姑，赵孟頫诧异。尼姑合掌施大礼，说，师父已于去岁冬月云游京师。曾留下话，要我们好好招待施主。赵孟頫见一群美若天仙的尼姑陪着自己，很不是滋味，暗示管道升。管道升明白，悄悄问情况，原来明本禅师已被当地的“恶强”赶走，这里已经成了“是非之地”。善意的小尼还表示愿领他们去见云岩寺续绍禅师。赵孟頫客气一句，轻车熟路，自己去吧。

　　早有小尼前往山顶云岩寺报信。

　　到了云岩寺，续绍禅师一见面就宣传开了临济禅宗虎丘派之祖，世称虎丘绍隆的事迹。赵孟頫心一惊。他知道这是南宋的僧人，曾是领导民众抵御元军的首领，后逃隐到这里，年事高后做起了僧人，承续禅宗的临济派，开创了虎丘临济禅宗派，自为此派宗师。赵孟頫并不点破这些，任他讲述，但他想弄清楚，这一大堆的杂人中有谁是朝廷反对派的奸细……

　　据续绍禅师介绍，这位虎丘临济禅师，名叫绍隆。和州含山县（今安徽省马鞍山市和县）人。幼年聪明绝顶，长到九岁时自愿离开父母去了县里的佛慧院出家；15岁削发受戒。19岁束包曳杖，飘然四方。进入古镇长芦（今江苏省南京市六合区境内）时，天已黄昏，入长芦寺遇净照禅师。参叩之间，醍醐灌顶，目阅心悟，留下做了净照的徒弟。没过多久，深感净照的教诲不能满足自己，便告别净照师父，来到宝峰寺，谒拜湛堂文准禅师。文准禅师问：如何是行脚事，绍隆不答。文准禅师露胸给他看。绍隆说对，文准禅师面不改色，令和尚验绍隆说的是否对，绍隆说：错，挨打活该。看和尚打他，他竟然喊话：切莫盲棒瞎舞。文准禅师闻而大笑，让停下棍子。将这羣驴留了一年余。

　　绍隆得知有位“乃谒死心叟”在杭州黄龙寺修行，又去拜访。“死心”和尚问他，乡野村僧，靠驴脚还是马脚来的？绍隆说：你个南蛮子，道什么呢？"死心"听后高兴地说：有破和尚的习气。随即喝退随从和绍隆到后堂参禅去了。整整一个夏天，绍隆竟然深得死心和尚器重。死心和尚虽器重他，但众僧都侧目怒语，绍隆知道这里的众僧不容他，只得离开，走到夹山寺，遇到圆悟禅师，圆悟建议他去牙山，在那里相逢了泐潭应乾禅师的法嗣密禅师。大家相处甚厚。每研推古今，至投合处，抵掌欢跃，举止狂放。弄得外人看到他们，都说是见到沩仰宗的"寒拾"（指唐朝两个诗僧——寒山和拾得，以无师自通而闻名）了。时间一长，绍隆还是想起圆悟，仍回夹山寺拜会圆悟，拜他为师。

一日入室，圆悟启发他：见见之时。见非是见。见犹离见。见不及能。并竖拳朝绍隆喊：还见么。绍隆回说：见。圆悟又说：头上安头。绍隆立即有所省悟。圆悟又问：见过甚么。绍隆答道：竹密不妨流水过。圆悟这回同意绍隆留下。自此与圆悟形影上下又二十年。上下求索，尽得圆悟的精髓。

听完续绍禅师的介绍，赵孟頫吟道："衙斋卧听萧萧竹，疑是民间疾苦声"。续绍禅师心领神会，低语道，今世，顺则昌！绍隆禅师应该是绍兴六年（1136）五月初八在虎丘圆寂。他的禅道重在悟性。以其不立文字、直指人心、见性成佛的门派，"一花开五叶，结果自然成"。

赵孟頫看他说得差不多了，接话道：临济一门的开创者是义玄禅师。义玄继承马祖道一、黄檗希运禅师"触类是道"的思想，进一步提出"立处即真"的主张，强调任运自在，随缘而行。因而采用种种方便接引徒众，更以机锋峭峻著称于世。义玄点化徒弟，每以叱喝显大机用，世有"临济喝，德山棒"之称。这种"棒喝"禅风成为国禅的主要代表。在《碧岩录》第八十七则有："德山棒如雨点，临济喝似雷奔。"《汾阳无德禅师语录》卷下有：

德山棒、临济喝，

独出乾坤解横抹。

从头谁敢乱区分？

多口阿师不能说。

临机纵，临机夺，

迅速锋芒如电掣。

乾坤只在掌中持，

竹木精灵脑劈裂。

或宾主，或料简，

大展禅宗辩正眼。

续绍禅师见赵孟頫对临济派禅宗如此在行，不敢再开口了。

一时有些尴尬，管道升开口了，说：在来的路上，就听说绍隆禅师塔在附近，趁着天气好，我们何不去瞻仰一番？

"好主意，借此观览一下久负盛名的东山庙。"赵孟頫起身说走，续绍禅师只好陪同，一行人下山，来到虎丘山东南麓，再走一段路，邻近虎丘南山门，不过海涌桥，沿环山路东行一段，说是到了。赵孟頫驻足眺望碧波涟漪的环山河，转身看背后起伏的岗岭。在这片松林小溪间，环境幽雅，堂轩亭阁，回廊曲径，错落有致的环境里，石塔、碑铭与牌坊显得格外庄重肃穆。转到南宋左朝奉郎、司农少卿徐林撰文立的碑前，发现碑被砸坏了。赵孟頫抚碑连连感叹：可惜。可惜。

续绍禅师听他这么说，赶紧上前作揖道：承蒙中顺大夫（元时为正四品）如此看中，何不赐墨宝以补全缺损之憾？

赵孟頫并不回答，随着转了一圈，感觉有些累了，与夫人说，我们回去？管道升问回哪里？回湖州已经不可能了。赵孟頫恼道，驿站不是说了嘛，可以放夜船送我们去湖州，在船上睡一觉，天明到湖州，正合适。

续绍禅师听他夫妇这么说，赶紧上前：宿舍早就安排好了，就是我们那套最适意的禅房，据说曾经是颜真卿住过，刘禹锡住过，白居易住过，苏东坡住过。还有人说李白住过，多了！赵孟頫见他说得眉飞色舞，倒也呵呵一笑，对着管道升说，续绍禅师如此说，我等不妨在这里住几天，沾沾这些光耀中华数千年的文曲星们的仙气。

赵孟頫的心里到底打什么主意，除了妻子略知一二，其他人怕是不能猜透的。说是要住几天，续绍禅师有些纳闷：平日忙得马不停蹄，今天突然闲情来了？且不管，他既然有时间在这里住几天，我何不将那份徐林撰写的《临济正传虎丘隆禅师碑》抄文夹在宣纸里，送予他，看他怎么着？果然，不出续绍禅师的预料，赵孟頫让他准备文房用品、上好的宣纸、颜料。这些材料到了禅房，管道升要清点，赵孟頫制止住。待到夜深人静时，赵孟頫掌灯查看续绍禅师亲自送来的文房用品，果然在宣纸里夹了《临济正传虎丘隆禅师碑》。赵孟頫看到后，竟然毫无惊喜，而是悲怆欲哭：蒙人入主中原，既然入主中原做了主人，天意如此了，世道变了，我等理当从护佑天下苍生的大局出发，让朝廷能有更多的贤达辅佐英明君主，治理国家，让天下百姓安居乐业，人间正道是安康！余生就想做一回范文正公（范仲淹），大丈夫能辅佐明君治理国家，普济万民，造福天下。先天下之忧而忧，后天下之乐而乐。

一阵泣嘘唉叹，过后竟是久长的沉静。管道升知道赵孟頫又在琢磨什么了，她可以预料今夜的赵孟頫不是画画，而是写字，一定是非同凡响的作品。她想起了带在宣纸里的那张纸，内容就搁那边，她完全可以先去看看，但她不看，她的夫君所做的事都是正确的，他说什么，她都照办。想到这里，她站起来去桌上铺好毡子，展好纸。坐下来静静地研墨，研好一砚，倒入墨缸，再研。时间就在她研动墨块中消逝。有一缸墨时，她站起来说了一声：够了吧？赵孟頫朝墨缸瞟了一眼，没有表示。这大概就是回答了。

管道升开始煮茶。

月坠树腰，茶香满室。赵孟頫好像从梦中惊醒，他在屋里练了一路太极，又展翅跳跃几个武术动作，慢慢平静下来，喝盅茶，稍事休息，走到香坛前拜佛上香。然后到案前，取起笔，看了看，放下，从宣纸下面找到续绍禅师夹在里面的《临济正传虎丘隆禅师碑》抄文，逐字逐句低声念起来。如是复念数遍，接着又背诵。

大约有一个时辰工夫。赵孟頫感觉娴熟于胸了，这才提笔在宣纸上书写起来。约莫又过了两个时辰，东天已经吐白。赵孟頫这才把笔一掷，双手叉腰动作起来，然后又复读，对着原文核读，确认无错后，很谨慎地对管道升说，这篇东西出来，可能会有麻烦，最好现在你拿着快步离开，先我走一步，到驿站上了船，船开走后，我坐下一班……

"等等！"屋外有人大喊。接着就听得那屋外的人高唱起岳飞的《满江红》，这将屋里的赵孟頫夫妇着实惊吓不小，等他们反应过来，门已被推开。管道升诧异昨晚门竟然没有闩？赵孟頫说，我闩的。对方站在门口：我修炼得可以了吧？……抬望眼，仰天长啸，壮怀激烈。三十功名尘与土，八千里路云和月。莫等闲，白了少年头，空悲切！

惊魂未定的赵孟頫揉眼望去，竟然是续绍禅师，他飞步到案前，双手迅速将那张《临济正传虎丘隆禅师碑》拿到手里，又展开看了看末尾署名，道：好，元至大二年赵孟頫重书。既然都有署名了，还怕甚？

赵孟頫道，正人君子做事行不更名，但你防不了小人啊！

在下早已向行省长官报备过了，不征得他的话，我也不敢如此啊！续绍禅师说：尾随你的几个暗探，早给行省长官提走了，这几天，他备宴邀请你说碑的事哩，他也认为这是件积德善举，有他撑腰，你还怕什么。

赵孟頫见续绍禅师这么说，连连怪他，怎么不早讲。

……

清末民初，赵孟頫书写的碑刻流失，仅碑拓传世。1953年春，虚云和尚参加苏州法会，见绍隆祖师塔、碑铭无存，发愿重修。一年后，塔院修成，虚云和尚撰写了《临济正传虎丘隆禅师碑》文，复刻了徐林撰、赵孟頫重书的原碑文。"文革"时，绍隆祖师塔院再次被毁，其址仅存墓道及新筑的"世界临济宗祖庭"纪念亭。

《苏州日报·苏周刊》2020年3月28日刊发了一则相关报道——"流落到青岛的《临济正传虎丘隆禅师碑》残碑。

文中称：

远在千里之外的"世界红十字会"青岛分会旧址，发现疑似《临济正传虎丘隆禅师碑》赵孟頫重书的原碑的中间一方，被嵌于墙壁多年，标识牌上注明："此碑来源不明，且碑文不完整。但书、刻皆有一定水准，似为纪念一宋代禅宗高僧而立。"

世界红十字会青岛分会在鱼山路37号，旧为宗教慈善组织，脱胎并受控于道院。新中国成立后，由青岛中华救济总会接管，会址由青岛市图书馆使用，后并入青岛市博物馆，现为青岛市美术馆。

流落到青岛的《临济正传虎丘隆禅师碑》仅为中间一方，碑文自"谓今之沩仰寒拾也"至"衣止"。

细说"断梁殿"

一

提到断梁殿，人都诧异：梁断了，还能有房子。但也有人说，建筑上玩噱头，断梁殿？不就是没梁，或梁断了？这与南京灵谷寺里的无梁殿有多少差别啊！

南京灵谷寺里的无梁殿，可是真正保家卫国抵御日本侵略军的英烈纪念场所，那是万众敬仰之地。你这里有什么好看的？

别小瞧了它，这个断梁殿系元代重建的古建筑。原来的，更古了，也有些故事，真的老故事。

这个断梁殿，又称二山门。位于虎丘景区的海涌桥北，环山路北侧，是进入虎丘山的第二道山门。《虎阜志》称其在"山口"。内有二金刚像。山上原来有第三道山门，所以这里被称中山门、中门。

此殿坐北朝南，面阔14.2米，三间，进深10.5米，两间施中柱，脊高7.6米，台基地平至屋脊顶高10.5米，建筑面积148.6平方米。龙吻脊歇山顶，抬梁式木结构梁架。

刘敦桢考察后认为断梁殿"外观单檐歇山，翼再反翘，一如南方建筑常状，唯可注意者，其檐端轮廓，自当心间平柱起，即开始反翘，故其曲线比较缓和，尚存古法"。其"内部梁架分配，与《营造法式》卷三十一'四架椽屋分心用三柱'同一原则，仅乳栿、搭牵皆改用月梁，其下承以丁头拱，且中柱较高，柱上置栌头、令拱及素枋一层"，外檐柱头铺作及补间铺作共14朵，"屋内彻上明造"样式制作或稍作变通，多用挑斡式下昂，以起结构上的作用。又"东西次间，于上层月梁与榑下素枋之上施平棊（天花板），亦系较古之做法"。

刘敦桢的结论为"故疑此门应建于元（后）至元四年（1338），而门扉、连楹、屋顶瓦饰及一部分斗拱，则经近世修葺"。这种屋顶梁架做法，民间形象地称为"琵琶吊""棋盘格"。今门屋西侧元黄潛撰书《虎丘云岩禅寺兴造记碑》有"重纪后至元之四年……山之前为重门，则改建使一新"句，证实刘敦桢推断完全正确。断梁殿实为寺僧普明于元（后）至元四年主持建造。

既然专家说是元代建筑，那是必看的。原来，它的构建特点就是它的顶部脊檩（主桁，即俗称的主梁），是由两根木材从次间顶部悬挑至主间中间位置接合使用的，为双木接合而成，故有人将此称"梁双殿"。

《虎丘新志》这样说：这样的构造，系模仿旧制。因为虎丘原有梁双殿，传说是齐梁时代古物。南宋淳熙（1181年前后）有位俗名凡庸的僧人，好修造，遂将看不顺眼的古物彻底毁去造成古物湮没。后人重新结构，拟恢复旧观，亦以双木接成殿梁，俗呼断梁殿，其用意只为保留古物旧貌。所以，现在称"断梁殿"。殿中部作将军门做法，南墙次间各辟一圆洞窗。因其历史价值、科学价值和艺术价值，1961年3月一起与云岩寺塔成为国务院颁布的第一批全国重点文物保护单位。

殿内前部两侧原有护法力士，即俗称哼哈二将的两尊塑像，此建筑曾于1953年、1957年两度维修，毁于1966年。1992年发现部分梁架、斗拱朽蚀，险情严重，经测绘、论证和方案报批，于1993年1月至5月落架大修。

现在，殿屋脊前后作"佛日增辉"和"法界澄清"赞语。殿内前部两侧原有的护法力士，即俗称哼哈二将的两尊塑像，已由光福镇冲山村香山帮艺人用香樟木雕刻而成，每尊高3.2米，重600多公斤。根据《封神演义》所述：一为闭口的"哼"将郑伦，一为张口的"哈"将陈奇，可将敌方主将的三魂七魄吸掉，后为教中的护法神。古吴人有联为："有真元神，到这里，哼哼，哪怕哼跑七魄；无亏心事，过此门，哈哈，何愁哈走三魂。"

殿中后部保存《虎丘云岩禅寺兴造记》《虎丘云岩禅寺修造碑》《苏郡虎丘寺塔重建记》和《敕赐藏经阁碑》四块元至清代的碑刻，山门南墙及东西山墙前部嵌置明朝至民国碑刻六块，分别是《重修山塘街捐资碑》（名单上有吴一鹏）、《苏州府禁约碑》《永禁地租侵吞碑》《永禁盗卖山木碑》《苏州府示禁挟妓游山碑》《永禁买卖山地碑》。

主间将军门前后上方各悬一黑字白底匾，前匾为"大吴胜壤"四大字，原系南朝文学家顾野王书，后有小字跋文："虎阜有始祖希冯公书'大吴胜壤'匾，乾隆时佚失。咸丰十一年曾寿辟兵黄埭，见村肆败壁板上有此四字，而'大吴'字已蚀过半，因有意补全，制匾置寺中，聊存一千四百余年旧迹焉。光绪三年二月，四十二代孙曾寿重立"。后匾为楷书"含真藏古"四个大字，其后小字题跋："顾恺之《序略》记虎丘山水语'含真藏古，体虚穷玄'，因书四字为胜迹存真。乙丑年（1985）十一月，梁漱溟并识，时年九十有三。"

殿前后有楹联一副，前联为行书："塔影在波，山光接屋；画船人语，晓市花声。"此为集明人文中语，后题："丙寅（1986）春，广陵李圣和重书，时年七十有九。"后联为行书抱柱联："翠竹苍松全寿相；清泉白石养天和。"原为清高祖弘历所撰书，20世纪90年代由启功补书。东西山墙北延处各辟一侧门，上题"松径""竹溪"各二字，引人向往。松径、竹溪间，西侧有拥翠山庄，东侧为万景山庄。

二

断梁殿建于元代，1961年起便是江苏省省级文物保护单位。

断梁殿传说是元朝皇帝下旨修建的，要求限期完工。

苏州自古是出能工巧匠的地方，苏州香山在明清时有一群"香山帮"古建艺人，成了修故宫、颐和园、天安门的杰出工匠。元朝时，苏州工匠也很出名，限期修好大殿，对他们来说问题不大。

传说上梁那天，当地官员来到现场，按照风水师的上梁时间，等候吉时上梁。突然，大家发现大梁被木工误锯成了两截。现场的人都傻了。这时，一个老工匠不慌不忙地出现了，他指挥大家有条不紊地开始上梁，很快完成了上梁。

大梁本身就是用来承载庞大的屋顶重量的，大梁不能整根横在房屋的四梁八柱上，房顶能够结实吗？事实证明，从元朝到现在六百多年，大殿巍然挺立，不散不坠。

大家便称老工匠为"赛鲁班"，此后奠定了苏州工匠的历史地位。

为什么会出现无梁殿？难道真是一个偶然的失误吗？苏州还有一处断梁殿，

在东山轩辕宫（重建于元代至元四年，即 1338 年），不可能都给锯错了吧？有人说，断梁殿出现的原因是效法祖制，元代的断梁也是仿来的，是为恢复齐梁时代的断梁殿。也许真相并不复杂，那就是当时找不到那么又粗又长的梁木了。从春秋一直到元朝，建各种宫殿砍伐了近两千年，很难找到巨木了。聪明的工匠便将两根粗大的木头拼接起来用。

那为什么能牢固撑住房顶 600 多年呢？

专家研究发现，秘密在斗拱身上。没有斗拱的盖房，大梁跟房屋同长就可以了，带斗拱的大梁，两端各挑出正中间开间的一半长度，利用屋檐下的斗拱的互相咬合，把力量层层传导分散到四梁八柱上。断梁殿不像通常那样用一根大梁，直接架在两侧的边梁上，而是用了杠杆原理，靠屋檐下斗拱受力平衡了断梁居中一侧的屋顶受力。

除了斗拱，还用了很多工艺来减轻屋顶重量，或者分散受力，方法有棋盘格、菩萨顶、琵琶吊。棋盘格是在两侧的屋面下，设置密密的平行四边形的小木格，类似围棋棋盘，以此分散和弱化屋面的压力。菩萨顶是在檐角的屋面下，安装辐射状木条，如同菩萨头顶射出的光芒一样。

从断梁殿的修造，我们能感受到苏州工匠的智慧和传承。

魏忠贤与“五人墓”

虎丘东边的山塘街上，有个“五人墓”。

五人墓埋葬的是明朝义士颜佩韦、杨念如、沈扬、马杰、周文元，他们是谁？为什么埋在这里？谁把他们杀害的？

事情发生在 1626 年，魏忠贤作为一个宦官，独揽朝中大权，大肆排除异己，当时以江南士大夫为首的东林党人，主张开放言路，改良政治。他们多次上疏弹劾魏忠贤，斗争非常激烈。吏部文选司员外郎周顺昌告假还乡，在乡讽议朝政、针砭时弊，指斥魏忠贤无所讳忌。

魏忠贤对东林党人大肆绞杀，发生了"六君子之狱"，接下来有七个人进入了他的绞杀榜单，他们分别是：高攀龙、李应升、黄遵素、周宗建、缪昌期、周起元、周顺昌。这七个人都公开骂过魏忠贤，在天下人面前让魏公公颜面尽失。尤其是周顺昌，做官时，骂魏忠贤，罢官回家后，还在骂。六君子之一的魏大中被逮捕路过周顺昌家时，周顺昌不但好吃好喝好招待，还将自己的小女儿许配给了魏大中的孙子，同时还让押解魏大中的官员带话给魏忠贤："若不知世间有不畏死男子耶？归语忠贤，我故吏部郎周顺昌也。"意思是难道不知世间有不怕死的男子吗？回去告诉魏忠贤，就是过去吏部郎周顺昌这种人。

东林党人都是硬骨头，都不逃，就在家里等着被抓，李应升、周宗建、缪昌期、周起元等四人相继被捕，接下来就该抓周顺昌了。魏忠贤借苏杭织造太监李实的诬告，要抓周顺昌下镇抚司狱。

由于周顺昌平日对乡民很好，因此深受乡民爱戴，现在听说魏公公派人来抓他，大家都异常愤怒，数万民众和抓捕的锦衣卫发生冲突，还有人专程去见巡抚毛一鹭和巡按御史徐吉，请求他们去找皇帝申冤。

面对群情激奋的百姓，锦衣卫训斥道：

"东厂逮人，鼠辈敢尔！"然后大喊，"囚安在？"

现场的民众彻底被激怒，说道："我们还以为是天子的意思，原来是东厂的！"

百姓群起而攻之，周顺昌的轿夫周文元和百姓颜佩韦、马杰、沈扬、杨念如上前把抓周顺昌的缇骑打散，一名东厂的缇骑被当众打死。其余的带伤逃了。魏忠贤知道后大怒，派来军队镇压，周顺昌被押解至京城，周顺昌在狱中大骂许显纯，许显纯用铜锤击周顺昌齿，齿俱落，他把满口鲜血喷向问官，仍痛骂魏忠贤，最后受酷刑而死，年43岁。

高攀龙得到消息，自知不免，写下遗表，于三月十七日凌晨从容投水，终年64岁。

有意思的是，山塘街"五人墓"的建筑原来是苏州官员为讨好魏忠贤，给他建的生祠——"普惠祠"。魏忠贤死后，苏州人便拆毁生祠，将五人墓移址于此，用魏忠贤的祠堂告慰五位义士的英魂。当年"五人墓"颇有威望，苏州客商路过于此都要下船祭拜，有诗赞曰：

> 五人埋骨处，客过每停舟；
> 姓氏闻高阙，精灵傍虎丘。

更有意思的是"普惠祠"的木料来自无锡，是阉党们拆了无锡的东林书院，将木料运至山塘街建成的。东林书院是明朝著名学者家顾宪成讲学之地，是东林党人的大本营，著名的"风声雨声读书声，声声入耳；家事国事天下事，事事关心"对联便诞生于此。

"五人墓"祠门后立"义风千古"石坊。复社领袖张溥作《五人墓碑记》，东林党人文震孟撰《五人助疏》碑，祠壁间还有很多凭吊诗词。

"五人墓"旁还有一个葛贤墓。葛贤，是苏州人对明代丝织工人葛成的尊称。他率领万余苏州工人举行反税监暴动，取得了胜利，事后，被投入监狱过了13年才被释放，释放出来那年，已经是1613年了。对"五义士"的抗暴义举，葛成积极支持，五人就义后，他索性迁到"五人墓"旁，当起了守墓人。1630年，63岁时因病去世，也葬在五人墓旁。他去世后，东林文士文震孟手书"吴葛贤之墓"碑碣，至今立在墓前。

其实，五人墓，就是苏州人对于民族兴亡的态度。

虎丘，不仅有吴王阖闾的千古霸气，还有五义士的铮铮义气。

第二章　万历崇祯年间事

和靖读书台上话董份

一

虎丘景区有一景：和靖读书台，始建于南宋，为纪念北宋末至南宋初的读书人尹焞。

明朝嘉靖十六年（1537）举人董份曾在此独居数年，追思尹焞。嘉靖二十年（1541）进士。进京参加殿试前，董份曾在此闭室静思三日。

先说尹焞（1071—1142），字彦明，一字德充，北宋河南省洛阳人，年少时拜程颐为师，参加进士考试时，见"策问"中有诛杀元祐党人的议题，他便嘀咕道："唉，还可以凭借这求得俸禄吗！"愤而掷笔，拒答题离开考场告诉程颐说："我不再参加进士考试了。"于是尹焞终身不再参加科举考试。

靖康初年，种师道推荐尹焞，说他德行高尚可以安置在皇帝身边以备劝勉讲论。钦宗赵桓将他召到京城，但尹焞不想留下，赵桓便赐他"和靖处士"。户部尚书梅执礼等人联合上奏："河南平民人士尹焞学问穷究事物的根源本质，品德具备中正平和的特点，近年招募延揽的士人没有能够超过他的。朝廷特意征召，却只是赐号'处士'让他回去，致使尹焞隐藏了治国才能，不能被当时朝廷任用，不符合陛下急切求贤的本意。祈望皇上对他特别加以赏识提拔，来抚慰士大夫的愿望。"

赵桓没有回复。

尹焞有五子：坤、城、堪、增、均。公元1127年，金兵攻陷洛阳，尹焞五子及其母张氏全家被害。尹焞在这场灾难中死而复生，被仆人救出，辗转各地，于绍兴四年停留四川涪州（今重庆市涪陵区）。涪州是程颐研读《周易》的地方。尹焞开辟了三畏斋居住下来，但周围的人都不认识他，侍读范冲举荐尹焞代替自己，授为左宣教郎，尹焞称病辞谢。范冲奏请赠给尹焞五百金作为路费，派遣漕臣奉诏到涪州亲自送他启程。绍兴六年（1136），尹焞写完文章祭拜程颐之后才开始上路离开。

宋高宗赵构渡江南迁都杭州。这时赵鼎已经离任，张浚独自做宰相，递上奏章举荐尹焞，奏章中说尹焞的学问修养有远超时人的地方，请求下令江州的守臣迅速将他从水路送到京城。尹焞又一次称病辞谢，赵构见他不干，有些感叹道："尹焞可说是安于退让啊。"下诏让他做秘书郎兼说书，并催促他启程赶快就位，尹焞这才入朝觐见就职。历官徽猷阁待制、太常少卿、礼部侍郎兼翰林院侍讲、太子少师等职。尹焞力主抗金，与秦桧不和，辞官致仕。不久，尹焞称病告假，授予代理礼部侍郎兼侍讲。

这时金国派遣张通古、萧哲来与宋朝议和。尹焞闻后立刻上奏称："我看到本朝遭遇辽、金战祸，自古以来未曾听闻，中原地区没有能人，导致他们侵扰我国。如今又要进行和议，那么人心将一天天远离。不知道是陛下未曾深入谋划仔细考虑呢，还是朝中的大臣没有把其中的利害告诉您呢？"同时，他又给秦桧写信：现在北国使臣就在朝堂之上，天下人忧虑愤恨，如果和议一旦达成，他们一天天更加强大，我们一天天更加疲弱，日渐被剥削，天下有沦为夷狄之地的危险。

天下人痛心怨恨深入骨髓，金人如狼虎一般贪婪侵夺的本性，不言而喻。天下人正把这件事寄希望于您，希望有办法改变现状，哪里料到已经这样做了。太严重了……

可以想象尹焞的奏章和信在那个时代会有什么结果。

没有结果，却来了新的官位：绍兴五年（1135）召尹焞为崇政殿说书，任命为徽猷阁待制。尹焞气得没上朝，待在家里上书辞却任命，坚决请求告老还乡。一次不行，二次，二次不行，三次，不断辞职。终于在转任一个官职后退休。

绍兴九年（1139）二月，尹焞到虎丘，寓居西庵十年。读书著述，为后人学习之楷模，著有《论语解》《和靖集》，其门人记其言行编《和靖言行录》，朱熹作的序。绍兴十二年（1142），尹焞去世。隆兴元年（1163），追封礼部尚书、太子太傅。元朝时又追封为文正公。清雍正二年(1724)，奉圣旨配享孔子庙庭。《宋史》有传。

董份（1510—1595），字用均，号浔阳山人。明乌程（今湖州）南浔镇人。殿试后，授翰林院编修，参与纂修会典，后任右春坊的右中允，管国子司业事。嘉靖四十四年（1565）六月十三日，给事中欧阳一敬弹劾他是严嵩一党，说他曾经接受严嵩儿子严世蕃的贿赂，为严世蕃办事，便被嘉靖皇帝下诏贬黜为民。

万历二十三年（1595）董份病卒，终年85岁，遗嘱"毋书吾故官，以白布三尺题曰'耐辱主人'足矣"。著述有《史记评钞》四十卷，《汉书评钞》四十卷，《后汉书评钞》二十卷，序《万历湖州府志》十卷，及《泌园集》三十七卷等。

二

1964 年 5 月，毛泽东在一次谈话中说："《明史》我看了最生气。明朝除了明太祖（朱元璋）、明成祖（朱棣）不识字的两个皇帝搞得比较好，明武宗、明英宗还稍好些以外，其余的都不好，尽做坏事。"这段话可视为毛泽东对明史的整体评价。

纵观毛泽东对明史评价，除了朱元璋父子，他提到较多的另一个明朝皇帝是嘉靖皇帝朱厚熜。到底是何原因让毛泽东用"很不以为然"评价嘉靖皇帝朱厚熜呢？

朱厚熜，嘉靖帝，兴献王朱祐杬之子。明武宗于公元1521年4月病死后，由于武宗没有留下子嗣，又是单传，因此皇太后和内阁首辅杨廷和决定，由最近支的皇室——武宗的堂弟朱厚熜继承皇位，第二年改年号为嘉靖。

明世宗朱厚熜在他最初登基的几年确实是有所作为的，即便后期常年痴于修道，也没完全不理朝政。他打击旧朝臣和皇族、国戚势力，总揽内外大政，皇权高度集中。他重视内阁作用，注意裁抑宦官权力。但与此同时，偏信偏执使他日渐腐朽，滥用民力，迷信方士，尊尚道教。使首辅严嵩专国20年，吞没军饷，造成吏治败坏，边事废弛，倭寇频繁侵扰东南沿海地区。在长城以北，蒙古鞑靼部首领俺答汗不断犯边，嘉靖二十九年（1550），俺答汗竟然兵临北京城下，大肆掠夺。嘉靖年间，南倭北虏始终是明王朝的莫大祸患。在用人上，世宗"忽智忽愚""忽功忽罪"，功臣、直臣多遭杀害、贬黜。户部主事海瑞上《治安疏》，世宗怒不可遏，将海瑞入狱。因此，朱厚熜成为颇具争议的皇帝。

事实上，明世宗是个极其聪明并且自信的皇帝，能与之打交道的，也只有严嵩这类的官场老手。这话虽然有点武断，却也不是毫无道理。总而言之，明世宗虽不是一个好皇帝，却也不是个无能的昏君。董份能够在专国专权的首辅严嵩手下混，能够赢得朱厚熜的厚爱，绝非易事。也可以看出董份的城府之深。

南浔董份家族的兴盛，始于董份。董份的成功主要是他的为人，我们常说性格决定命运，这是最为重要的，一个人要想成功，性格的改变十分重要。董份从家史中品尝到酸甜苦辣，可能年轻人不知道"入赘"是什么意思。一个男人婚后到女方家庭做上门女婿，生儿育女都要用女方姓氏，在无后为大的封建时代，入赘女婿是抬不起头的。沈家应该说对董份的祖上很好，要不然，怎么准允恢复姓董呢？也许正是祖上这些事，当董份面对申时行上书要求复姓时，董份从中周旋使皇上准许徐时行改为申时行。

董份的父亲董环有功名，博学。明朝兴盛后，浙江的行中书省荐他入朝，三征不去，凿石船为业，隐居，还说，石船烂，我出仕。董环在正德年间，因为送岁贡才进京。某吏部尚书听说他来了，开出高价想聘他，董环没有顺从，转而一想这份职业对于到京赶考的人来说，是份不错的职业，于是董环就将弟弟推荐去了。世事炎凉，不久该尚书败落失势，人见人躲，恰遇朝廷宣判此尚书去服苦役。董环的弟弟决定替尚书服役。董环弟弟身体羸弱，怎么经得起此苦。董环挺身而出替弟弟前往服役，以致举业荒废……

父亲与祖上的苦难，铸就了董份与众不同的性格，他从"自古雄才多磨难"中得到的竟然是"圆滑、少亢直"。当他能够站到嘉靖皇帝面前时，他最初想的并不是自豪和福气，应该是一种沉重。祖上为生计而入赘沈家做儿子，父亲因正直而替人服苦役，自己因抱负而苦读，在"和靖读书台"上独宿思索……现在的自己能够站在这里，他想，我站在这里代表我祖上、我父亲，更代表我的家族中许许多多的学生，要笼住一批人才，这样当官才能当得舒坦。

这个时候的董份，成为圆滑而中庸的宰相，这便是大明朝的悲剧。

三

董份多次充任考官，故门生满朝。

自董份以进士起家后，董氏科第连绵不断，家族人口和声势不断壮大。董份之子董道醇为万历元年举人，董道醇生子六个。其中长子董嗣成、三子董嗣昭均为进士出身。四子董嗣昕，万历时游学南京，谒国子监司业朱国桢等，善画，掌握了石门宋旭的笔法。五子董嗣暤，有读书过目不忘的能耐，人称"岐嶷越人"（幼年聪慧的越人），15岁补博士弟子（府学生员）。试问，如果放在董份没入宫前，董嗣暤能补上吗？也许他有自知之明，意识到了，所以后来就"以纸墨自娱，书法潇洒有致"。史书说到他时，给了这么一句，也算对得起他了。其幼子董斯张在朱彝尊的《静志居诗话》一书，以及朱彝尊、王昶编纂的《明词综·卷五》中均为董嗣暤专门立了传，说他是廪贡生，好交友，善文学，留有《吴兴艺文补》《吴兴备志》，与朋友合作有《静啸斋存草》。

陈田《明诗纪事·卷二十一》记载：

> 先是董为考官，取妻弟吴绍中式。绍，吏部尚书吴鹏子也。为御史耿定向所举劾，吴、董各疏辩求罢。帝命鹏竭尽供职，份安心直撰。吴，分宜（严嵩故里，指代严嵩）党也。份亦与分宜子世蕃往还。时严氏得罪，人言啧啧，董得世蕃二万金。董虽供直西苑，帝终不能曲袒也。

《董氏诗萃·卷一》称：（董份）所录士，宰相三人，公、孤、六卿二十余人，建牙开府四十余人，得人之盛，前后未有……像申时行、王锡爵等宰辅均出其门下。

金鞠逸《鞠逸吟庐诗钞》说到董份居家时，"里中习举子业者咸切就正，董亦乐于奖劝"，以10天为期，与诸生集于东藏禅院，"命题角课，以月旦自任"。朱国桢当时亦在诸生行列，按照日期赴约，多受董份的指点和赞誉，后中进士，并官至内阁大学士。

董份很有眼力，能够在会试时得人才，其中要害是他会看文章，每次主试，总能获取英才。这些人经他提拔，或擅长文艺，博皇上欢颜，名噪一时，或吏才突出，排忧于殿前，成一时之显宦。嘉靖癸丑年（1553）会试，董份取曹大章为会元，后成为晚明文坛著名的才学之士。嘉靖壬戌年（1562），董份时任詹事府詹事主考会试，所取之士"多蒸蒸向用，会通显者"，更为他赢得了"长于衡荐"的名声。其中一甲三名申时行、王锡爵、余有丁皆一时俊杰，之后都位升内阁宰辅，成为万历朝的名臣。

申时行以徐时行的名字参加科举考试时，董份就注意到了这个人。嘉靖四十一年，董份52岁了，在官场与朝廷已经磨砺得像颗鹅卵石，丢进油锅，压在石块下，都可以承受相当的压力！也能为别人蹚出一条路来……

董份的出身也不是很富有，他看到申时行，想到了自己的过去，当申时行将门帖递到他府上时，府上的门卫非常客气，少有的热情，也不要小费，让申时行都觉得不可思议，当然他也从中学到了一点，当贫寒有培养前途的后生上门投帖子，他也学会了关照门卫不能收任何小费。这又是他与徐泰时与另一个学生邹元标的故事了。

申时行、王锡爵、余有丁一甲三名同至内阁首辅，这是中国官场史上空前绝后的佳话。除他们三人相继被看中外，此科中邹应龙、李汶、许孚远、萧大亨、孙鑛、杨俊民、陈有年等七人，同列"八座"，其他位列寺卿的则达40余人，如此多的人才的选拔，可以显见董份识才的慧眼。

这些杰出的门生自然成了董份关系网的重要组成。董份与他们交往密切。嘉靖丙寅年（1564），申时行在丧期满后可以复官时，先前往董份家拜访。董份在家中热情地接待了来自家乡的后生。这次申时行向董份报告"父亲"去世的一些情况，并告诉董份自己的出身，原来申时行在考取功名前，一直用徐时行的名字。他也是用徐时行这个名字参加国家统一的功名考试的。嘉靖四十一年，他在当年299名殿试及第的进士中名列第一，获状元及第。这个时刻，他要做的第一件事就是立刻向皇上提出申请，将徐姓改为申姓。当时，养父母尚在，董份问他为什么要这样做？并提醒他不要忘掉养父母的养育之恩，缓些时候，来日方长。申时行听从了恩师的话，现在是时候了。董份告诉他，可以由他代为转呈皇上。皇帝恩准此事。当然是董份从中替他说话。因为董份是将申时行视为自己人的，后来申时行与董份成了儿女亲家，申时行的门生徐泰时做了董份的女婿。

从此，在中国明朝历史上出现这样的一种表述：嘉靖四十一年的状元叫徐时行。嘉靖四十一年后的官员中没有那位状元徐时行，只有申时行！

董份在联姻问题上，多注重功利。首先看对方是否殷实之户，如嘉兴吴氏、湖州徐氏、苏州申氏、吴江吴氏，他们都是当时当地超级富豪家族。如董份娶嘉兴吴鹏的女儿为继妻。吴鹏在嘉靖三十三年（1554）升工部尚书，两年后改吏部尚书，三十九年（1560）为太子太保。晚年巴结严嵩，其子娶严嵩孙女为妻。这个婚姻，翁婿同居高位，不知是那个时代的幸事还是折射出高层的腐朽。

董份之子董道醇娶茅坤女，董份孙子董幼函亦娶茅氏女，何故？只因茅氏栽桑获利，财力十分了得。董份有三个女儿出嫁豪门：一女嫁苏州徐泰时。徐泰时是靠申时行中举的，他们是什么关系？申时行原系弃儿，后靠徐家长大，读书中举，为报恩让徐泰时中举，无有财力，何以达到？徐泰时有多少钱，没人说得清楚。但有一件，那就是留园（原称东园）是徐泰时造的，造了送给恩人申时行的。

一女嫁吴兴严氏家，严氏其子严杰曾受教于董份，后成进士，官至御史，不是超级大户，能请动董份来教吗？一女嫁朱时泰，其父朱希忠是"靖难"功臣朱能后人，袭封成国公，官到太师太保。还有，董份的孙女嫁给申时行的次子申用嘉，长期住在岳丈家，并入湖州籍，在浙江参加乡试中举，可见董、申两家的关系如何了。董道醇的二儿娶无锡状元孙继皋家……另还有董份缔姻于吴江大族吴氏。吴门的吴洪与吴山父子皆位至尚书。吴山与其弟吴岩同举进士，吴山之子娶董氏女。

一张庞大的关系网，网纲提在董份手上，纲举目张，能启能放，能重能轻，就看董份的态度与使用了。这份关系网，对董氏家族科举仕宦的成功和门第声望的提高,以及田园家产的扩大和安全保障,无疑起到了重要作用。有一点可以证明:董份岳父顾椿家,在董份发达之前十分普通,自从结姻后,顾椿兄顾峤之子顾震很快为富川县令,顾峤之孙顾尔行官至陕西道监察御史。莫说"一人得道,鸡犬升天",但顾家多少受些董份权势的实惠是不用怀疑的。

明朝嘉靖四十二年(1563),方丈本立和尚发起重修光福寺,申时行等曾"染墨为之疏"。然而,由于经费不足,"数年竟亦弗就"。董份跑过去看进展,发现负责人都不给力,便去问本立和尚,然后按照殿堂遗址标出尺寸,慨然出资,砖瓦,梁楹,工钱及油漆彩画的十分之九都是董份出的。光福寺于万历二年(1574)终于修成,整个建筑华彩宏阔,焕然一新。

当时有个刘凤为此撰写了《光福寺重建碑记》,曾感慨说,土木之工,必须靠人。再漂亮的佛寺,也有损毁的时候。就像光福寺,那么多僧人那么多年,求遍了权贵,看着都挺富,但没有站出来出力出资的。董份一出手,寺就修成了,就算另有募捐,能有多少?董份不为自己祈福,但求皇家天下与佛日共存。万历二十年(1592),董份又倡导募捐修了寺院后山上的光福塔。

清朝《簪云楼杂说》一书记载:董氏曾以二千金酬谢一媒人。这个媒人就是苏州辖区吴地的一位叫陈正礼的文人的儿子。他当时日子过得十分艰难,忽然有一天想起了父亲陈正礼生前对他说的话:"我曾与申时行有交情,然我生性耿介,自从他显贵后,不来往了。若你过不下去了,找他肯定帮你。"便立刻去同里拜访申时行,果如其父所言,申氏盛情款待了这位故友之子,不仅大酒大肉,还赠给三十金。此时正好赶上董份想联姻申氏,派人来说媒。

申时行明白董家豪富,顿悟:何不趁机再让故人之子发点小财?便借口媒人不在行,不肯答应。董家来人感觉失面子,表情不爽。申时行将其呼到一边悄悄耳语,如果一定要联姻,除非请陈正礼之子做媒,不过陈氏是名家之后,不一定愿意当媒人。董家来人明白了。申时行又把此事暗中告知陈氏,让他不要轻易接受董氏之请，做完这套戏，申时行最后让陈氏放风给董份，说："我岂是那么轻易出马的？不以千金为礼，我不随便开口。"董份吩咐家人不惜以两千余金前后酬谢陈氏，陈氏最终过上了比一般人强的日子。

申时行借助董份帮助故人之子的事，成为千秋佳话，据说董份事后与申时行酒后吐真言："我哪能不知其中缘故？我还没老糊涂呢，知道是套愿意上套，为的是善。"说明董份知道申时行的目的，是故意配合，看得出董份也有善的一面。

四

董家起也靠董份，败也因董份。

万历二十三年三月初五日（1595 年 4 月 14 日）董份去世，遗嘱："毋书吾故官，以白布三尺题曰'耐辱主人'足矣。"按照其生前遗言墓就葬在青芝山父母墓旁，墓前有牌楼、照池、石桥、石兽、翁仲等，制作宏伟。这里成为董氏家族墓地，其子董道醇，先于父卒，即葬在此。此后，其女婿申用嘉及女儿的墓也葬在青芝山。董份孙子董嗣昭、董嗣成也葬于此。

董氏墓地松柏森森，墓傍有青芝山房，栋宇轩敞；墓西建有董氏祠堂，重阁高檐，祠门题"梅林世美"额，中庭悬"白云堂"额。这里成为后人游览光福风景区必到的场所，有许多留下的诗文。清朝诗人徐坚的诗是：

> 青芝山下白云堂，高敞营来蜕骨藏。
> 此是梅花最深处，游人因识董浔阳。

诗人张大绪有《谒董份墓》诗写道：

长松号悲风，石虎卧荒草。

道旁两翁仲，阅历风霜饱。

令威久不归，屹立空华表。

石椁虽云固，漆灯何处晓。

高楼岿然存，楼中人渺渺。

徒为千岁计，百年每难保。

勋名勒钟鼎，文章载缃缥。

自足不朽垂，此外非所祷。

所以荷锸者，达观信了了。

叹息斜阳里，湖光回林杪。

感慨世道沧桑，岁月无情。

清末时，当地还有董氏子孙居住。

董份墓现为苏州市文物保护单位，墓上碑刻、石兽虽然不复存在，但其墓穴尚完好。

首辅申时行

一

明朝万历年间首辅——人称"太平宰相"的申时行，晚年常游虎丘，多次借宿虎丘寺，并留有多首关于虎丘的诗。

从山塘街进虎丘，过山门，辟另径走到深处不远，便可见树密处就有一堆曾经建筑的痕迹。据说明代是座香火很旺的庵。这个庵牵连着一个著名的戏剧《玉蜻蜓》，连着一个人——接手张居正任首辅的申时行。

董份、申时行、徐泰时三人生活的时代是明朝，都属于当时的吴郡（苏州）。今天来看，他们三人中的董份，依今天的行政区划，则属于浙江省湖州市南浔镇。申时行与徐泰时是苏州人，最具体的地址就是今天的虎丘。那时叫武丘乡。申时行不是武丘乡人，但他的祖舅家是武丘乡。

据今天苏州市的好事者考证说，申时行是吴江市铜罗镇富乡村人。

有一种说法是，申时行的爷爷家住吴县城里，家里开着一家小店，那年城里发水，接着是瘟疫，他们家人都死了，就留下这个小不点儿，活着的人把他放在水缸里，让他在水里漂着，等有人发现他时，这个水缸里的孩子已经几天没进食，但大难不死。众人都说这孩子将来会光耀门楣，苦于不知是谁的后代，乡亲们赶紧四下寻找他的近亲，终于查到他家最近的亲戚就是武丘乡的徐家，那里地势高燥，别处水灾歉收这儿反而收成好。孩子被送到虎丘徐家。徐家已经有了几个女儿，就缺个男孩。他们见到孩子，当然高兴，又是地方上送过来的，便收下做了徐家的螟蛉子。

徐家在山塘街上有爿店，养家糊口没问题。孩子长大后，送进学堂，他的学业一般，但有一点好，他朝店前一站，那店里的生意就特别旺。这山塘街的生意主要就是为来虎丘进香的人服务的。生意旺当然是好事，但有人劝徐家说，这孩子常常独自到虎丘里面的庵里玩。那庵里有位道行很深的老尼，还有几位小尼。出家人六根清净，徐家并没想到儿子会与尼姑有什么故事。

再后来，他与庵中的小尼姑有私情，小尼姑怀了他的骨肉。徐家这个儿子几次与家里提及此事，要娶尼姑为妻，遭到拒绝并被赶出家门。没了归宿的他只好住到尼姑庵里。傍着年轻美貌的女人，男人贪着色，也许因为营养不良而病倒，也许得了肺病，很快就到了人生的终点。他死后没几天，一位尼姑生下个男孩后自杀了。

老尼在一个雾雨蒙蒙、没有游客的黄昏时分，把这个孩子送到了徐家。

徐家老板想拒绝。

老尼捻着佛珠告诉他们，这是善事，两个送孩子来的人都回归西天了，你们如果不收下这徐家后代，徐家可就……后面的话，她不说了。

她不用说，徐家明白这是什么原因了。再次精心照顾，用力将他培养成人。

这个孩子不负徐家厚望，27岁那年一举中了状元！《现代汉语大词典》编委之一郭佐唐，生前曾对此事展开调查。他认为，只要查阅明朝进士提名录，就会发现嘉靖四十一年状元为徐时行，而不是申时行，可见徐氏养父母一事并非无稽之谈。

那么，从明朝开始直至清代，虎丘再也没有庵，更没有出家的尼姑。这又是为何？

又是一个据说，这种事也只能用据说来解释。说是《玉蜻蜓》这个戏曲惹的祸。越剧《玉蜻蜓》以及与此有关的弹词，脚本来源都是从东阳班（婺剧）同名婺剧折子戏衍生出来的。

说起来，中间是有点故事可以说说。当年与徐时行同场登科的东阳人有王村的王乾章、古渊头的李学道。两人在朝与申时行关系渐渐恶化成为政敌，一时也没有办法对付申时行，文人嘛，那就只有文人的手段，用婺剧编个折子戏《玉蜻蜓》来丑化与他们同朝的丞相。为了让申时行找不到由头，他们把苏州说成了东阳。

明代后来一直禁演《玉蜻蜓》，也许虎丘一带没有尼姑庵是与申时行的后人有关的，到了清代，东阳与苏州一度还是禁演《玉蜻蜓》的。

从这些资料来看，申时行的出生很苦。

在翰林院任修撰十五年后，因为出色的才干被张居正看中，授他的官位是侍读，实职是兵部侍郎（二品），后来又调任礼部侍郎，七个月后授大学士（正一品）。他凭着机警与过人的才干，被张居正圈为"自己人"！这是万历七年的事。

明朝不设宰相，大学士即为首辅之人选。换句话说，申时行距宰相也就是一步之遥。到这份上，申时行的翅膀也硬了起来。他决定对启蒙老师的举荐给予关照：替徐泰时谋入仕之途！

二

就在这时，徐泰时再次带着申时行启蒙老师的书信到京城申府投贴。投贴，就是像现在的投名片，上门拜访。过去，他来过多次，但都被挡了回去，几乎都在门口那个轿厅旁坐了一会儿就被挡回了。

这次，申时行接待了徐泰时，态度和蔼地向他询问了家乡的许多事，然后告诉他，愿意为他的老师做点事。事后，他亲自向负责江宁的主考官推荐了徐泰时。

地位显赫的申时行替考生说话，焉有不取之理？

翌年入京会试，徐泰时顺利进入殿试名册。

这唾手而得的进士，对于徐泰时来说，真的是"来得早不如来得巧"。

殿试，理论上是殿前皇帝出题，考生应答。事实上，是大学士申时行辅助张居正出题。皇帝有时可以不照试卷念，但对张居正崇拜得五体投地的万历皇帝，不但完全照张居正的试卷念，连音节都努力照当年老师教他读《四书》《五经》的那种语调念！

徐泰时外表持重稳健，给张居正留下了印象，徐泰时顺利通过殿试，入朝为官。张居正带新科进士觐见太后时，专门介绍了徐泰时。

太后深感宫廷管理上的混乱，便要徐泰时留在太仆寺。

太仆寺的职责很复杂。秦朝之前是王命的主要执掌者，向下颁布王命。汉朝列为九卿之一，官位高显。到了明朝，太仆寺成为专掌皇帝御马与朝廷马政的衙门。马在古代是朝廷最为重要的实力表现。徐泰时进入太仆寺时，太仆寺的性质又有变化，太仆寺不再管理马，马由苑马寺管理。太仆寺成为专门为皇家负责建筑的职能部门，徐泰时在那里做一个账房小职员。

张居正在朝中的地位如日中天。万历五年（1577），张居正父亲去世，按照封建礼教，他必须辞官回家服丧三年。百善孝为先的大明王朝，在张居正父亲去世时却上演了"夺情事件"！

"夺情事件！"就是不准张居正回家守孝。太后顶住朝廷上下的压力不让张居正回家服丧。直到第二年万历皇帝大婚后，才给了张居正三个月的假离京回家服丧。但京城的大小事也都快马飞报张太师。

万历皇帝举行大婚后的第二年，这年万历皇帝15岁，他从形式上摆脱了太后的日夜监视，行动开始自由。在这之前，一切都是在老师张居正的辅助下进行，对于张居正的依赖，他几乎到了一刻不能离开的地步。

万历十年（1582），也就是徐泰时入朝两年后，张居正去世。先是张四维接班，不出一年，张四维的父亲去世。这个时候的万历不能再"夺情"，重演不让臣子丁忧的旧戏。便把47岁的申时行推到了首辅的位置上。张四维居丧将要期满时，突然一病不起。申时行便坐定了这个位置，大家知道他是张居正政策的忠实执行者。有"萧规曹随"之名，但申时行终究不是张居正！他执行的是自己的政策，这便让朝中上下有了许多非议。极具苏州人温和谦让的他，面对明里暗里的"冷箭""热嘲"，申时行总以谦恭的表情对待别人，绝无趾高气扬的情绪流露。久而久之，他得到了"长厚"的称誉。

四年后，申时行把比自己小六岁的徐泰时调到了身边。

有一次，申时行与徐泰时谈起多年前的推荐信，感慨地说，我家很穷，爷爷给徐家收养，父亲又处境不佳，我能有书读，全赖老师啊！后来，我恢复申姓，你们徐氏很有想法，逼得我不能返乡，多亏老师从中斡旋啊！

三

万历元年（1573），张居正主政，推行考成法，整顿官吏。政令传出，贪吏懒汉闻风丧胆，距京万里之外，早上下达的朝令晚上到了立刻执行。

万历六年（1578），丈量天下土地，推行"把原来的田赋、徭役和杂税合并起来，折成银两，分摊到田亩上，按田亩多少收税"的一条鞭法，百姓减少了税赋，当然高兴。天下丰饶，仓粟充盈。国家粮仓里有了可支十年的余粮，国家的金库里有了可用十几年的金银。

万历十年（1582）六月，张居正年58岁，去世。对待这位明朝的有功大臣，万历突然改变了态度，下令抄张居正的家。逼使张居正长子自尽，次子充军。

张居正去世半个世纪之后，对崇祯皇帝提出建议要给张居正平反昭雪的，竟是在"夺情事件"中被张居正迫害打断双腿、终身残疾的邹元标。

邹元标的双腿残疾跟张居正有什么关系？

万历五年，张居正父亲去世，张居正告假回家奔丧守孝，但是万历皇帝即将执政，对张居正的依赖到了寸步不离的地步！这位皇帝竟然采用了"夺情"，要张居正提出放弃回家奔丧。

张居正无奈之下做出不回家的决定，其实他这样做，也是为了正在进行的"改革"！但这种违背明王朝道德标准的做法无疑受到许多大臣的指责，甚至为当时老百姓所不能容忍。人们认为张居正是过于贪恋权位。邹元标为此上疏，指斥张居正，他在奏本上说，张居正虽然是个有才的人，但在做官上太偏执，刚愎自用，心胸狭隘，滥用职权，蔽塞言路，使民间的声音无法直达天庭！这样的人再在朝廷把持重职，天下人怎么看我们的皇上啊！……

邹元标将写好的奏疏放于怀中，趁着上朝，准备递上。这时朝堂上正在杖打吴中行、赵用贤、艾穆、沈思孝四人，他们都是因为反对张居正"夺情"遭到万历皇帝严惩的。吴、赵二人已被打得血肉狼藉。眼前的惨象并没有使邹元标畏缩，相反，他对这种冒死直谏的精神十分佩服，毅然取出奏疏交给太监。

太监知道又是针对张居正"夺情"的奏疏，不肯接，劝他说：你难道不怕死吗？

邹元标假称：这是我的告假书。

太监这才收了奏本，立刻上呈给神宗。

神宗看后，大怒，毫不客气地下令廷杖八十。

明朝的廷杖十分残酷，人的尊严在杖下荡然无存。行杖时，受杖者要脱去袍服，杖八十，对于一般人来说不死也要致残。邹元标侥幸保住了性命，腿部却留下了终身的残疾。

神宗同时下旨，谪邹元标戍贵州都匀卫。

从京都到贵州都匀有数千里之遥，不说废多少时间，就那路上的艰难险阻也可想而知。

明代充军的犯人死于途中是常事。由于邹元标的上疏言辞过于激烈，张居正在邹元标双腿残疾发配贵州后，余怒未消，暗中授意去贵州的巡按御史，将邹元标置于死地，以绝后患。张居正做梦都没想到，这位御史命太短，到达贵州的镇远，突然暴病而亡，这倒给了邹元标一个免遭暗算的机会。

都匀卫设在崇山之中，是古代夜郎国所在地，也是中原人号称"蛮夷"之民的聚居地区，可以想象那里的环境十分险恶。谁到那里谁都待不住。偏偏这个邹元标不但能待下去，还做了许多对当地百姓有益的事。首先是对当地教育落后状况进行改善。同时利用自己来京城，又是学富五车的进士，在这个偏远的地方聚徒讲学，开课授教，探究学问。邹元标的作为深受当地百姓的尊重与拥戴。

五年后的万历十年（1582）六月张居正病逝。朝廷一场"热闹"后，迎来了新年。申时行想到了自己的学生邹元标，请求万历皇帝下旨重新起用他。万历十一年（1583），万历皇帝召回邹元标任命他为吏科给事中（虽然是五品官，但能对皇帝下的圣旨有过目建议修改的权力，更对官吏有很大的弹劾权）。

回朝后的邹元标干的第一件事就是上疏神宗，要求皇帝做到"培圣德、亲臣工、肃宪纪、崇儒行、饬抚臣"五件事。随后又弹劾礼部尚书徐学谟、南京户部尚书张士佩。徐学谟追随张居正，官升到了礼部尚书的位置上。张居正死后，朝廷一片声讨声中，徐学谟为保全自己，很快又与继任首辅申时行结为儿女亲家。尽管自己是申时行的学生，邹元标还是从百姓国家利益出发上奏，使神宗下决心将徐学谟、张士佩赶出朝廷。

万历十二年（1584），慈宁宫遭火灾，邹元标上疏痛言"保圣躬、开言路、节财用、拔幽滞、宽罪宗、放宫女"六事。神宗大为恼怒。有传言说皇帝要杖杀邹元标。邹元标听到后，让妻子准备好布袍、白蜡和治伤的药品，毫无畏色地说："我的筋骨虽有残，但精神还可以再杖五六十，如果缇骑来，不劳他们动手，我自己去受杖，只是不要让我的老母知道。"言下之意，他已将生死置之度外。话传到神宗耳中，神宗冷笑说，那就杀他吧！申时行得知后，毅然冒死请求神宗看在邹元标曾经残疾的分上网开一面。神宗起先不予准许，申时行再三请求，一次不行，再来第二次，锲而不舍，最终使神宗放弃杀邹元标的念头，让他降到南京刑部去做个小官。

万历十三年（1585）五月，邹元标再度被调回北京，任吏部验封司主事。不久神宗让吏部尚书杨巍对国事发表意见，邹元标得知后主动替他代笔，指出吏治十事、民困八事，洋洋几万言，针对当时人所不敢言的弊政，还抨击了皇家的宫闱秘事。很快惹翻了神宗，神宗这回真想杀他了，但一时又找不到理由，恼得连吃饭时都对太监说：快去看看，他邹某人是不是又在准备数落朕？

太监说，皇上，你找个机会支走他永远不要来朝廷，不就免了你的恼了？

神宗一想，对啊！

机会来了。万历十八年（1590），邹元标的母亲去世，他照例回原籍为母亲守孝，以后居家乡 30 年没有再到京都。

明光宗朱常洛继位后，东林党人当朝，邹元标被召为大理寺卿，人还没有到任，又一道圣旨升他为刑部右侍郎。阔别京城近四十年后，今日还朝，邹元标虽须发皆白，却依然踌躇满志。他路过京畿地区，见禾苗青青，知道左光斗等人推行的水田改革已初见成效，便高兴地说：三十年前，京城人不知稻草为何物，今日处处皆种水稻，于国于民都有利。

为此，邹元标感慨道：治理天下难道不是靠人才吗？人若有才，天气地力都可以被利用。

光宗只当了八个月的皇帝就病逝了。

邹元标到北京，已是天启元年（1621）四月。当时辽东战局紧迫，大敌当前，他痛感到三十年来朝中大臣只顾门户之争，而不问封疆之事，才造成如今的混乱局面。于是，邹元标大声疾呼，首倡和衷之说，建议恢复万历皇帝胡乱处置下去的一批人才。第二年，他又上疏指出万历四十五年（1617）丁巳的监察部门党同伐异，请重新起用章家祯、丁元荐、史记事、沈正宗等二十二人。

至此，万历朝被罢免的诸臣都获得了昭雪。

尤其可贵的是，邹元标看到大明天下在张居正死后竟如此迅速地土崩溃烂，这才反思出张居正的种种改革才是挽救大明的良方。他不记私怨，提出给张居正平反。有人说，你忘了伤疤！邹元标列举先贤行为，大肆称赞张居正当年的政绩，提出该恢复张居正的封号，予以公祭。他在朝上大声疾呼说，我年轻的时候反对张居正，现在看来是做了件糊涂事，国家一败至此，可惜世上已无张居正。

崇祯皇帝采纳了他的建议，恢复了张居正的封号与名誉。

但这一切已为时太晚。没过几年，明王朝便被李自成领导的农民起义推翻。

……

每次到了国家生死存亡的危难关头，总有人记住张居正。辛亥革命前后，梁启超说张居正是中国古代六个伟大的政治家之一；在抗日战争期间，朱东润面对山河破碎，写出了《张居正大传》，觉得张居正是一个力挽狂澜的人物。在20世纪50年代初期，新中国刚刚诞生，著名大儒熊十力写了《韩非子评论·与友人论张江陵书》，张江陵就是张居正，他是江陵人，以故乡籍贯称谓，是古人的一种习惯。熊十力在这篇长文里，意气风发地议论张居正的丰功伟绩。20世纪80年代初，中国的改革进行得如火如荼的时候，黄仁宇先生撰写的《万历十五年》又风靡大陆，书中再次肯定了张居正的历史功绩。

熊召政花十年时间写出的《张居正》，获得了第六届茅盾文学奖。这都是历史的一种推动力。越来越多的来自民间对张居正肯定的声音，变成一个时代的主流思想，这就是可喜的进步。

公允地说，张居正是极为难得的治世良臣，他实施的改革，于国于民都获益匪浅。正是他在实施"考成法"裁冗官核吏治的同时，又实施了"一条鞭法"等新的制度，为国家储备了大量的金银与粮食，支撑了大明王朝的最后60年，所以在明朝末年有人说他是"救时宰相"。张居正执政期间对待老百姓，施的是仁政，对官员、清流等利益集团，他施的却是苛政。这正是张居正的可贵之处，亦是祸机引发之处。人们在总结张居正改革为什么会出现"人在政在，人亡政息"的局面时，认为他在用人上是有得有失的。

其中，就有我们这里提到的申时行。

张居正自己曾说：治理国家的事啊，不要太急着对百姓采取什么措施；要想安民，首先在于治理官场。如果官场风气不正，一切政令都会流于形式。整顿吏治，就在于治理三个字——

一曰贪。张居正深知贪乃万恶之源，更清楚当时官吏贪污的具体情形。

二曰散。当时京城十八大衙门，全国府郡州县，都是政令不一各行其是，六部咨文下发各地，只是徒具形式而已，没人认真督办，更没人去贯彻执行，一个

"散"字让朝廷威权形同虚设。

三曰懈。百官忙于应酬，忙于攀龙附凤，忙于拉帮结派，忙于游山玩水吟风弄月，忙于吟诗作画寻花问柳，唯一不忙的，就是自己主持的政务，张居正深知一个"懈"，足可将大明江山变成一盘散沙。

张居正既清楚当时的现实状况，也懂得吸取历朝历代的历史教训。他知道宋朝王安石变法失败在于急着为国家聚财而没有"核吏治"；明朝正德、嘉靖年间的改革之所以不了了之，也是吏治腐败所致。因此，张居正做首辅大臣后虽然面临严重的财政危机，他却没有一上来就贸然整顿财政，而是先行改革吏治，于万历元年提出"考成法"。该法严格考察各级官吏贯彻朝廷诏旨情况，要求定期向内阁报告地方政事，提高内阁实权，罢免因循守旧、反对变革的顽固派官吏，选用并提拔支持变法的新生力量，为推行新法做了组织准备。

张居正万万没想到的是，正当57岁精力充沛之时，一场痔疮的复发，他三个月就病危了。弥留之际，仓促接受司礼太监冯保的建议，保举原礼部尚书潘晟入阁，潘本是平庸之辈，还未上任即遭弹劾而辞职，继任者是一向受到张居正垂青的张四维，此人家资万贯，倜傥有才，但品行素来不端，他攀附权势，曲意奉承，极尽逢迎拍马之能事。一朝大权在握，张四维立即转向，起用一批被张居正罢职的官员。首先发难攻击张居正的李植，就出自张四维的门下。

张四维回乡奔丧。

以一手漂亮的文章博得张居正欢心的申时行，于万历六年入阁，协理政务。明末著名戏剧家汤显祖对他的评价不高，用了四个字："柔而多欲"。还加了个注，说申时行中了状元就不认徐家的门第，实质"是个貌似宽厚，实则利欲熏心的伪君子"。

张四维奔丧，一去不回头。

申时行坐定首辅。后人说他亲自拟旨加害张居正"诬蔑亲藩""专权乱政""谋国不忠"等几大罪状。还说，在申时行主政期间，一切新政全都报废。如果没有申时行，张居正的新政尚可延续时日。张居正英明一世，却毁于申时行的偏好奉迎，没有洞察埋伏在身边的异己分子，以致祸起萧墙，人亡政息。

其实如何呢？

事情并非如此。下面说到申时行为张居正做得好几件事。

张居正的悲剧应该是张居正自己酿出来的。

即使张居正死后用的是张居正的心腹，也无法改变一些现象。

首先，张居正新法成功在于万历皇帝对他弟子般的尊崇和支持，一旦"功高震主"，势必导致万历皇帝对他不满，他死后被抄家的悲剧是因为皇权受到了挑战。

其次，张居正损害了某些集团的既得利益，尤其是文官集团。张居正"把所有的文官摆在他个人的严格监视之下，并且凭个人的标准加以升迁或贬黜，因此严重地威胁了他们的安全感"。仔细一想，张居正若不这样做，改革又怎么能获得成功？面对百弊丛生的政治局面，一个有志于革除弊政廓清浊气的政治家，如果没有赴汤蹈火的勇气，就不可能扭转乾坤。一种制度、一种风气一旦形成社会主流，要想改变它何其艰难。而张居正从事的改革，正是要改变社会，这就注定了他要同社会主流的代表者作对。这些人在张居正生前无可奈何，只能等其死后伺机反扑。

皇帝心里担心你功高震主，再加上小人谗言，结祸之网焉能不成！张居正在世人眼中，是个为国为民的道德君子；但在历史学家眼中，张居正的私德是可以商榷的。传说戚继光给他送过绝色美女，他一顿饭用了多少银两……两个儿子中状元、探花让人感到有科场舞弊之嫌……

张居正熟读经书史籍，对历代改革家的厄运并非无动于衷，他后来"亦自知身后必不保"，但仍然矢志不移推行改革，唱响了一曲轰轰烈烈的英雄悲歌，这充分表现出张居正的坚强意志和自我献身的精神。应该说张居正"人亡政息"的悲剧不只是他一个人的悲剧，而是整个大明王朝的悲剧。

如果张居正的改革后继有人，崇祯皇帝或许不会落得景山上吊的结果，大明王朝或许还可残喘几年，或许清兵不会入关……太多的"或许"让后人明白悲剧并非张居正个人的。

四

万历十二年（1584），明神宗朱翊钧开始为自己兴建寿陵（即明十三陵中的定陵）。他下旨任命大学士申时行负责建造事，兵部工部各一名尚书配合监督工程。徐泰时也被派到工地主理寿宫。徐泰时一到工地，就卷起裤腿从小工做起。

陵地位置选择了两年半时间，挑剔的万历皇帝亲自去了四次，选了17处，还处分了包括申时行的姻亲、礼部尚书徐学谟在内的五名大臣，最后才定下。

徐泰时在工地做事扎实到连工程材料款也是见材付款，防止商人冒领费用。

为了使工匠不因生活条件差而怠工，徐泰时亲自带头捐出工资造工匠宿舍，使工匠摆脱露天吃住之苦。在疾病流行时，设"医局"施药，同时设"病局"收养病号，使"民赖以安，所全活者万众"。由于徐泰时的认真管理，工程进展迅速，在建定陵造成国库空虚的情况下，"所省金钱动逾数十万缗，工不豫计而事办，材不宿购而力完"。意思是动辄省去数十万缗工程款，工匠不用计划就可顺利完工，用料不用早备按需购置。

定陵建成，万历皇帝御驾亲临表示满意，特恩赐徐泰时麒麟服，以彰显宠爱，升他为太仆寺少卿。

为皇帝造陵园也能升官，这能不遭人暗算吗？

终于有人想出了点子来整徐泰时，说他受贿，更为严重的是，说他为了在造陵工程中省钱，竟然在伐木运输这些关节上不按章纳税。

这些指责是很有用的，如果你皇帝不处理他，那就会被写进你皇帝的"起居注"里去，更厉害的是皇太后还会来干涉。万历十七年（1589）冬，徐泰时被皇帝安排回家听候处理。这一"听"就是四年，虽然反复查实"无庇商之私"，所说事"多所谣诼"，但仍罢职不用。

后来，申时行终于找到机会将徐泰时拉到自己的身边。

在申时行身边工作，徐泰时目睹了万历皇帝朱翊钧亲手炮制的几起大事。

首先是对张居正从百般尊崇依赖到口诛笔伐，严惩不贷；万历没有他的叔祖正德皇帝那样的勇气与积极探寻快乐的情趣和冒险精神，但他在疑人方面，则有过之而无不及。这一点，很像他的祖父朱厚熜。万历皇帝把张居正的家抄了以后，满朝文武无人敢替张居正说句公道话。只有申时行站了出来，向前一步，不重不轻，语气缓缓地把每一个字都吐清楚，让所有在场的人都知道说的是什么。他说，张居正只是有过错。就这几个字，如同一块磬石落在朝堂的方砖地上，砸出的动静击中了每个人的心！据说，整个朝廷上下，鸦雀无声。朱翊钧身后使女动一下裙衩的声音都让门口的卫士听到了。

谁都明白，申时行的言下之意，张居正绝没到满门抄斩、刨棺暴尸的地步，何况你还在张居正临死前九天，下旨授"太师衔"，这种建朝二百年来没有过的事，你都做了，现在却不能容一位对你有恩的已故首辅？你让天下人怎么想？

明白过来后，万历皇帝很恼火，他看看满朝文武，见没人敢出列说话，便对申时行恶狠狠地责问："这十年里，我身居九五之尊，却没钱来赏我喜欢的宫女，只能记册以待有钱后再兑现。我的外祖父因为收入不足以开支日常生活，被迫拿了公家物品牟利被当众申饬。而他，言行不一，满口节俭，事实上生活极其奢侈，有许多的珠玉、绝色美女。占那么多实利。该如何解释？"

申时行回避了正面话题，提出要对张居正的老母额外赡养。徐泰时站出来支持，顿时如一股暖流淌入所有官员的心中，谁没有老母？谁没有张居正的今天？

谁愿意看到同僚都像张居正这样下场?

整个朝廷上,没有声音。

这无声,朱翊钧明白,它比有声更为可怕!

万历无奈,只好准许留地千亩、空宅一所,并坚持要申时行回答他提的问题。

站在一边的徐泰时如果再不出来帮腔,事情可能真会砸锅。这时,徐泰时站出来大胆回复万历皇帝,说,天下的财富都姓朱,张居正和许多人一样,只是做了皇上财富的保管员!

万历皇帝听罢笑了,对徐泰时说,你什么时候愿意让我去看看你那仓库存的东西?

徐泰时跪奏道:随时恭候。

万历皇帝还真的派太监到过徐泰时的家中,可惜这个七品官的家里非常贫寒。从这事上你就可以看出万历皇帝的胸襟如何了!

在申时行身边的徐泰时目睹着官场的险恶,时时替申时行提心吊胆。

申时行却说,从表面看,他们是冲着张居正来的,因为我是先师的人,我接位后做了一些让他们看来是对先师不利的事,但实质上,我还是顺着先师的路线走,他们看出来了,他们终于露出了他们的本质,他们的本质实际就是要左右皇帝。他们有个理论是很可怕的:现在不是需要新的政策,而是需要一个性格平淡无欲的皇帝来忠实地执行前朝政策。也就是说,皇帝不是政策的决策与国事处置者,而是一个国家的象征!皇帝最好毫无主见,如此可足以代表天命!

徐泰时不解地问,先师的政策真的不对吗?

申时行说,先师的新政对国家有益,而对官僚无利,我不能昧心地站到官僚一边去攻击先师,也不能为了保护先师而丢了自己。我连自己都保不住的话,先师的家人连最基本的生存都保不住,那么一来,我更对不起先师。所以,我只能缓解矛盾。

皇上能明白吗？徐泰时问。

申时行叹口气，摇摇头说，他应该明白：在这个已经有二百年历史的王朝里，不是缺少皇帝，而是缺少"目标"。这个目标，就是让官僚能不断地出现能人！不断地制造出能够显示自己聪明才华的新的让他们攻击的"目标"，如张居正、申时行。没有了，或者说，选择不到更好的攻击"目标"，他们就会对着皇上来的。

皇上没办法？徐泰时感到惊讶。

申时行说，皇上由于"道德"与先祖政策的制约，只能听命于官僚的"制裁"！如果他不在万历七年至十年间扮演那个"自命不凡"的角色，对张居正下手，……

徐泰时倒抽口冷气，难道明朝已经……

申时行把手指竖在嘴唇上，不再多言。

五

万历十五年，考察之年，所有官员都要受到考核。

这年的主持首辅不再是张居正，而是申时行。

申时行采取与张居正完全不同的态度，力主人事上的稳定，让大小官员各就各位，机器照常运转。于是众心欣慰。申时行化险为夷，博得"老成持重，有古君子之风"的称誉。

万历皇帝对申时行的看法好转，给申时行授太师称号，被申时行坚辞，张居正的前车之鉴，就摆在那里。

果然，万历神宗皇帝朱翊钧后来厌倦了申时行。

申时行终于祸及自身，赶紧告老返乡。57岁，还是很可以作为的年纪，却无奈地决定被迫辞职。申时行走时，劝告徐泰时，及时抽身，否则，一切灾难将会降落。

两个苏州人在一个灰暗的下午离开京城，踏上返乡之途，竟然无人相送。

事情弄到这个地步，都是因为废长立幼引起的。

现在看来，当时万历皇帝迟迟不立太子，也是后来明朝悲剧发生的原因之一。长期不立太子，后宫矛盾加剧。内阁大学士要联名呈请，由二辅许国执笔，但此奏一定是要申时行领衔。此时，申时行在病中，并没有人告知他就上报了。结果是龙颜大怒，要处分这些管他"家事"的官员。

申时行得知后立刻上了一份揭帖，说明自己不知情的原因。完全被孤立起来的万历看了申时行的信后很感动，朱批感谢对他的忠诚。皇帝批后的这份揭帖应该直接给本人，但不知哪个环节上出了问题，被许国截获。许国毫不留情地让人抄发散布。虽经制止，迟了，从而引发了满朝文武对申时行品行的怀疑。理由是："遁其辞以卖友，秘其语以误君。"失去满朝文武信任的首辅无法再工作下去。尽管万历皇帝惩处了弹劾申时行的首要人员，对于许国也发回原籍，但已无法留住申时行了！

事情并没到此结束，申时行走后，众官员出之对社稷的考虑，直接指责万历，要他反省所作所为与开国皇帝时的政策相悖。万历此时方清醒申时行存在的重要性，他决定召回申时行。

申时行坚辞不从，最后只好让徐泰时回京替他完成大峪山工程及宫殿里的后继事务。

申时行不忘给万历写揭帖，说明徐泰时回朝会引来众官的打击，希望能让徐泰时料理完后仍然回籍。

万历这回给了申时行面子。

徐泰时在京羁留期间，有人想从徐泰时的身上打开攻击申时行的缺口，但没有成功。

万历四十二年（1614），万历皇帝又一次想到了申时行，并再次恳求老太师回朝辅政。他一点也不知道申时行几天前在家乡苏州度过了八十岁（虚岁）生日后去世。

万历转而询问徐泰时这位五品官的近况。他才知道，徐泰时比申时行早16年就去世了。但在徐泰时那里有申时行留下的墨宝，万历急忙派人去取，那是一句至理名言："道德是一个国家自古以来的安邦之良策。"

万历捧着这话，流下了后悔的泪水，但已经迟了。六年后，57岁的他也撒手西去。

六

有人说，留园是徐泰时造给申时行的。

这话不是没有道理。

在申时行的保护下，即便有人对徐泰时不满，徐泰时也不必多言，自然由申时行在前面挡着。徐泰时奉行为人处世和为贵的原则，凡事谦让。徐泰时自小替父亲的生意做账目，积累了经验，他直接经手定陵钱财，从中截获多少，只有申时行心里有数，其他人也只是猜测而已。当他与申时行一起离职后，有人清理过账本，没查出问题。

出自对申时行的敬重，徐泰时回到家乡后要办的第一件事就是替申时行造一座园林。因为，直接送钱财给申时行是不妥的，造园林送给恩师，自己也可以常常去享用，这种好事何乐不为？

申时行拒绝了。他深知万历的秉性，不想步张居正后尘。

徐泰时决定自己造园。

他做出这一决定时，拙政园已经存在半个多世纪了。拙政园的平岗小坡、自然野趣形成的素雅静逸、简朴清远，极具文徵明的画风，令他们心生向往。徐泰时是工部官员，他在赏识之外还追求一种来自皇家的贵气，但又必须合乎规范，这与申时行的审美爱好很相近。

据说，徐泰时造园之初，专门去倾听申时行的意见。

申时行没有任何话语，临别时说了一句，在大峪山看关外，气势可观！

徐泰时心领神会，请当时吴地造园名匠周时臣到园中筑高数丈、阔可延绵有势、酷似大峪山背景之燕山的横披大假山。周时臣说，此山，也许只有"瑞云峰"才能相配。徐泰时问何处可得。周时臣告诉他，北宋朱勔采办"花石纲"时落入太湖里的巨型太湖石，名"瑞云峰"，如今在董份故居。

"董份？就是嘉靖四十四年被户部谏官欧阳一敬弹劾的南浔籍礼部尚书，特别能发现人才那个？嘉靖四十一年（1558）赐蟒服及'东观总裁'印章，加工部尚书兼吏部侍郎，继举升礼部尚书兼翰林学士……"

"别多说了，正是他。"

周时臣告诉他，当年朱勔运瑞云峰船过太湖时，石盘落水沉入湖底，怎么打捞都弄不到，只好把瑞云峰放下。这座瑞石后来被董份买去。董份用船运往南浔，不料在太湖里沉了船。董份花钱募人打捞。最早出水的竟然是瑞云峰的石盘，诡异至极，随即令人再寻瑞石，终于也捞出了瑞云峰。这块石头如今安在南浔通津桥北块"大宗伯第"里的"爱莲池"。

原来，宋朝末年宋徽宗赵佶修艮岳，朱勔奉命在苏州一带搜罗奇花异石。在太湖里的西山发现两块奇石，好比两女相对，俗称大石为大谢姑，小石为小谢姑。大谢姑高达四丈，朱勔为运它，花费八千缗打造巨舰，将它运往汴京。宋徽宗赐名"神运昭功敷庆万年之峰"，封为"盘固侯"。小谢姑即瑞云峰，将启运之际，遇靖康之乱，弃置河滨。到了明代初年，苏州国子监祭酒陈霁相中此石，将它从西山运往东山横泾，途中船坏，石与底座的石盘皆沉入水下。陈霁听从当地人建议，在沉石水域四周筑堤用水车将水汲干，耗时近月，费工千余，才将石头打捞出水。但石盘则因打捞难度更大而放弃。陈霁是横泾富户，宅第宏壮，按藏经数建造，共有五千四百八十间。堂前立峰石五座，其中最大的就是这座瑞云峰。

陈氏卒后，正值董份营造"大宗伯第"，有人向他推荐了这块瑞云峰。董份当即去看了，感觉很好，决定运回南浔。令人不可思议的是，这块石头运过太湖时，船就在当年陈霁沉船处无故自沉。董份只好打捞，方法仍然是陈霁那样，让人称奇的是，最先打捞出水的竟然是当年沉水的石盘。董份心有不甘，继续重金募请善泅者，摸索水底情况，终于在一里之外的地方找到了这块瑞云峰，将它们合二为一。据说，距陈霁上次石沉恰好六十年。由于石头太沉，为减少摩擦力以节省人力，董份采纳民间建议，以捣碎葱蒜叶覆地来给地面增滑。当时用葱蒜万斤，致使南浔一带很久没有葱蒜。董份费劲将这块石头运回家，还没竖起，儿子董道醇就突然病故，自己也感觉精神不振，遂弃置一边。

周时臣说完后，徐泰时明白了，很快择日去了一趟南浔，看望岳父，说起瑞云石，董份来了精神，问有什么打算。徐泰时只好把造留园的事说了，董份连夸好事，便将这块太湖石转赠给了爱婿。并说道：难得你这份孝心，好啊！造好了也让申时行高兴高兴。然后约定，择日到董份的光福新居一聚。

周时臣替徐泰时把那三丈余高的瑞云峰弄到了东园。

瑞云峰耸立于大假山，果然气势非凡。

留园当时称东园，历时五年造成。

与拙政园等当时苏州的园林相比，留园还是高雅之首。

申时行有评价说，园分东西，实为东西中北，墙廊相隔又相通，空窗迭漏窗，洞门连院廊，景物分明又重叠，韵中有趣，趣里有情，变化多端，实又寻常！他用了几个"可"：可行、可望、可游、可居来概括这座园林。

秋深时节，枫林蔚然似云霞，透过隔墙间的漏窗，可以与中部之乔木互为借景，令人顿觉山野之趣。

红叶每出粉墙，堆积于墙，若霞染云蔚，给中部观景平添重彩。

人工堆叠的山上有亭两座，一亭浸没在枫林之中，一亭翘首西北山腰。

清溪环山，植桃柳行行，溪的尽头，临水造一阁，水自阁下过，人在阁中观鱼游，仿佛跨溪，有晋人的桃花源境界。

在建筑上，徐泰时听了申时行的话，不搞皇家气的东西，厅堂楼阁均为江南旧式风格，用料做工都是上乘极品。前后两院皆列假山，人坐厅中，窗与门成了天然取景框，外部景观犹丘壑再现。

后部小山前一清泓，站在这里左眺远翠阁，隔院楼台一一在目，人益觉气势之宏阔，景致之繁盛。左右周围建筑，或小亭小屋小院，或重叠馆堂，布局合理，过渡有景相间，相连有窗能透。佳木修竹、萱草片石，寸寸得宜，楚楚有致。人在静中有动感，动在静处有景移。

步至冠云楼，推窗可见虎丘塔影，壮哉！

万历二十四年（1596）"公安派"诗人三袁之首的吏部郎中袁宏道任吴县县令。

申时行借此园为袁宏道洗尘接风。

28岁风流偶傥的袁宏道在那次酒宴后写下了《园亭纪略》，称：宏丽轩举，前楼后厅，皆可醉客。石屏为周生时臣所堆，高三丈，阔可二十丈，玲珑峭削，如一幅山水横披画，了无断续痕迹，真妙手也。

活了58岁的渔浦公徐泰时造了好几座园林，其中数东园为最大，西园次之。因此，有人说苏州下塘徐泰时是董份爱婿，家中富可敌国，罢官归里，专门花钱造园林。关于那块"瑞云石"还有一则传说。说的是，徐泰时从南浔运到吴中，一路上不知损坏了多少桥梁，然而正打算立石时，徐泰时病倒了，不久去世。瑞云石自此又高卧深厚的茂草之中。

40年后，徐泰时的儿子徐溶才把这块倒在深草丛中的太湖石竖起来。但不到一年，徐溶也死了，因此瑞云石一直被视为不祥之物。由于此石神奇异常，其故事在明清两朝流传甚广。沈德符《万历野获编·卷二九》、袁宏道《园亭纪略》、张岱《花石纲遗石》、徐树丕《识小录》以及明清苏州、湖州两地的方志，均有对此石的记载。尽管各家记载不同，大致风貌相似，离不开董份购买神石，兴师动众搬运，役使千人打捞，使用葱蒜万斤，最后又以此石赐婿，种种都离不开董份豪富的话题。

徐泰时在世的最后八年，家产还可以支撑开支。到了徐泰时去世后，其子徐溶渐渐感到家业只有消耗而毫无进项，遂向申时行世伯提出将西园舍作佛寺。申时行半晌无语，徐溶不忍伤了七十多岁世伯之性情，遂不再提此事。比徐泰时迟十六年弃世的申时行常常到东园与文人墨客赋诗饮酒，谈笑尽兴，享山水园池之乐。

徐溶年老时，将西园舍为"戒幢律寺"。那已经是申时行离开人间21年后了。

钱柳谋计救小宛

一

崇祯十五年（1642）仲秋，虎丘山道上来了几位非同寻常的男女。他们不像别的游客行走"山阴道"上，一路欢声笑语。这两男两女，各怀心事，说话也是有一句没一句的。他们是：钱谦益与柳如是，冒辟疆与董小宛。他们一路说着话，像是在商量什么事。钱谦益胖胖的身子，大冒辟疆29岁。冒辟疆瘦瘦小小的个子，39岁已显出与年龄不相称的衰老，走在一起，两人不像两代人。紧紧依偎着冒辟疆的董小宛，充满着19岁年华的丰娆与少女未退的稚嫩，比她大5岁的柳如是则是多了一份少妇的滋润，少了些生活的沧桑。

其实，董小宛的人生经历够沧桑的了。

董小宛出生于苏州城内生意兴隆的苏绣世家——董氏绣庄，这爿店已有两百多年的历史。店家只有一个宝贝女儿，取名董白，从小俊秀灵慧。父母教她琴棋书画、针线女红，一心培养她成为出类拔萃的女才子。不料家道中落，在董白13岁那年父亲患病撒手人寰。董白母女遭到了毁灭性的打击，董白母亲白氏只得将绣庄委托给伙计打理，自己带女儿隐居半塘河滨私宅。

　　明末战乱纷起，白氏准备将绣庄关闭，经查点发现绣庄伙计从中捣鬼在外面欠下了上千两银子的账，资不抵账的现状让白氏一时气急病倒在床，生活的重担一下子落在15岁的董白身上。庞大的债务、母亲的医药费使得她病急乱投医，被诱骗到南京秦淮河畔的画舫中卖艺。

　　董白改名董小宛，她的超群气质很快就在秦淮艺伎中出了名，清高的她不肯任凭客人摆布，从而得罪了一些客人。鸨母对她冷嘲热讽，董小宛一怒之下回到了家中，母亲依旧卧病在床，而一些债主也纷纷上门催债，董小宛百般无奈之下，索性将自己卖到半塘的妓院。在半塘有一种既有闲情又有财力的客人，带上个中意的青楼女子游山逛水，这对董小宛来说是可以接受的，虽说多是年纪大一点的人，可沉醉于山水之间的她也会真心真意地陪好客人，诗词对答，讨得客人的欢心，多得赏金。钱谦益就是这些客人中的常客。

　　小宛在名流宴集间经常听人讲到复社的才子冒辟疆，不曾有缘相遇。冒辟疆也时常听人提起董小宛的才艺，他向钱谦益打探董小宛，钱谦益赞不绝口，这更吊起冒辟疆对董小宛的思念，几番去寻也未能如愿，直到一个深秋的寒夜，董小宛参加酒宴微带醉意归来方如愿相见。醉态的她有些摇晃起身行礼，冒辟疆见状忙劝她不必多礼，于是在小宛床前的坐凳上坐了下来。

　　冒辟疆自我介绍后，董小宛说：早闻四公子大名，心中钦佩已久！冒辟疆没想到董小宛虽醉意蒙眬却依然思路清晰颇有见地。冒辟疆虽然只坐了不到半个时辰，但彼此都留下了深刻的印象。

崇祯十五年（1642）春，董小宛深受母亲去世的打击，又受欠债纠纷的惊吓，患了重病，奄奄一息。冒辟疆闻讯赶到，不仅宽慰她，还陪伴到深夜。冒辟疆第二天又来照顾她，没想到董小宛的病一夜之间好了大半，竟然站在门外相迎，进屋后奉上茶，牵着他的手说："此番公子前来，妾身的病竟然不药而愈，看来与公子定有宿缘，万望公子不弃！"这一天，董小宛与冒辟疆对饮并相约，等乡试一结束，就为她赎身再相伴回到如皋。

不料，冒辟疆带着董小宛回苏州赎身遇上了麻烦。

二

钱柳等四人路过道旁的一个亭子，驻足见是真娘墓。不知是谁先挑起的话题，接着就开始七嘴八舌议论起来。董小宛伤感地嘀咕："我被歹人强拐去，就想跳下去一死了之。"柳如是浅浅一笑，她明白董小宛是恨自己命薄。同是风尘女子，柳如是现在能够腰杆挺直，因为她现在是钱谦益正式的二房夫人。这让董小宛羡慕极了，她极想让冒辟疆赎她出去，堂堂正正地和相爱的人在一起。

但是，冒辟疆与鸨母交涉的结果不大理想。鸨母一点也不把冒辟疆这个大才子放在眼里，又着腰，小指头缠着喷香的手帕在冒辟疆眼前晃，食指要戳到冒辟疆鼻尖上：侬细贼，看得我妮姑娘好，就想弄回去过长夜梦短格日脚。痴人说梦话，一万两黄金都做勿得的事体，侬想做格，侬做做大头梦，做醒了，再来与侬娘我商议商议，啊行得通格。呸！吼没一眼眼通融！……气得董小宛饭也不吃，睡在床上不停地翻身，弄得冒辟疆六神无主。

就在这时，救星来了。

救星就是钱谦益。他得知虎丘云岩寺大殿重修，便托人打听到正准备请人写《虎丘云岩寺重修大殿记》，他自认为这活儿，在当今社会除了他钱谦益，谁也没这个胆敢接。没想到，钱谦益这话出口，马上就有人传到云岩寺住持耳中。僧人听进去了，没有反应。再传回到柳如是耳中就变成了：人家找的是当代四大才子排位第二的侯方域。钱谦益立马着人打探，侯方域正与李香君卿卿我我在南京秦淮河边浪漫，顾不上！

钱谦益一乐，有机会了！钱谦益着实在钱的问题上犯了愁。和柳如是花前月下，搞得钱谦益经常寅吃卯粮。现在飞来这买卖，必须抓住机会，他得让侯方域给他出力。钱谦益这么想，柳如是便提醒他：冒辟疆为人仗义，你只消快书一信，请他跟侯方域说明白，让他们两人跟寺里说让你来撰文，侯方域这面子一定给你的。钱谦益这才明白过来，立刻修书一封，快送南京冒辟疆。冒辟疆接信后，不敢怠慢，连夜找到侯方域。侯方域也不迟疑，老师的事，不得缓，呼唤笔墨，现场疾书一封回恩师钱谦益，另着书请冒辟疆带在身边直接到云岩寺交住持，并叮嘱冒辟疆：我给方丈说了，以我俩的名义建议此重修大殿记，非当代鸿儒钱谦益撰文不可，别人都不合适。

三

这路上的四个人，心事够重的。

冒辟疆的信起到了关键作用，云岩寺住持见当今四大才子的冒辟疆、侯方域推荐钱谦益来撰写重修大殿记，高兴得不得了。但耳边还是想起了别人的闲言碎语，脑子一转说道：钱不是问题，时间要紧些，三五天得写完，做碑的石头已经放在大殿外面了。冒辟疆把这话带到拙政园钱谦益家里，两口子正在家中。钱谦益说，我开的价不高：三千两白银。冒辟疆说，人家说了钱不是问题。时间很紧了，巡抚张大人催得急。

但钱谦益有个问题。毕竟他已过花甲之年，这么紧的事，急不来，一急，头就昏。

大夫说他要小心脑冲血（今天的脑溢血）。其实这一刻的他，已经发急得直打圈圈。倒是柳如是拉他到一边提醒他，冒辟疆来找你，也有他的事要说。

钱谦益：辟疆，你就是那个赎小宛的事啊！这样吧，你随我一起去虎丘跑一趟，我们结伴去游虎丘。赎小宛的事，我包了。如此，四个人出现在了虎丘的山道上。

路上行人很少，大家都想着心事，不知道如何行事，唯有钱谦益开心地笑着，不时拍下脑袋，说一两句笑话，逗逗大家。别人都不笑，只有董小宛傻乎乎地笑，柳如是低语对董小宛说，你要学我，奇耻大辱我都能熬！我的信念就是活出个人样来，让青史也留我一个名，像这真娘一样，占一席之地。董小宛一阵黯然。

冒辟疆说，我们陪老师逛虎丘，是来商量《重修虎丘天王殿碑记》的。那是正事，赎小宛的事，可以放一放。

不！不能放。要今天就办好。钱谦益定了调子。

到了云岩寺，见了住持。住持热情上茶。钱谦益老道成熟，端了端茶碗放下，双手一拱，离席对住持说明来意。住持坚持三天交稿。钱谦益说，今晚我留辟疆在此替我拟初稿，后天午饭前我来定稿，你备下素宴，记住。巡抚张大人也会来的。别急，我还有个请求，润笔费，现在要支我。我要去半塘聚仙楼缴钱赎人。柳如是一看住持有些发愣，上前道个万福："大师在上，我等人家，说到肯定做到，请尽管放心。"

这时刻，冒辟疆算是明白了：让我在这里替钱谦益撰写"重修记"，他将润笔费给我去赎董小宛。老师如此仗义，我不能后退。立马表态：我现在动笔，立刻开写。

钱谦益高兴地拍拍董小宛，这事成了。

住持也是个明白人，立刻着人取三千白银，当场付给钱谦益。钱谦益让柳如是喊人来取了，携身上即刻返城，准备付给鸨母。董小宛一时感动极了。住持明白他们的来意后，说道，禅房已备下，也给冒大人备下笔墨。你等可以先去办要紧的大事，办完后，冒大人月落前来即可。

钱谦益说，我们要去拜会巡抚张大人，还要去半塘聚仙楼办事，我这里应了你，三天交卷，只会提前，不会推后。

住持放心了，将大家送到寺外，叮嘱冒辟疆速去办事，回来晚一点也没问题。

四

万历二十三年(1595)出生的张国维，金华东阳(浙江东阳)人。天启二年(1622)壬戌二甲第十二名进士，授番禺县令。他到任后大兴学校，亲授农桑课，以德化民，深得民众一片赞誉。因政绩卓越，考入刑科给事中，升太常寺少卿。崇祯七年(1634)擢都察院右佥都御史，巡抚应天（今南京）、安庆等十府。他亲自指挥疏浚了松江、嘉定、上海、无锡等地河道。著有《吴中水利全书》。张国维爱民廉政，指令府前卫士、衙门人等不允许阻拦欺负来访者。当钱谦益等人到时，通报进去，张国维亲自到大门口迎接。进入大堂，主宾分坐。张国维公务繁多。钱谦益将冒辟疆介绍后，直接说明请巡抚张国维派人，帮助冒辟疆去半塘聚仙楼赎董小宛之事。张国维听罢，想了想，先喊副官带人去打前站，并对大家说，别急，我着人先去探探路，打个招呼；免得我们去了，当面顶撞起来，有两位当代名人在，可不能在本官这里丢脸面的。喝茶，请喝茶，请喝好茶。

约莫过了一袋烟的工夫。张国维站起来说，本官换便服与你们同去。

钱谦益与冒辟疆见张国维真的要去，赶紧拦住。倒是张国维执意前去：这地方，我已经听了不少故事，还没有机会看看去，贸然去了也不方便，今天借两位面子，去见识一下。柳如是见张国维如此和蔼，连连对董小宛道：还不快谢张大人！

董小宛赶紧道谢，快人快语说了一句：民女跪谢张大人。

好在半塘离得不远，几人步行前往。众人到时，门前围了许多看热闹的。鸨母一本正经地站在大门口恭候张大人一行。大家进入，早已备好茶水点心。依主宾入席，长话短说。钱谦益直接道明来意，他将董小宛自卖于半塘说成被骗入。鸨母脸上一阵阵发白。她听说过张巡抚惩治不良妓院的事儿，生怕被惩治。赶紧站出来将董小宛的自愿卖身契送到张大人面前，跪下说：大人请查看，小民并无拐卖，听凭大人吩咐。

张国维见状，明白前面打前站的已把工作做好了，扬手止住钱谦益的话头，站起来说，鸨母将董小宛的契约还给你们了，这事儿就算了吧！契约也是双方正式画押同意的。说完，令人取火盆过来，当场将董小宛的卖身契焚毁。并告诉冒辟疆，当场就可以带董小宛离开。

一场原本要大闹，甚至闹出人命的事，就因为张巡抚的介入，凶恶的鸨母竟然不敢再提万两黄金也不赎的话了。钱谦益成了其中最大的受益者，怀抱三千银子回了家。那篇重修记，自己改动不多，还落个署名，名垂千古。

五

冒辟疆随大家离开半塘聚仙楼，辞谢了张大人给董小宛的压惊酒，张大人也让冒辟疆免了答谢宴，后来他们常有往来，那是后来的事了。

在云岩寺住持的首肯下，冒辟疆携董小宛住进了云岩寺的禅房。董小宛掌灯秉烛，亲自研墨。冒辟疆不愧是才子，奋笔一个时辰就完成了这篇八百字的"重修大殿记"。将对张国维的感激之情溢于文章。称"崇祯二年（1629）十一月，虎丘云岩寺灾，大雄宝殿、万佛阁、观音阁、方丈楼观，一夕而毁。山林焦枯，神鬼灼烂，人天憯凄，如闻叹噫。寺僧持簿劝募，垂十年，高门悬簿，靡有应者。"东阳张公（即张国维）奉天子命，"捐俸钱，搜镪金，僚属咸饮助焉"。

三年时间，完成这项巨大工程。"今兹之役，一钱寸布，不烦公私，朝齑暮盐，节缩偫工。斯殿之落成也，邦人之欢心颂声，与丹楼绛殿，互相涌现于诸天云物之中，故能化兵气为祥云，转灾土为佛国。然则考公保釐之绩，著于东南者，莫如是役宜也。公抚吴七年，宣劳治河，入为本兵，以疆事牵连就征。吴之人扶杖负襁，炷香撮土，匍匐佛前，告哀祈宥，若叫阍阖，若投匦函，此尤可书也。余故不辞而为之记。其不特以记其成，亦以使后之有官君子有事于崇佛者，于张公之为，宜有考也。"

借灯火，冒辟疆诵之，分外得意。兴奋的董小宛也勾了他脖子撒娇。冒辟疆轻轻推开她，这是佛门圣地。

"阿弥陀佛！……"

门外响起了住持的声音，吓得董小宛如兔子般逃到暗处。门开处，住持手握佛珠，念念有词道："施主可携娘子回城里去住，我山下安排了两顶轿子送你们走。至于文章，老衲方才聆听了，正是老衲的心声，佛祖示意啊！"

第二天，文章送到拙政园经钱谦益过目，稍加改动。只是在文尾添上"常熟钱谦益记"。

六

关于张国维巡抚的事还得多说几句。

崇祯十七年（1644）三月，张国维以兵部尚书兼右佥都御史赴江南、浙江，督练兵、划拨饷银等杂务。张国维离开北京后，李自成攻占北京。顺治二年（弘光元年，1645 年）史可法等拥立福王称帝南京，召张国维为戎政尚书。因山东讨贼有功，加太子太保。后与马士英不和，告假省亲。

这年五月，南京沦陷。张国维在家闻变，召集义勇，到台州与陈函辉、宋之普、柯夏卿及陈遵谦、熊汝霖、孙嘉绩等拥戴鲁王朱以海监国，移驻绍兴，以张国维为武英殿大学士，督师钱塘江。次年六月初，方国安叛降，张国维还守东阳。二十五日，清兵破义乌，追至七里寺，张国维召二子张世凤、张世鹏问其生死，长子表示不愿苟且偷生，次子犹豫不决，国维即怒以石砚掷击，不中。世鹏泣曰："从容尽节，慷慨捐躯，儿等甘之如饴，唯祖母年迈八旬……"午夜，张国维整理衣冠，向母诀别，赋《绝命书》三章，写"忠孝不能两全，身为大臣，谊在必死。汝二人或尽忠，或尽孝，各行其志，毋贻大母忧，使吾抱恨泉下！"遗书给了次子。南向再拜说："臣力竭矣！"跳园中水池亡，年五十二。

张国维已死，家人停灵在大厅。清兵骑兵多为山东济宁人，见国维尸体叩头拜谢。张世凤不屈而死，被杀于钱塘江畔。浙江总督张存仁敬佩张国维，不忍断其香火，于是释放张世鹏。乾隆四十一年（1776），乾隆帝赐张国维谥号忠敏。1909年于苏州虎丘立张国维祠。

康熙虎丘逸事

一

康熙平定"三藩之乱"后，开始"偃武修文"，意思是停止武事，振兴文教。他引用《尚书·武成》中的这句话，还有更深的意思，那就是面对现实，通过修文来解决"满汉隔阂"，达到满汉共济，长治久安。他选择的城市，不是京城，更不是南京，而是东南大都市——苏州。

京城及时向苏州传递了皇帝南巡的消息，并提出皇帝巡幸驻跸之地必须在虎丘。府衙立刻督促云岩寺住持超时做好接驾准备。住持超时亲自率领僧众对云岩寺打扫、粉刷、髹漆、装修，使其焕然一新。与此同时，苏州各衙门对整个虎丘进行了为期一年的联合整治。虎丘面貌大变。住持超时为了能够让康熙"看"好虎丘，早早备下"天性机敏"又有学问的本琇当导游。果然，康熙对本琇非常满意。康熙在山上转转后，还是回到城里的织造府行宫去了，云岩寺得到了不少赏赐。

康熙共巡幸虎丘六次。前五次（康熙二十三年、二十八年、三十八年、四十二年、四十六年）都是上山周游一圈，然后歇在织造府行宫（今苏州市第十中学），第六次（四十六年）山上造了含晖山馆行宫，皇帝就驻跸在这个新行宫里了。

这位皇帝第三次南巡前，江苏巡抚宋荦到虎丘视察，发现二山门西北的六株古柏和山后的一株大玉兰都不见了。这些古柏相传为明代开平王常遇春手植，人称开平古柏，大玉兰相传为宋物，都是珍贵古木，怎么失踪了？问住持超时，他也茫然。于是宋荦立碑严禁寺僧盗卖山木，此碑今嵌置二山门壁间。

为了欢迎皇上第三次光临虎丘，苏州士绅集资在悟石轩原址上造了高大的万岁楼。被顺治誉为"真才子"、康熙称他"老名士"的尤侗著有《圣驾南巡临幸上丘适万岁楼落成恭纪一律》诗为记——

> 阊阖天高紫气浮，苍龙凤驾下苏州。
> 春风初绕千人石，晓日群瞻万岁楼。
> 汉诏蠲租追地节，唐碑颂德胜之罘。
> 吾皇游豫民歌舞，此地从今号帝丘。

他在诗中将虎丘改称"帝丘"，这种一厢情愿的溜须拍马事，任他名声再响，再大，公众还是没能接受。

这座行宫位于今致爽阁到拥翠山庄一带及其西侧。它的规模很大，有宫门、朝房、二宫门（"含晖山馆"匾就在其上）、奏殿、龙楼、花厅、皇帝寝宫、东西群房、十八间廊、御书房、太后殿、后宫花厅，太后寝宫、宫眷房、皇后殿、皇后寝宫，并将致爽阁和月驾轩都划入其中。

康熙喜欢到处题词写字，好好的虎丘佛寺自宋开始称：云岩寺，他第六次到虎丘，住含晖山馆，大笔一挥，题寺额为"虎阜禅寺"。皇帝一时兴起之作，可以有变通使用之法。如同康熙题杭州灵隐寺为"云林禅寺"一样，算不上正式敕赐寺额。自此，云岩寺和虎阜寺两名并用。

后来乾隆仿效爷爷六临虎丘（乾隆十六年，二十二年、二十七年、三十年、四十五年、四十九年）。虽然山上有行宫，他也没住，只在行宫吃了一顿午饭。这么说，耗资巨大建成的行宫，皇帝只住了一次，利用率太低。而且，皇帝住过，地方上就难办了。从康熙四十六年（1707）起，占虎丘中部偏西一大片面积的行宫，从此成了皇家禁地，游人可望而不可即，也是很扫兴的事。

当然，到虎丘不是专门看"行宫"的，"行宫"在可看可不看之列。

到虎丘看景，到云岩塔前看什么？还是看景！不！看历史。所以说，清廷皇帝凡到苏州，必上此登高远眺苏州城与太湖，想必都会有一番感慨。都是什么感慨呢？

沧浪亭园中有康熙御碑，上面有副对联这样说：

　　膏雨足时农户喜
　　县花明处长官清

正中碑有专门文字解释道：曾记临吴十二年，文风人杰并堪传。予怀常念穷黎困，勉尔勤箴官吏贤。

这是康熙四十六年（1707）二月三十，康熙第六次，也是最后一次下江南时留下的墨迹。

说起康熙这次题字，还是上次（康熙四十四年三月十七日）临幸苏州后的故事而引发的呢。

康熙在四十四年四月十四日，先在苏州（有人说就是在云岩寺）颁布选拔书法精熟者入京奉抄写一职，然后从水路到松江检阅提标兵水操。过程中，他目睹到地方情况错综复杂，深感官吏队伍之重要，除了与张英有过深层的密谈，他还有意对宋荦问道：你知道庾信写你家乡的一首诗吗？

籍贯河南商丘的江苏巡抚宋荦难以回答。

并非是他答不出，而是不知皇上说的何意，揣摩不准他的心思，还真的不好乱回答，他不是张英，更不能比韩菼。就是这韩菼，不也因为替两江总督阿山说几句公道话而丢一边晾着了嘛！侍君如伴虎啊！

从康熙第三次下江南起，只要到苏州，必是巡抚宋荦陪同，其他人，如桑额、阿山、张鹏翮等官员都渐渐退后了，宋荦对此却一点也提不起兴奋。以他四次陪万岁爷的经验，宋荦多少也知道了些万岁爷的秉性嗜好。但又不能不谨慎：万岁爷毕竟是万岁爷，脾气让你无法摸透。

记得宋荦第一次陪康熙时，那是康熙第三次到苏州，恰逢江南闹水灾。那一刻的康熙对江南水患有很深的印象，忧患意识也极强。他对宋荦说，朕知积年失修湖，风浪冲坍堤岸，现今看来，非水东一地，如乌程之湖溇、长兴之茅嘴、宜兴之东塘、武进之新村、无锡之沙墩口、长洲之贡湖、吴江之七里港，处处有之。朕不到江南，民间疾苦利弊，焉得而知耶，可见朕无安枕贪眠之福也。他要宋荦准备些兴水利的材料带回京城。谁知，康熙走了一圈后就再也没下文了。

六年后的康熙四十四年，万岁爷第五次到苏州，兴趣完全转到了游山玩水观名胜古迹上，他把治水患的事早忘了个干干净净。每到一处必题字留诗。

从康熙二十三年到四十六年（1684—1707），康熙皇帝曾六次游览虎丘，先后为虎丘山寺题写"虎阜禅寺""路接天阊""香界连云""仙境澄辉""云光台""青云境""天光云影"等匾额，又有"山光茂苑来书几；柳色金阊入画图""花棹浑疑浮碧汉；倚窗常似俯清流""烟霞常护林峦胜；台榭高临水石佳""四面岚光俱入座；一轮蟾影恰当帘""松声竹韵清琴榻；云气岚光润笔床""波光先得月；山秀自生云"等楹联，高悬在虎丘的殿堂楼阁及悟石轩、平远堂、千顷云阁等地。山上的含晖山馆是康熙、乾隆游山的行宫。

第五次南巡，康熙在邓尉赏梅赏得好好的，突然要笔墨纸张。下面人把事先准备好的笔墨递上，康熙举笔蘸饱墨，朝宣纸上信笔挥去。

那纸上出现："据东南胜会成英雄地"，康熙突然停下，对宋荦说，你续下去！

宋荦看着康熙墨还没干的句子，还真的想不出什么好对的。

康熙问张鹏翮。

张鹏翮搔头摸耳半天，答不出。

康熙问宋荦，你是真答不出，还是怕对不好？说着，他笑笑说，你们当然无法知道朕心里想的。随即笔下出现："网天下良才造帝王业。"

接着，康熙把笔一掷，问宋荦，那次朕在东山说了什么呀？

宋荦跪奏道，皇上对臣们说，朕不到江南，民间疾苦利弊，怎么能够知道啊。

康熙点点头，说，你记性很好。朕还说了什么？

宋荦看看康熙，看看别人，康熙一路讲的很多，除了放屁吃饭的话不提，谁能说出哪是重要的，哪是次要的？

康熙自然明白他们不言语的原因，笑笑，把诗给了宋荦说，朕赐予你。记住，朕要你记住这文字背面的意思。说到这里，康熙不让别人插话，一口气接下去说，陈胜吴广之为，天下能者不可胜数；非陈吴之能，乃秦朝之疏；若防陈吴再现，非我而诸位也。

闻此言，众人吓得背脊上汗直出。

宋荦连接康熙那副对联的精神都打不起了。

你们都怎么啦？康熙问，众爱卿，朕说得不对？宋爱卿，你不想要这对联？

宋荦赶紧上前，抖抖颤颤接过。

康熙问，你准备怎么处置？

宋荦不知怎的忽然大胆起来，说，请人勒石于碑。

喜欢张扬的康熙要的就是这一点，高兴地点点头，笑道，好。

宋荦从容地直起腰，精神也来了，鼓足勇气说，臣有别业在西陂，想请皇上赐字。

康熙笑问"西陂"两字的写法后，说，不好写啊！

宋荦说，只求这两字，多了也不好刻啊！

康熙立即给宋荦题了"西陂"两字。游过邓尉山回到行宫，康熙又想起了那两个字，感觉先前的写得不理想，又让侍卫取回重题！受宠若惊的宋荦清醒下来叹道：康熙前五次到江南，只一次关心水患，四次游山玩水。五比一，玩为上。看来，自古皇帝都好玩。准备那些"为民请愿"的奏本都是白费心思。于是，他又把那些奏折放回到闲置文案里去了！

二

第五次南巡，宋荦想，你康熙问我庾信写河南的诗？大诗人写下的诗万万千，写河南的也不少啊，从何说起呢。他灵机一动，说："他写过的《枯树赋》中有'若非金谷满园树，即是河阳一县花'句。"

康熙看看他，没反应。

宋荦慌了，连忙又说，"他在《春赋》里说，'河阳一县并是花，金谷从来满园树'。"说完，跪在地上，不敢抬头。

康熙乐道，好，好。罢了，罢了。你起来，起来，这里我们不论君臣之礼，你说说这县花的来历。

宋荦说，臣不敢起。

康熙问：为什么？

宋荦说，臣方才说的这些都是庾信诗中的，而庾信所依乃两晋时河阳令潘岳所作所为。

潘岳怎么啦？他可是个美男子啊！康熙说。

宋荦说，皇上八年前说过为臣者要以天下之心诚君，不以私心度君意而奉之，并以潘安仁的事教育大家。臣以为皇上以潘岳事告诫小臣……

康熙说，想不到你的脑子很好，八年前朕在东山说的话还记得！说着，康熙摆摆手说，我对潘安仁没有坏印象。只是觉得文人应以才情驰扬天下，不可以才情投机天下！驰扬天下者，可傲然天下；投机天下者，必会被天下所轻。我用潘安仁事说这一理，并非贬低潘安仁的才华。他与陆机并为"潘陆"，文辞华靡，朕仰慕他啊！话说回来，如果他不以才情谄事权贵贾谧，司马伦会杀他吗？我们的今人就会看到他更多的好诗文，而不会把他的《悼亡诗》作为代表作了。

康熙说着，招呼大家边走边聊。他说话，大家听着，不觉间，来到含晖山馆行宫，眼前皆是郁然苍翠的乔木。特别是那数棵古树，挺拔精神。康熙环视周围后，停下来，颇有感慨地说道：潘安仁任河阳令时，提倡多植桃树柳树，春天一到，柳条垂摇，桃花盛开；夏天桃子熟了，柳荫下吃桃的滋味，多好啊！百姓能有此福，都赖于做官的清正廉洁。再好的皇帝，没有清正廉洁的官吏是不行的。这叫红花还须绿叶衬！你们说是吗？

众人连连说是。

康熙说：我想起了那个造了沧浪亭的苏子美。你们谁说说他的事？

众人知也装着不知，等着皇上的下文。

康熙问，谁来背诵一段苏子美的《沧浪亭记》啊？当下就有臣子背了出来："予以罪废，无所归，扁舟南游，旅于吴中，……草树郁然，崇阜广水，不类乎城中，并水得微径于杂花修竹之间。……觞而浩歌，踞而仰啸，野老不至，鱼鸟共乐，形骸既适则神不烦，观听无邪则道以明，返思向之汩汩荣辱之场，日与锱铢利害相磨戛，隔此真趣，不亦鄙哉！……"

没想到，康熙接过来大声背诵道：

　　安于冲旷，不与众驱，因之复能乎内外失得之原。沃然有得，笑闵万古。尚未能忘其所寓目，用是以为胜焉。

四周寂静，唯有花香涌动。

康熙慷慨激昂的情绪似乎还没消退，继续说，你们想过没有？为何做官者都喜欢到苏州来建宅？我说的是那些胸有万斗才学者，如苏子美、范允临、范成大、王献臣、徐泰时、王鏊、朱长文等等。为什么？康熙说道：我以为，他们退隐江湖，说到底，都是皇上的过错。上天把才子文曲星送给你，你却不会用，让他们受了委屈无处说，只好含泪走向民间，寻块好地做做束之高阁、藏之深山的学问。大凡人才，若无正渠而行，必有他路可泄。玩而丧志者毕竟少数，图谋不轨者更为罕少，即便是，亦为皇上逼出。于臣子说，是心甘情愿吗？于君主何又不是大悲大过哉！

众人听到康熙如此自责，顿感背寒，诺诺战栗。

唯有宋荦，明白了康熙的用心，知道康熙对官员们都住在园林里有看法，连忙跪奏：臣不敢一日忘皇上之恩，臣等修缮景观，虽有等待皇上幸临之意，然臣错以为修缮此地可作为臣治理政事之练习耳！臣今得皇上教诲，如雷霆万钧之击灵魂，知错也！

康熙问，知错了？你想怎么办？

宋荦答：作皇上来姑苏读书处。

康熙摇摇头，说，非也。作为官绅议事，官府接待。不可作为官员办公所在！

我说的是此地的拙政园、沧浪亭等等园林，不是这个虎丘的山馆。

宋荦的回答自然是，明白。从此，苏州城中拙政园在内的诸多园林不再作为官邸存在。

乾隆四年（1739）巡抚徐士林有所指地题长联：

三秋刚报寒，休辜良辰美景，请先生闲坐谈谈，问地方上土习民风，何因何革；

玉篑可留宾，何用张灯结彩，教百姓都来看看，想平日间竞奢斗靡，孰是孰非。

沈复在《浮生六记》里干脆一笔："隔岸名'近山林'，为大宪行台宴集之地。"何曾是康熙那脑子里想的啊！

第三章 虎丘故事

还你一个真实的唐寅

一

虎丘的常客之一，明代大书画家唐寅在某年仲夏三十这天，陪杨礼部都隐君虎丘泛舟而作的一首诗，被收集在《唐伯虎全集·卷一》。诗这样写道：

朱明丽景属炎州，兰桡桂楫遂娱游。

逐荫追飙暂容与，回波转藻若夷犹。

日承绮扇钗光发，山入仙栖酒气柔。

幸奉瑶麾论所愿，皓首期言伏山丘。

当代人所见唐寅的诗词不多，多见以虎丘为题的书画作品，传至今日，已经成为人类共同的宝贵的精神财富。特别是近些年来，社会频频传递着唐寅作品在"拍卖"中创纪录的新闻：

1989 年 6 月 1 日在美国佳士得拍卖会上，500 多年前明代画家唐寅的一幅由

12 张小册页组成的画，每一页都以极其细腻的画风构思出"山静日长"的气象，描绘出明代文人士大夫生活的恬淡闲适。画卷后还附有同时代哲学家王阳明的书法题跋，可谓绘画与书法的珠联璧合。因而，这幅画极为珍贵，竟然拍出 66 万美元的成交额，约合当时的 600 万人民币。

近年来，唐伯虎流落海外的书画作品频繁现身，在美国纽约举行的一次中国书画拍卖会上，唐伯虎的画作《庐山观瀑图》以 5.9 亿美元成交，约合人民币 40 亿元。

然而，百姓知道唐寅的故事大多是《唐伯虎点秋香》《三笑》等通俗读物及影视作品。让美女垂青、令男性羡慕的唐寅到底是个什么样的角色？

其实，在现实生活里的唐寅是个不折不扣的倒霉蛋。

唐寅生于 1470 年，这年是成化六年庚寅年。据说，唐寅出生时辰是寅年寅月寅日。寅为虎，他又是家中长子，伯字辈，故字伯虎。其实不然，由唐寅的墓志铭可知唐寅生于成化六年二月初四，即庚寅年，己卯月，癸丑日，即寅年卯月丑日。唐寅的弟弟唐申的确是申年出生的，所以唐寅取名寅的确与寅年有关，但并不是出生在寅年寅月寅日寅时，仅为寅年所生，故名唐寅。

据今人考证，唐寅的父母经营一间酒馆小店，日子过得还算小康。徐祯卿在《新倩籍》中说唐寅："家资微羡。"唐寅有一妹一弟，妹妹的具体情况不得而知，仅知道她在出嫁后不久就去世了。弟弟名申，小唐寅六岁。经营酒馆小店的父亲，尚知读书的好，延请儒师好好教授唐寅，指望他走仕途，光宗耀祖。可惜在唐寅 24 岁那年，命运发生了转折。这一年，他那开酒馆小店的父亲突然中风过世，母亲因为太悲伤也随之离世；他的妹妹在夫家接着病逝；心爱的妻子得了产后热悄然离世，可怜的儿子仅仅在出生 3 天后也随亲娘而去，七大姑八大姨等多位亲戚在同年辞世……

"苍天啊！为什么所有的不幸都让我遇到了？"迭受打击后的唐寅一下子承

受不住，几乎要疯了，每天唯有借酒消愁。

好在他有一位好朋友，虽然大他9岁，却又是长兄，又似慈父般爱着他。这个人就是祝允明（祝枝山）。

祝允明，字希哲，长洲人。他生下来，手指异相，故自号枝山，又号枝指生。五岁能写径尺大字，九岁能诗，稍大些时，即能博览群书，文章不仅出手奇，而且能够酒间当场疾书，思若涌泉。祝枝山虽善书法，但好酒色赌博，粉丝好友甚广；一旦有笔收入，他会立刻招来好友豪饮；其间朋友狎妓，他也付资；剩下的钱竟然还能与参与者分尽，不留一钱。33岁那年，乡试。当时苏州人王鏊主持礼部进士考试，祝允明考中进士。这位王鏊，就是明正德年间，与吏部尚书韩文等一起奏请朱厚照诛杀刘瑾等"八虎"的人。事败未成，旋即入阁，拜户部尚书、文渊阁大学士。次年，加少傅兼太子太傅、武英殿大学士。王鏊知道这是皇帝在搞"平衡术"，所以在任上，他尽力保护受刘瑾迫害之人，并屡次劝谏刘瑾，终因无法挽救时局而辞官归乡。

春风得意的祝枝山没有忘掉唐寅，在与人杯觥交错之余，想起了好久没见到唐寅。当他提到唐寅时，在场众人竟然都默不作声。祝枝山知道不对劲，掷下酒杯，掀了桌子，拔腿就朝唐寅家跑。出现在祝枝山面前的唐寅，已经不被人所识：衣冠凌乱，散着乱发，蓬头垢面。半醉的祝枝山毫不迟疑地扑上前去抱住他，嘴里喃喃地哭道：子畏（唐寅字），子畏，你这是怎么啦？

接下来，祝枝山什么事也不做，就陪着唐寅。整整一月有余。当然，还有沈周，这位父辈般的好师长，更是语重心长劝他放开心怀。

好友祝枝山多次劝解唐寅要化解悲痛！唐寅被他说得逐渐振作起来，决意迎考。祝允明在《唐子畏墓志并铭》中记载了这次谈话："父没，子畏犹落落。一日，余谓之曰：'子欲成先志，当且事时业，若必从己愿，便可褫襕幞，烧科策。今徒籍名泮庐，目不接其册子，则取舍奈何？'子畏曰：'诺，明年当大比，吾试捐一年力为之。若勿售，一掷之耳。'即堇户绝交往，亦不觅时辈讲习。取前所治毛氏诗与所谓四书者，繙讨拟议，祇求合时义。"

明孝宗朱祐樘弘治十年（1497）举行乡拔科考时，正遇监察御史方志被派到江南督学，他讨厌唐寅的好古文辞，还没阅卷就淘汰了他。正碰上苏州知府曹凤，曾与唐寅有一面之交，怜惜其才华，也知道唐寅家庭不幸而导致其放荡不羁，触犯了权贵。怜惜才能的曹凤，极力为唐寅辩解，使唐寅得以补录末名。次年乡试三场，场场唐寅轻松通过。最后一场在应天府（今南京）举行。司经局洗马梁储与翰林院侍读刘机为主考官。梁储对唐寅的文章甚为欣赏，回朝后还展示给程敏政看。程敏政连连称奇。唐寅不负厚望，高中解元——举人第一名。时人皆佩服曹凤善于识才。

春风得意的唐寅也收获了他的又一份爱情。豪门何氏的待嫁女，深在闺阁对世事十分关注，闻得才子唐寅故事，如醉如痴，暗通丫鬟求男仆相助，找到祝枝山。祝枝山见有如此好事，自然乐意，亲自上门登何府提亲。何府也闻唐寅高中，折桂之时，近在眼前，自然乐意。

加之女儿频频让母亲代言，何府免去聘礼及一切繁杂俗礼，第二天就派人上门，帮助唐家整修门第。祝枝山与文徵明等人更是雀跃欢腾着忙前忙后。早早就将新娘接来家，天未黑就送入洞房……

二

明弘治十二年（1499），30岁的唐伯虎与同乡好友都穆、江阴举子徐经（一说徐泰，其孙即徐霞客）结伴前往京城（今北京），参加三年一度的全国会试大考。据史料记载：考试之前几天，唐伯虎持乡试主考官梁储的推荐信，前往本次会试主考官程敏政的府上投帖。程敏政有话："唐某当世奇才，一第不足毕其长。"梁储与程敏政的私交很好，加之梁储对唐寅的赏识、引荐，使得唐伯虎能够顺利进入程府。在程府，程敏政对唐伯虎更是多有赞许。在良好的氛围中，唐寅主动提出要花钱购买程敏政的文字作品。接着，又提出了请程敏政代写序文，为梁储出使安南送行等一连串事情。

唐伯虎与徐经的叔叔徐元寿是莫逆之交，徐元寿父亲（徐经祖父）的墓志铭恰恰又是另外一位主考官李东阳代写。这也是此行中唐寅一揽子解决的。后人撰文称：唐寅好不欢喜，离开程府时眉飞色舞，手足焉知何放？君有所不知，明代官员之间的代写序文、墓志铭、祝寿词等行为，很多掺杂了权钱交易的内幕。

百倍信心摘取状元桂冠的唐伯虎，在给妻子的家信中信誓旦旦，说考试结果一定令她满意。结果出来，他是第一名，第二名是徐经。就在他们喝着祝福酒的时候，唐寅人生中的第二次灾难到了。

农历二月二十二日，就是会试第二场刚刚结束不久，主考官程敏政便遭到给事中华昶的弹劾，理由是：程敏政利用职务之便，将考题卖给了考生唐寅、徐经。礼部（主管会试的最高机构）随即对该项弹劾事由进行了调查，经核实，唐寅、徐经的两场考试成绩并不出色，名次靠后。二人也并没出现在正榜名单上。礼部由此裁定主考官程敏政出卖考题的罪名不成立，唐寅、徐经也无作弊之嫌。但奇怪的是：检举人华昶、考生唐寅和徐经却一同被下狱，接受残酷的二轮审查。

经过二轮审查，徐经吐露自己曾买通主考官程敏政的家人管事，以达到获取考题的目的。为此，弘治皇帝下旨逮捕主考官程敏政。再次复审时，徐经又翻供否认了购买考题一事，但承认自己曾用金钱贿赂程敏政。最终的裁定结果是：主考官程敏政在敏感时期不避嫌疑收受考生金钱，令其致仕（辞职）。考生唐寅、徐经为图功名，不择手段，贬斥回原籍做吏役赎罪。

从案发后唐寅、徐经对该案的描述及应对行为发现，尽管当局并没明确定性二人的作弊行为，但他们仍然对这样的裁定深表不满。徐经在案件审理结束后，一直尝试洗刷自己的冤屈，在 35 岁身患重病的情况下仍然来到京城，为自己所遭受的不公正待遇进行申诉，最终客死他乡。唐伯虎在给朋友文徵明的信中也曾提及自己在镇抚司大狱中遭受酷刑的经历，"至于天子震赫，召捕诏狱，身贯三木，卒吏如虎，举头抢地，涕泗横集"，似乎也暗指他被迫招供了违背事实的陈词。

本案还有一个重大疑点，即第一次检举揭发会试舞弊情况的给事中华昶，于弘治十二年二月二十七日同徐经、唐寅一起被逮捕审查，而程敏政却意外地受到了皇帝的保护。直到十天之后，工部给事中林廷玉再次提出针对程敏政出题、阅卷、定名次的"六大疑"，皇帝才下令逮捕程敏政。在这十天里，程敏政完全可以利用一切手段消除犯罪证据，而他也具备这样的能力：程敏政曾是弘治皇帝的老师，也是当时太子（明武宗）的老师。弘治一开始就逮捕了检举人华昶，只让礼部自己审查程敏政的相关工作，实则就是要保全他和他儿子共同的老师。

半路杀出的林廷玉，明显没察觉皇帝用意。提出的"六大疑"迫使皇帝也无法继续祖护程敏政，不得不下旨逮捕程敏政。据说，这个"六大疑"曾出现在《明孝宗实录》中。这说明林廷玉提出的"六大疑"一定是有充足的说服力来指证程敏政参与科场舞弊的事实，否则弘治皇帝不会下令逮捕自己的老师。今天我们看到的《明孝宗实录》及相关史料中却找不到"六大疑"的详细说明，显然是被人为删减掉了，或者不存在。但不能忘记的是，主持修纂《明孝宗实录》的人就是另一名主考官李东阳。

《唐寅年谱新编》：六月，科场案结，先生与徐经黜充吏役，程敏政致仕，华昶、林廷玉谪迁他职。

《明孝宗实录》卷一百五十一："六月，先是给事中华昶奏学士程敏政会试漏题事，既午门前置对。敏政不服，且以昶所指二人皆不在中。列而复校，所黜可疑者十三卷，亦不尽。经校阅，乞召同考试官及礼部掌号籍者面证。都御史闵珪等请会多官共治，得旨不必会官第，从公讯实以闻。复拷问徐经，辞亦自异，谓：'来京之时，慕敏政学问，以币求从学，间讲及三场题可出者，经因与唐寅拟作文字，致扬之外。会敏政主试，所出题有尝所言及者，故人疑其买题，而昶遂指之，实未尝赂敏政。前惧拷治，故自诬。'因拟敏政、经、寅各赎徒，昶等赎杖，且劾敏政临财苟得，不避嫌疑，有玷文衡，遍招物议，及昶言事不察，经、寅等夤缘求进之罪。上以招轻参重有碍，裁处命再议拟以闻。珪等以具狱上，于是命敏政致仕，昶调南京太仆寺主簿，经、寅赎罪。毕送礼部奏处，皆黜充役。"

《国榷》卷四十四："（孝宗弘治十二年六月）罢程敏政，调华昶南京太仆寺主簿，林廷玉海州判官。徐经、唐寅除名。"

综上所述，唐寅与徐经的会试考场作弊罪名不成立，他们两人极有可能是主考官程敏政与政敌斗争时的牺牲品。

但有另一种说法——

未揭榜前，与唐寅一起赴京赶考的苏州考生参加了马侍郎的宴会，给事中华昶也在席中。其间，突然有要臣拜访马侍郎，马侍郎离席接待，原来是有关会试之事。来人说："唐寅又得第一了！"那位苏州考生从隔壁听到这话，顿生妒心，就把自己和徐经、唐寅作弊的事告诉了马侍郎，华昶也听到了。于是华昶上疏举报程敏政卖题事。

唐寅《与文徵明书》自述："墙高基下，遂为祸的。侧目在旁，而仆不知。从容晏笑，已在虎口。庭无繁桑，贝锦百匹。谗舌万丈，飞章交加。至于天子震赫，召捕诏狱。"

此处唐寅明言告诉我们，自己是受了谗言陷害，"侧目在旁"四字似乎暗示身边有个奸邪小人一直在注视着自己，并最终将自己推向了火坑。

唐寅《又与文徵仲书》亦自述："北至京师，朋友有相忌名盛者，排而陷之。"此处明言被朋友陷害。

祝允明《唐子畏墓志铭》上说："既入试，二场后，有仇富子者，抨于朝，言与主司有私，并连子畏。"此处直言是有一个人向朝廷告的密，并称他为"仇富子"。徐经有的是钱，被仇视的当然是他。祝允明在悼念唐寅的《哭子畏》中写道："高才剩买红尘妒，身后犹闻乐祸人。"

这几种言论都坐实了有那位"小人"，仇视徐经的富有，嫉妒唐寅的高才。而他就在唐、徐二人的身边，在会试结束之后，群情激愤之时，他向朝廷命官进馋诬告唐、徐买题作弊。那么这个人到底是谁呢？明朝的史料笔记一致认为这个人就是那位与唐寅、徐经一起赴京赶考的苏州考生都穆。

多年后某日，唐寅在一酒楼上饮酒，听闻都穆将至，立刻神色俱变。都穆通过友人说情，想跟唐寅重归于好，于是快步登上酒楼见唐寅。唐寅瞥见都穆的身影，竟然从楼上窗户跳下，遂终身不相见。

明代人秦西岩说，都穆诬告唐寅这件事他小时候就听陆蕙田先生说过了，而陆蕙田又声称他是听文徵明说的。文徵明什么人？唐寅的同庚好友。而且文徵明向来为人宽厚，对陆蕙田说起这件事时，"词色俱厉"，显然是非常生气。秦西岩又发了一段感慨：人们只知道都穆是个文人，却不知道他的真面目啊！最后还声明，此事是"实录"，不可能有假！

秦西岩此论一说，都穆的罪名似乎是板上钉钉了，后来者纷纷采纳此观点，并不断添油加醋。

台湾学者江兆申在《关于唐寅的研究》一书中说，由于祝允明、唐寅、都穆曾交好，所谓"君子之交，不出恶声"，所以祝允明在撰写《唐子畏墓志铭》时，明明知道陷害唐寅的人就是都穆，但没有写出都穆的名字，这是古人的忠厚之处。按此说，祝允明内心一定是很瞧不起都穆的，但是事实如何呢？

根据现有资料，祝允明与都穆关系不错。都穆晚年身体不好时，不肯吃饭，祝允明一开始以为都穆是忙于学问而废寝忘食，后来知道原委，便作《与都穆论却饭书》，劝都穆要多吃饭，并称"而善人，而君子，而大贤亚圣，而圣人未尝却饭也""却饭者独有神仙家者也""今姑问之，足下从圣人乎？从神仙家乎？则必应曰从圣人"。其文如话家常，苦口婆心，实在是用心良苦。不是一般的朋友，不会有这样的交流。正德二年（1507）文徵明绘《温兰图》卷，卷尾有都穆跋，祝允明题，二人合作，可见一斑。

都穆与文徵明的交情更是非同一般，他俩是亦师亦友的亲密关系。文徵明曾为都穆的《南濠诗话》作序，当时是嘉靖十一年（1532），"弘治春闱案"已过去三十多年，都穆、唐寅都已去世，其文曰："余十七岁时喜为诗，吾友都君元敬实授之法。"言语间对都穆为人多有褒扬，亦"吾友"称之。此后一年，文徵明编诗集，收录了都穆的诗，为此都穆的学生陆采作《谢衡山先生选濠翁诗》。如果文徵明知道都穆陷害唐寅，提到都穆就要"词色俱厉"，还会为他作序，收录他的诗？

那么都穆与唐寅的关系如何呢？是否是誓死不相见呢？

20世纪50年代，苏州灵岩山绣谷公墓出土了一方《故怡庵处士施公悦墓志铭》碑，右侧为碑铭"都穆撰文""唐寅书丹"，左侧则安葬时间为"弘治春闱案"后一年，即弘治十三年（1500），当时唐寅刚刚出狱南归。假如是都穆陷害的唐寅，唐寅还会跟都穆合作吗？

唐寅被贬后的画作中也常见都穆的题记。《风木图》卷上有都穆的题跋，《观梅图》轴上有都穆的题诗，《双鉴行窝图》册上又有都穆的题记，诸家续题中也有唐寅亲笔再题。

一段谜一般的案情，造成了唐寅个人悲惨的命运——

除了终生不能考举，更与做官无缘。妻子何氏闻说他失去做官希望，竟然在他还没到家的情况下，离他而去，再没照面。更为可怕的是，何氏离开时已有数月身孕，回到家竟然自作主张将孩子打掉，传到唐寅耳里，说是男孩，气得唐寅昏死过去。幸好祝枝山在唐寅身边。一身正气的祝枝山正要找何府算账，不料，何府老爷亲自用小轿带一绝色丫鬟轻步快行赶到，将祝枝山阻在门口。何老爷此行，是向女婿唐寅赔罪而来。礼物是 16 岁丫鬟荷香（一说，就叫秋香），加一份千金赔礼，要求是"封口"此事。又是祝枝山从中撮合，大事化小。有聪明伶俐的荷香侍候，唐寅不再像过去那样自暴自弃了。有人说，这个少见传播的戏说插曲，正是后来人编《唐伯虎点秋香》《三笑》的起因，何府换成华府……

孰真孰假，谁给精确结论？

三

唐寅的第三次灾难又来了。这是宁王朱宸濠给他带来的。

朱宸濠的祖先是第一代宁王朱权，为朱元璋第十七子。朱厚照是朱元璋第四子。当年，建文帝打算削藩，包括朱棣、朱权在内等藩王的利益受到侵害。朱棣率先决定起兵造反，推翻侄子朱允炆的统治，他曾向宁王朱权借来精锐骑兵朵颜三卫，承诺成功之后，和朱权平分天下。朱棣成功夺取皇位，登基坐殿之后，却自食其言。朱权请求朝廷改封南方的苏州，朱棣回答说："苏州属畿内。"言外之意，苏州是属于天子的地盘，你没资格拥有。

朱权退而求其次，再次请求改封比较富庶的钱塘。

朱棣说："先帝（指朱元璋）曾将此地封给五弟，后来改封开封；建文帝昏庸无道，曾将此地封给他的弟弟，也没能享受到，你也别惦记这里了，除了这里，建宁、重庆、荆州、东昌也都是好地方，你随便挑吧！"

永乐元年（1403）二月，朱权被改封南昌，以布政司为王府，规模没有改变。不久有人诬告朱权以巫术诅咒他人，明成祖派人暗中调查，结果查无证据，不了了之。

朱权一直韬光养晦，终日著书弹琴。

明仁宗在位时期，朱权以南昌并非自己的封地为由，请求改封他地，明仁宗一口回绝。明宣宗在位时期，朱权请求将南昌附近的灌城乡封给自己，受到了明宣宗的斥责，朱权不得不向一个晚辈上书谢罪。

正统年间，朱权去世，至死依旧对封地一事耿耿于怀。

所以说，朱宸濠和朱厚照属于世仇，两个人的祖先有着深仇大恨。

宁王朱宸濠从正德统治时期的初年起就对皇位怀有野心，尽管最初他想靠奸诈而不是靠武力得到它。据传他有几分文学才能，也以文艺爱好者和追求享乐而闻名。但是，他奸诈而有野心。他的策略直到最后，所依靠的依旧是诡计和阴谋，而不是军事力量。然而，他很需要某种军事力量，正德二年（1507）夏，朱宸濠派他府里的太监到北京带给刘瑾巨额私礼，转达了宁王要恢复王府卫队的要求。刘瑾同意了。尽管兵部反对，宁王的卫队还是恢复了。正德五年（1510）8月刘瑾伏诛的前一日，卫队又被取消。

有了卫队，算是有了武装，接下来的事就是招兵买马。朱宸濠派人带着巨额礼金来到苏州，聘当时声名远扬的文人做他的幕僚。唐寅、文徵明、祝枝山等人自然在内。《玉堂丛语》卷五《识鉴》："宁庶人者，浮为慕先生，贻书及金币聘焉。使者及门，而先生辞病亟，卧不起，于金币无所受，亦无所报。人或谓：'王，今天下长者，朱邸，虚其左而待，若不能效枚叔、长卿曳裙裾乐耶？'先生笑而不答。亡何，宁竟以反败。"

文徵明逃脱了，祝枝山有官任在身，也能借口躲开。唐寅就没有那么幸运了。《六如居士全集》袁褧《唐伯虎集序》："宸濠之谋逆，欲招致四方才名之士，乃遣人以厚币招，伯虎坚辞，不可。"这里说的"不可"，就是唐寅没能逃脱宁王朱宸濠派来人的"绑架"。

唐寅在南昌，见宁王多不法，乃佯狂以图归苏州。清谷应泰《明史纪事本末》卷四十七《宸濠之乱》："（正德）八年夏四月，宁王宸濠建阳春书院，僭号离宫。

宸濠怀不轨，术士李自然等妄称天命，谓濠当为天子。又招术士李日芳等，谓城东南隅有天子气，遂建书院当之。"

《四友斋丛说》卷十五《史十一》："宸濠甚爱唐六如（唐寅），尝遣人持百金至苏聘之。既至，处以别馆，待之甚厚。六如住半年，见其所为不法，知其后必反，遂佯狂以处。宸濠差人来馈物，则倮形箕踞，以手弄其人道，讥呵使者。使者反命，宸濠曰：'孰谓唐生贤，直一狂生耳。'遂遣之归。不久而告变矣，盖六如于大节能了了如此。"

唐寅逃得快，迟一步就险了。宁王朱宸濠反叛，很快被镇压。卷入此案的人数千计，唐寅也不例外。人知道唐寅有才气，特别是当局主事者，想放过唐寅，但没有证据说明他没介入啊！《六如居士外集》卷二引《风流逸响》："宸濠事败，六如几不免，当事者甚怜之，然不能挽也。及见题壁一诗云：'碧桃花树下，大脚黑婆娘。未说铜钱起，先铺芦席床。三杯浑白酒，几句话衷肠。何时归故里，和她笑一场。'遂保护其壁，深白伯虎郁郁思归，略不与党状，复奏得释。"

逃脱宁王案的唐寅才真正领略到处世的艰险，坏事不过三。看透了人生的唐寅皈依佛门，自称"六如居士"。

这时的唐寅才真正明白沈周一生不入仕的原因，他开始步沈周后尘……

四

《唐寅年谱新编》称：弘治十四年（1501），唐寅失意之余远游闽、浙、赣、湘等地。弘治十五年，唐寅游历归家后得病，医了很久才见好。33岁那年，忽然心境骤阔，不愿意自甘堕落，对人曰："大丈夫虽不能成名，要当慷慨，何乃效楚囚？"便刻了一枚印章——江南第一风流才子。

弘治十七年（1504），唐寅靠卖文画为生，纵情于酒色，自娱自乐。

弘治十八年(1505)，唐寅谋求建桃花庵别业，作《王氏泽福祠堂记》。唐寅作《答文徵明书》，由信中意思可见唐寅与文徵明二人关系失和。究其原因，此处有一说：徐祯卿中举，牵动了文徵明对入仕的渴望。文徵明早年因为字写得不好而不许参加乡试，功名仕途不太顺利。明清时代，凡经过各级考试，取入府、州、县学的，通称"生员"，亦即所谓的"秀才"。弘治十八年，文徵明35岁，立志要求仕。唐寅看透了这个官场，劝不住。好友祝枝山在本乡前辈王鏊主持礼部进士考试时，中了进士。趁着王鏊在位，文徵明绞尽脑汁，屡试不中。王鏊是唐寅的老师，文徵明认为比自己大近十个月的唐寅没有认真用心，造成他在生员岁考中，屡屡考不过。命运弄人，文徵明一直考到53岁，还未能考取，真正是白了中年头。

文徵明有过一次入京做官的机会，还是经王献臣的极力推荐，并献上他费尽心血亲绘的"拙政园图"，送给工部尚书李充嗣雅正。文徵明在54岁那年，受工部尚书李充嗣的推荐，经过吏部考核，授职俸薪极其微薄的翰林院待诏的职位，九品小吏——"文待诏"。文徵明总算过了一把官瘾。不是考来的官，当得并不开心。第二年起就上书请求辞职回家，三年中打了三次辞职报告才获批准，57岁辞归出京，放舟南下，回苏州定居，自此致力于诗文书画，不再求为官，以翰墨文章自怡。此后发愤图强，终于成为诗、文、书画方面的全才。文徵明的书画造诣极为全面，其诗、文、画无一不精。人称是"四绝"全才。晚年声誉卓著，号称"文笔遍天下"，购求他的书画者踏破门槛，说他"海宇钦慕，缣素山积。寸图才出，千临百摹。家藏市售，真赝纵横。"

还是这一年的十一月十日，王鏊带着唐寅、李旻、朱文游虎丘，见剑池水干，题字剑池石壁。

清陆肇域《虎阜志》卷二下《王鏊等题名》："弘治乙丑侍郎王鏊来游，诸生唐寅侍从。在剑池石壁。"

清潘钟瑞《虎阜石刻仅存录》云："弘治乙丑十一月十日，侍郎王鏊、少卿李旻、宪副朱文来游，诸生唐寅侍从。"

李根源《虎阜金石经眼录》之《王鏊等正书题名》："弘治乙丑十一月，侍郎王鏊、少卿李旻、宪副朱文来游，诸生唐寅侍从。高约二尺五寸，广约一尺，摩剑池东石壁。"

闲说虎丘花神节

一

北宋仁宗年间，江南平江府（今苏州）东门外长乐村，有位名叫秋先的老者，妻亡膝下无后。因自幼酷爱栽花种果，渐渐便将田业撇弃，专于其事。日积月累，竟然建成个大花园。秋先是个花痴，不仅对自己满园的花呵护备至，对园外的花木也常常流连忘返。

城中有一个叫张委的官宦子弟，为人奸狡诡诈，残忍刻薄，常常带一班如狼似虎的奴仆及几个无赖子弟为害邻里。一日，他带了四五家丁及恶少，游荡至秋先花圃前。正遇到秋先浇灌完盛开的牡丹，于花前独酌。不料，张委内破门而入。一番寻衅滋事，最后竟把个好端端的花园子践踏得花败蕊残，狼藉遍地，临走时似乎还有些意犹未足。

待恶少们离去，秋先走向前，望着满园的花残零落，沾尘垢污，顿时凄然泪下。正泣哭之间，听得背后有人说话："秋公为何恁般痛哭？"秋先回首一看，见是位女子，年约十六，姿容美丽，雅淡梳妆，却不认得是谁家之女。秋先见问，便将张委打花之事说出。那女子回道："我祖上传得个落花返枝的法术，屡试屡验。"按照她的要求，秋先取来水，依女子之法浇洒。忽然间，竟见残花果然重上枝头，而且各种花瓣色彩掺杂，比从前更好看了。这件稀奇事很快就传到了好惹是生非

316

的张衙内耳朵里，于是再次上门施展毒手摧花，还找借口给秋先套上了枷锁。

恶少们一直打砸到晚上，忽然卷起一阵风，化作一位姿容美丽的红衣女子，只见她长袖翻飞，掀起一股刺骨的冷风，将张衙内一伙像蝼蚁一样吹走。狂风大作，张衙内本人也一头栽进了沼池……秋先也被从牢狱中解救了出来。

上面这个故事，是明代小说家冯梦龙依据当时苏州民间传说"花神惩治恶霸扶助花农"而创作的《灌园叟晚逢仙女》，收入《醒世恒言》第四卷。

这个故事将花仙塑造成了正义和力量的化身：只见她，风姿妩媚，手持中国的花魁芍药、牡丹，或手提盛有这两种花的花篮，安详地守卫着良善百姓心中的美好夙愿。由此而使明代以后的花神形象，愈加栩栩如生，寄托了人们对美好事物与正义力量相结合的心愿。

……

我国是种花古国。传说《陶朱公书》中就有花仙的记载。至于"花神"，相传是指北魏夫人的女弟子女夷，传说她善于种花养花，被后人尊为"花神"，并把花朝节附会成她的节日。

花朝节，简称花朝，俗称"花神节""百花生日""花神生日"。农历二月初二举行，也有二月十二、二月十五过节的，各地有点差异，总体相同。节日期间，人们结伴到郊外游览赏花，称为"踏青"；姑娘们剪五色彩纸粘在花枝上，称为"赏红"。各地还有"装狮花""放花神灯"等风俗。旧时江南一带以农历二月十二日为百花生日，这一天，家家都会祭花神，闺中女人剪了五色彩笺，取了红绳，把彩笺结在花树上，谓之赏红，还要到花神庙去烧香，以祈求花神降福，保佑花木茂盛。

据说花朝节在全国盛行，始于武则天执政时期。武则天嗜花成癖，每到夏历二月十五这一天，她总要令宫女采集百花，和米一起捣碎，蒸制成糕，用花糕来赏赐群臣。上行下效，从官府到民间盛行庆祝活动。在那个时代，正月十五的元宵节、二月十五的花朝节、八月十五的中秋节，均被视为同等重要的传统佳节。

到了宋代，花朝节的日期有被提前到二月十二或二月初二的。据《广群芳谱·天时谱二》引《诚斋诗话》："东京（即今开封）二月十二日花朝，为扑蝶会。"又引《翰墨记》："洛阳风俗，以二月二日为花朝节。士庶游玩，又为挑菜节。"可见花朝节日期还因地而异。到清代，一般北方以二月十五为花朝，而南方则以二月十二为百花生日。吴越地区历来以"二月十二日"为"花朝节"，俗称"百花生日"。清代袁景澜《吴郡岁华纪丽》记载："洛阳风俗，则以二月二日。今吴俗以二月十二日为百花生日。"清代顾禄的《清嘉录》卷二记载："（二月）十二日为百花生日，闺中女郎剪五色彩缯，粘花枝上，谓之赏红。虎丘花神庙，献牲击乐，以祝仙诞，谓之花朝"。

明清时期，苏州虎丘地区莳花植花、供花赏花蔚然成风。百物有神，民间俗神与百姓日常生活和生产息息相关，花木也不例外配备"封神榜"。于是，苏州地区的花神庙应运而生。庙内供奉的花木神，不但花农和花商出于经营目的虔诚膜拜，广大百姓也情有独钟，乐此不疲。"二月十二百花生日"，盛行于山塘、虎丘一带的花神庙的庙会称得上是苏州独特的民俗。

二

虎丘花神节由来甚早。

苏州民间庆贺"百花生日"，敬花神而建花神庙，举行花神庙会，开始于明朝初期。

明洪武中，虎丘花农、山塘花商们择址山塘桐桥内（今花神庙浜）建立了"虎丘花神庙"，"虎丘花农争于花神庙陈牲献乐，以祝神釐，谓之花朝。"实际上这也是苏州鲜花种植业、花木园圃业在山塘、虎丘一带蓬勃发展的一个侧面反映。

明清时期，苏州先后出现的花神庙多达9座，为全国少见，其中4座集中在花市繁荣的山塘虎丘地区，分别为：桐桥花神浜花神庙，虎丘试剑石左侧花神庙，新塘桥南花神庙，西山庙桥南花神庙。

桐桥花神浜花神庙为最早，明代洪武中由民间捐建。清代顾震涛著《吴门表隐》中记载："花神庙在桐桥内十二图花神浜，祀花果之神。神姓李，有永南王之封。位列十二月花神像，明洪武中建。"李氏为总神，是一位男性。而李氏总领的十二月花神，均为花枝招展的婀娜美女，即：正月梅花花神寿阳公主，二月杏花花神杨玉环，三月桃花花神息夫人，四月牡丹花神丽娟，五月石榴花神卫氏，六月荷花花神西施，七月葵花花神李夫人，八月桂花花神徐贤妃，九月菊花花神左贵嫔，十月芙蓉花神花蕊夫人，十一月茶花花神王昭君，十二月水仙花神洛神。清代乾隆年间，桐桥花神庙重修，状元彭启丰题额"泽润春回"。该庙毁于"文革"时期。

虎丘试剑石左花神庙是清代乾隆四十九年（1784），苏州知府胡世铨建。这座花神庙有点意思，在《虎阜志》卷首图中有《花神庙图》，后有徐嵩《虎丘花神庙记》："花神庙在虎丘云岩寺之东，试剑石左。旧有梅花楼，基址久废。庚子春天子南巡，诣使者橄取唐花，以备选进，吴市莫测其法。郡人陈维秀善植花木，得众卉性，乃仿燕京窨窑熏花法为之，花则大盛。甲辰岁，翠华六幸江南，进唐花如前例。其繁葩异艳，四时花果，靡不争奇吐馥，群效于一月之间。讵非圣化涵需，与华年仁寿，嘉禾岐麦，骈集图端，以奉宸游，而昭灵贶，曷克臻兹？郡人神之，胜乃同陈芝亭度其地，爰立庙殿三楹，环两廊，有庭有堂，莳以秀石。斯庙之建，匪徒为都人士游观之胜，亦可见仁圣天子丰仁濊泽，化贲草木，维神有灵，是可志也。"

当时正值春寒料峭，而宫廷使者令苏州府备各色鲜花供奉。虎丘种花能手陈维秀，仿效京城"窨窑熏花法"试验：先把花房门窗密封防风保暖，然后在地上挖坑，将开水灌入坑内，以暖气熏蒸花朵使之盛开。此法果然大见成效："其繁葩异艳，靡不争奇吐馥，群效于一月之间。"乾隆观赏时，龙颜大悦啧啧称赞。过后，知府胡世铨就在试剑石左的梅花楼旧址上，建造起一座花神庙。种花达人陈维秀成为真正的男性花神，取代了原先赫赫有名的魏夫人，被破格册封为本地花神，供奉在庙内受百姓膜拜。

庙建于乾隆四十九年（1784）九月，落成于五十二年四月。该花神庙"连楹曲廊，有庭有堂，并莳杂花，荫以秀石"。"为都人士游观之胜"。尤维熊《花神庙》诗云："花神庙里赛花神，未到花时花事新。不是此中偏放早，布金地暖易为春"。嘉庆九年甲子贡生蔡云所著《吴歈》，内有诗云：

> 百花生日是良辰，未到花朝一半春。
> 红紫万千披锦绣，尚劳点缀贺花神。

庙中悬挂的楹联，据传为清代大才子纪晓岚所撰：

> 一百八记钟声，唤起万家春梦；
> 二十四番风信，吹香七里山塘。

虎丘花神庙会，从此成为当时苏州重大的民俗活动。可惜，该花神庙毁于清代咸丰十年（1860）的兵火。

2002年出版的《苏州郊区志》，还记载了虎丘山塘地区的另外两座花神庙。新塘桥南花神庙（茶花村4组）："在虎丘乡新塘桥南堍，内供花神与猛将。旧时每逢农历二月十二百花生日，花农来庙烧香，庆贺百花生日。庙毁于（二十世纪）六十年代。"西山庙桥南花神庙（路北村7组）："在山塘河西山桥南堍，与西山隔河相望。清乾隆年间始创。道光、光绪年间里人集资重修。三开间二进殿宇，两侧以厢房相连，中为天井。第二进正中供司花之神像，两旁墙上绘十二月花神。"其实，该花神庙在乾隆年间原为土地庙，道光年间改为花神庙。残存的花岗石八仙和刘海浮雕图，已经移入虎丘旁边的双塔影园。

古时每临"花朝节"，地方长官要进入乡村进行"劝农"。据记载："宋制，守土官于二月十五花朝日出郊劝农。"南宋吴自牧的《梦粱录》中道："此日，帅守、县宰率僚佐出郊，召父老赐酒食，劝以农桑，告谕勤劬，奉行虔恪。"到农家作春耕动员，自春节后农闲"笙歌沸到花朝"，"春至二分"须要收收心了，花朝节后"士饰禊辰之挑，农举耕卯之耜"。南宋时"花朝日"，道观"递年设老君诞会，燃万盏华灯，供圣修斋，为民祈福，士庶拈香瞻仰，往来无数"。寺院则"建佛涅槃胜会，罗列幡幢，供养种种香花异果……庄严道场，观者纷集，竟日不绝"。

清·姚士陛《茉莉》诗中语："山塘日日花成市，园客家家雪满田。"说的是花农、花商祈求花神庇护，苏州花神庙内供奉"司花果神"，配享"十二月花神"，而二者均非传说中的"花神"——"女夷"，更非魏存华，也不是陈维秀，系前面说到的李姓之神，出典不明，据说是从杭州引过来的。杭州西湖畔的花神庙，建于清雍正年间，"祀湖山之神，傍列十二月花神及四时催花使者，无不钗飞钿舞，尽态极妍。相传湖山正神即李公自塑其像"。神无姓无名，而神像居然参照总督李某而塑。旁立"十二月花神"塑为嫔姬模样。仿康熙年间长洲尤侗描绘过的"花仙"塑型："头上百花髻，戴芙蓉冠，插瑟瑟钿朵，着金镂单丝锦縠，银泥五晕罗裙，鸳鸯袜，五色云霞履，妆束雅澹，神姿艳发，顾盼妩媚，不可描画"（尤侗《瑶宫花史传》）。

三

清顾禄《桐桥倚棹录》载："虎丘花神庙不止一所，有新旧之别。桐桥内花神庙……为园客赛愿之地。"虎丘花神庙，实际也是虎丘、山塘花农、花商聚首、议事、祭祀、赛会场所。

明清间，虎丘一带属我国著名的四大香花产区之一，"虎丘茶花"为苏州一大特产。茶花是窨制花茶的原料，茶商与花农间的不解情结，也反映在共修花神庙上。桐桥内花神庙自明初创建后，分别于清乾隆四十七年（1782）、嘉庆十四年（1809）、道光十八年（1838）三次进行重修，其中嘉庆十四年重修时，曾勒石刻碑作记："本庙始于先朝，创建以来，历次重修，未经载注。今嘉庆十四年仲秋月，蒙众善姓士商捐资重建。芳名于左……"所列"捐助士商"中：有"关东庄"：景隆号、德凝号、宝源号、灿号、采芬号等；"茶商"：德盛号、大彩号、新源号、凤和号、永成号等；"钱庄"：恒隆号、德盛号、万祥号、逢源号等；"茶行"：公泰行、怡春行、东盛行、昌盛行、聚兴行、允隆行、人和行、德昌行、和泰行、森盛行等；"茶叶店"：润丰号、乾裕号、聚泰号、怡盛号、德盛号、益美号等。赞助茶商多达 40 余户，捐资 180 两（总捐纹银 400 余两）。苏州茶商中"关东庄"，就是以经营花茶为主，专门运销东北的茶商。据记载清末民初，苏州经海上运销东北的花茶，每年在 8000 石左右。

清光绪年间，虎丘一带花农约 150 户左右，年制珠兰花茶约 5000 石，至清末花农增至 645 户，年产茶花可供制花茶达 15000 石。位于山塘河南岸间的东、西杨安浜及小邾弄、叶家弄一带，花茶行栈多达 50 余户，每年五月至十月窨制花茶旺季，各茶庄纷纷招来临时拣茶女工，各路茶商云集，车船拥塞。

解放初，虎丘、长青一带花农有 2135 户，年产香花达一万石以上，苏州年产花茶达七万石，可见茶花与花茶之间的关系是何等密切。

花神庙本属"土庙"，敬奉"司花神"属自然崇拜神，后衍生演变成"行业神"，除花农、茶花商的虎丘花神庙外，苏城凡与"花"沾边的行业也立庙祀花神。《吴门表隐》载，清真观侧"花神庙"，由"花果同业奉香火"；而定慧寺西"花神庙"，原建在齐门新桥巷，清道光十六年（1836）移建，为从事"羢花、象生花业"（仿真花制作手艺人）祭祀议事场所。此外，虎丘西山庙桥、管山等也有花神庙。

每年农历二月十二日"百花生日"，虎丘花神庙都要举行隆盛的庙会，唱戏献供。"虎丘花农争于花神庙陈牲献乐……是时春色二分，花苞孕艳，芳菲酝酿，红紫胚胎，天工化育，肇始于兹。故以是日晴和，占百果之成熟云。"清代顾禄《清嘉录》："土俗，以花朝日天气清朗，则百物成熟。谚云：'有利无利，但看二月十二。'……《吴县志》谓：'花生日晴，则百果熟。'"至今吴地仍流传着"二月十二看熟天"的农谚。

吴地民间"百花生日"有护花之俗，称"赏红"。《清嘉录》："十二日，为百花生日。闺中女郎剪五色彩缯，粘花枝上，谓之赏红。"《吴郡岁华纪丽》："是日，闺中女郎为扑蝶会，并效崔玄微护百花避风姨故事，剪五色彩缯，击（结）花枝上为彩幡，谓之赏红"。"赏红"护花，典出唐人《博异志》。据传唐代崔玄微在自家花园里，遇到了一群美女（花仙），向他诉说她们得罪了"十八姨"（风神），恐遭不测，请求到了二月初一那天，在园中竖起一面红旗，旗上要画日、月及五星图案，这样她们就能免受灾难。后来崔生照办了，那一天果然狂风骤起，一城花树尽遭摧毁，唯独崔家园中花木安然无恙，后来崔家每年这一天都竖这样的彩旗，后流变为民俗。

吴地风俗，"百花生日"护花——赏红，由年轻姑娘们（闺中女郎）将彩绸剪成带子，系挂在花木枝头，这也成为"百花生日"一道独特风景。

"百花生日"，也是苏城妇女们的"节日"。"花朝节，城中妇女剪彩为花，插之鬓髻，以为应节。"闺中姑娘有"扑蝶会"，纷纷结伴而行，虎丘花神庙会、山塘花市人山人海。清袁学澜《百花生日赋》称："颂冈陵于芳圃，峰涌螺青；设帨佩于璇闺，怀投燕紫。于是祝花长寿，庆日如年……亭台则暖集笙簧，林樾则灿成罗绮。采得梅调汤饼，依然饼赠兰房……客有闲游花市，喜值芳辰……衍蓬壶之甲子，颙祝花神。"可谓为花朝节吴地风俗纪盛。

苏州元和人（今苏州市吴中区）袁学澜（1804—1879）著《吴郡岁华纪丽》中说："百花生日"条后有"玉兰房看花"，至虎丘山"玉兰房看花"也为时俗。虎丘的后山有一古玉兰树，"宋朱勔自闽所购（此处不实，玉兰树原来就有），未及进御，移植于此……今孙枝已高数丈，花时素艳照空，望之如云屋琼台"。看花赏景之际，妇女们还将玉兰花瓣拾回去做饼，"闺人拾取花瓣，和粉面蔗霜（糖），下油熬熟，名玉兰饼，以佐小食，亦隽品也"。玉兰花做"玉兰饼"，可称苏城妇女首创的土产。

四

值得一提的是，吴俗二月十二"百花生日"的日子，被曹雪芹巧用在《红楼梦》中，红楼人物生日多隐含诸神圣诞，如贾母生日八月初三日，隐"灶君生日"。林黛玉、花袭人以二月十二日为生日，隐"花神生日"，林黛玉是苏州姑娘，用吴俗便是作者寓意。

《红楼梦》第二十三回《西厢记妙词通戏语　牡丹亭艳曲警芳心》——

那一日正当三月中浣，早饭后，宝玉携了一套《会真记》，走到沁芳闸桥边桃花底下一块石上坐着，展开《会真记》，从头细玩。正看到"落红成阵"，只见一阵风过，把树头上桃花吹下一大半来，落的满身满书满地皆是。宝玉要抖将下来，恐怕脚步践踏了，只得兜了那花瓣，来至池边，抖在池内。那花瓣浮在水面，漂漂荡荡，竟流出沁芳闸去了。回来只见地下还有许多，宝玉正踟蹰间，只听背后有人说道："你在这里做什么？"宝玉一回头，却是林黛玉来了，肩上担着花锄，锄上挂着花囊，手内拿着花帚。宝玉笑道："好，好，来把这个花扫起来，撂在那水里。我才撂了好些在那里呢。"林黛玉道："撂在水里不好。你看这里的水干净，只一流出去，有人家的地方脏的臭的混倒，仍旧把花糟蹋了。那犄角上我有一个花冢，如今把他扫了，装在这绢袋里，拿土埋上，日久不过随土化了，岂不干净。"

黛玉葬花这一情节非《红楼梦》作者初想。南宋词人吴文英在他的名篇《风入松》中就写过："听风听雨过清明，愁草瘗花铭。"可见葬花并为之题铭之事，于宋代即有。

明末清初苏州大文学家叶绍袁在《续窈闻》中记载其女叶小鸾说自己曾"勉弃珠环收汉玉，戏捐粉盒葬花魂。"

苏州诗人杜浚著有《花冢铭》：

> 余性爱瓶花，不减连林，偶有概世之蓄瓶花者，当其荣盛悦目，珍惜非常；及其衰颓，则举而弃之地，或转入溷渠莫恤焉，不第唐突，良亦负心之一端也。余特矫共失，凡前后聚瓶花枯枝，计百有九十三枚，为一束，择草堂东偏隙地，穿穴而埋之。铭曰：汝菊、汝梅、汝水仙、木樨、莲房、坠粉、海棠、垂丝，有荣必有落，骨瘗于此，其魂气无不之，其或化为至文与真诗乎？

曹寅的《楝亭诗钞》也抄录有两首葬花诗，两首均题画诗。一首是《题柳村墨杏花图》：

> 勾吴春色自矗苴，多少清霜点鬓华。
> 省识女郎全匹袖，百年孤冢葬桃花。

另一首是《题王髯月下杏花图》：

> 墙头马上纷无数，望去新红第几家。

前日故巢来燕子，同时春雨葬梅花。

凭谁笔墨描全袖，自启丹炉点宿砂。

三十六宫人盼断，金盆空影月西斜。

今人写的《唐伯虎轶事》中说："唐子畏居桃花庵，轩前庭半亩，多种牡丹花，开时邀文徵仲、祝枝山赋诗浮白其下，弥朝浃夕。有时大叫痛哭。至花落，遣小伻——细拾，盛以锦囊，葬于药栏东畔，作《落花诗》送之。"

由此可见，苏州人喜欢葬花的历史悠久，由葬花的习俗，自然视花如妻。《红楼梦》第二十七、二十八回都写到了这件事：

宝玉因不见了林黛玉，便知她躲了别处去了，想了一想，索性迟两日，等她的气消一消再去也罢了。因低头看见许多凤仙石榴等各色落花，锦重重的落了一地，因叹道："这是她心里生了气，也不收拾这花儿来了。待我送了去，明儿再问着他。"说着，只见宝钗约着他们往外头去。 宝玉道："我就来。"说毕，等他二人去远了，便把那花兜了起来，登山渡水，过树穿花，一直奔了那日同林黛玉葬桃花的去处来。将已到了花冢，犹未转过山坡，只听山坡那边有呜咽之声，一行数落着，哭的好不伤感。宝玉心下想道："这不知是哪房里的丫头，受了委屈，跑到这个地方来哭。"一面想，一面煞住脚步，听她哭道是：

花谢花飞飞满天，红消香断有谁怜？

游丝软系飘春榭，落絮轻沾扑绣帘。

闺中女儿惜春暮，愁绪满怀无释处；

手把花锄出绣帘，忍踏落花来复去？

……

说到苏州葬花的历史由来,今人考证,《葬花吟》是从唐寅的两首诗中"脱胎"的,也许《红楼梦》中的赏花、葬花的诗都是因为情节需要从前人那里化来的。

<h2 style="text-align:center">五</h2>

人称"七里山塘"的堤坝,久而久之成了街,被称为"山塘街"。就在这堤坝上兴起了庙会,称之为"虎丘庙会"。"箫鼓楼船,无日无之。凡月之夜,花之晨,雪之夕,游人往来纷错如织。"

旧时称"山塘看会"《清嘉录》卷三专有一节"山塘看会"——

清明日,官府至虎丘郡厉坛,致祭无祀。游人骈集山塘,号为看会。会中之人,皆各署吏胥、平日奉侍香火者。至日,各抬神像至坛。旧例,除郡、县城隍及十乡土谷诸神之外,如巡抚都土地诸神,有祭事之责者,皆得入坛,谓之督祭。凡土谷神,又咸以手版谒城隍神。短簿祠道以王珣为地主,袍笏端庄,降阶以迎。每会至坛,箫鼓悠扬,旌旗璀璨,卤簿台阁,斗丽争妍。民之病愈而许愿服役者,亦多与执事。或男女缧绁装重囚,随神至坛,撒枷去杻,以为神赦,选小儿女之端好者,结束鲜华,赤脚站立人肩,或置马背,号为"巡风会"。过门之家,香蜡以迎,薄暮返神于庙,俗呼"转坛会"。

这里提到了"花":"……选小儿女之端好者,结束鲜华,赤脚站立人肩,或置马背,号为'巡风会'。"是花神会与诸多活动的起源。

我们不可忘记这位献花的小姑娘,她是虎丘一切花神活动的中心。

文学柳宗元、诗学陶渊明的苏州人杨韫华也在《山塘棹歌》中写道：

三驺排立厉坛匀，县长朝来监祭神。
一样阴司重地主，阶前袍笏立王珣。

明清两代，虎丘庙会活动达到高潮。以清明节为主，还有阴历七月十五，十月朔日都有出会的活动。由苏州知府并各县知县等率众出动，摆仪仗，抬城隍像，从城中心的城隍庙，经老闾门、七里山塘到虎丘二山门前郡厉坛，一路人山人海，万人空巷，去祭祀那些"死而无后者"（即为"无祀"），俗称"转坛会"。今苏州博物馆新馆展厅柜中展示了一套已故老艺人周福明雕刻的"山塘庙会"小摆设，其中仪仗、人物、城隍等显示出当时庙会的场景。

清代顾禄的《清嘉录》载："一种生涯天下绝，虎丘不断四时花。"即指由赏花、种花、卖花等组合成的虎丘特别花市。虎丘山塘为旅游胜地，是吴地集中体现民风乡俗的地方，历史沿袭"三会三市"：清明、七月半、十月朔为三节会，春为牡丹市、秋为木樨市、夏为乘凉市。

围绕"会""市"对花卉的需求，虎丘、山塘一带花店迤逦相连，四时不断花。绿水桥西马营弄是一片花圃，斟酌桥东花园弄口为花卉市场，形成以虎丘为中心的山塘花市。《桐桥倚棹录》记载虎丘三节会和三市时，"画舫珠帘，人云汗雨，填流塞渠"，是一幅清代康乾盛世的场景。虎丘庙会或许也有其他杂耍表演。明代王樨登有《虎丘看妓人走马》诗描述：

骏马龙驹种，佳人燕子身。
驰驱下夕坂，险绝太惊人。
血是蹄间汗，香为鬓里尘。

解鞍慵不语，游子替伤神。

虎丘的山水名胜曾为中国文人雅士和市民的向往之地。《吴郡志》上载："春时，用六柱船，红幕青盖，载箫管以游虎丘，灵岩为最盛处。中秋，倾城士女游虎丘看月，笙歌彻夜"。逐渐形成一系列具有浓厚民俗风情和吴文化特色的游艺集会活动。清代顾禄《清嘉录》引揽云居士《吴门续画舫录》记载："吴中尝以清明、中元、十月朔三节赛神、祀孤于虎丘郡厉坛。舟子藉诸丽品，以昂其价。画舫鳞集山塘，视竞渡尤盛。竞渡止经旬之约，赛会尽一日之欢。西舫东船，伊其相谑。直无遮大会。"虎丘山风景名胜区发掘和弘扬传统的民俗风情游览集会形式，形成以花会、庙会、曲会和笔会为代表的民俗文化活动、特色游山艺术活动。

文人的参与大大提升了花会的文化层次。请看明代高启的《卖花辞》：

绿盆小树枝枝好，花比人家别开早。
陌头担得春风行，美人出帘闻叫声。
移去莫愁花不活，卖与还传种花诀。
余香满路日暮归，犹有蜂蝶相随飞。
买花朱门几回改，不如担上花长在。

再看清代邵弥的《虎丘花市曲》：

虎丘山家田不辨，虎丘草木纷如霰。
湿绿妖红开未匀，塘上分花船里见。
不争罢亚争芳菲，一株艳绝千钱微。

田头老农常苦饥，山家日日烹鲜肥。

唐伯虎说："江南人尽是神仙，四季看花过一年。"清镶黄旗满洲人麟庆，道光间官江南河道总督十年，在所著《鸿雪因缘图记》中记述："九月路出金阊，买舟游虎丘，至七里塘，画船歌舫，容与中流，花市香塵，辐辏两岸。"

虎丘山塘一带花农特别多，据说源自宋代朱勔的花石纲，朱勔获罪，虎丘一带花业日趋兴旺，来自外地的花卉品种和花卉货源，提供虎丘花卉四时不断。《清嘉录》卷六有"珠兰、茉莉花市"一节："珠兰、茉莉花来自他省，熏风欲拂，已毕集于山塘花肆。茶叶铺买以为配茶之用者，珠兰辄取其子，号为'撒梗'；茉莉花则去蒂衡值，号为'打爪花'。花蕊之连蒂者，专供妇女簪戴。虎丘花农，盛以马头篮沿门叫鬻，谓之'戴花'。零红碎绿，五色鲜浓，四时照映于市，不独此二花也。至于春之玫瑰、栀子花，夏之白荷花，秋之木樨花，为居人和糖、春膏、酿酒、钓露诸般之需。百花之和本卖者，辄举其器，号为'盆景'。折枝为瓶洗赏玩者，俗呼'供花'。"蒋宝龄《吴门竹枝词》描述说："苹末风微六月凉，画船衔尾泊山塘。广南花到江南卖，帘内珠兰茉莉香。"

茉莉花除妇女簪戴和居家清供外，更大量用于窨制花茶。苏州盛产茶叶，苏南的宜兴、金坛及邻省安徽、浙江、江西都有大量茶叶输入，苏州茶农善窨花茶，即以茉莉、珠兰、白兰花、木樨花、栀子花、蜡梅花等熏制花茶。"茶引花香、以益茶味"，这种花茶称香片，远销关东、西北、华北地区，这些花卉产业在虎丘山塘长盛不衰。虎丘周边花房连片，20世纪60年代曾有著名的茶花大队，至今街巷有名花园巷、花房庄者。其玳玳花，形似柚花，香味甚烈，其种来自福建，鲜可烘茶，干可代茶，后成为虎丘最重要的商品。玫瑰花产于附近各处，亦有来自江阴的，多聚于虎丘，转运福建等处销售。

那年夜游虎丘

一

虎丘这个曾经的阖闾墓地，自从晋代王珣兄弟在这里修建了私宅，它便摆脱了"墓"这个名，而成了文人雅士们首选的游玩娱乐消遣场所。善于广结人缘的王氏兄弟，邀请文人好友到虎丘游玩，酒酣歌兴之余，沏茶品茗，高谈阔论，通宵达旦。他们常常借着月色走出户外，面对皓月的静夜，领略净空的爽风，趁着几分的酒意，彻夜不眠地结伴在山间闲步，引吭高歌，别有一番情趣。后人称此举为：夜游。

夜游，在中国这个国度里，早就有了。记载最早的夜游应该是夏王朝，帝王趁夏夜凉风夜游赋诗的故事早被记录在史。商朝的夜游数纣王时期最为鼎盛。这位后世称其荒淫无道的君王，专门建了肉林酒池。肉林，就是让宫女裸体举灯站在树间；酒池，就是挖出池子盛满酒充作"水池"。夜色迷茫，歌舞沉醉中，商纣王与妲己一边喝酒一边游走寻欢。

民间的夜游，《历代名画论》上也有零星的记载：顾恺之曾作《清夜游西园图》，即《陈思王诗图》，描述曹丕与曹植兄弟在邺宫的兄弟之间的诗酒宴会，渲染出相洽无间的情境；李白《春夜宴从弟桃花园序》道"古人秉烛夜游，良有以也"；马麟的《秉烛夜游图》画出黄昏雾霭笼罩下的宫廷院落；马远的《华灯侍宴图》以淡设色画宫殿夜宴……但真正让人感受到"夜游虎丘"乐趣的还是明代。

那个时代的翘楚沈周为我们留下了以《千人石夜游图》为首的数幅不朽之作。

沈周是明代杰出画家，他大唐寅43岁，比唐寅早14年离世，是唐寅终生敬重的前辈，也完全可以说是唐寅父辈级的先贤。他与文徵明、唐寅、仇英合称"明四家"或"吴门四家"，且立四家之首，在中国画史上影响深远。

夜游活动是文人交游较为特别的一种。沈周在成化十五年（1479）四月九日的这一天经历了此生难忘的首次虎丘夜游。这一天是他虚岁53岁的生日，他要去西山游玩。出发时并不迟，但从苏州到西山，水路需要走山塘，绕虎丘，经枫桥出苏州入太湖，方可进入西山。他的船从市区经山塘河绕入虎丘时，天色已晚，再穿过太湖到西山就太迟了，尤其夜渡太湖很危险，他只能将船泊于虎丘过夜。夜色甚好，沈周独自一人夜游千人石，在千人石上踱步徘徊。

沈周非常喜爱千人石上的千人坐。千人坐宽阔平坦，就像一块磨刀石一样平整。他觉得千人坐的美胜过了玛瑙坡。皎洁的月光泼洒在地上，沈周感觉走在石上就像把脚伸进了深水潭。四周寂静无声，只有鞋履踏在石上的声音。独特的景色让沈周领略到了与平日截然不同的感受，感慨"今我作夜游，千载当隈始。澄怀示清逸，瓶罍真足耻。"沈周所说的"澄怀示清逸"与《宋书·隐逸传》里那位画家宗炳提出的"澄怀观道"都是游览山水的方法，希望能够在大自然中静悟天地，从山水中思考人生道理。沈周把自己比作瓶罍，遗憾不能从山水中获得更多感悟。

14年后，当唐寅与文徵明在祝枝山的鼓动下积极组织夜游虎丘时。沈周根据与杨循吉多年来一直交流当年夜游的感受文字，绘画出《千人石夜游图》，展示给唐寅等人，大家惊喜振奋，不约而同地念起沈周的那段文字——

一山有此座，胜处无胜此。群类尽硗出，夷旷特如砥。其脚插灵湫，敷霞面深紫。我谓玛瑙坡，但是名差美。城中士与女，数到不知几。列酒即为席，歌舞日喧市。今我作夜游，千载当隈始。澄怀示清逸，瓶罍真足耻。亦莫费秉烛，步月良可喜。月皎光泼地，措足畏踏水。所广无百步，旋绕千步起。一步照一影，千影千人比。一我欲该干，其意亦妄矣。譬佛现千界，出自一毫耳。及爱林木杪，玲珑殿阁倚。僧窗或映红，总在珠网里。阗阗万响灭，独度逴然履。恐有窃观人，明朝以仙拟。

善于浮想联翩的唐寅在这个时候首先想到的是，王珣兄弟在那个夜晚的对话。他从中感悟的东西与沈周截然不同，唐寅告诉沈周自己的感觉。沈周没有做出应答。他在想什么？没有人能够知道。那一刻的唐寅浑然不觉将要遭受人生第一个来自家庭的劫难，他还天真地与沈周前辈讨论王珣兄弟的不幸与万幸之类的话题。沈周敏感地意识到唐寅这个年龄的青年的幼稚与天真，和一种肆无忌惮的飘然，他用14年时间绘成的《千人石夜游图》引领唐寅去感受天地与大自然给我们的神奇启悟。

明弘治六年（1493），正是受到沈周的影响，唐寅凭借自己的名望，邀请一些比自己年岁大的诗人书画家朋友们，包括沈周的好友——37岁的杨循吉一起再次夜游虎丘。正是这次夜游，杨循吉与比自己小14岁的唐寅、文徵明在后来与史鉴、朱存理、祝枝山一起掀起了一场颇具规模的古文词（诗歌形式）运动，这场运动的发轫正是起源于弘治六年的夜游。

沈周已经虚岁67岁，这次夜游他与杨循吉围绕那幅《千人石夜游图》，探讨了持续14年的话题。酒后，掌灯时分，杨循吉在酒宴上请唐寅与文徵明两人展开沈周的另一幅"夜游图"，供大家欣赏。画面前景有三棵枯树，一块巨石，湖面上只有一个老者泛舟独游，远处山石略加勾勒，行笔烂漫，不拘章法。据说，这幅画激发了唐寅的文心与创作欲望。

到了正德四年六月（1509），虚岁40岁的唐寅已经历过人生少有的三次灾难，做了居士，心境平静且纯净。他应沈周的要求再一次相陪夜游。这次夜游，他们租了一条船，参加的人有祝枝山、张灵、孙一元，加上唐寅与沈周。他们游天平山、西山，一路饮酒在当天夜晚的九点左右到达虎丘。

沈周在扇页上作画《夜游波静图》以资纪念。画面疏简，为一江两岸式构图。

沈周并题诗:"夜游同白日,波静似平田。拨桨水开路,洗杯江动天。诛求寻乐土,谈笑有吾船。明月代秉烛,老怀追少年。""夜游同白日,波静似平田",可以想象到这次夜游与早年的虎丘夜游场景极为相似,月明星稀,湖面如平地般宁静宽阔。诗中的"明月代秉烛"之句与《千人石夜游》中的"亦莫费秉烛"意趣相同。但相类似的景色却感受不到当年的得意了。

从画面意境来看,沈周表现的并不是与友人饮酒赋诗的欢乐场景,年老的沈周此刻内心是孤独的,妻子、儿子相继去世,晚年生活孤苦,在精神、经济、身体状况方面都不尽如人意,因此他感怀过去,感慨时光的流逝。

能够陪伴孤独心境的沈周夜游的一船之客,只有已经皈依佛门成"居士"的唐寅能够体会到沈周此时此刻的心境。正是夜晚的魅力,它不似白日的喧闹,寂静辽阔的夜色能够让人静心沉思,静悟天地。沈周以艺术家特有的审美视角,细腻地捕捉到了虎丘夜月中的独特景致,能够在千人石上旋绕千步起,澄怀示清逸,更能在静夜的湖面与唐寅进行无声有语的心灵交流……

82岁高龄的沈周在这次与唐寅泛舟夜游后两个月,平静地离开了这个世界,他作为创作虎丘夜游图第一人,给我们留下了夜游图这份无比珍贵的文化遗产。

正是沈周的夜游,激发出了文人士大夫的情怀,让唐寅等文人延续着虎丘夜游这一传统。之后的画家也在继续创作以"虎丘夜月"为题材的众多图像。

二

还是1493年的那个夜晚,唐寅等人对于沈周数幅"虎丘夜游"图的赞美之声达到了高潮,大家一起举杯鼓动杨循吉吟唱他赞扬沈周《千人石夜游图》的诗篇。

杨循吉架不住大家的热情,清清嗓子再次吟诵对这幅画经过修改后的赞美诗:

吾想混沌初，此石便如此。

神功厌雕镂，翻奇出平砥。

年深积秀气，白色变为紫。

所恨削末尽，巉岩更遗美。

傅闲坐千人，不审诚坐几。

嗟嗟来游客，有朝亦有市。

请从今日前，追数到古始。

喧呼吐酒肉，坐有为石耻。

沈吟发诗篇，坐有为石矶。

剑池即在傍，无人涤之水。

夜游月中行，自我石翁始。

形影得妙悟，千一何善比。

我千举千游，翁千一身矣。

惟翁千人人，瓶缶亦有耳。

不为玉堂直，乃作厓树倚。

宰相非不知，忍弃山谷里。

白头戴月色，想象吟且履。

人品白石翁，前人不须拟。

　　随着杨循吉品读诗文，一桌半醉的"酒仙才子"开始浮想联翩，都想穿越到当年月下，随沈周游览虎丘。"形影得妙悟，千一何善比"，通过形影悟得"千"和"一"变化的禅意，引申出"不为玉堂直，乃作厓树倚"来赞美沈周隐居山林，不乐仕进的高风亮节，"人品白石翁，前人不须拟"，对当时还不能识透官场险恶的唐寅敲了警钟。

大家在回味沈周《千人石夜游》图画展卷的诗意后，一人擎一盏灯，向缓缓展开的虎丘夜色进发。唐寅忍不住随口道：

　　　名山何须你妆点，近物推来皆是真。
　　　客到山门僧未觉，野烟笼树鸟啼频。

唐寅开了头，一路凡是景点，众人皆停下即兴吟上几句。

三

夜晚的虎丘有何迷人之处，为什么被吴中画家屡为传颂？只有身浸其境，方可领略。虎丘夜游风尚的形成，随沈周、唐寅等才子的发端，历经岁月，渐渐形成了气候，并有了一定的规律：每逢花好月明之夜，苏州城里的才子佳人成群结队坐船或乘轿到山塘街集中夜游虎丘。这在某种程度上也刺激了山塘街夜生活的繁荣。但虎丘夜游能够经久不衰，其原因涉及沈周、唐寅以后的一个人，他发起的曲会起到了极大的推动作用。

此人叫魏良辅，新建（今江西南昌）人。嘉靖五年（1526）进士，历任工部、户部主事、刑部员外郎、广西按察司副使。嘉靖三十一年（1552）擢山东左布政使，三年后辞官，住到了江苏太仓。退出官场的原因，有人说他迷上了昆曲（当时称"水磨腔"，适合南方人推磨动作的小调）。魏良辅熟悉音律，在当地驻军中，有很多人通晓音律，魏良辅常与他们切磋技艺、商讨乐理。初习北曲，因比不过北人王友山，便钻研南曲。他的家乡盛行弋阳腔，而他却厌鄙弋阳，为换个艺术环境，于嘉靖年间（1555年前后）来到了当时南戏北曲十分活跃的太仓，住在太仓南码头（现太仓市南郊镇），结识了驻地的一位南曲专家——太仓卫百户过云适。过云适手边有元末明初昆山人顾坚改编的昆腔，他想将这一小调改成正腔。这很合魏良辅的胃口，两人一拍即合。魏良辅融合弋阳、海盐诸腔和当地民间曲调，形成新的清柔婉约腔调。由于过云适造诣深厚，魏良辅每次作曲都要等到过云适满意了方肯罢休。他还请教从安徽寿州（今寿县）发配至太仓的善弦索、北曲的戏剧家张野塘。当时张野塘正在军中服役，对魏良辅的求教欣然应允，两人结为挚友。后来魏良辅将自己的女儿许配给张野塘。

在过云适、张野塘等人的协助下，魏良辅吸收了当时流行的海盐腔、余姚腔以及江南民歌小调的某些特点，对流传于太仓昆山一带的戏曲唱腔进行加工整理，将南北曲融为一体，既可使南曲"收音纯细"，又可令北曲"转无北气"，从而改变了以往那种平直无意韵的呆板唱腔，形成了一种格调新颖、唱法细腻、舒徐委婉的"水磨腔"（昆腔）。它以清唱的形式出现，终于使昆腔在无大锣大鼓烘托气氛的情况下也能够清丽悠远，旋律优美。

同时，魏良辅对伴奏乐器也进行了改革。原来南曲伴奏以箫、管为主要乐器，为了使昆腔的演唱更富有感染力，他将笛、管、笙、琴、琵琶、弦子等乐器集于一堂，用来伴奏昆腔的演唱，获得成功。魏良辅从此名声大振，被誉为"国工""曲圣"，乃至昆腔（南曲）"鼻祖"。

魏良辅创造的"昆腔"，一时间风靡神州，独领风骚，被成千上万的痴迷者广为传唱，何时由"昆腔"改称"昆曲"，据说是在魏良辅以后的昆山人梁辰鱼，又继续进行革新，到万历年间已从吴中发展到江浙各地，后又传入北京，逐渐成为全国性的剧种。但说法多样。不可否认的是流行的昆曲后来成为苏州人节日助兴的最佳选择，久而久之逐渐养成了每年八月中秋聚集在虎丘唱曲的习俗，人们称其为"虎丘曲会"。虎丘曲会是百姓自行组织的唱曲活动，也是他们施展歌喉的好机会，虎丘千人石即是人们歌唱娱乐的舞台。据江西师范大学雷雯考证：虎丘曲会约始于明正德年间，伴随中秋节日一直延续到清乾隆、嘉庆年间，三百年间经久不衰。明代文学家袁宏道在《虎丘记》一文描述了虎丘曲会的盛况。

请读《袁中郎全集》卷八此文——

虎丘去城可七八里,其山无高岩邃壑,独以近城故,箫鼓楼船,无日无之。凡月之夜,花之晨,雪之夕,游人往来,纷错如织,而中秋为尤胜。每至是日,倾城阖户,连臂而至,衣冠士女,下迨蔀屋,莫不靓妆丽服,重茵累席,置酒交衢间。从千人石上至山门,栉比如鳞,檀板丘积,樽罍云泻,远而望之,如雁落平沙,霞铺江上,雷辊电霍,无得而状。

布席之初,唱者千百,声若聚蚊,不可辨识。分曹部署,竞以歌喉相斗,雅俗既陈,妍媸自别。未几而摇头顿足者,得数十人而已。已而明月浮空,石光如练,一切瓦釜,寂然停声,属而和者,才三四辈。一箫,一寸管,一人缓板而歌,竹肉相发,清声亮彻,听者魂销。比至夜深,月影横斜,荇藻凌乱,则箫板亦不复用。一夫登场,四座屏息,音若细发,响彻云际,每度一字,几尽一刻,飞鸟为之徘徊,壮士听而下泪矣。

剑泉深不可测,飞岩如削。千顷云得天池诸山作案,峦壑竞秀,最可觞客。但过午则日光射人,不堪久坐耳。文昌阁亦佳,晚树尤可观。面北为平远堂旧址,空旷无际,仅虞山一点在望。堂废已久,余与江进之谋所以复之,欲祠韦苏州、白乐天诸公于其中,而病寻作。余既乞归,恐进之之兴亦阑矣。山川兴废,信有时哉!

吏吴两载,登虎丘者六。最后与江进之、方子公同登,迟月生公石上,歌者闻令来,皆避匿去。余因谓进之曰:"甚矣,乌纱之横,皂隶之俗哉!他日去官,有不听曲此石上者,如月。"今余幸得解官,称"吴客"矣,虎丘之月,不知尚识余言否耶?

张岱在《陶庵梦忆·虎丘中秋夜》中，也叙述了万历年间虎丘曲会的盛况："虎丘八月半，土著流寓，士夫眷属，女乐声伎，曲中名妓戏婆，民间少妇好女，崽子娈童，及游冶恶少、清客帮闲、傺僮走空之辈，无不鳞集。自生公台、千人石、鹤涧、剑池、申文定祠，下至试剑石、一二山门，皆铺毡席地坐。登高望之，如雁落平沙，霞铺江上。天暝月上，鼓吹百十处，大吹大擂，十番铙钹，渔阳掺挝，动地翻天，雷轰鼎沸，呼叫不闻。更定，鼓铙渐歇，丝管繁兴，杂以歌唱，皆'锦帆开''澄湖万顷'同场大曲，蹲踏和锣，丝竹肉声，不辨拍煞。"

随着越来越多的人参与虎丘曲会，夜游虎丘不再是文人的专属，而成为大众流行风尚。大众喜爱的虎丘夜游与文人不同，他们追求的是热闹的虎丘曲会。袁宏道描述虎丘夜晚"凡月之夜，花之晨，雪之夕，游人往来，纷错如织。而中秋为尤胜。每至是日，倾城阖户，连臂而至。"虎丘自此走入大众的视野，"虎丘夜月"被越来越多的人熟知，成为苏州旅游文化的一个符号。

顺治年间，苏州地区的抗清斗争非常激烈，但先后遭到镇压。尤其是郑成功反攻长江失败后，清廷迭兴大狱，打击江南士绅势力。同时也对晚明以来的社会风气痛加矫治，其中有两件事与虎丘有关。

其一，顺治十年（1653），有个巡按御史李森先，他将昆曲名伶王紫稼枷死在阊门月城。王紫稼原为徐湄家的歌童，是崇祯年间虎丘曲会的"歌王"。清初徐湄自沉殉国后，他为巡抚土国宝收留，不久土国宝被弹劾自杀，李森先即以"淫纵不法"的罪名将他枷死。李森先对王紫稼用重典，实际上是借此打击吴中士人的冶游风气。

其二，顺治十三年（1656），又有"花案"一事，缪荃孙《艺风堂杂钞》卷四记载：

华亭沈浚改名休文，顺治丙申秋，让富人出彩金，选出虎丘名妓中的花魁。选出了名姝五十多人，定虎丘梅花楼为花场，品定高下，最后选出朱云为状元，钱端为榜眼，余华为探花，某某等为二十八宿。彩旗绣幢，从胥门迎到虎丘，画舫兰桡，倾城游宴。李森先听说后大加责罚，沈浚当堂被戴上枷锁，打至重伤，选出来的花魁也被杖打。

这场选美活动的当事人受到严厉处罚，之后就没人再敢尝试了。

虎丘的中秋曲会成为市民文化的鼎盛象征，文人却始终追寻着李白、沈周夜游的那份心境，崇尚清幽的明月松间游。文徵明的门生——明代画家钱谷写道："待月坐松际，携樽裛（读音同浥，这里指用桂香熏酒）桂芳。江湖来雁早，午夜度微茫。"

钱谷同时代的诗人书画家李流芳非常珍惜虎丘夜月的游玩，"百年春几逢，一春月几见。春月此丘中，契阔共谈宴。我唱子可和，涤子端溪砚。"李流芳在《卧游诗册题》中，说出了文人对虎丘景色的喜爱："虎丘宜月，宜雪，宜雨，宜烟，宜春晓，宜夏，宜秋爽，宜落木，宜夕阳，无所不宜，而独不宜于游人杂沓之时。"李流芳喜爱虎丘的四时之景，但更想要独享这美丽的景色，嘈杂的人群会败坏他的游兴。中秋之夜的虎丘，李流芳直言道"秽杂不可近，掩鼻而去"。他向往的虎丘月夜是"夜半月出，无人相与，趺坐石台，不复饮酒，亦不复谈，以静意对之，觉悠然欲与清景俱往也"。山空人静、独往会心正是文人画家在虎丘夜色中所追求的。

在明代中后期，旅游业迅速发展，大众更多地参与到虎丘夜游中，虎丘图像更多地出现在吴中胜景图册上，"虎丘夜月"成为苏州旅游文化的特色符号，成为更多人的向往。

后　记

说到本书的创作起因，不得不提起 2021 年的《历史沉钩》重印本。

提到《历史沉钩》重印本，就必须提余晴怡。

我与余晴怡原本不认识。当我接到他来自苏州的电话，很是诧异，想不到一位读者为找一本书的作者，竟然花了几年时间。他要见我，我当然答应。与他见面时，竟然发现是位很谦和的年轻书生，又带着浓浓的乡音（我的家乡南浔过去曾经属于苏州），顿时感觉十分亲切。聊天时，发现他的知识面很广，见解也很独特。渐渐地，我们成了好朋友，他对我透露心迹，原来他一直想将《历史沉钩》搬上舞台，改成动漫、影视等等，还要为我在苏州举办书法展。一来二往，我竟然被他说动了。短短几年内，我的个人书法展从家乡南浔、湖州，办到南京，再到无锡，准备进京展时，疫情来了，北京去不了，余晴怡这么一提，苏州倒是想去，一切准备都很顺利。哪知新冠疫情更猛烈了，一次次改时间，一次次停摆。

书法展拖了下来，余晴怡却将《历史沉钩》提上了日程。第一版的《历史沉钩》突然作为三种专业正高职称考试用书以后，书店缺货，网上最高价卖到每册六百元，还一书难求。如此一来，余晴怡竟然鼓动人民出版社在很短的时间内重印了《历史沉钩》。再版时做了修订，书名改成了《历史沉钩——苏州园林纪事》，让我对他刮目相看。

......

　　一次茶余闲聊，话题扯到良渚文化对吴文化的历史影响时，我突然异想天开地提出：苏州的文化在历史上对中国文化的发展起过很重要的作用，其文脉应该源自虎丘吧。

　　他思索片刻后建议：如果能依据清代乾隆年间出版的《虎阜志》为基础，再将中国大历史考古发现糅合进去，展示一下"影响中国历史文化演进"的命脉，将会如何？他肯定地说，很有价值。

　　我想起李学勤曾经说过，良渚文化应该好好挖掘，苏州不应该局限于园林文化，而应该由此向历史深度掘进，真正挖掘出"影响中国文化"的标志性脉络。

　　我将这件事与人民文学出版社的朋友说了，她们竟然非常赞成，鼓动我立刻投入精力创作。因为有《历史沉钩》垫底，我便用了一年多时间去创作一部反映苏州景区标志性的著作，《影响中国的虎丘》就这样诞生了。

　　这里不得不提到本书创作时使用最多的参考书——乾隆年间出版的《虎阜志》的两位编纂者：陆肇域与任兆麟。他们于乾隆五十六年（1791）仲秋编纂完成《虎阜志》。当时，陆肇域67岁，任兆麟71岁。书成之日，经时年63岁的《廿二史考异》作者钱竹汀（钱大昕）在辛亥嘉平月（1791年12月）审定后，于乾隆五十七年（1792）春问世。

　　据《相城小志》记载，清代著名史学家钱大昕在为陆肇域撰写的《西畇别墅》题记中说："吾友陆君豫斋，唐高士甫里先生之三十四世孙。"甫里先生即陆龟蒙，唐末著名文学家。曾任苏（州）、湖（州）两郡从事，后退隐甫里（今角直），自号甫里先生。

　　陆肇域，字豫斋，清代长洲（今苏州）县相城陆巷人。官至州同，性至孝，人本善，在陆巷筑"娱晖堂"以奉母；力行善事，筑路造桥，施医药，捐田，设

"陆氏义庄"，规模宏大，后演变成今天的苏州市"陆巷镇"。

任兆麟，幼承家学，博闻敦行，工诗古文，为王鸣盛、钱大昕所重。著有《竹居集》十三卷，《述记》四卷，《毛诗通说》二十卷，《春秋本义》十二卷……，均于《清史列传》传名于世。

陆肇域于乾隆四十八年（1783），建甫里先生祠于虎丘，又以高曾祖父名义在旁边筑西谿别墅，这一时期与他过往甚密的多为文学家、书画家、史学家、经学家，如钱大昕、王昶、任兆麟、张紫琳、程伟元、赵翼等等。据说，当时四方贤士大夫，闻风踵门，殆无虚日。文人雅士，相聚一堂，吟诗作对，有唱有和；商榷古今，情发于文；作画挥毫，切磋技艺；风流文雅，照映一时。其间，"陆肇域与任兆麟合撰山水《虎阜志》，10 卷，首 1 卷"。

陆肇域与任兆麟当年编《虎阜志》时，他们没有想到，在距他们书成 230 年后会有苏州乡贤发起、策划、出版，以《虎阜志》作为依据创作的新书，更深入广泛地传播虎丘文化。如果他们泉下有知，当感欣慰。

时代更迭，《虎阜志》需要跟进时代。希望《影响中国的虎丘》成为今天的《虎阜志》。延续《虎阜志》的精髓，将影响了中国文化的虎丘文化深度开掘并传之后人。

顺便一提，本书为吴文化的系列作品，从《历史沉钩》开始，我陆续创作了《垂虹熙南浔》《去尘荐微》《钩沉探微》（待出版），有生之年，我还会在吴文化的土地上继续深耕细作……

2021 年 5 月 18 日于南京前线大院

主要参考书目

1.《中国历史大辞典》，郑天挺、谭其骧主编，上海辞书出版社。

2.《清华大学藏战国竹简文字编（壹—叁）》，李学勤主编，中华书局。

3.《中国历史地图集》，谭其骧主编，中国地图出版社。

4.《春秋左传注》（修订本），杨伯峻编著，中华书局。

5.《新编中国历史大事年表》，詹子庆、曲晓范，作家出版社。

6.《吴越春秋》，汉·赵晔撰。商务印书馆1937年。

7.《吴越春秋》，崔冶译注，中华书局2019年第一版。

8.《春秋衡库》，冯梦龙辑，南浔朱氏刻本。

9.《春秋属辞》，周源堂抄本。

10.《史记》，司马迁著，中华书局。

11.《少阳集》，张国擎校注，北京古籍出版社。

12.《管子全译》，谢浩范、朱迎平译注，贵州人民出版社。

13.《管子传》，梁启超著，世界书局，清·宣统三年本。

14.《管子新探》，胡家聪著，中国社会科学出版社。

15.《千古一相——管仲》，张国擎著，作家出版社2015年2月第一版。

16.《吕氏春秋新校释》，陈奇猷校注，上海古籍出版社。

17.《历史沉钩—苏州园林旧事逸趣》，张国擎著，人民出版社2011年1月第一版。

18.《历史沉钩——苏州园林纪事》，张国擎著，人民出版社2011年1月第一版，2020年4月。

19.《先秦人物论》，戚文著，东方出版中心。

20.《虎阜志》，清·陆肇域、任兆麟编纂，古吴轩出版社1995年12月第一版。

21.《大吴胜壤——虎丘的经典记忆》，苏州虎丘风景名胜区管理处，上海文艺出版集团上海锦绣文章出版社2012年12月第一版。

22.《虎丘山志》，苏州市园林和绿化管理局，文汇出版社2014年9月。

23.《虎丘》，苏州市园林和绿化管理局，文汇出版社2016年2月。

24.《虎丘图册》，苏州虎丘风景名胜区管理处。

25.《江南行——虎丘》，刘放著，西安地图出版社2003年12月第一版。

26.《祝允明集》，上海古籍出版社2016年11月第一版。

27.《王鏊年谱》，浙江大学出版社2013年11月第一版。

28.《影梅庵忆语》，冒襄著，重庆出版社2020年7月第一版。

29.《松雪斋主——赵孟頫传》，陈云琴著，浙江人民出版社2006年4月第一版。

30.《一代美术大家——赵孟頫》，陈云琴著，昆仑出版社2003年9月第一版。

31.《白居易年谱》，朱金城著，上海古籍出版社1982年6月第一版。

32.《柳公权评传》，何炳武、党斌著，太白文艺出版社2018年6月第一版。

33.《碧霄一鹤——刘禹锡传》，程韬光著，作家出版社2015年8月第一版。

34.《郭沫若全集》，人民文学出版社。

35.《忠魂正气——颜真卿传》，权海帆著，作家出版社2014年7月第一版。

36.《大明苏州》，柯继承著，古吴轩出版社2018年5月第一版。